Tage im März

Jens Christian Grøndahl

Tage im März

Roman

Aus dem Dänischen
von Peter Urban-Halle

Kiepenheuer
& Witsch

1. Auflage 2011

Titel der Originalausgabe: *Fire dage i marts*

Aus dem Dänischen von Peter Urban-Halle

Umschlaggestaltung: © Rudolf Linn
Umschlagmotiv: © cdk/photocase
Autorenfoto: © Vibe Vanggaard
Gesetzt aus der Albertina und DIN
Satz: Felder KölnBerlin
Druck und Bindung: GGP Media GmbH, Pößneck
ISBN 978-3-462-04328-0

Donnerstag

Sie hat den einen Ohrring angelegt und greift eben nach dem anderen, als das Telefon klingelt. Das pulsierende Signal wirkt ebenso belanglos wie die anonyme Einrichtung des Zimmers. Sie bleibt vor dem Spiegel stehen. Der Lippenstift ist zu rot, es war ein Versuch, gewöhnlich zieht sie eine etwas dezentere Farbnuance vor. Wahrscheinlich ist es Morten, ihr Projektkoordinator, der wie immer vor allen anderen da sein will. Bis zu ihrer Verabredung in der Hotellobby bleiben noch ein paar Minuten. Er weiß, wo das Restaurant liegt. Im Großen und Ganzen kümmert er sich um die logistischen Details, aber sie ist heute gut gewesen, wieder einmal. Die Vorstellung verlief nach Plan, selbst die Fragen der Bauherren hielten sich im Rahmen des Vorhersehbaren, und sie ist klar und unbeirrbar gewesen.

Sie erlaubt sich, noch ein wenig bei ihrem Spiegelbild zu verweilen, da sie nun ohnehin so tun will, als wäre sie nicht da. Das wiederkehrende Summen des Telefons gibt ihr das Gefühl, überwacht zu werden. Sie sollte jetzt einfach zusehen, den anderen Ohrring einzustecken, sie sollte die Ausgehtasche holen, ihren Mantel über den Arm legen und draußen im leisen Flur die Tür hinter sich zuziehen. Sie schaut sich in die Augen. Ingrid Dreyer, achtundvierzig Jahre alt. Alleinstehend, gelungen, in den Augen einiger noch schön. Zumindest in den Augen derer, die ihr etwas bedeuten, aber ein bisschen zu dünn. Man sieht es an dem Kleid, für das sie sich heute Abend entschieden hat, man sieht das

Alter. Es ist das Schlüsselbein und die Haut an den Oberarmen, aber nicht nur.

Das Kleid ist hübsch, Empireschnitt, ein blasses Grün, wie der Flaum auf Salbeiblättern. Überraschend weiblich, würden manche sagen, das ist auch die Absicht. Sie will den Vertretern von *Svensk Energi* zeigen, dass sie auch ein Mensch ist, Frau und sogar Mutter. Wenn sie so dicht davorstehen, ihr einen Bauauftrag von einer halben Milliarde anzuvertrauen, ist das wohl das Mindeste, was man erwarten kann. Gewöhnlich geht sie in Hosen, taillierter Jacke und sachlichem T-Shirt. Kein Make-up, kein Schmuck, zur Not Riemchenschuhe mit Tangoabsatz, um keine Zweifel aufkommen zu lassen, aber wenn der Bauherr einlädt, kann sie ihrer anderen Seite ruhig einmal nachgeben. Es gibt sie ja. Nach ihrer Erfahrung kann ein wenig verwundbare Menschlichkeit die fachliche Integrität nur stärken, jedenfalls wenn man weiblichen Geschlechts ist – bloß das Telefon, das hat nicht aufgehört zu klingeln.

Von ihrem Fenster in der siebzehnten Etage kann sie weit draußen die Schären erahnen, weiß glühende Flecke im dunkelblauen Wasser. Eine Gruppe hoher Bürogebäude versperrt ihr die Aussicht, aber die Glasfassade des einen reflektiert klares Märzlicht in ihr gepolstertes Hotelzimmer mit der niedrigen Decke. Sie setzt sich auf die Bettkante und hebt den Hörer ab, den Ohrring noch in der Hand. Die weiße Perle leuchtet in der Abendsonne. Es ist ein Geschenk von Frank, ihrem Lebensgefährten. Er ist es nicht, der sie anruft. Sie hat es gehofft, merkt sie, als sich die fremde Stimme meldet. Er hat ihr die Ohrringe in Rom geschenkt, das ist mittlerweile lange her. Sie weiß noch, dass damals ihr erster Gedanke war, wieso kriegt seine Frau nichts davon mit, wenn ein so großer Betrag von seiner Karte abgeht? Damals war ihr noch nicht klar gewesen, dass er ein Mann mit vielen Konten ist.

Hinterher ärgert es sie, dass sie den Kommissar auf der City-Wache nicht gefragt hat, woher er die Nummer ihres Hotelzimmers in Stockholm hatte. Sie schaltet ihr Handy ein, nachdem sie aufgelegt hat, und hört die eingegangenen Mitteilungen ab. Immerhin hatte Jonas versucht anzurufen. Sie bekommt einen trockenen Mund, während sie seiner unartikulierten fünfzehnjährigen Stimme lauscht, kurz angebunden wie immer. Er sei festgenommen worden. Er sagt es wie nebenbei, als riefe er nur an, um eben zu sagen, dass er zum Essen nicht nach Hause komme. In der Regel denkt er nicht daran, seiner Mutter derlei praktische Hinweise mitzuteilen. Vielleicht hat er ja vergessen, dass sie nach Schweden musste, fällt ihr ein. Oder hat sie es ihm nicht gesagt? Selbstverständlich hat sie das. Wieder klingelt das Telefon auf dem Nachttisch, diesmal ist es Morten. Wo sie denn bleibe? Sie sagt, sie sei schon auf dem Weg.

Der Kommissar hatte sich ungezwungener gegeben, als ihr recht war, und sie spürte einen Unterton jovialen Vorwurfs. Jonas hätte eigentlich nur einmal telefonieren dürfen, da sie aber nicht abgenommen habe, hätten sie ihm erlaubt, seinen Großvater anzurufen. Der Bursche sei ja noch minderjährig, man mochte es kaum glauben. Der Beamte sagte das in einem Ton, als ob Jonas' Alter angesichts seiner übertriebenen Schuhgröße eine Art Betrug wäre. Sie fragte, was denn passiert sei, und der Mann erstattete Bericht, etwas förmlicher jetzt. Jonas sei in einer Nebenstraße in Kopenhagen in der Nähe von Christiania vorläufig festgenommen worden. Zufällig sei ein Streifenwagen vorbeigekommen, als er und seine Freunde auf einen am Boden liegenden Jungen eingetreten hätten, in den Bauch und gegen den Kopf.

Jonas hatte jemanden getreten?

Ihre Stimme wurde dünn, und sie spürte, dass der Beamte die kleine Änderung ihres Tonfalls bemerkte, diesen kurzen Anflug von Atemnot. Die jungen Leute seien ja nicht sehr mitteilsam gewesen, und es höre sich auch so an, als hätte das Opfer kein großes Interesse, sich in irgendeiner Weise daran zu erinnern, wer nun was getan habe. Auf jeden Fall sei die ganze Bande strafrechtlich noch nicht zu belangen, das sei ein Fall für die Sozialämter, aber sie solle doch ihrem Sohn beibringen, seine Freunde etwas sorgfältiger auszusuchen. Das seien alte Bekannte, mehrere davon, und er rede hier nicht nur über Wandschmierereien und Bagatelldiebstähle. Sondern über organisierte Hehlerei und Haschhandel, und was man heute Nachmittag bei ihnen sichergestellt habe, seien keine Kinkerlitzchen gewesen, Springmesser und Schlagringe, und wenn er an ihrer Stelle wäre, würde er mit dem Sohnemann ein ernstes Wort sprechen, wenn sie mal aus Stockholm nach Hause komme.

Irgendwie hatte das Wörtchen »mal« einen Beiklang, fand sie, oder war sie im Moment einfach dünnhäutig? Sie fragte, ob Jonas das Opfer kenne. Der Kommissar schien zu lächeln, als er antwortete. Er könne ja nicht wissen, wen ihr Sohn kenne und wen nicht, außerdem dürfe er die Identität des jungen Mannes unter keinen Umständen preisgeben, aber dass es sich dabei um einen Burschen mit Migrationshintergrund handele, mache die Sache nicht weniger heikel. Könnte sein, dass sich ihr Sohn in nächster Zeit lieber einmal mehr umsehen sollte, wenn er in die Schule gehe, für den Fall, dass er von einem Krummsäbel eingeholt werde.

Ingrid fragte, wo er jetzt sei. Der Beamte fragte zurück, ob sie das Opfer meine, in dem Fall könne er sie beruhigen, die Unfallstation habe den jungen Mann nach Hause geschickt und ihm zwei, drei Tage Ruhe verordnet. Er sei mit einer leichteren Gehirnerschütterung davongekommen, das heiße, wenn er jetzt nicht in die Moschee renne und die Stirn auf den Teppichboden schlage, stünden die Chancen nicht schlecht, dass er sein heutiges Erlebnis ohne dauerhafte Schäden überstehen würde. Es sei tatsächlich ein Wunder, dass ihm nicht mehr zugestoßen sei angesichts der Gründlichkeit, mit der ihr Sohn und seine Kumpane zur Sache gegangen seien. Der Kommissar machte eine Kunstpause. Aber was den eigenen Sprössling angehe, der warte im Augenblick darauf, von seinem Großvater abgeholt zu werden.

Sie stellt sich Sven vor, der seinen kleinen Peugeot auf dem Halmtorvet hinterm Bahnhof parkt und leicht verwirrt, mit strubbeligen weißen Locken in die City-Wache kommt und sich an den Wachhabenden wendet, der sein Sohn sein konnte, abgesehen davon, dass man sich Anders mit gepflegtem Oberlippenbart und Schulterklappen nur schwer vorstellen konnte. Guten Tag, ich komme meinen Enkel abholen, mit dem ich eben noch im Tivoli war, wo ich ihm einen Ballon gekauft habe, der aussah wie Micky Maus und der, ehe man sich's versah, am Himmel über der Kalvebod Brygge verschwunden war.

Als Ingrid in den Fahrstuhl steigt, steht da ein junges japanisches Pärchen. Sie sprechen gedämpft miteinander, und sie muss an ihren Aufenthalt in Japan denken, wo sie Tadao Andos unterirdisches Museum besuchte. Wie ihr dort alles gleichzeitig wohlbekannt und völlig andersartig vorgekommen war. Obwohl die beiden sie nicht anschauen, fühlt sie sich beobachtet. Sie denkt an Sven. Er hat den größten Teil seines Lebens in Dänemark verbracht und hat doch immer noch diesen versnobten schwedischen Akzent. Anders ist nach Stockholm gezogen, als Ingrid ihn verließ, und Jonas hat seinen Vater seitdem kaum zu Gesicht bekommen. Anders beeilte sich, eine andere Frau kennenzulernen, zehn Jahre jünger, wenn es nun schon sein sollte. Sie haben es noch zu zwei Kindern gebracht, einem Jungen und einem Mädchen, aber Jonas sieht seine Halbgeschwister nur zwei-, dreimal im Jahr. In der Regel ist es Anders, der aus irgendeinem Anlass nach Kopenhagen kommt und bei der Gelegenheit auch seinen Sohn aus erster Ehe trifft.

Es könnte so aussehen, als wollte Sven Anders' Abwesenheit kompensieren, aber Ingrid weiß es besser. Jonas hing an seinem Großvater, seit er das erste Mal in seinen Armen gelegen hatte, und die Scheidung machte nur noch deutlicher, dass die beiden ein Zweierklub waren. Sie hat Sven viel zu verdanken. Nicht zuletzt kann sie froh sein, dass der alte Wirrkopf da war, als Jonas' Vater und Mutter damit beschäftigt waren, ihre Wunden zu lecken beziehungsweise

Aufrisse zukünftiger Domizile zu zeichnen. Ingrids Schuldgefühle gegenüber Sven wurden durch die Tatsache, dass sie diejenige gewesen war, die die Ehe beendet hatte, natürlich auch nicht kleiner. Trotzdem empfand sie in all den Jahren und noch hier im Fahrstuhl fast das Gegenteil von Dankbarkeit, wenn Sven wieder einmal auf ihrem Fußabtreter stand und zu fürsorglichen, entsagungsvollen Diensten war.

Der polierte Granitboden der Lobby glänzt unter ihren Füßen wie ein Wasserspiegel. Morten wartet am Empfangstresen und hat sie schon entdeckt. Als sie auf ihn zugeht, ist es, als würde ihr die Lage erst jetzt richtig bewusst. Jonas war daran beteiligt, einem andern Jungen gegen Kopf und Leib zu treten. Jedenfalls hat er nichts getan, um die anderen davon abzuhalten. Er sitzt in einer Ausnüchterungszelle der Kopenhagener City-Wache, und es ist Sven, nicht Ingrid, der ihn in einer halben Stunde oder weniger abholen kommt. Nicht sie ist es, die als Erste die Möglichkeit hat, ihn zu fragen, was in drei Teufels Namen er sich eigentlich dabei gedacht hatte.

Natürlich ist es Sven, aber wird er überhaupt fragen? Vermutlich wird ihm sein Jonas erst einmal nur leidtun, stundenlang hat der Arme hinter Schloss und Riegel sitzen müssen, in einer winzigen Zelle, wo es auch noch nach Erbrochenem roch. Erst in einigen Tagen wird er vielleicht, vielleicht auch nicht, ergründen wollen, was Jonas auf Abwege gebracht hatte. Warum sein Fuß ausholen und auf einen am Boden liegenden Jungen eintreten musste. Jonas hat nicht zum ersten Mal Kontakt mit der Polizei, aber als Gewalttäter ist es sein Debüt. Trotzdem sieht Ingrid schon, dass es an ihr sein wird, ihrem Zorn Luft zu machen, den Sven und Anders garantiert als alttestamentarisch und durch und durch unproduktiv ansehen werden. Das macht sie noch wütender, und ihr schlechtes Gewissen heizt ihr noch mehr ein.

Morten sieht sie mit seinen schönen Augen an. Er gehört zu diesen jungen Handelsschulhaien, die einfach alles verkaufen können und sich immer für das allerneueste Brillendesign entscheiden, sodass man gar nicht annehmen würde, dass sie nie ein Buch aufschlagen. Er ist groß, süß und vertrauenerweckend wie ein Teddy, den man in der Tombola gewonnen hat, und am liebsten hätte sie ihn gebeten, sie einmal ganz fest in den Arm zu nehmen, kann sich aber gerade noch beherrschen. Sie erwidert seinen Blick und sagt, sie sei gezwungen, auf der Stelle nach Hause zu fahren. Er sieht sie immer noch an, bis er versteht, dass sie nicht vorhat, sich zu erklären. Was er denn sagen solle? Sie lässt ihren Blick durch die Lobby schweifen, wo die Hotelgäste in Sofagruppen sitzen und in allen Sprachen sprechen. »Plötzlicher Krankheitsfall in der Familie. Irgendwas in der Art.«

Sie ist erleichtert, als sie seinen Mantelrücken durch die Schwingtüren gehen sieht, aber als sie sich umdreht und zum Fahrstuhl zurückgeht, wird ihr ihre Lage noch bewusster. Wie auch ihre Machtlosigkeit. Eigentlich weiß sie ja, dass es keinen großen Unterschied macht, ob sie nun heute Abend nach Kopenhagen fliegt oder wie geplant morgen Nachmittag mit Morten. Ein halber Tag früher oder später würde nichts ändern, und sie kann wahrscheinlich ohnehin nichts ändern. Die Einsicht überfällt sie eiskalt und macht sie hellwach. Es scheint, als hätte das Gespräch mit dem Kommissar auf der City-Wache eine halbe Stunde gebraucht, um überhaupt zu ihr durchzudringen. Als ob der Inhalt ihr jetzt erst richtig aufginge, als ihr einfällt, wie beschämend lange sie schon keinen Einfluss mehr auf ihren Sohn hat.

Umso schneller muss sie hier weg, und die kommenden Schritte ordnen sich wie von selbst. SAS anrufen und einen Platz in der Abendmaschine buchen. Packen, aus dem Taxi zum Flughafen Arlanda Sven anrufen, vielleicht Jonas ans

Telefon bekommen. Oder lieber nicht? Vielleicht sollte sie warten, bis sie ihm gegenübersteht. Sie sieht ihn schon vor sich, wie er mit mürrischer, verschlossener Miene und niedergeschlagenem Blick auf der Unterlippe herumkaut. Als wäre es für ihn eine Kränkung und nicht für sein Opfer, dass er als Schläger auf frischer Tat ertappt worden war.

Sie hätten den Jungen zum Krüppel schlagen können. So ist es nicht gekommen, doch so hätte es durchaus kommen können. Sie ist schon im Voraus empört über Svens und Anders' pragmatische Versöhnlichkeit. Herrgott, ist doch nichts passiert. Wenn sie den Ernst der Tat pflichtschuldig erst einmal gewürdigt haben, dann würde sie mit ihrem »hätte«, mit ihrem hypothetischen Phantomkanaken im Rollstuhl ganz alleine dastehen. Ein Immigrant! Sie wird rot im Fahrstuhl, obwohl sie diesmal ganz allein ist in dieser Stahlkabine, die sich so unmerklich bewegt, dass man keine Ahnung hat, ob es aufwärts- oder abwärtsgeht.

Scham. Warum weiß sie so sicher, dass sie die für sich allein haben wird? Laut Jonas wird der fremde Junge selber schuld gewesen sein, er hätte sie zum Treten geradezu herausgefordert, und in Svens und Anders' Denken würde der in Ingrids Augen elementare moralische Gehalt des Vorkommnisses es schwerhaben, sich neben der alles verzeihenden Liebe der beiden behaupten zu können. Liebt sie Jonas weniger, als sein Vater und sein Großvater es tun? Sie hat immer Angst gehabt, nicht genug Liebe zu zeigen. Eine sonderbare Furcht, denn kann man zur Liebe verpflichtet sein? Wenn man Ingrid Dreyer heißt, kann man, dann ist man dazu verpflichtet, dann holt man Atem durch das bodenständige, unbegreifliche und hoffnungslos unmoderne Gefühl, im Verhältnis zum Leben immer im Rückstand, immer etwas schuldig zu sein.

Wo sie das herhat? Jedenfalls nicht von ihren Eltern! Falls Berthe ihr noch mehr vererbt hat als ihre pigmentarme

Haut und ihre Neigung zu unangebrachter Heftigkeit, dann sicher nicht etwas so Anachronistisches wie Pflichtgefühl. Ihre Mutter hat im Gegenteil ihre ersten achtundsechzig Lebensjahre als vernachlässigtes, etwas grindiges Findelkind der Freiheit zugebracht und sich zu nichts anderem verpflichtet gefühlt, als zumindest so zu tun, als wüsste sie, was sie wollte. Und ihr Vater? Der Autor Norman Dreyer war in seinem luxuriösen Geist jeder Verpflichtung enthoben. In seiner Welt waren alle Hemden bügelfrei, weil er auf jeden Fall davon befreit war, sie selbst zu bügeln. Alles in allem ist es Ingrid ein Rätsel, warum sie hinter ihrer zeitgemäßen und emanzipierten Fassade die Dinge so schwernimmt. Keiner hat sie jemals zu irgendetwas gezwungen. Wenn sie es doch nur getan hätten!

Jede Entscheidung lag bei ihr selbst, die moralischen Schlussfolgerungen einbegriffen, wie heute Abend auch, wo es ihr lebenswichtig erscheint, so schnell wie möglich nach Kopenhagen zu kommen. Auch jede Bewertung lag bei ihr, ja, aber gleichzeitig und mehr denn je mit dem Gefühl, dass sie verspätet versucht, mit etwas, das außerhalb ihrer selbst liegt, zurechtzukommen. Etwas Unsichtbarem und Weichem, Verwundbarem, das sich leider nicht im polierten Perlmuttgeheimgang der Religion verstecken kann und auch nicht in so etwas wie Gemeinschaftsgeist und althergebrachter Rechtschaffenheit.

Berthe und Norman Dreyer würden nicht einmal ahnen, worauf sie eigentlich hinauswill, und Sven ist genauso betulich wie Anders. Genauso rührselig in seinem andächtigen Knien vor der unantastbaren, niedlichen Souveränität des kleinen Menschenkinds. Sogar jetzt noch, wo der Kleine ein Teenager geworden ist und so ungeheuer viel Zeit damit verbringt, sich herumzutreiben und sich und andere ins Unglück zu stoßen. Nur Ingrid bleibt übrig und sitzt in einem Hotelzimmer in Stockholm, hat den Hörer ans schweißige Ohr gepresst und wartet darauf, endlich mit einem Mitarbeiter bei SAS sprechen zu dürfen. Von dem grauenhaften Gedanken in den Sessel gedrückt, dass ein fremder Junge hätte krankenhausreif geschlagen werden können von ihrem Sohn und seinen abartigen »Homies«, wie sie sich nennen, die in ihren riesigen Nikes und den clownartigen Gettoneger-Outfits wie lebensgefährliche Wickelkinder rumrennen.

In der Warteschleife ist sie jetzt die Nummer sechs. Da sie schon seit einer Viertelstunde am Telefon hängt, beschließt sie, nach Arlanda hinauszufahren und sich einen Platz in der letzten Maschine nach Kopenhagen zu erzwingen. In der Zwischenzeit versucht sie, Anders auf dem Handy zu erreichen. Wenn sie hier schon sitzt und darauf wartet, bei der SAS durchzukommen, kann sie ihm auch erzählen, was passiert ist. Sie hat tatsächlich schon tagsüber daran gedacht anzurufen, es dann aber bleiben lassen. Eigentlich gibt's ja sonst auch keinen Grund, ihn anzurufen, nur weil sie zufällig in Stockholm ist. Zu Hause in Kopenhagen käme sie auch nicht auf die Idee, seine Nummer zu wählen, und Zeit, ihn zu sehen, hätte sie sowieso nicht gehabt. Lust übrigens auch nicht. Worüber sollten sie auch reden? Über Jonas natürlich, aber da käme es schnell zum Streit. In puncto Kindererziehung sind sie sich noch nie einig gewesen. Der Unterschied ist, dass ihre Uneinigkeit seit der Scheidung eher ihre gescheiterte Beziehung betrifft als ihre Versäumnisse als Erzieher.

Es ist seltsam, ihn schwedisch reden zu hören, aber vielleicht ist es all die Jahre Anders' Schicksal gewesen, an den Ort zurückzukehren, den sein Vater verlassen hatte. Wie um einen Fehler zu berichtigen und nun das Leben zu leben, das Sven hätte leben sollen. *»Du har ringt till Olivia, Oscar, Birgitta och Anders ...«* Selbstverständlich nennt er auf dem Anrufbeantworter die Kinder zuerst. Anders und seine Birgitta wohnen ja bei ihnen, sie sind wie ängstlich hütende Wächter einer glücklichen Kindheit. Sie selbst hatte es fertiggebracht, an Jonas' zwölftem Geburtstag zu verreisen. Es war die Reise nach Japan. Es wäre auch unsinnig gewesen, die Reise abzusagen, nur um ihm ein Geburtstagsfrühstück zu machen, statt in einem Bullet Train nach Kioto zu sitzen. Jonas hatte sie selber aufgefordert zu fahren. Es sei doch nur ein Tag, wie er sagte.

In weniger als zwei Minuten hat sie ihre Reisetasche gepackt und ist zum Fahrstuhl gegangen. Der Mann am Empfang bedauert es außerordentlich, aber leider müsse er ihr die Nacht noch berechnen. Sie will sich nicht streiten und bezahlt für sich und Morten auf Firmenkarte. Vorm Haupteingang des Hotels stehen Taxis, kurz darauf fährt sie durch einen der Tunnel, die die Innenstadt mit den Ausfallstraßen verbinden. Der Himmel ist noch hell, aber die Sonne ist verschwunden. Sie bemerkt Wohnblöcke mit erleuchteten Fenstern, wo die Familien nach Hause gekommen sind und bald essen werden. Der Fahrer hört einen arabischen Popsong. Während die Lichter der Schnellstraße durch ihr Gesichtsfeld fluten, denkt sie daran, dass der Junge, den Jonas und seine Freunde getreten haben, so eine Musik vielleicht auch gerne hört. Hauptsache er gönnt seinem Kopf Ruhe, wie die Ärzte geraten haben. Sie folgt dem abgehackten Discorhythmus und den heiser leidenschaftlichen Strophen, die von Streichern in abrupten Figuren begleitet werden. Das Lied handelt sicher von Liebe.

Hat sie genug geliebt? Wahrscheinlich nicht. Als alleinstehende Mutter hat sie ihre Rolle als Aufpasserin übertrieben, während sie mit allem andern ewig im Defizit war. Als sie noch mit Anders zusammenwohnte, war es übrigens nicht anders, der einzige Unterschied ist der, dass sie sich jetzt nur noch mit Jonas streiten kann. Plötzlich wird ihr bewusst, dass sie immer noch zum Abendessen angezogen ist, im langen Kleid und mit hochhackigen Schuhen. Sie hat vor, direkt zu Sven zu fahren und Jonas abzuholen, aber wenn er nun nicht da ist? Sie zieht das Mobiltelefon heraus und wählt Svens Nummer. Der Anrufbeantworter meldet sich. Im Hintergrund hört man eine Arie, während ihr Ex-Schwiegervater mit seiner geschliffenen Stockholmer Stimme sie auffordert, wenn sie wolle, nach dem Piepton, der genau jetzt komme, eine Nachricht zu hinterlassen.

Sie legt auf. Sven könnte ja auch anrufen. Es empört sie, dass er es noch nicht getan hat. Sie blickt auf Vorstädte und vereinzelte Industriebauten, ab und zu von einer rauen Felswand oder einer Gruppe Fichten unterbrochen, die sich von dem gelben und grünen Himmel abheben. Sie reißt sich zusammen und ruft auf Jonas' Handy an, aber er antwortet auch nicht. Erleichtern sollte sie das nicht.

Wo er jetzt wohl gerade ist? Ob er immer noch in der Ausnüchterungszelle sitzt, oder konnte Sven ihn schon abholen? Mit Schrecken stellt sie sich die enge Zelle vor, in der, soviel sie weiß, nichts anderes als eine Pritsche steht, aber noch mehr erschreckt sie, dass ihr Sohn einen solchen Ort von innen erlebt. So etwas hätte sie sich in ihren wildesten Träumen nicht vorstellen können. Vielleicht sitzt er gerade in Svens verräuchertem Peugeot. Sie hofft es, obwohl sie gleichzeitig einen Hauch von Eifersucht bei dem Gedanken empfindet, dass Sven nach der Polizei der Erste ist, der auf Jonas' Geschichte reagieren kann. Angesichts der Situation erscheint ihr das Gefühl ein wenig egozentrisch, unpassend, aber es ist nun mal da.

Was sie sich wohl zu sagen haben? Vielleicht ist Sven zu konfliktscheu, um überhaupt etwas zu sagen. Sähe ihm ähnlich. Andererseits wird er dafür wieder denken, dass er wie gewöhnlich für die Eltern einspringen darf, wenn Holland in Not ist. So wie er sich schon zuvor hatte einschalten und die Verantwortung übernehmen müssen. Er, der immer in erster Linie an Jonas denkt. Und zwar seit seine impulsive Schwiegertochter alles im Stich gelassen und Jonas wochenlang sich selbst überlassen hatte, ehe sie sich endlich zusammenriss und sich ihrer Verantwortung stellte. Er hat es nie direkt ausgesprochen, aber das war auch nicht nötig. Seine unermüdliche, demonstrative Fürsorge war Botschaft genug. Es hätte nichts genützt, wenn sie inmitten ihres lähmenden Schuldgefühls die Geistesgegenwart besessen hätte, Sven daran zu erinnern, dass sein Sohn Anders vielleicht auch auf die Idee hätte kommen können, seinem Anteil elterlicher Verantwortung nachzukommen, statt sich auf eine einmonatige Sauftour nach Berlin zu begeben.

Sven ist ein Pflichtmensch, und er erkannte früh, dass sie es auch war. Sein Pflichtdenken kam durch seine unverblümte Art zum Ausdruck, mit der er sich in die Ernährung, die Hausaufgaben und das winterliche Schuhwerk seines Enkels einmischte. Seine grenzüberschreitende Fürsorge wäre einer Schwiegermutter würdig gewesen, aber sich gegen den stillschweigenden Vorwurf des Versagens und des Egoismus zu verwahren, darauf hat Ingrid nie einen Gedanken verschwendet. Es liegt nicht in ihrer Natur, gegen ihre Verantwortung zu argumentieren, indem sie auf diejenige anderer hinweist, und Anders ist nun mal Svens eigen Fleisch und Blut, sein schwacher Punkt und blinder Fleck. Als Anders mit Gewissensbissen und dunklen Ringen unter den Augen aus Berlin wieder auftauchte, war es Sven, der sie mit der Nachricht anrief, der verlorene Sohn sei heimgekommen. Sie kann sich noch an das unterschwellige biblische Pathos erinnern, mit dem Sven das Wörtchen »heim« aussprach.

Natürlich war er bekümmert gewesen, genauso wie Jonas, der drei Wochen lang seine Eltern entbehren musste. Für Ingrid war es schon gar nicht mehr ihr Heim. Sie überließ es

Anders ohne weitere Forderungen, nur um auf der Stelle entkommen zu können, war aber dankbar, dass der Großvater einzog, als Anders versackte und verschwand. Im Laufe der drei berühmten Wochen besuchte sie Jonas mehrere Male. Er war sieben und ging in die zweite Klasse. Sie machte mit ihm Hausaufgaben, erzählte Gutenachtgeschichten und schmuste mit ihm.

Es war schon schlimm genug, zwischen den wohlbekannten Wänden und Möbeln zu stecken, von denen sie bis vor einem Monat gedacht hatte, sie gehöre dazu, aber das war bei Weitem nicht das Schlimmste. Auch nicht Sven zu grüßen, der in der Küche zu tun hatte, oder dass Jonas weinte, wenn sie gehen wollte. Weinen konnten sie auch gemeinsam, die Tränen erlaubten sogar ihrem Selbstmitleid, das sie sonst möglichst kurzhielt, sich heimlich für ihr quälerisches Mitgefühl für ihren unschuldigen Jungen zu interessieren. Nein, das Schlimmste war ein Abend, als sie schon den Mantel anhatte und sich verabschieden wollte. Da lief Jonas in eine Ecke und fing an, sich mit einem Filzstift die Hand zu bemalen. Dabei schaute er sie nur an. Dieser Blick ließ sie jahrelang nicht los, auch nicht, als Jonas bei ihr einzog, weil sein Vater einen Job und eine neue Frau in Stockholm gefunden hatte.

Sven bot ihr weiterhin seine Hilfe an. Sie bat nicht darum, mittlerweile bestand dafür auch nicht mehr so dringender Bedarf. Jonas war groß genug, um allein in die Schule und danach zum Hort zu gehen, aber seinen Großvater liebte er über alles. Mit den Jahren merkte sie, dass es für Sven eine Art Lebensstil war, sich von seiner aufopfernden Seite zu zeigen. Er war selbst mit Anders allein gewesen, nachdem dessen Mutter gestorben war, und er hatte auch nicht wieder geheiratet, obwohl er erst Anfang sechzig war, als Anders auszog. Wann er Sex hatte, war eine der großen unbeantworteten Fragen aus Anders' Kindheit. Die Freundinnen, die Sven hatte, wurden nie in die Familie integriert, als ob er sich nicht recht zu ihnen bekennen wollte. Meldete sich da vielleicht ein kleines Märtyrergen, als er ein Enkelkind bekam, um das er sich kümmern konnte? Es wirkte wie eine Verjüngungskur, als Ingrid Anders verließ und Anders vor die Hunde ging.

Sven ist jetzt pensioniert. Er war Uhrengroßhändler und hatte eine Agentur für verschiedene Schweizer Marken, aber seine Firma bestand aus nichts anderem als einem staubigen Büro mit Warenlager im Nordwestviertel Kopenhagens und einem Volvo Kombi mit gelben Nummernschildern, mit dem er das Land durchpflügte. Man kannte ihn in den Provinzhotels und den Uhrengeschäften windiger Fußgängerzonen in öden Städtchen, aber es war nicht die Karriere, die ihn am meisten beschäftigte. Sondern Anders und die Erinnerung an seine verstorbene Frau. Eine schöne Frau, die immer einzigartiger und sagenumwobener wurde, je älter sie geworden wäre und je mehr ihre Kleider auf den gerahmten Fotos über der Anrichte in Svens Esszimmer einer entschwundenen Zeit entsprungen zu sein schienen.

Man erzählte, Sven habe nicht mehr geheiratet, weil er sich auf Anders habe konzentrieren wollen. Ingrid verstand nicht, warum eine liebevolle Stiefmutter ihn daran hätte hindern sollen, seinem Sohn ein Vater zu sein, aber weder Anders noch sein Vater hatten anscheinend vor, sie zu verstehen, wenn sie bei seltenen Gelegenheiten danach fragte. Anders' Zimmer am Strandboulevard hat sich kaum verändert. Seit einigen Jahren kommt es oft vor, dass Jonas anruft, um zu sagen, dass er bei seinem Großvater schlafe. Wenn es nicht Sven ist, der anruft. Und wenn es Jonas ist, kann sie auch nicht sicher sein, dass er die Nacht tatsächlich beim Opa verbringt.

Sie muss an seinen stämmigen, kleinen Körper denken,

als sie ihn damals mit der Hand unterm Windelpo auf der Hüfte sitzen hatte, während er sich mit seinen pummligen Knien festklammerte. Von seinem Vater hat er das dunkle Haar und von ihr die hellen Augen. Das Gesicht ist noch dasselbe, obwohl es etwas knochiger geworden ist, wo es vorher runder war, und obwohl ein schwacher Schatten auf der Oberlippe erschienen ist, die im Vergleich zu seinem harten, flackernden Blick viel zu voll und sinnlich ist. Er ist selbstständig geworden, und sie wusste, dass er sich mit ein paar undurchsichtigen Typen herumtrieb. Mehr als einmal hat sie brandneue Markenklamotten in seinem Zimmer gefunden und versucht, aus ihm herauszukriegen, wo er sie herhatte. Wenn er keine Quittung vorlegen und keinen Nachweis über seinen Lohn als Aushilfe im *Irma*-Discount erbringen konnte, hat sie die Sachen rausgeschmissen.

Vor gar nicht langer Zeit stand plötzlich eine Stereoanlage in seinem Zimmer, mit Lautsprechern groß wie Geräteschuppen. Zuerst hieß es, er habe sie von einem Freund geborgt, dann war da etwas mit dem Vater des Freundes, der einen Laden mit gebrauchten und ganz billigen Anlagen hatte. Dummerweise konnte er sich weder an die Telefonnummer des Freundes noch an die des Vaters erinnern. Als er am nächsten Tag in die Schule gegangen war, schleppte sie das Zeug in ihr Auto, fuhr zum Hafen und versenkte es in einem abseits gelegenen Becken. Tagelang sprach er kein Wort mit ihr, aber als er wieder etwas sagte, tat er so, als wäre nichts geschehen. Sie verstand es als stillschweigendes Eingeständnis, dass irgendetwas ganz und gar nicht in Ordnung gewesen war. Seit wann hat sie ihn abrutschen und auf die schiefe Bahn geraten lassen? Sie kann gar nicht mehr zählen, wie oft sie schon einen Haufen total zugedröhnter Strolche vor die Tür gesetzt hat, die in einer schweren Wolke aus träger, glasiger Gleichgültigkeit in seinem Zimmer herumgehangen und an einem Schillum genuckelt hatten.

So hatte sie sich das eigentlich nicht vorgestellt, als sie mit Anders an einem Novemberabend Anfang der Neunzigerjahre aus einem Seitenflügel des Reichskrankenhauses trat und ein ganz neues rosa Menschenkind in einem Babykorb trug. Ein unbekanntes schlummerndes Wesen, das sich mit der größten Selbstverständlichkeit auf dem Rücksitz eines Taxis den Tagensvej entlangtransportieren und die Treppe zu der Wohnung in der Elmegade hinauftragen ließ, wo Ingrid schon gewohnt hatte, als sie noch auf die Akademie ging.

Sie und Anders waren hier wohnen geblieben, während das alte Arbeiterviertel von ambitiösen Geisteswissenschaftlern und Werbeleuten, die den Künstler in sich spürten, entdeckt wurde. Anders war Fotograf bei TV 2, und sie war ein paar Jahre lang im Architekturbüro Villads Jensen angestellt gewesen. Sie war so froh, bei einem der führenden Architekten des Landes untergekommen zu sein. Sie hätte sich mit Kaffeekochen und Bleistiftanspitzen zufriedengegeben, nur um sich in der Nähe des bekannten Villads Jensen aufhalten zu dürfen, aber im Laufe weniger Jahre kam sie in den engeren Kreis und durfte bei den großen Wettbewerbsentwürfen mitmischen.

Warum war die erste Zeit auch die glücklichste? Wie ist es dazu gekommen? Ihre ersten Jahre. Sie hatten die Zwanziger schon hinter sich gelassen, und nach einer Reihe misslungener oder schlicht nicht sehr lang andauernder Beziehungen glaubte jeder von ihnen, er kenne nun das Repertoire. Sie waren für das Leben bereit, für das richtige Leben. Das durfte nun gern beginnen. Die endgültige, andauernde Version ihrer selbst.

Wenn sie auf diese Jahre zurückblickt, ist es, als legte sie das Auge auf ein Teleobjektiv, das einen begrenzten Ausschnitt vergrößert, indem es den dazwischenliegenden Abstand zusammendrückt und ihn bis zur Unkenntlichkeit verschwimmen lässt. Nur ein einziger Punkt steht vollkommen deutlich in diesem Korridor des Rückblicks, in dem das Halbvergessene sich anhäuft: An einem Winterabend mit einem namenlosen Kind in einem geflochtenen Korb dazustehen, mit dem ersten Frost in der Nase und der glasklaren Erkenntnis, dass die Jugend vor weniger als vierundzwanzig Stunden aufgehört hatte – all das hatte etwas Zerbrechliches und Zärtliches. Endlich hatte sich eine Liebe gemeldet, die nichts mit Begierde zu tun hatte, und es war ein Sog, eine zuversichtliche, vertrauensvolle Schwerkraft, dass das Kind sein musste und dass sie es selbst gewollt hatte. Eine Bestimmung nahezu. Anders legte seinen schweren Wintermantel um ihre Schultern, nahm ihr den Korb ab und hielt ihr die Tür des Taxis auf, das sie einen Augenblick später in dieses Leben fahren würde.

Wenn die Liebe freie Bahn hat, formt sie die Welt nach ihrem Willen, und es gibt kein triviales Detail, das sie nicht abmildern und mit einem zärtlichen Glanz überziehen würde. Ihre kleine Zweizimmerwohnung mit Gasboiler und Petroleumofen wurde die Mitte der Welt. Eine überschaubare Welt, in der ein chinesischer Drachenfisch aus Reispapier als Lampenschirm über dem Esstisch hing und in der die alten Emailschilder, die sie von einem Flohmarkt in Paris nach Haus geschleppt hatte, eine jugendliche Gemütlichkeit mit frankophiler Ironie verströmten. Einige Jahre später konnten sie sich die Wohnung in der Bianco-Luno-Allee kaufen, wo Anders wohnen blieb, als sie ihn verließ. Ingrid fragt sich, ob sein jetziges Heim in Söder, in Stockholm, nun der Mittelpunkt der Welt für ihn ist.

Eine überflüssige Frage, er hat ja wieder Kinder bekommen, aber über ihre Wohnung, die sie selbst in einem Hinterhaus in der Sølvgade fand, kann sie das nicht sagen. Auch nicht, obwohl sie mit Jonas hierblieb. Sie hätte sich längst etwas Größeres und Schickeres leisten und sich damit ein wenig aufwerten können, aber sie hatte die verrückte Idee, nicht mehr Schulden haben zu wollen, als sie wirklich und sicher zurückzahlen könnte, was die Lust, mit festem Eigentum zu experimentieren, sehr einschränkte. Außerdem gefiel ihr ihre schattige Ecke mit der Aussicht auf einen überraschend üppigen Feigenbaum und mit der Gewissheit, dass hinter der langen Mauer auf der anderen Straßenseite der Park des Kongens Have auf sie wartete. Sie hat sich in dem Viertel zwischen Sølvgade und Nyboder eingelebt und hat ihre Lieblingsbank auf dem Sankt Pauls Plads gefunden, wo sie die italienische Mittelalterkirche im kommunalen roten Backstein im Blick hat. Bloß, die Mitte der Welt ist es nicht. Nichts ist mehr die Mitte der Welt.

Mittelpunkte, gehören sie nicht der Kindheit an? Ist es nicht in Wirklichkeit ein Pastiche auf das Heim der eigenen Kindheit, in das wir uns einlullen, während unser neugeborenes Kind in einer gefütterten Wiege seinen Mittagsschlaf hält? Später meinte sie, die Wende sei eingetreten, als Anders, Jonas und sie von der Elmegade in die Bianco-Luno-Allee zogen, als ob man die Unschuld verlöre, wenn man Zentralheizung und höhere Decken bekam. Vielleicht hätte sie Anders nie verlassen, wenn sie Frank nicht begegnet wäre, oder doch? Irgendwie war da eine große Leere in ihr gewesen, noch unentdeckt, ein unausgefüllter Raum.

Frank. Sie hat Lust, mit ihm zu sprechen, aber er ist längst zu Hause, und sie haben abgemacht, dass sie ihn dort nicht anruft. Er hätte am frühen Abend anrufen sollen, und wenn er sagt, er rufe an, dann ruft er auch an. Sie sehnt sich nach seiner Stimme. Für ihre väterliche, beruhigende Wirkung hat sie immer ein Ohr gehabt, aber sie hat auch nie das an ihm aus den Augen verloren, das ihn zu mehr als einem Ersatz für den fernen Norman Dreyer macht. Ihr Vater gab sich Mühe, dass man ihn nicht zu fassen kriegte. Das hatte etwas Kokettes. Eigentlich hätte man erwarten können, dass er seine Freiheit zu etwas Vernünftigerem nutzte.

Obwohl Frank verheiratet ist und seit mittlerweile acht Jahren ein Doppelleben führt, verbindet Ingrid ihn immer nur mit loyaler und engagierter Fürsorge. Deshalb hat er sich wahrscheinlich auch nicht scheiden lassen. Selbst sie, die heimliche Geliebte, ist von seiner pflichtbewussten Geistesgegenwart umgeben, einerlei ob es sich um den Austausch einer Dichtung in der Mischbatterie ihrer Dusche handelt oder um die rechtzeitige Umschichtung ihres Hypothekendarlehens. Frank könnte ihr Vater sein, er ist zwanzig Jahre älter, aber Norman Dreyer ist tot, und das ist ein Unterschied, der die Frage nach dem Alter in dicke Klammern setzt. Lebendig oder nicht, das ist der einzige Unterschied, der zählt. Überdies ist Frank zu mitfühlend, teilnahmsvoll und fleischfressend in jeder Hinsicht, als dass sie sich vorstellen könnte, er sei nicht da.

Sie hat ihn an einem Nachmittag im August auf der Schnellfähre zwischen Aarhus und Seeland kennengelernt. Es war die letzte Woche der Sommerferien, Anders war mit Jonas und einem seiner Schulkameraden in Tversted geblieben. Sie hatten sich für die Ferien Berthes Haus geliehen, eine geteerte Bretterhütte umgeben von Fichten und Wiesen zwischen der Hauptstraße und den Dünen. Wegen einer Baubesprechung musste Ingrid früher nach Hause. Sie genoss es, mit Sand auf den Sitzen und eingeschaltetem Autoradio durch Jütland zu kutschieren. Anders würde eine Woche später mit den Jungs den Zug nehmen. Sie waren ohne Unterbrechung drei Wochen zusammen gewesen. Das wurde ihr bewusst, als sie auf die Rampe zum obersten Wagendeck der Fähre rollte. Sonst sahen sie sich immer nur ein paar hektische Stunden am Tag, vom Nachhausekommen bis zum Zubettgehen. Vormittags, wenn Jonas und sein Freund in den Dünen herumliefen, hatten sie sich geliebt, und im Großen und Ganzen war es alles andere als eine gefühlsmäßig unterernährte Frau, die im Alter von neununddreißig Jahren aufs Sonnendeck trat, als die Fähre ablegte, und den Mann ihres Lebens traf.

So filmisch war es natürlich nicht, aber dazu ist es geworden, wenn sie zurückschaut, und es ist der Rückblick, der zählt. Die Geschichte, die zu erzählen übrig bleibt. Gegen eine bescheidene Gebühr in Form von Vergessen und Verdrängen tauscht sie die Zufälle in etwas Bedeutenderes um. Später können all die Initiativen weniger souverän wirken, als gut ist, aber das vergisst man auch, und unterdessen hat die Liebe Zeit zum Formen und Verwandeln bekommen. Frank ist jetzt ein Teil von ihr. Als sie aufs Achterdeck kam, war er das noch nicht. In der Menge der Passagiere, die an der Reling standen und zusahen, wie die Containerkräne und die düsteren Spitzen des Aarhuser Doms sich zurückzogen, hatte sie ihn noch gar nicht entdeckt.

Als die Fähre auf offene See kam, waren nur sie beide noch an Deck im Dieselqualm. Er saß mit verschränkten Armen auf einem Stuhl und sonnte sich. Sein hellblaues Hemd wirkte frisch und gebügelt, obwohl es an die dreißig Grad warm war. Ein gestreifter Schlips flatterte über seine Schulter, als wäre auch er ein Fahrzeug, das mit wehendem Wimpel am Steuerhaus losstampfte. Sein Haar war damals schon grau gewesen und resolut und ordentlich zurückgekämmt. Die beeindruckende Kurve seiner Nase in dem ziegelroten Gesicht ließ an Sitting Bull denken, und um seine gepflegte, maskuline Person lag eine Aura von Rasierwasser und kühner Entschlossenheit. Sie muss ihm versehentlich in der Sonne gestanden haben, denn plötzlich hob er den Kopf und sah sie an.

Das letzte Flugzeug nach Kopenhagen fliegt in gut einer Stunde, aber es ist ausgebucht, teilt die junge Bodenstewardess mit und lächelt unverbindlich. Ingrid schaut unschlüssig auf das Gewimmel müder Geschäftsreisender, die sich darauf freuen, nach Hause zu kommen. Sie meint, eins der Gesichter in der Schlange frustrierter Passagiere vor dem SAS-Schalter wiederzuerkennen, aber erst als sie durch die automatischen Glastüren hinausgeht, fällt ihr ein, wer es ist. Die Türen schieben sich unentschlossen auf und zu, während sie stehen bleibt und den Reisenden, die hineinwollen, den Weg versperrt. Die kleinen Räder ihrer Rollkoffer rattern geschäftig über den geriffelten Gummibelag des Windfangs. Sie geht wieder hinein, nur ein paar Schritte.

Seine Stirn ist höher geworden, und er hat zugenommen, Peter, aber seine fast zwei Meter große Autorität ist ihm geblieben. Das Alter und der Kamelhaarmantel haben sie nur noch verstärkt. Er wirkt wie ein Mann, der die Dinge im Griff hat. Sicher hat er in Stockholm irgendetwas Großes ge- oder verkauft, so wie sie ja im Grunde auch. Wie er da so steht, im Abstand von zwanzig Metern und dreißig Jahren, und ungeduldig zu den nicht zu beeindruckenden SAS-Vertretern aufrücken will, kann sie ihn ganz frei und interesselos betrachten.

Sie hat ihn seit ihrer Abschlussfeier in Zahles Gymnasium nicht mehr gesehen, und die Einladung, die mit lustigen Fotos aus der Schulaufführung der Unterprima vor einigen

Wochen ins Haus kam, hat sie dankend abgelehnt. Ein paar nostalgisch gesinnte Klassenkameraden von damals haben sich vorgenommen, in einem Gasthaus oben im Norden das Abitursjubiläum zu feiern. Sie kann sich kaum noch an ihre Namen erinnern, aber sie kann es sich schon vorstellen. Eine dieser Veranstaltungen, bei denen man nicht weiß, wen man als Tischnachbarn bekommt, und bei denen man am Ende zu viel getrunken hat, um mit dem Auto nach Hause fahren zu können. Sie lehnt fast immer ab, wenn etwas außerhalb stattfindet. Die Vorstellung, sich nicht jederzeit verdrücken zu können, macht sie nervös, und die Kombination von Gasthaus und Vergangenheit entschied die Angelegenheit von vornherein.

Peter muss Probleme mit dem Blutdruck haben, sie erkennt es an seinem roten Hals und den roten Wangen. Schon damals war er weiß Gott nicht der Typ, für den sie etwas übrighatte, aber Frank ja eigentlich auch nicht. Sie bleibt stehen und betrachtet Peter, der cholerisch vor den arroganten SAS-Mitarbeitern gestikuliert. Damals konnte sie ihn auch anstarren, ohne dass er es überhaupt beachtete. Sie verbrachte ihre Gymnasialjahre, indem sie von ihm fantasierte oder auf jede erdenkliche Art versuchte, auf sich aufmerksam zu machen. Es kam ihr nicht in den Sinn, vielleicht ihre überhöhten, romantischen Vorstellungen von ihm zu revidieren, wenn sie sich die Mädchen anguckte, die er favorisierte. Sie dachte nicht daran, dass er vielleicht ebenso fantasielos bürgerlich und versnobt war wie die Vorortmädels in ihren halbhohen Schuhen mit Metallspangen, denen er auf Partys mit Vergnügen das brünstige Weibchen entlockte. Es war Ende der Siebziger, und der hemmungslose, unverklemmte Rausch, mit wehenden Haaren und wippenden Brüsten, war eben nach wie vor eine Art kulturelles Referenzmodell – sogar in einer zeitlosen Institution wie Zahles Gymnasium, wo in gar nicht allzu ferner Vergangenheit die Königin und die Prinzessinnen dieselbe Treppe mit dem Gipsabguss irgendeines griechischen Helden hinaufgestiegen waren.

Es ist lange her, dass Ingrid Wünsche hatte, die sie verlegen gemacht hätten, wenn sie nur ein kleines bisschen über die Person gewusst hätte, die sie später werden sollte. Schon im ersten Jahr auf der Akademie, als sie ihr Milieu gefunden hatte, fand sie es einfach nur komisch, mit einem Gleichaltrigen zusammen zu sein, der »Whiskysoda« sagte und Krawatte trug. Was hatte sie bloß an ihm gefunden? Sie versucht sich daran zu erinnern, als sie nun in einem anderen Taxi sitzt, das sie vom Flughafen zurück in die Stadt zum Hauptbahnhof bringen soll. Es ist so erholsam, an Peter Vissing zu denken, statt über Dinge nachzugrübeln, die sie vor ihrer Heimkehr ohnehin nicht ändern kann. An ihrer wirren Gymnasiastenliebe kann sie auch nichts ändern, schon lange nicht mehr, aber im Gegensatz zum Drama des Abends ist sie ohne Bedeutung. Man könnte meinen, es sei ein anderes Mädchen, an das sie da zurückdenkt, während sie der Lichterkette auf der Einfallstraße zum zweiten Mal folgt. Es gibt kaum Verkehr. Sie hört, dass das Taxi immer noch mit Winterreifen fährt, die Spikes singen auf dem Asphalt.

Wie man von A nach B und weiter kommt. Das scheint so einfach zu sein, die Zeit vergeht ja von selbst, man muss nur lange genug warten. Trotzdem wirkt die längst eingetroffene Zukunft so unerwartet, so unvorhersehbar, wenn sie sie mit den Augen der Vergangenheit zu betrachten versucht, als unglücklich verliebte Unterprimanerin. Und beides, Vergangenheit und Mädchen, wirkt gleich unwahrscheinlich auf die Ingrid Dreyer, die hier nun in einem Taxi nach Stockholm hineinfährt. Ihr Ich von damals passt nicht zu ihrem Ich von heute. Nichts passt zusammen. Peter, Anders, Jonas, Frank. Zeit ist nur der Abstand, der zunehmende Abgrund, in dem die eine Erfahrung oder das eine Gefühl eben nie mit dem anderen in Berührung kommt.

Oder die Zeit ist genau die Schnur, an der die ungleichen Steine hässlich und zusammengewürfelt an ihrem Hals hängen, der allmählich Falten zeigt. Sie ist jetzt müde, und sie spürt ein beginnendes Kopfweh in den Schläfen. Was hatte Peter so Besonderes an sich? Sicher nichts anderes als seine blauen Augen und eine vage Ähnlichkeit mit Robert Redford. Eine entspannte, maskuline, aufgeweckt abwartende Ruhe. Etwas überraschend Ehrbares und eine Sicherheit in den Bewegungen, die einen glauben machen konnten, dass er im Allgemeinen sicher war. Sein breiter Kiefer, die blonden Härchen auf den Unterarmen, das reichte für den Anfang. Kann Verliebtsein nicht auf den simplen und flüchtigen Drang reduziert werden, zu berühren und berührt zu werden, von einer Erscheinung, die in all ihrer Fremdheit umso perfekter erscheint?

Mehr hat es nie gebraucht, aber wenn man noch nicht zwanzig ist, kann die Attraktivität des anderen die eigene Unzulänglichkeit nur unterstreichen. Man fühlt sich wie ein Spastiker, der die unerreichbare Perfektion des Auserwählten bewundernd begafft und dabei blöde Mund und Augen aufsperrt. Ein einziges Mal hat er auf einer Party mit ihr getanzt. Es war dieses übliche Geflatter mit schnipsenden Fingern, aber bei der nachfolgenden langsamen Nummer musste er anstandshalber seine Hände auf ihre Hüften legen. Das hätte sie nicht ausnutzen sollen, denn im nächsten Augenblick zog er mit heuchlerischer Ehrbarkeit die Hände zurück, als wären sie mit einer Missgeburt in Berührung gekommen.

Sie schaut auf die Wohnblöcke, die sich an der Einfallstraße drängen, monotone Fertigbauten aus den Sechzigerjahren, unterbrochen von offenen Arealen mit Spielplätzen, Rasenflächen und Geschäftsarkaden. Hier geht man in den Supermarkt, zur Post oder zum Zahnarzt wie in diesen erbaulichen, in Grundfarben gehaltenen Plastikarrangements mit fröhlichen kleinen Figuren, mit denen Jonas früher gespielt hat. Bestimmt gibt es auch irgendwo eine Anwaltskanzlei, wo man sich zwecks Scheidung beraten lassen kann, wenn alles zu konform und perspektivlos werden sollte.

Sie muss an einen Zeitungsartikel über einen von Le Corbusiers Betonkomplexen in einer Pariser Vorstadt denken, den sie neulich gelesen hat. Man hatte die Bewohner woanders untergebracht und den ganzen Krempel in die Luft gesprengt, um den sozialen Problemen beizukommen und der Hässlichkeit vielleicht auch, wer weiß. Sie ist damit aufgewachsen, Le Corbusier als Genie zu betrachten. War ja auch genial, die Arbeitskraft in die Höhe zu stapeln und dann Gras in die Leerräume zu stopfen, die dabei entstanden, aber welche Aussicht hatten die armen Leute dann, mal abgesehen von Licht und Luft? Buchstäblich elementare Güter, aber ziemlich langweilig auf Dauer, wenn man nichts anderes sehen kann als ein Karree, das dem eigenen zum Verwechseln ähnlich sieht. Dann wird man vielleicht sogar ein altes Arbeiterviertel vorziehen, das rattengeplagte Labyrinth aus schwammigen Brandfallen, wo man aber zumindest den Sinn für das Chaos und den Verschleiß des Lebens aufrechterhalten kann. Und das unruhige Wissen, dass sich dieses Leben schlagartig in etwas Ärgeres oder Besseres oder einfach etwas anderes verwandeln kann.

Vielleicht romantisiert sie, aber das tat Corbusier ja auch. Als ob Plan und Vernunft schon an sich die Erlösung brächten. Es verblüfft sie von Mal zu Mal, welches Vermögen die Menschen haben, ihre Umgebung zu beseelen, noch die armseligste und reizloseste. Kinder tun das ja ständig. Ob eine Kellertreppe oder das Gebüsch an einem Transformatorenhäuschen, alles kann zur Heimstatt furchtsamfantastischer Gewaltigkeiten werden. Und Erwachsene tun es mit allen zur Verfügung stehenden Gartenzwergen, und sie tun es, meist ganz unbewusst, mit der Empfänglichkeit ihres Blicks für die flüchtigen Phänomene des Alltags: Regentropfen auf der Scheibe, das Rauschen des Laubs, den Widerschein der Nachmittagssonne auf einer Steinmauer. Den Austausch des lebendigen Augenblicks von Wetter, Ort und Gemüt.

Hinter den Wohnblockmosaiken erleuchteter Fenster haben die Familien längst zu Abend gegessen. Der eine schiebt Essensreste in den Mülleimer, der an der Schranktür unter der Spüle hängt. Der andere liest in der unteren Koje eines Etagenbetts aus druckimprägnierter Birke *Pu der Bär* vor. Etwas später werden sie sich aufs Sofa setzen und einen Film mit Sex, Gewalt und Verfolgungsjagden ansehen. Vielleicht werden sie, ohne es laut zu sagen, denken, ein bisschen zahm ist unser Leben schon geworden, aber dann wird er sie an sich ziehen, oder sie wird ihre Füße in seinen Schoß legen, und sie werden unabhängig voneinander davon überzeugt sein, dass es doch ganz gut ist, dass sie zusammen sind, besser als so vieles andere. Das ist auch ein Leben, und es ist in Ordnung so. Im Etagenbett liegt vielleicht die ältere Schwester und lauscht den Atemzügen ihres Bruders, während sie in dem Lichtstreifen, der durch den Türspalt fällt, im Astloch eines Bettpfostens einen Schrumpfkopf aus Neuguinea erkennt. Oder sie findet, der blauviolette Schimmer eines Lichts vor den Blockaufgängen sei wie die überirdische Aura eines Ufos, und sie vergisst es nie.

Wenn man vom Flughafen Arlanda nach Stockholm fährt, kann man beim Gedanken an die parallelen Leben im vorgefassten Plan der Fertigbauten aus Beton ironisch oder schwermütig werden. Dann ist es Zeit, sich daran zu erinnern, dass aller Geist und alle Vorstellung mit der Fähigkeit beginnen, von der Wirklichkeit ausgehend seiner Fantasie freien Lauf zu lassen. Aber was ist mit aller Liebe? Wie viel Wirklichkeit verträgt sie?

Von außen gesehen war ihre Dreisamkeit in der Elmegade ebenso verletzbar anonym wie das, was sie sich von den Bewohnern der fantasielosen Viertel rund um Stockholm vorstellen kann. War es ein verfremdeter, ironischer Blick, der eines schönen Tages die Verzauberung ihres Lebens durchbrach? Nicht um sie mit einem Schlag aufzuheben, sondern um sie allmählich zu entmachten? Vielleicht gibt es auch gar keinen Grund, dass es eines Tages vorbei war. Vielleicht war ihnen einfach etwas abhandengekommen.

Es ist, wie auf der Außenseite des Lebens zu sitzen und an der ganzen Sache im Abendkleid vorbeikutschiert zu werden, ohne Kontakt. Sie fahren ins orangefarbene Licht des Tunnels, und sie sieht sich im Rückspiegel. Sie hebt die Hand an ihr linkes Ohrläppchen, der Ohrring fehlt, ihr Mund wird trocken. Hat sie ihn auf den Nachttisch gelegt, ehe sie telefonierte, oder hat sie ihn im ersten Taxi nach Arlanda hinaus verloren? Sie überlegt, den Fahrer zu bitten, am Hotel vorbeizufahren, lässt es dann aber sein. Sie weiß nicht einmal, ob noch ein Zug nach Kopenhagen geht, und falls ja, wann.

Sie tut, was sie nicht tun darf. Sie drückt auf *Kontakte* und wählt Franks Handynummer. Das sieht ihr wieder ähnlich, dass sie mit ihrem Schuldgefühl den kürzesten Weg zur Konfrontation nimmt. Was wird sie sagen, wie will sie erklären, dass sie den Ohrring verloren hat? Er antwortet fast beim ersten Klingeln. Sie räuspert sich und hat schon den Eindruck, dass es wie eine Offenbarung klingt.

»Ich bin's.«

Er ist ihr Kontakt. Er ist die Person, zu der ihr Kontakt immer am engsten war, und trotzdem weiß sie plötzlich nicht mehr, warum sie ihn angerufen hat. Sie kann ihm nicht erzählen, dass sie ihren Ohrring vermisst. Vielleicht taucht er ja auch wieder auf. Wer kann schon einen Ohrring allein gebrauchen?

»Entschuldige bitte, dass ich nicht angerufen hab.«

Seine ruhige, zivilisierte Stimme durchdringt sie auf Kanälen, die keine andere Stimme kennt. Sie versetzt ferne, tiefe Teile in ihr in Schwingungen, aber da ist noch etwas anderes mit hineingeschlüpft, eine fremde Luft. Die Kühle ist es nicht, es ist etwas anderes, das die Stimme sich ein wenig zusammenziehen lässt. So als fröre ihn.

»Das macht nichts. Kannst du reden?«

Sie muss an ihre ersten Telefongespräche als heimliches Liebespaar denken. Selbst er, der Erfahrene, verriet in seiner Stimme eine schuldbeladene Beklemmung, etwas Verfrorenes wie an einem stürmischen Abend an einer einsamen Haltestelle. Sie hat so etwas nie wieder bemerkt. Aber warum jetzt? Warum klingt seine volle, warme Stimme jetzt wieder so gepresst?

»Ich bin im Garten.«

Er hat keinen Garten. Sie wohnen in einer herrschaftlichen Wohnung hinter der Station Østerport und haben zweihundertfünfzig Quadratmeter, auf denen sie unglücklich sein können, aber einen Garten haben sie nicht.

»Garten?«

Es ärgert sie, dass sie so inquisitorisch klingt.

»Wir sind in Hornbæk«, erklärt er.

Vielleicht steht er einfach in Hemdsärmeln unter den Tannen und friert erbärmlich, aber solange sie ihn kennt, haben sie ihr Sommerhaus nur an den Wochenenden und im Urlaub benutzt.

»Was macht ihr denn da?«

Was geht sie das eigentlich an?

»Lise wollte aufs Land.«

Anscheinend wundert er sich auch darüber, dass er ihr etwas erklären muss.

»Aber normalerweise fahrt ihr doch nicht ...«

Gegen ihren Willen macht Ingrid hartnäckig weiter. Was soll das bloß?

»Entschuldige bitte einen Moment«, sagt er. »Bin gleich wieder da.«

Steht Lise an der Tür? Will er Zeit gewinnen, und wenn ja, wozu? Ein paar Sekunden lang hat sie den Wind zwischen den Büscheln steifer Tannennadeln rauschen hören. Noch ist es nicht völlig dunkel, sicher auch in Hornbæk nicht, vielleicht kann er Kullen auf der schwedischen Seite erahnen, einen geriffelten Streifen zwischen Himmel und Erde am Ende des schmalen Kiesweges, der durch den Wald führt.

Einmal ist sie da hinaufgefahren, an einem Wochentag. Stand auf Zehenspitzen und sah durch die kleinsprossigen Fenster auf die Korbstühle und Flickenteppiche und Feuerhaken vor dem weiß gekalkten Kamin in dem alten Ferienhaus. Sie wurde von einer Spaziergängerin mit Hund gesehen, die aber keinen Grund hatte, misstrauisch zu sein, sie hielt sie sicher nur für eine normale neugierige, etwas dreiste Person. Frank wurde stumm, als sie ihm ihren kleinen Ausflug gestand, und sie machte nie wieder einen Versuch, Einblick in sein Leben zu gewinnen.

Er hat nie sehr viel erzählt und schon gar nichts, was sie in ihrer Rolle als *die andere* entlasten konnte. Selbst im Vollzug der Untreue bleibt er loyal, beinahe gradlinig. Wenn er seine Gründe hat, behält er sie für sich, und sie muss ohne Hilfe die Verantwortung dafür übernehmen, sich mit ihm eingelassen zu haben. Sie kann auf nichts bauen und muss trotzdem davon überzeugt sein, dass er trotz Kindern und Kindeskindern mit der unbekannten Lise eine unglückliche Ehe führt.

»Du kannst auch später anrufen. Oder morgen«, sagt sie und bereut schon, ihn überhaupt angerufen zu haben. Irgendetwas zwischen ihnen ist nicht so wie sonst.

»Nein, nein, geht schon«, antwortet er nach einer Pause.

»Du hörst dich müde an«, sagt sie. Wieder eine Pause.

»Ah ja? Vielleicht bin ich ein bisschen müde. Ist was passiert?«

Natürlich spürt er etwas, er hört es ihr an.

»Wir können morgen darüber reden«, sagt sie. Trotz all seiner feinfühligen Fürsorge ist es, als hätte er einen Ball übers Netz retourniert.

»Was ist denn, Ingrid?«

Beinahe, als wollte er mit seiner einfühlsamen Frage selber irgendwas kaschieren.

Ihr geht auf, dass sie nicht die geringste Ahnung hat, welche Last in seinem Leben dem freien Strom ihrer Liebe in die Quere kommen könnte. Einfach weil sie nicht viel über sein Leben weiß. Eigentlich müsste sich Lise so fühlen, aber sie ist überzeugt, dass Lise keinen Unrat wittert und nie einen Verdacht hatte. Wer seiner Geliebten ein ganzes Leben verheimlichen kann, kann der Frau, mit der er zusammenlebt, auch eine noch so lange Affäre verheimlichen.

»Es ist wegen Jonas. Aber ich hab jetzt keine Lust, darüber zu sprechen. Entschuldige, dass ich angerufen habe.«

Affäre. Das Wort hat es nie gegeben. Wieso kommt es ihr jetzt in den Sinn? Er ist ihr Mann, auch wenn er nicht ihrer ist. Er ist der Mann. Jahrelang hat sie akzeptiert, dass es so etwas wie Parallelwelten gibt. Es ist tatsächlich erstaunlich, wie viel Leben sie neben seinem Leben gehabt haben.

»Du hast sicher angerufen, weil du gerne darüber reden willst. Ingrid ...«

Er kommt mehrmals in der Woche in die Sølvgade, er kennt Jonas, er hat ihm einiges gezeigt und beigebracht. Jonas kennt gar nichts anderes, für ihn ist es völlig normal, einen Zweitvater zu haben, der noch eine andere Familie hat.

»Was machst du so spät im Garten?«

Sie kann's heute Abend nicht lassen.

»Ich stand hier nur so.«

Sie sieht ihn in Hemdsärmeln vor sich, unter den Tannen vorm Haus.

»Stimmt was nicht?«

Sie kann es nicht lassen.

»Ingrid, was ist passiert?«

Sie könnte ihm von Jonas erzählen statt von dem Ohrring. Völlig daneben. Sie fühlt sich völlig daneben.

»Nichts. Ich könnte dich dasselbe fragen. Ich dachte, du wolltest anrufen.«

Das sieht ihr nicht ähnlich. Die Doppelbödigkeit ihres Tonfalls, der weibliche Hang, sich als Opfer und Anklägerin zugleich aufzuführen. Diejenige, die man bedauert, die aber trotzdem noch genug Power hat, ihm das unter die Nase zu reiben.

»Entschuldigung.«

Er sagt Entschuldigung. Normalerweise gehört er nicht zu den Männern, die auf so etwas hereinfallen.

»Du brauchst dich nicht zu entschuldigen. Ich muss mich entschuldigen. Nein, jetzt wird das wirklich ...«

Es ist nicht seine Stimme, die sie jetzt braucht, er soll sie umarmen, das braucht sie jetzt.

»Süßer Schatz ...«

Er ist der Mann, weil sie nie daran gezweifelt hat, dass er sie wollte, dass er etwas von ihr wollte.

»Sehen wir uns morgen?«

Oh, das kleine Mädchen. Warum kann man sich nie von sich selbst befreien?

»Natürlich, Schatz. Wie immer.«

Nun ist sie sicher, dass etwas nicht stimmt.

»Ich liebe dich.«

Etwas anderes hat sie nicht zu sagen.

»Ich liebe dich auch. Das weißt du doch.«

Dieses »doch« hört sich irgendwie falsch an. Zwischen ihnen ist plötzlich ein Abstand, den sie nicht gewohnt ist.

»Weiß ich das?«

Sie weiß nicht mehr, wie tief sie noch sinken kann, bevor das Gespräch vorbei ist.

»Ingrid ...«

Irgendetwas schnürt sich in ihr zusammen, aber was? »Entschuldige«, flüstert sie.

»Ich rufe dich morgen früh an«, sagt er fast ebenso gedämpft.

»Dann gute Nacht.« Sie versucht so zu klingen, als lächelte sie. Hat er ihr Lächeln gehört?

»Gute Nacht, meine Liebste.«

Frank hatte im Hassler gebucht, aber sie war es, die Rom kannte. Als Berthe dort wohnte, hatte Ingrid sie in den Ferien besucht, und als Architekturstudentin hatte sie dort einen Winter und ein Frühjahr in der Dänischen Akademie verbracht. Sie hätte nie gedacht, dass sie in dem unnahbaren Luxushotel neben Santa Trinità dei Monti einmal eine Nacht verbringen würde. Sie war fast täglich daran vorbeigekommen, wenn sie durch den Park der Villa Borghese spazierte, um in die Stadt zu gehen. Hier blickte man über ein anderes Rom, wenn man morgens auf der Terrasse an seinem Macchiato nippte und das Frühstück von Kellnern in weißen Jacken serviert wurde. Die geschuppten Kuppeln und morschen Ziegeldächer sahen von hier oben mondäner aus, wie ausgeschnitten aus einem exklusiven Reisemagazin. Man sehnte sich beinahe nach der Stadt, obwohl man sich doch mittendrin befand.

An einem solchen Morgen legte er das kleine Geschenk neben ihren Teller auf die frisch gebügelte Tischdecke. Schon die Proportionen des Päckchens waren ein Indiz, was es enthalten könnte. Sie hatte noch nie von einem Mann ein so winziges Geschenk bekommen, und sie errötete, während er mit listigem Lächeln ihre Finger beobachtete, die vorsichtig an der Schleife zogen. Den Namen, der in den Deckel des gepolsterten Lederetuis geprägt war, kannte sie gut. Wie oft war sie doch an Bulgari in der Via Condotti vorbeigegangen und hatte die glitzernden Fensterauslagen registriert, wie man etwas Belangloses an seinem Weg bemerkt. So wie ein Schafshirte im Goldenen Zeitalter an einer Tempelsäule auf dem Forum Romanum vorbeigehen würde.

Das sagte sie ihm, und er lachte sein jungenhaftes Lachen. Es war das Einzige an ihm, das nicht bestimmt und überlegt war. Er musste ihr helfen, die Ohrringe anzulegen, und sie errötete wieder, während sie ihm erst die eine und dann die andere Wange hinhielt. Zwei tropfenförmige Perlen, die an einem filigranen Goldkettchen hingen. Wie Freudentränen. Von der Metapher war er zwar nicht so begeistert, aber er lächelte so breit, dass es ihr vorkam, als könnte sie die Wärme spüren. Die sollte sie tragen, und wenn sie nicht zusammen waren, wüsste niemand, dass sie sie von ihm habe. Sie kannten sich damals ein knappes Jahr. Anfangs hatte sie fast den Eindruck, die kostbaren Steine würden sie in eine andere Frau verwandeln, aber inzwischen hat sie sich daran gewöhnt.

Sie weiß noch, dass sie an einem dieser milden Frühlingstage auf der Hotelterrasse eine junge Frau bemerkte, die unter den Bäumen vor der Villa Medici entlangging. Sie war groß und hatte ihr helles Haar zu einem Pferdeschwanz gebunden. Auf die Entfernung ähnelte sie Ingrid als junger Stipendiatin, in Jeans und T-Shirt, mit einer Leinentasche über der Schulter. Einen Augenblick lang war sie es, vielleicht weil sich die Umgebung in dem vergangenen Jahrzehnt ebenso wenig verändert hatte wie im Laufe der Jahrhunderte, die ihm vorausgegangen waren. Ingrid sah genau vor sich, was das Mädchen unter der Wegbrüstung sehen musste, eingerahmt vom Höhenzug des Monte Testaccio auf der anderen Seite des Tibers.

Unter der graublauen Verbrämung der Albaner Berge, hinter den Kirchenkuppeln, hinter dem Monument für Vittorio Emanuele auf der Piazza Venezia und dem Antennenwald auf den Ziegeldächern würde das Mädchen die zylinderförmige Gitterkonstruktion des Gaswerks an der Stazione Trastevere sehen. Wenn sie den Blick leicht nach links lenken würde, sähe sie hinter dem Obelisken vor Trinita dei Monti das Hotel Hassler und an der Brüstung der Terrasse vielleicht eine Frauengestalt, die in ihre Richtung blickte. Eine Frau, die sich gleich darauf zu einem grauhaarigen Herrn umwandte, der ihr in diesem Augenblick die Hände auf die Hüften legte.

Als Ingrid dann wieder zur Spanischen Treppe hinunterschaute, war das Mädchen so nah herangekommen, dass jede Ähnlichkeit verschwand, so wie sie selbst kurz darauf zwischen den Touristen auf der Treppe. Ingrid musste wieder an sie denken, als sie unter einer Markise auf der Piazza San Ignazio zu Mittag aßen, und später noch einmal, als sie Hand in Hand durch die Via Giulia bummelten. Jedes Mal, wenn sie nach Franks Ohrringen fühlte, weil sie noch nicht daran gewöhnt war, dass sie so unbefangen von ihren Ohrläppchen baumelten, tauchte das Mädchen in ihren Gedanken auf. Sie trug die Ohrringe jeden Tag, obwohl sie streng genommen nach einem Ballkleid verlangten. Es wäre sicher auch für das Mädchen in T-Shirt und Jeans ein ungewohntes Gefühl gewesen. So vieles wäre für dieses Mädchen ungewohnt gewesen. So vieles von dem, das sich zwischen die jetzige Ingrid und jene Ingrid gelegt hatte, die in einem anderen Leben gedankenverloren an der Villa Medici vorübergeschlendert war.

Was geschehen ist, ist geschehen, das gilt nicht nur für das Unglück. Auch das Glück ist geschehen, es ist auch eine Tatsache gewesen, auch wenn es aufgebraucht ist, abgelöst von neuem Glück und neuem Unglück. Anders ist geschehen und Jonas und nun Frank. Während sie ihn durch die schattigen Gassen zog, um ihm einen Brunnen oder eine Barockfassade zu zeigen, konnte sie sich plötzlich nicht mehr an den Namen des Burschen erinnern, den sie mit nicht mehr als einer Andeutung zu Hause gelassen hatte, als sie damals für sechs Monate nach Rom fuhr, um romanische Rundkirchen zu studieren.

Es war auch egal. Es war eine keusche, selbstvergessene Zeit gewesen, und im Rückblick war Ingrid im Innern ebenso integer und rein gewesen wie die Wirbel und Blätterranken in den kosmatischen Mosaikböden oder die stilisierten Vögel und Delfine in den Gewölben über den uralten Kirchenräumen. Einfache, freundliche Räume, die das sparsame Licht zu etwas formten und sammelten, das einem Wink glich, einer besänftigenden Berührung. Sie lockte Frank in einen überfüllten Bus, mit dem sie über die Via Nomentana vor die Mauern der Stadt fuhren, um die Stiftmosaiken in Santa Agnes zu bewundern, und er verstand sie, verstand, dass sie vom Geist der Einfachheit hingerissen war. Dafür verstand sie, dass dieser Geist der Vergangenheit angehörte, ihrer und der römischen, als er ihr hinterher die Hand in den Nacken legte und ihr einen Campari auf der Via Veneto vorschlug.

Als sie ein gutes halbes Jahr zuvor im Bett eines anderen Hotels gesessen und ihm erzählt hatte, sie habe ihren Mann verlassen, hatte er besorgt ausgesehen. Er hatte sich neben sie gesetzt, noch im Mantel, und seine Hand an ihre Wange gelegt. Sie umfasste sein Handgelenk und sah ihm in die Augen. Das habe sie nicht getan, weil sie von ihm eine genauso drastische Handlung erwarte. Später dachte sie auch selber, dass ihre Mitteilung schon etwas eigenwillig gewesen war. Zu der Zeit hatten sie sich gerade mal ein, zwei Monate gekannt. Sie trafen sich in Hotelzimmern, wie es im Buche stand, dachte sie, obwohl sie dieses Buch zum ersten Mal aufschlug. Er wusste augenscheinlich, wie man so etwas machte, aber dem schenkte sie erst einige Jahre später Beachtung. Sie erwarte überhaupt nichts, sagte sie, aber sie wolle kein Leben mehr führen, das auf einer Lüge gründe. Ihre Worte begeisterten sie, sie kamen in einer langen wogenden Bewegung wie von selbst. Sie konnte sich nicht erinnern, je so gesprochen zu haben außer am Abend zuvor, als Anders mit offenem Mund dieselbe Nachricht entgegennahm.

Sie müsse Klarheit in ihrem Leben haben, hatte sie Anders gesagt, und das wiederholte sie, während sie Frank in die Augen sah und seinen Handteller an ihre Wange drückte. Es war ein Hotel in der Nähe des Flughafens, das sie ein paarmal frequentiert hatten. Sie hatten ihren Spaß daran, ihrer Fantasie freien Lauf zu lassen, wohin man fliehen könnte, während der Donner der Jetmotoren über die Zimmerdecke hinwegdröhnte. »Klarheit?« Das Fragezeichen in seinem Tonfall brachte sie dazu, ihm noch einmal zu versichern, dass sie keinerlei Erwartungen habe. Sie habe ihn getroffen, und ihr sei nie zuvor ein Mann begegnet wie er. Das habe etwas verändert, ganz gleich was werde. Zwischen ihnen. Das habe etwas in ihr verändert, und diese Veränderung sei unabhängig davon, ob er auch künftig da sein werde. Er sah sie an. »Es gibt einfach nichts Zweitbestes«, hatte sie geflüstert. »Also lieber ...« Er hatte sie küssen müssen, um sie zum Schweigen zu bringen.

Rom war ihre erste gemeinsame Reise, und in den ockergelben Stadträumen, mit dem Abstand eines Herbstes und eines Winters, war der Bruch mit Anders nicht mehr so penetrant gegenwärtig. Er war eine Erzählung geworden, mehr als eine, und alle hatten sich mit ihren veränderten Rollen abgefunden. Es folgten ein paar zerrissene Monate, in denen sie wie eine Obdachlose mit vielen Plastiktüten mal bei der einen, mal bei der andern Freundin unterkam, dann war sie in die Sølvgade gezogen, und Jonas kam alle zwei Wochen. Obwohl er litt, spürte sie, dass er allmählich angefangen hatte, seinen Schmerz zu überblicken. Es wurde auch nicht schlimmer.

Das letzte Erdbeben, das er noch durchstehen musste, war Franks erste Übernachtung in der Sølvgade. Jonas hatte dem neuen Geliebten seiner Mutter kaum in die Augen gesehen, da war er praktisch schon aus der Tür. Eine Stunde später rief er an, um zu sagen, dass er bei einem Freund schlafe. Aber er hatte es überlebt. Zumindest hatte er Frank noch die Hand gegeben und sehr männlich urbane Feststellungen mit ihm ausgetauscht – wie als Anerkennung dafür, dass seine Mutter, als sie Jonas' Welt niederriss, immerhin eine Art Mensch an die Stelle dieser Welt gesetzt hatte. Übrigens blieb Frank selten über Nacht, aber er »reiste viel«, wie er sagte, und Lise hatte es offenbar aufgegeben, über die Ziele seiner Geschäftsreisen auf dem Laufenden zu bleiben. Erst nach etlichen Monaten fand Ingrid heraus, dass seine Frau Lise hieß. Sie hatte selber fragen müssen.

Er erzählte von seiner Kindheit und Jugend, seinen ersten Reisen und Mädchen, aber nichts von seinem Familienleben. Er brachte sie auch zum Erzählen, aber nie fragte er sie über Anders und Jonas aus. Wenn sie mit zugezogenen Gardinen in einem Hotelzimmer lagen und sich in die Augen schauten, war es, als betrachtete er in ihr einen alternativen Zweig des Lebens. So als könnte er sie etwas weiter unten einpfropfen, in einem früheren Stadium, als Ersatz für die Richtung, die die Dinge genommen hatten. Hatte sie, als sie den Ast absägte, auf dem sie so lange gesessen hatte, selber geglaubt, ihr Leben sei mit dem von Mann und Sohn zusammengewachsen?

Statt von seiner Familie erzählte Frank von allen möglichen Dingen, die er mochte. Nie von denen, die er nicht mochte, nie ein abschätziges Wort über irgendjemanden oder irgendetwas. Er sprach über Beethovens Klaviersonaten, ausgesuchte Lagen im Burgund oder John McEnroes Rückhand, und er sprach über sie. Völlig ungeniert konnte er ihren Körper beschreiben, sodass sie Lust hatte, sie selbst zu sein, und sich gleichzeitig darüber wunderte, was er sah. Wen er eigentlich im Kopf hatte.

Während Ingrid mit ihrem »Liebhaber« in Rom war, wohnte Berthe in der Sølvgade. Es war das erste Mal, dass Berthe Charakterstärke als Großmutter bewies. Natürlich hatte sie ab und zu auf Jonas aufgepasst, und einmal im Jahr stand auch das Tivoli auf dem Programm, aber sie war immer mit sich selbst beschäftigt gewesen, und die Aufgabe war nahezu unmöglich. Berthe war nie an dem Punkt angelangt, an dem sie sich selbst als Mutter sah, denn sie war in erster Linie Tochter. Im Übrigen war sie die Erste, die in Bezug auf Frank das Wort »Liebhaber« gebrauchte. Als ob Ingrid nicht so anständig gewesen wäre, sich von Anders zu trennen. Als ob sie nicht mit allen Männern zusammen sein dürfte, die sie wollte, ohne jemanden um Erlaubnis zu bitten.

Nun legte ihre Mutter nicht den Hauch einer Anklage in ihre Stimme, im Gegenteil. Berthe hatte fast gejuchzt vor Begeisterung, als Ingrid ihr verkündete, sie verlasse jetzt ihren schweigsamen Schweden. Anscheinend war ihre Mutter nie auf die Idee gekommen, dass Anders vielleicht nur deshalb so still wirkte, weil sie selber so laut und lange redete. Ebenso wenig kam ihr in den Sinn, der Ehestatus von Ingrids Liebhaber könne eventuell ein problematisches Detail werden. Ingrid hatte den Eindruck, dass Berthe sich in ihr spiegelte. Hatte sie sich seinerzeit nicht selbst von ihrem Mann verabschiedet, um ihren kompromisslosen Gefühlen Genüge zu tun?

Jeden Morgen und jeden Abend rief Ingrid von ihrem Zimmer im Hassler zu Hause an, und jedes Mal, wenn sie die Nummer wählte, beschlich sie ein schlechtes Gewissen. Tagsüber seltsamerweise weniger, wohingegen das Schuldgefühl in ihr anstieg wie das Meer bei Flut, sobald sie dazu ansetzte, mit Jonas Verbindung aufzunehmen. Im Gegensatz zu seinem Vater, der sich einen Monat lang in Alkohol und Selbstmitleid mariniert hatte, ehe ihm sein Sohn wieder einfiel. Jonas antwortete nur einsilbig und kleinlaut, während sie erzählte und herauszufinden versuchte, wie das Leben zu Hause war.

Berthe hingegen wollte gern reden, und besonders gerne wollte sie über Rom reden. Sie musste wissen, was sie gesehen hatten und wo sie gewesen waren, denn Rom gehörte immer noch ihr. Sie war gewissermaßen Franks und Ingrids Gastgeberin *in absentia*, und sie berichtigte sie oder kam ihnen mit dem peniblen Eifer der Kennerin zuvor, nachdem sie ihnen ihre Vertrautheit mit der Ewigen Stadt kundgetan hatte. Das Café Sant'Eustachio, oh ja, und das alte Geschäft mit den gestickten Tischtüchern an der Ecke Via Frattina und der Piazza di Spagna. Und seien sie bei dem Juden in Flaminio essen gewesen? Es war ein Weilchen her, dass Berthe einige Jahre als freie Korrespondentin für die *Berlingske Tidende* in Rom verbracht hatte, aber es war ihre große Zeit gewesen. Nun war sie vorbei. Sie war aus ihrer Ehe und ihrer missglückten Mutterrolle ausgebrochen, um endlich losfliegen zu können, und eine Zeit lang hatte es so ausgesehen, als würde alles gelingen, aber wie lange hatte das gedauert? Fünf, sechs Jahre, das war's. Das Meer zukünftiger Möglichkeiten war trotz allem nicht unerschöpflich gewesen.

Ingrid dachte hin und wieder an ihre Mutter, wenn sie mit Frank durch das *centro storico* schlenderte und ihm die Orte zeigte, an die sie sich aus ihrer Akademiezeit und von den Besuchen in Berthes kleiner Mansarde in Trastevere erinnerte. Das war damals, als eine eigene Dachterrasse innerhalb der Stadtmauern noch vorstellbar war. Als sie das sagte, lächelte er so, als wäre es bloß eine Frage der Prioritäten. Wenn er seine *International Herald Tribune* las, merkte sie, dass er sich besonders für die Seiten mit den Anzeigen für

Luxuswohnungen in europäischen Großstädten interessierte. Seine Welt war eine andere, und sie gehörte noch nicht dazu, würde vielleicht immer nur als ein Schatten, ein Geheimnis dazugehören.

Zusammen mit Frank war Rom weder Berthes noch ihre oder seine Stadt. Es war ein unbekannter Ort, aber das bedeutete nicht, dass alles möglich war. Sie wusste nur nicht, was auf sie zukam. Das hatte sie natürlich nie gewusst. Der Unterschied war, dass sie vorher auch nicht daran gedacht hatte. Als Berthe Mann und Tochter verlassen hatte, um nach Rom zu gehen, war sie jünger als Ingrid jetzt. Ingrid war selbst ziemlich oft auf dem Meer der Möglichkeiten gewesen. Jetzt stand sie hier auf der Piazza Sant'Eustachio und trug die Perlen eines fremden Mannes am Ohr. Ihr wurde bewusst, dass das bekannte Lokal mit dem Travertinboden und den zischenden Kaffeemaschinen immer so fremd und so ortstypisch gewesen ist wie jeder andere Ort. Es war eine Frage des Weges geworden, von einem Ort zum andern. So einfach ins Blaue hinein kam nicht mehr infrage.

Sie klappt ihr Handy zusammen und steckt es in die Manteltasche. Anders antwortet immer noch nicht. Ob er weiß, was passiert ist? Sven wird ihn angerufen haben. Wieso ruft sie eigentlich keiner an? Sie nimmt ihre Tasche und geht weiter. Bahnsteig und Wagenreihe bilden eine Perspektive langer, ununterbrochener Linien, die konvergent auf den Fluchtpunkt zulaufen.

Sie weiß nicht, ob es wirklich einen Unterschied gemacht hätte, wenn Anders nicht aus Jonas' Leben verschwunden wäre. Sie stellt ihn sich in der Rolle als väterliche Autorität vor. Vielleicht nicht gerade ein großer Verlust. Hatte er als Vater nicht etwas aufdringlich Freundliches gehabt? Manchmal konnte sie sich des Gedankens nicht erwehren, dass er sich in seinem Drang, als verständiger Erwachsenenfreund zu erscheinen, bei Jonas beinahe lieb Kind machte. Sie überlegt auch, ob sie die moralische Fehlentwicklung ihres Sohns hätte verhindern können, wenn sie zu Hause geblieben wäre, statt sich der gemeinsamen Aufgabe zu entziehen. Oder richtiger: der Gemeinsamkeit der Aufgabe. Aber von Moral würde Anders sicher gar nichts hören wollen. Oft hat sie den Eindruck, dass er ihr nur deshalb recht gibt, um sich mit dem lebenden, unbändigen Ergebnis ihres fehlgeschlagenen Zusammenlebens nicht eingehender beschäftigen zu müssen. Er hat sich ja um anderes zu kümmern. Jonas und er sprechen durchschnittlich zwei-, dreimal im Monat miteinander.

Sie sucht ihren Wagen und ihren Platz. Andere Passagiere sind noch nicht da, der Zug fährt erst in gut zwanzig Minuten. Vielleicht ist sie auch die Einzige, die durch die winterdunklen schwedischen Nadelwälder gen Süden fahren wird. Sie hat nicht einmal eine Gratiszeitung zur Hand, um im Abteil etwas anderes als die leeren Sitze anstarren zu können, die sich in den getönten Scheiben spiegeln. Eine der Leuchtstoffröhren an der Decke hat einen Wackelkontakt, und sie wechselt den Platz, um das nervtötende Flackern nicht im Blick zu haben. Auf dem Fliesenbelag des Bahnsteigs nähert sich ein Rollkoffer, sie sieht einige mantelbekleidete Gestalten vorbeigehen. Wenig später folgt Peter Vissing. Sie erkennt den Kamelhaarmantel, ehe sie das aufgedunsene Gesicht sieht, rot vom erhöhten Blutdruck, vielleicht auch vor lauter Wut, weil er eigentlich schon in einem Taxi von Kastrup nach Kopenhagen sitzen könnte. Er sieht sie nicht, glücklicherweise steigt er in einen anderen Wagen. Das hätte gerade noch gefehlt. Der blinde Zufall kann bisweilen die Karten auf eine Weise mischen, die man nur, tja, wie nennen könnte? »Stillos« trifft es vielleicht nicht genau, aber der Gedanke an Peter Vissing wirkt ungefähr so deplatziert wie eine Clownsmaske. Diese blutunterlaufene Eingebildetheit in Kamelwolle.

Ihr Klingelton, gedämpft durch den Mantelstoff, ertönt von der Ablage über ihrem Sitz. Sie springt auf. Es ist Sven, und noch ehe sie etwas sagen kann, hat er sich schon vor ihr auf den Boden geworfen. Wie ein Eisbärenfell, denkt sie. Sie müsse *wirrklich entschuldiken*, sagt er mit seinem schwedischen Akzent, dass er erst jetzt anrufe, er habe es schon einmal versucht, aber da sei besetzt gewesen. Vielleicht hat er angerufen, als sie mit Frank sprach. Sprach und schwieg. Sie bittet ihn, Jonas ans Telefon zu holen. Sven sagt, er schlafe. »Dann weck ihn, Herrgott!« Sven legt den Hörer hin, seine Schritte verklingen, es wird still am anderen Ende der Leitung. Sie weiß, was sie sagen wird, und sie weiß, was Jonas antworten wird. Sie kann schon sein »hmm« hören, vollkommen inkompatibel mit den Ereignissen des Tages, empörend und lähmend in seinem Trotz. Ihr kommt es vor, als hätte sie das Gespräch schon hinter sich, als wieder Schritte erklingen. Sven sagt, Jonas wolle jetzt nicht mit ihr sprechen. Ja aber, er muss! Sven legt den Hörer wieder hin. Ingrid schaut durchs Abteilfenster auf ein Werbeplakat, einen schwarz-weißen Männertorso in *film noir*-artiger Beleuchtung. Die geschwollenen Adern des Muskelpanzers und die geriffelte Perfektion der Rippen haben einen schwulen und faschistoiden Touch zugleich.

Dann ist Sven wieder da. Jonas habe sein Gesicht zur Wand gedreht und antworte nicht einmal, wenn man mit ihm rede. Könne man ihn nicht bis morgen in Ruhe lassen? Gott sei Dank sei ja auch nichts Ernsthaftes passiert. Da war's, genau wie erwartet. »Was soll das denn jetzt heißen?« Sie hat sich mit ihrem früheren Schwiegervater nie gestritten, aber wenn es sein muss, bitte sehr. »Na ja, er ist doch mit einer kleinen Gehirnerschütterung davongekommen, der Abdel.« Sie muss schlucken. »Abdel?« Ist sie jetzt einfach gemein und kleinlich, oder wartet Sven wirklich, um – vielleicht unbewusst – ein wenig zu triumphieren, eine Sekunde mit der Antwort? »Ja, Abdel heißt er«, sagt er dann. Sie beherrscht sich. »Woher weißt du denn, wie er heißt?« Abdel, er heißt Abdel. »Na, wieso nicht, ich hab halt gefragt.« Sven wirkt verwirrt. »Hast du ihn denn getroffen?«

Der Zug setzt sich in Bewegung und gleitet an den Werbeplakaten und Bänken und Lichtern des Bahnsteigs vorüber. »Nein, ich habe Jonas gefragt. Die kennen sich anscheinend.« Sie fragt Sven, wie es war. Er ist wieder verwirrt. »Jonas auf der City-Wache abzuholen«, erklärt sie. »Na, wie solche Sachen halt so sind. Jonas sah sehr bedrückt aus.« Och Gott, armes Würmchen. Aber sie hätten ihn korrekt behandelt, Svens Vertrauen in die Ordnungsmacht wurde vollauf bestätigt. »Was du nicht sagst!« Wenn sie ihn vor sich hätte, würde sie ihm eine langen. »Doch, Ingrid, das musste ich *säga*.« Sein »Ingrid« hat etwas unerträglich Bevormundendes, fast hätte sie die Verbindung grußlos abgebrochen. »Sven, ich lege jetzt auf.« Sie beendet das Gespräch, ehe er antworten kann.

Als sie den Ellbogen auf die Lehne stützt und die Wange in die Hand legt, spürt sie die kühle Perle, die an ihrem Ohr hängt. Sie denkt an deren Zwillingsschwester, die sich jetzt irgendwo in Stockholm befindet. Es dauert nicht lange, bis der Zug die Stadt verlässt. Sie muss im Hotel anrufen und fragen, ob sie den Ohrring gefunden haben. Wenn er überhaupt dort ist. Sie kramt nach dem Handy. Sie müssen jemanden aufs Zimmer schicken und nachsehen lassen. Sie schämt sich, dass sie ihn verloren hat, und sie schämt sich, dass sie es so ernst nimmt, die Situation im Ganzen betrachtet. All die Scham, die doch nichts nutzt, aber wer redet denn von Nutzen? Sie hält das Telefon im Schoß und schaut in die Dunkelheit hinaus. Es ist die Schamlosigkeit, die ihr ihren Sohn mit einem Mal so fremd macht. Wann fing diese Fremdheit zwischen ihr und dem Jungen an, der einst nichts anderes war als ein blubberndes Gefühl in ihrem größer werdenden Bauch? So nahe, wie kein anderer ihr jemals sein wird.

Sie weiß es nicht, kann sich plötzlich an nichts mehr erinnern. Er muss ihr entglitten sein, während sie mit etwas anderem beschäftigt war. Für einen pflichtbewussten Menschen ist sie erstaunlich zerstreut. Das eine Gefühl muss das andere überlagert haben, und vielleicht lockerte sich ihr Griff bereits an einem Sommertag auf der Schnellfähre zwischen Aarhus und Seeland.

Frank rief sie einige Tage später im Architekturbüro an. Sie hatten sich erzählt, was sie beruflich machten, wie man es eben tut, wenn man sich das erste Mal sieht. Er besaß eine Fabrik, in der Gartenmöbel aus Tropenholz gefertigt wurden, ein Familienunternehmen, das er geerbt hatte. Sie exportierten in die ganze Welt, die Firma hatte kontinuierlich expandiert, bis sie an der Börse notiert war, und er überlegte, ein neues Domizil auf einem Grundstück zu errichten, das er sich etwas außerhalb von Kopenhagen ausgeguckt hatte. Sie hatte ihm ihre Karte gegeben. Sie hatten auch über andere Dinge gesprochen, sogar über das Leben hatten sie sprechen können. Er war überraschend offenherzig gewesen, als er von seinem Vater erzählte, einem jähzornigen Tyrannen, den er nie hatte zufriedenstellen können. Er sprach von der Erleichterung, als sich der Alte endlich mit einer Blume auf dem Bauch langgelegt hatte, und über das paradoxe Gefühl, nach wie vor etwas beweisen zu müssen. Trotz Dependancen auf fünf Kontinenten.

Sie hatte von ihrem Job erzählt, natürlich kannte er Villads Jensen. Die Nationalbibliothek in Katar, das Konzerthaus in Lahti und das neue Rathaus in dieser holländischen Stadt. Sie nannte ihm den Namen. Habe sie das Projekt mit entworfen? Er klang beeindruckt, aber auch überrascht, was sie ein wenig provozierte. Er kannte sich in Architektur etwas aus, und dumm war er auch nicht, aber wieso saß sie eigentlich auf dem windigen Sonnendeck einer Schnellfähre und mühte sich mit einem fremden Mann ab? Als ob sie irgendetwas zu beweisen hätte. Das Firmendomizil ist noch nicht realisiert, sein Verwaltungsrat sei skeptisch, aber er rief trotzdem an. Seitdem hat sie einen Deckstuhl für ihn entworfen, in Eiche und Teak, und die Reichen von Juan-les-Pins bis East Hampton schlagen ihre Zeit darin tot. Es machte ihr Spaß, abends zu Hause an den Skizzen zu sitzen, und ihr Entwurf ging ziemlich stark in Richtung transatlantischer Zwischenkriegsnostalgie, sie meinte das vor allem ironisch, aber so etwas geht gut.

Sie hatte ihn fast vergessen, als er anrief, aber es war absolut nichts Seltsames dabei, dass er ein Treffen vorschlug. Sie wunderte sich auch nicht darüber, dass er sie unbedingt zum Mittag einladen wollte, er war ja der galante Typ, etwas altmodisch korrekt in seinem Verhalten einer jüngeren Frau gegenüber. Nicht eine Sekunde lang hatte sie ihr Gespräch auf der Fähre mit Sex und Verliebtsein in Verbindung gebracht. Sex hatte ein Gesicht, und das war schwedisch, und Verliebtsein stand gar nicht mehr auf dem Wunschzettel. Ihre Liebe, das Wirkliche, das Erdverbundene daran, hatte die prätentiösen Stimmungen der jungen Jahre übertrumpft. Die schnippischen Abschweifungen der Eitelkeit, ehe sie Anders traf und den kürzesten Weg zur Freude und reifen Ruhe bahnte. Zu dieser erlösenden Zusammengehörigkeit, die selbst einen Wäschekorb mit Sinn füllen kann.

So war es, und es nützt nichts, über die Idylle zu lästern, um die Begegnung mit Frank tiefer aussehen zu lassen, als sie war. Idyllisch war es, Frank war nach wie vor ein netter Fremder auf einer Fähre. Sie wollte Anders und ihr gemeinsames Leben bis genau zu dem Augenblick, in dem sie beides nicht mehr wollte. Das ist das Rätsel. Ihr Leben erinnert sie an Röhren, die nebeneinander auf der Erde liegen, und lächerliche acht Jahre später kann sie nicht erklären, wie sie von der einen in die andere gekommen ist. Haben derlei Röhren nun schlicht die Länge, die sie haben? Und falls ja ... Sie schaut durch ihr verschleiertes Spiegelbild im Abteilfenster, die Winternacht ist wie das Innere eines Tunnels. Sie hat kein Gefühl für die Geschwindigkeit, in der sie die Entfernung von Stockholm nach Kopenhagen zurücklegt.

Das zweite Mal traf sie sich mit Frank in einem der Mittagsrestaurants am Gammel Strand. Sie kannte das traditionelle Interieur, die dunklen Wände und alten goldgerahmten Gemälde noch aus ihrer Kindheit. Wenn Ada und

Per auf sie aufpassten, hatten sie sie manchmal dorthin mitgenommen. Als sie klein war, kriegte ihre Großmutter regelmäßig einen Moralischen und machte einen auf herzensgute Schmuseomi, aber Ingrid bildet sich ein, schon als Zehnjährige das Inszenierte an Adas gelegentlichen familiären Anwandlungen gespürt zu haben. Vielleicht weil sie sie mit Per verglich.

Während Norman Dreyer mehr als einmal vergessen hatte, sie aus dem Kindergarten abzuholen, entfaltete Per eine heitere, fabelhafte Welt aus Ausflügen, Aufmerksamkeiten, kleinen Zeichnungen und fantasievollen Collagen. Das Puppenhaus, das er für sie baute, hat sie immer noch, es hat Tapeten, die er selbst gemalt, und Möbel, die er aus den unwahrscheinlichsten Altmaterialien zusammengebastelt hat. Sie ahnte nicht, dass er trank, hätte nicht gewusst, was das heißt. Am Anfang erfuhr sie auch nichts davon, dass er in seiner herrschaftlichen Wohnung an der Esplanade gefunden worden war, wo er an einem Haken an der Decke hing, aber allein die Tatsache, dass er einfach so verschwinden konnte, hinterließ den ersten Riss in ihr. Es war der erste Hinweis darauf, dass Vertrauen auf Dauer verraten wird.

Das alles kam auf einmal zurück, unwillkommen, flüchtig, als sie das Restaurant betrat und sich diesem Frank gegenübersetzte, der ein Mittagessen spendieren und die neue Firmenniederlassung erörtern wollte. Sie wusste nicht recht, ob sie entgegenkommend sein sollte, weil er ein potenzieller Bauherr war, oder reserviert, weil er vor allen Dingen ein unbekannter, viel älterer, aber überraschend maskuliner Mann war. Er war aufgestanden, um ihr den Stuhl zurechtzurücken. Anfangs waren sie ein wenig verlegen, und sie war überrascht, dass auch er nach Worten suchte und auf alles Mögliche schaute, nur nicht auf sie. Dann lächelte er, es war fast wie ein Kommentar zu ihren unbeholfenen Anfangsschwierigkeiten.

Er komme häufig her, phasenweise sei es sein zweites Büro. Der Charme, auf ein Fabrikgebäude in Valby zu blicken, sei ja begrenzt. Sie hatte die komplizenhafte Miene des Kellners bemerkt, als er die Menükarte brachte. Sie hätte Valby als Stichwort nehmen können, sagte aber stattdessen, dass sie oft als Kind hergekommen sei. Davon wollte er mehr hören, und jetzt sah er nicht weg. Die Wärme seines beharrlichen Blicks ließ sie vergessen, dass sie sich in einer heiklen Lage befand, nämlich jemandem, den sie gar nicht kannte, von sich selbst zu erzählen. Ehe sie sich's versah, hatte sie von Per und Ada erzählt, von Berthe und ihrem Vater, von dem sie als Erwachsene nie sprechen konnte, ohne seinen Nachnamen zu gebrauchen. Das einzig Dauerhafte, das er ihr hinterlassen hatte.

Der Kritiker? Sie nickte, überrascht, dass er wusste, wer Norman Dreyer war. Aber er schreibe nicht mehr, oder? Er habe schon lange keine Rezension mehr von ihm gelesen. Sie lächelte. Nein, er sei tot, Krebs. Frank sah sie an, ohne etwas zu sagen und ohne einen Anstrich klebrigen Mitleids. Dadurch fühlte sie sich ihm näher, aber zu ihrer Überraschung wirkte die Entblößung nicht unangenehm. Sie komme ja aus einer literarischen Familie, sagte er nach einer Pause. Eigentlich sei es merkwürdig, dass sie Architektin und nicht Literatin geworden sei. Sie zuckte mit den Schultern und hielt seinem Blick stand. Das Wort hatte etwas Putziges, »Literatin«, oder war es die Art, wie er es sagte? Mit einer kleinen Distanziertheit und einem Hauch von Überlegenheit. Wie bei einem, der es nicht so genau nehmen muss, weil sein eigenes Gebiet aus einleuchtenden Gründen solider und vernünftiger ist. Andererseits war sie schon lange keinem mehr begegnet, der wusste, dass Ada und ihr zweiter Mann Autoren gewesen waren, bekannt und geachtet in der literarischen Welt ihrer Zeit.

Tatsächlich habe er einmal ein Buch ihrer Großmutter gelesen. Ingrid hob die Augenbrauen und fühlte sich gleichzeitig doch ein wenig kokett. Das täten ja nicht mehr viele, sagte sie mit dem seltsamen Gefühl, einer Art Peinlichkeit zuvorzukommen, als ob es etwas änderte, ob jemand Ada Hvidbjerg noch kannte oder nicht. Als hätte sie Angst, er könne glauben, es bedeute ihr etwas. Er habe viel gelesen, als er jung war. Er lächelte entschuldigend. Jetzt finde er kaum noch die Zeit dafür. Er könne sich auch nicht mehr an den Titel erinnern. Lebte sie noch?

Ingrid erzählte von der riesigen Wohnung mit Aussicht auf das Kastell, wo Ada nach zwei Hirnblutungen nach wie vor in einem Rollstuhl herumfährt. Wie hieß Adas Mann noch einmal mit Nachnamen? Per Weincke, ja richtig. Er sei vielleicht nicht ihr richtiger Großvater? Leider habe er nie die Geduld aufgebracht, Gedichte zu lesen, sagte Frank. Und ihre Mutter, wohne sie noch in Rom? Er habe ihre Artikel von dort gelesen. Ingrid sagte, es sei nicht unbedingt eine Frage der Geduld. Er sah verwirrt aus, dann lächelte er entschuldigend. Er frage zu viel. Es wurde still. Sie bat ihn, von dem Baugrundstück zu erzählen, das er im Kopf hatte. Eine Sekunde lang schien er keine Ahnung zu haben, worauf sie hinauswollte. Er wolle es ihr lieber zeigen, sagte er dann. An einem Tag, an dem sie Zeit habe. Falls sie überhaupt Zeit habe. Sie amüsierte sich über seine momentane Verwirrung, die einen Spalt zu einem Bereich öffnete, den er selten zeigte. Sie sagte, das sei ihr Job. Er sah sie kurz an, bevor er antwortete, und dann lief das Gespräch wieder.

Als sie sich vor dem Restaurant verabschiedet hatten und sie am Kanal entlangging, fuhr er in dem alten grünen Jaguar vorbei, mit dem sie ihn schon die Rampe der Fähre hatte hinunterrollen sehen. Sie schaffte es nicht zu winken. Sie sah auf den Fries am Thorvaldsen Museum auf der anderen Seite hinüber, auf dem der Künstler mit seinen monumentalen Marmorskulpturen aus Italien zurückkehrt und am

Kai von einer Schar prominenter Kopenhagener empfangen wird. Zum ersten Mal seit Langem dachte sie wieder an Berthes Zeit in Rom und ihren Abschluss, ein halbes Jahr, nachdem Per den venezianischen Kronleuchter behutsam von seinem Haken löste und selbst seinen Platz einnahm.

Zu Hause war alles wie immer. Anders hatte versprochen, an diesem Tag Jonas abzuholen. Sie setzte sich eine halbe Stunde in das stille Wohnzimmer. Gleich würden sie durch die Tür kommen, und wie ein lieb gewonnenes altes Karussell fester Unternehmungen und vertrauter Geräusche würde die abendliche Routine einsetzen. Gleich, aber noch nicht jetzt. Morgens waren sie zu spät aufgestanden. Es war ein schreckliches Durcheinander gewesen, sie hatte es nicht einmal geschafft, die trockene Wäsche zu falten. Jonas' Hosen und Pullover waren überall verstreut, auch ihre Sachen lagen noch auf dem nicht gemachten Bett im Schlafzimmer. Sie hatte nicht gewusst, was sie anziehen sollte. Wenn sie einen Termin in der Stadt hatte, machte sie sich immer ein bisschen fein, aber als sie dann vor dem Spiegel stand und fertig war, fand sie sich plötzlich etwas übertrieben zurechtgemacht, und dann wusste sie gar nicht mehr, was sie anziehen sollte.

Normalerweise hätte sie sofort angefangen aufzuräumen, aber heute saß sie bloß da und starrte in die Luft. Ihr Zuhause hatte mittlerweile Klasse, die Einrichtung war kein studentenhaftes Sammelsurium mehr wie noch in der Elmegade. Durch das Architekturbüro hatte sie einige klassische Tischlermöbel aus den Fünfzigern mit Rabatt bekommen, und auf dem Parkett in den hohen Räumen sah die Einrichtung ausgesprochen luftig und überlegen aus. Die Wandfarbe hatte sie selbst gemischt, und sie hätte nichts in der Wohnung verändern wollen.

Aber sie dachte nicht an Frank, sie dachte an Ada und Berthe. Eigentlich hatte sie sie in sicherem Abstand am Rande ihres Lebens abgelegt, aber jetzt betraten sie ihre innere Bühne, mit Berthe in der Rolle des vernachlässigten Internatskindes. Völlig verschlossen in ihrer Sehnsucht nach Ada, die stur auf die Anerkennung gestarrt hatte, die sie einige Saisons lang auf den Parnass jener Zeit gehoben hatte. Ada hatte es nie richtig verarbeitet, dass sie einmal mit Tania Blixen in Rungstedlund Tee getrunken hatte, aber obwohl der Abstieg länger gewesen war als der kurzzeitige Aufstieg, war ihr galvanisierter Egoismus intakt. Die rücksichtslose Rohheit des Willens.

Als Ingrid Jonas zur Welt brachte, beschloss sie, an diesem Trauerspiel von Versagen und Schuld und tränennassem Angeln nach ein wenig Wärme und Zärtlichkeit nicht länger teilzunehmen. Obwohl auch sie selbst ihre Gründe hatte, sich verlassen zu fühlen, entschied sie, dass es irgendwann genug war. Sie wollte kein Opfer sein, und sie wollte ihre Familie nicht für die Karriere opfern. Sie wollte sich nicht scheiden lassen, niemals, und der Kreislauf war durchbrochen, der Fluch aufgehoben. Sie hatte Ada, die sich rücksichtslos selbst promotete, nicht nachgeeifert. Sie hatte Berthes ewiges und alte Wunden aufreißendes Geflenne über ihre unglückliche Kindheit nicht wiederholt, ebenso wenig wie ihre Vergesslichkeit dem gegenüber, was ihre Befreiung hätte sein können. Ihre befreiende Verantwortung für jemanden und etwas, über ihren eigenen Hintern hinaus. Ingrid war für ihren kleinen Sohn und seinen Vater da gewesen, und man stelle sich vor, es war nicht einmal eine Last. Es gab immer noch genügend Zeit und Raum, sich als verantwortungsvolle Mitarbeiterin in Villads Jensens Architekturbüro unentbehrlich zu machen.

Wie ein aufgeregtes Schulmädchen rief sie ihre Mutter und ihre Großmutter an, als sie zu einem Gespräch eingeladen und ihr als einziger von gut hundert Bewerbern eine Stellung angeboten worden war. »Großartig! Glänzend!«, hatte Ada in ihrem angelernten Soziolekt geblökt, der allen vorgaukeln sollte, sie sei in der Blixen-Gegend von Rungstedlund geboren und nicht im jütischen Hjørring. Berthe war vor lauter Begeisterung den Tränen nahe, aber schon nach kurzer Zeit musste Ingrid klarstellen, dass sie unter gar keinen Umständen vorhabe, ihrer Mutter ein Interview mit dem zurückgezogen lebenden Villads Jensen zu verschaffen.

Wo Ingrid als großes Mädchen schlaflos im Bett gelegen und ihre Mutter vermisst hatte, war es nach Jonas' Geburt Berthe, die sich vergessen fühlte. Aber Berthe hatte gelernt, sich zu beherrschen, weil sie fürchtete, Anders auf die Nerven zu gehen. Sie hatte aufgehört, zu allen möglichen und unmöglichen Zeiten mit ihren ewigen Klagen anzurufen, und Ada sahen sie nur ein paarmal im Jahr. Da Ingrid sich ihre Mutter vom Leibe halten musste, um atmen zu können, widerte sie die Vorstellung, dass Berthe für immer Adas verschmähte Tochter sein würde, noch mehr an.

An all das wurde sie erinnert, als sie mit Frank zu Mittag aß und er zufällig erwähnte, dass er eines von Adas Büchern gelesen hatte. Es brauchte nicht mehr, um ihre Ruhe zu stören, es war noch nicht so weit weg. Nicht so weit, wie sie gehofft hatte. Er hatte mit einem gewissen Respekt von Ada gesprochen. Als Autorin, deren Bücher man interessant finden konnte, damals, als man als junger Mensch Zeit hatte, seinen literarischen Enthusiasmus zu pflegen. Aber gleichzeitig hatte in seiner Verwunderung, dass Ingrid nicht auch »Literatin« geworden war, ein wenig Arroganz gelauert. Wie bürgerlich, mit dieser patinabehafteten, etwas irreführenden Bezeichnung ein ganzes Metier am ausgestreckten Arm zu halten! War das nicht ein subtiler Wink an das ganze Künstlerpack, dass es doch nur aus Pausenclowns bestand? Frank hätte sich wahrscheinlich nicht vorgestellt, dass man seine Worte so auf die Goldwaage legen würde, sie war selbst überrascht. Vielleicht wäre sie in Sachen Ada auch nicht so dünnhäutig, wenn sie nicht als Erwachsene die gleiche Verletzlichkeit am eigenen Leib erfahren hätte.

Es gab einen Grund, warum Villads Jensen menschenscheu war. Es lag ihm fern, seinen Mythos durch Exklusivität zu pflegen, wie böse Zungen behaupteten, er hatte es auch nicht nötig. Bereits seit vielen Jahren wurde er zu den absolut führenden Architekten gezählt, aber unterwegs hatte er sich übernommen. Ingrid war mittlerweile seine Vertraute geworden, immer wieder rief er sie in sein Büro, um mit ihr eine locker konzipierte Skizze zu besprechen, und lauschte ihr mit einer Miene, als hätte ihr Urteil eine entscheidende Bedeutung für ihn. Zuweilen bat er sie, nach der Arbeit noch ein wenig zu bleiben und ein Glas mit ihm zu trinken, und ihre Verwunderung über diese bevorzugte Behandlung wich mit der Zeit dem Gefühl, dass er in ihr eine Tochter sah.

Mit seinen erwachsenen Söhnen verstand er sich nicht besonders gut, und mit seiner jetzigen Frau hatte er keine Kinder mehr bekommen, aber all das wusste Ingrid nur, weil die Kollegen es ihr erzählt hatten. Er selbst redete nie über sein Privatleben. Sie sprachen über Architektur, natürlich, aber auch über Musik, Kunst und Naturphänomene. Organische oder mineralische Strukturen, die ihn auf die Spur neuer Lösungen und Kniffs brachten. Wenn sie auf einer Baustelle waren, konnte er auf die Idee kommen, sie an die Hand zu nehmen und ein paar Meter zu führen. Seine Begeisterung wirkte beinahe naiv, aber seine breiten Handwerkerhände und seine milden, faltigen Züge strahlten eine zuversichtliche Ruhe aus.

Mehr als einmal war er von mächtigen Bauherren gedemütigt worden, die ihn in dem Glauben gewiegt hatten, dass sie seine künstlerische Integrität respektierten, und im nächsten Augenblick seine Visionen beiseiteschoben, wenn Fassadenausformung oder Wahl des Materials nicht ihrem Geschmack entsprach. Selbst nachdem er ein international bekannter Name geworden war, musste er sich damit abfinden, dass derjenige, der bezahlte, auch die Musik bestimmte. Das war sein Kommentar, wenn er mit resigniertem Lächeln und hängendem Kopf ins Büro zurückkam, nachdem er wieder einmal vergeblich für ein Haus gekämpft hatte, das eben trotz allem nicht das seine war. Er musste als Künstler zur Verfügung stehen. Wenn es drauf ankam, war man nichts anderes als ein käuflicher Gaukler.

Sie dachte an Adas letzten öffentlichen Auftritt. Bis dahin hatte es jahrelang nichts anderes gegeben als gelegentliche Lesungen in Provinzbüchereien, bei denen das Publikum in der Regel an einer Hand abgezählt werden konnte. Einem berühmten Maler, den sie flüchtig kannte, wurde in Sophienholm eine große Retrospektive gewidmet, und aus unerfindlichen Gründen wurde Ada gefragt, ob sie zur Eröffnung eine kleine Rede halten könne. Sie hatte seit vierzehn Jahren nichts mehr herausgegeben, ihre Bücher waren nirgendwo mehr aufzutreiben, nicht weil sie vergriffen waren, sondern weil sie nach einem kurzen zaghaften Nachleben in den Ramschkästen der Buchhandlungen in der Verbrennungsanlage gelandet waren.

Ingrid und Berthe wurden natürlich zwangsrekrutiert, und die Rede war tatsächlich amüsant, stellenweise sogar klug, auch wenn die Witze und Tiefsinnigkeiten eine Spur zu dramatisch dargebracht wurden. Nein, erst hinterher, beim Empfang, krümmten sich Ingrid vor Verlegenheit die Zehen. Ada stand am Rande, in Turban, Brokatkaftan und blauem Lidschatten, und wartete darauf, dass jemand zu ihr kam. Sie sah aus wie der Lampengeist persönlich, der kleinlaut feststellen musste, dass sich eine vorbeikommende Katze an seinem Versteck gerieben hatte, weil sonst niemand kam. Niemand außer Tochter und Enkelin, die sich um die Tapfere scharen mussten und so taten, als ob sie ein bisschen für sich sein wollten. Und der berühmte Maler, nun, der ging kurz darauf, ohne ihr auch nur die Hand gegeben zu haben. Es war herzzerreißend, aber Ada hätte natürlich auch ablehnen, sich für so etwas zu schade sein können. Aber dazu war sie einfach nicht imstande, ihre gierige Bereitwilligkeit war zu stark.

Als Frank fragte, ob sie noch lebte, fühlte sich Ingrid zwischen Scham und dem Drang, sie gegen sein leicht herablassendes »Literatin« zu verteidigen, hin- und hergerissen. Die Scham überwog. Das Gefühl, einem räudigen Geschlecht misslungener, unsensibler Verlierer anzugehören. Die Kehrseite von Adas literarischen Attitüden war nicht ihr Egoismus, sondern dessen Hässlichkeit, nicht die Eitelkeit selbst, sondern der unbeholfen-provinzielle Snobismus. Nach wie vor war sie die ambitiöse junge Frau aus Hjørring, die um jeden Preis dazugehören wollte und im Alter von achtzig Jahren der Tatsache ins Auge sehen musste, dass sie nie den Zugang gefunden hatte.

Davon hatte Frank keinen Schimmer. Anders dagegen wusste alles. Ingrid war sich nicht sicher, ob sie sich ohne seine beschwichtigende Loyalität von dem kümmerlichen Zickenuniversum, in dem sie aufgewachsen war, hätte freimachen können. Wo Ada schnatterte, war er einsilbig, wo Berthe jammerte, war er nüchtern, obwohl er schon als Kind mit der Trauer bekannt gemacht worden war, nicht weil er vergeblich einer fernen Mutter hinterherlief, sondern weil er an ihrem Grab stand.

Daran dachte sie, als sie in ihrem geräumigen, schönen Wohnzimmer in der Bianco-Luno-Allee saß und Anders' und Jonas' Stimme auf der Treppe hörte. Dass er so viel von ihr wusste, war nur erträglich, weil er in allem auf ihrer Seite stand und weil sie ihm recht gab, wenn er den Kopf schüttelte. Aber heute hatte sie mit einem Mann gegessen, für den Ada Hvidbjerg nur ein verblasster, aber durch und durch respektabler Name war. Sie staunte über ihr Gefühl, etwas zu verbergen und etwas zu verteidigen zu haben. Franks Unwissenheit hatte wie ein Angebot gewirkt, das sie nicht annehmen konnte.

Eine Woche nach ihrem gemeinsamen Mittagessen fuhren Ingrid und Frank zu dem Baugrundstück, das er kaufen wollte. Er holte sie am Vormittag von zu Hause ab, sie wartete vor der Haustür. Das war sehr praktisch, denn sie hatten abgemacht, dass er sie hinterher in die Stadt fahren würde. Trotzdem war sie froh, dass Anders schon mit Jonas auf der Fahrradstange verschwunden war, ehe der grüne Jaguar die Bianco-Luno-Allee heruntergeschlichen kam.

Sie machte eine Tugend daraus, Arbeit und Privatleben streng voneinander zu trennen. Im Büro wusste man nicht viel mehr von ihr, als dass sie mit einem schwedischen Kameramann verheiratet war und einen Sohn hatte, der eben in die zweite Klasse gekommen war. Sie spürte, dass besonders die Kolleginnen sie merkwürdig und etwas kühl fanden, weil sie ihnen nicht die erwarteten Brocken vertraulicher Informationen hinwarf. An ihrem Schwarzen Brett gab es keine Fotos von Jonas mit Sommerhut und Angelrute. Sie wollte durch fachliche Leistung anerkannt werden, und sie hatte längst durchschaut, dass man ein Mann sein musste, um mit dieser bedeutsamen, sinnvollen Zeit hausieren gehen zu können, die man mit den Kleinen verbrachte, ohne dass es möglicherweise als Karriererisiko aufgefasst würde. Deshalb war es auch ein Bruch ihrer Regeln, dass Frank sie abholen durfte. Es war schon dumm genug, dass er nun wusste, wo sie wohnte, aber er sollte nun wirklich keinen Schimmer von denen erhaschen, die sie liebte.

Als sie sich neben ihn ins Auto setzte, bot er einen überraschenden Anblick. Statt Blazer, hellblauem Hemd und gestreiftem Collegeschlips trug er alte Jeans, ein T-Shirt und eine Windjacke. Nur der Duft nach Rasierwasser und die schlicht zurückgekämmten Haare waren unverändert. Seine saloppe Bekleidung ließ ihn seltsamerweise älter und zerbrechlicher wirken. Menschlicher, könnte man sagen, wenn es nicht gegen Ingrids Überzeugung gewesen wäre, die Erscheinung der Leute nach dem Grad der Menschlichkeit einzuteilen. Plötzlich fühlte sie sich in ihrer Seidenbluse und der taillierten Jacke beinahe aufgetakelt. Sie hatte sie angezogen, weil es schließlich eine Art Termin war, wenn auch unter freiem Himmel.

Der Ort, den Frank ausgesucht hatte, lag draußen auf der Ebene von Lundtofte in einem spitzen Winkel zwischen der Autobahn nach Helsingør und einer Pferdekoppel. Nicht gerade das idealste Baugrundstück für ein Exportunternehmen, besonders da Frank darauf bestand, Herstellung und Verwaltung unter einem Dach beherbergen zu wollen. An der neu angelegten Straße lagen schon ein paar Betriebe, anonyme Fertigbaukonstruktionen, die ausschließlich die billigste Lösung bezüglich Volumen und Parkmöglichkeiten gewählt hatten. Der Weg endete in einer Wildnis aus Ginster, Gras und wild wachsendem Buchengebüsch. Hier wollte Frank bauen.

Das Wetter war umgeschlagen, man sollte meinen, es sei bereits Herbst. In der Nacht hatte es geregnet, der Boden war aufgeweicht, und als sie aus dem Auto stiegen und sich den Weg durch das hohe, nasse Gras bahnten, sank sie mit einem Absatz ein. Er sagte, im Kofferraum läge ein Paar Gummistiefel seiner Frau, vielleicht würden sie ihr passen. Sie lehnte dankend ab und zog den Absatz aus der Erde, dass es gluckste. Es war das erste Mal, dass er ein Zipfelchen des Lebens lüftete, das er neben den Gartenmöbeln aus Tropenholz haben musste.

Sie machte aus verschiedenen Winkeln Fotos von dem Grundstück. Es lag an einem kleinen Höhenzug und war recht abschüssig, von oben konnte man die nach Norden und Süden verlaufende Autobahn und im Hintergrund den Wasserturm am Bahnhof Jægersborg sehen. In der anderen Richtung ging der Blick auf eine Reihe Hochspannungsmasten und die Pferde, die hinter einem langen weiß gestrichenen Zaun grasten. Sie hatte sofort die Idee, durch Umformung des Geländes das Bauvorhaben als amphitheaterartigen Verlauf verschiedener Ebenen in wachsendem Abstand anzulegen, sodass Produktionshalle und Lager zur Wiese hin lägen, während sich die Büros im obersten Teil des Unternehmens befänden.

Etwas in der Art habe er sich auch vorgestellt. Er lächelte mit anerkennender Miene, als wäre sie ein Pferd, auf das er erfolgreich gesetzt hatte. Sie ruderte ein wenig zurück, es seien etliche Aspekte in Betracht zu ziehen, Bodenverhältnisse, Bebauungsplan, ganz zu schweigen von den Anfahrtswegen, die auf jeden Fall prekär seien. Es seien doch wohl sehr schwere Laster, die hier verkehren würden, oder? Sie bemerkte, dass er wegen ihrer Wortwahl kurz stutzte, aber dazu hatte er bitte schön keinen Grund. Als Ada Hvidbjergs Enkelin war es doch ihr gutes Recht, ein Wort wie »prekär« zu verwenden. Sie hätte ja auch ebenso gut »Literatin« werden können.

Ingrid argumentierte in dem Gefühl, ihre Domäne zu verteidigen. Das fuchste sie. Wenn die Idee gut war, war sie es ja wohl auch in seinem Kopf. Es hatte angefangen zu nieseln, und als der Regen zunahm, liefen sie zum Auto zurück. Er fragte, ob sie alles Nötige gesehen habe. Sie sagte, sie würde gerne noch ein paar Fotos von der Wiese machen. Sie bereute ihre Worte sofort. Es war beklemmend, neben ihm zu sitzen und sich nicht rühren zu können. Die Scheiben beschlugen, er startete den Motor und schaltete die Lüftung an. Es war ein schöner alter Wagen mit verchromten Leisten und lackiertem Holz. Sie machte ihm ein Kompliment dafür, nur um etwas zu sagen. Er sagte, etwas verschämt, er habe zwei davon. Einen zum Fahren und einen für die Ersatzteile. Er sagte es mit einem verschmitzten Lächeln, als gäbe er einen Lausbubenstreich zu. Sie fragte, ob er nicht viel Benzin verbrauche. Es war ihr ziemlich egal, was er verbrauchte, aber sie musste doch irgendetwas fragen, bis der Regen aufhörte.

Ihr ging auf, dass es Situationen mit Fremden gab, die man nur überstand, indem man so tat, als wäre man ungemein daran interessiert, mehr über sie zu erfahren. Er sagte, es sei eine Frage der Priorität. Damals wusste sie noch nicht, dass dies eine Art Mantra für ihn war, eine Lebensregel. Woher sollte sie auch wissen, dass sie sich näher kennenlernen würden? Sie war wegen der Arbeit hier, er war ein fremder Mann, und sie machte Konversation, um ein bisschen die Peinlichkeit zu dämpfen, dass sie so nah beieinandersaßen, im Leerlauf, und auf das Ende des Regens warteten. War es für ihn auch peinlich? Feuchte Strähnen hatten sich aus ihrem Pferdeschwanz gelöst, und als sie die Haare wieder straffen wollte, ließ sie die Spange fallen. Er bückte sich spontan danach, und ihre Hände streiften einander in Höhe des Schaltknüppels. Abrupt zog er seine Hand zurück, und als sie lächelte, blickte er hastig durch den Regenschleier hinaus und stellte die Scheibenwischer an, als ob sie ihn bei einer Indiskretion ertappt hätte. Vielleicht war die Situation für ihn ebenso unerwartet und, ja, prekär. An einem entlegenen Ort mit einer jüngeren Frau in seinem Auto zu sitzen, im Kofferraum die Gummistiefel der Gattin.

Sie bereute es, dass sie ihren Pferdeschwanz in seinem Beisein geordnet hatte. Sie konnte ja nicht wissen, welchen

Eindruck sie auf ihn machte. Spekulationen über derlei Dinge anzustellen gehörte nicht zu ihren sportlichen Übungen. So eitel war sie nämlich nicht, aber der Gedanke, so kleinmädchenhaft und unwillkommen er war, drängte sich ihr auf. Vielleicht dachte er, selbstredend unfreiwillig, dass es unter anderen Umständen eine Situation mit gewissen Möglichkeiten gewesen wäre. Sie ärgerte sich über sich selbst, gleichzeitig musste sie an damals denken, als Anders und sie sich auf einem Rastplatz geliebt hatten. Es war ein Abenteuer, bei dem man sich alle Glieder brechen konnte, und die Romantik wurde von der Emsigkeit überschattet, mit der sie hinterher die Flecke von den Sitzbezügen des Leihwagens abrubbeln mussten.

Die Scheibenwischer fingen an zu fiepen, der Regen hatte aufgehört. Schnell griff sie nach ihrem Fotoapparat auf dem Boden und stieß die Tür auf, erleichtert.

Ingrid war in schrecklicher Laune, als sie sich einige Wochen später mit Frank im Büro treffen sollte, um ihm ihre ersten Skizzen vorzulegen. Es war später Nachmittag, die meisten waren schon gegangen, und sie hatte nichts zu tun, sie wartete bloß. Sie hatte schon Kaffee gekocht und eine Wasserkaraffe auf den langen Konferenztisch gestellt. Sie saß vor dem großen Panoramafenster und sah auf die grünspanfarbene Turmspitze, die wie ein zufällig ausgeschnittener Koloss fast den ganzen Blick auf die Dächer und Türme der Stadt einnahm. Am Abend zuvor hatte sie sich mit Anders gestritten, und als sie beide heute früh aus dem Haus mussten, hatten sie sich noch nicht wieder versöhnt.

Es war wie gewöhnlich eine blödsinnige Kleinigkeit, die den Krach ausgelöst hatte, und wie gewöhnlich war sie praktischer Natur. Obwohl sie jetzt seit zehn Jahren zusammenlebten, hatte sie sich nie damit abfinden können, dass ein Mann so hilflos sein konnte. Es störte sie nicht nur wegen der daraus resultierenden täglichen Scherereien. Was sie wirklich wütend machte, war, dass er mit seiner Traumtänzerei ihren Respekt vor ihm minderte, ihr weibliches Vertrauen in ihn als Mann. Es hatte sie überrascht, dass sie in all ihrer emanzipierten Gleichstellung nicht nur erwartete, dass er genauso viele Windeln wechselte und genauso firm in der Küche war wie sie, sondern dass er darüber hinaus und im Gegensatz zu ihr auch noch wusste, wie man einen Schlagbohrer hielt. Aber so war es nun mal, und sie konnte sich nicht ändern. Ihr beider Problem war, dass sie auch ihn nicht ändern konnte.

Am Abend erwarteten sie Gäste, alte Freunde, die sie lange nicht gesehen hatten. Ingrid wollte Ossobuco machen, und er sollte einkaufen, hatte aber Safran für den Reis vergessen. Wieder einmal hatte er es geschafft, mit einem Einkaufszettel im *Irma*-Markt zu stehen, auf dem groß und deutlich *Safran* stand, diesen aber trotzdem nicht in den Korb zu legen. Manchmal fragte sie sich, ob er teilweise blind oder ob es schlicht und ergreifend bescheuerter Widerwille war. Seine Entschuldigung, er sei so zerstreut gewesen, wollte sie nicht annehmen. Wenn er hinter der Kamera stand, um das Derby zwischen Brøndby und dem FC Kopenhagen zu filmen, war er ja auch nicht zerstreut. In der vergangenen Woche hatte er es über die vortägige Vergesslichkeit hinaus geschafft, ihr schwarzes Armani-Kleid zu verlieren, als er von der Reinigung nach Hause radelte, und am Sonnabend zuvor wären sie beinahe verbrannt, weil er auf dem Sofa einschlief und der Topf noch auf dem Feuer stand, obwohl das Nudelwasser längst verdampft war.

Sie deutete seine wiederkehrenden Ausrutscher als Ergebnis einer zu laschen Erziehung. Er hatte schlicht keine Lust, aufmerksam zu sein, wenn es um langweilige Routine ging, und es hatte auch niemanden gegeben, der ihn dazu angehalten hätte. Nicht bevor sie mit ihrem praktischen Überblick und ihrem feinen Sensorium ins Bild kam. Gleich nach dem Tod seiner Mutter hatte Sven ihn in Watte gepackt und wie einen Prinzen behandelt. Anfangs einen traurigen Prinzen, aber mit den Jahren auch einen verwöhnten kleinen Faulpelz, der alles erst von Grund auf lernen musste, als er sich im Alter von zwanzig endlich dazu durchgerungen hatte, von zu Hause auszuziehen.

Sie konnte sehen, dass es ihm leidtat, wenn er wieder mal einen Bock geschossen hatte, aber es schien ihm ziemlich leichtzufallen, sich zu entschuldigen, als machte das an sich schon wieder alles gut. Das forderte sie heraus, und sie wusste genau, welche Knöpfe sie drücken musste. Sie konnte es nicht lassen. Das sei ja, als wäre sie mit einem Kind verheiratet, aber sie könne doch jetzt nicht die Mutter für ihn spielen. Die erste Aussage verletzte seine männliche Eitelkeit, die zweite verletzte ihn ganz und gar, und ganz im Ernst. Seine Mutter war längst zu Staub zerfallen, und Ingrid wollte nicht einsehen, besondere Rücksicht nehmen zu müssen, wenn er sich schon so aufführte.

Das Muster war immer dasselbe. Er machte einen Schnitzer, und sie machte ihn zur Schnecke. Er sagte Entschuldigung, und sie drehte auf, indem sie frühere Beispiele auftischte, und am Ende haute er ab und knallte die Türen. Das wiederholte sich etwa alle drei Wochen, wenn sich in ihr etwas angestaut hatte und sich Luft machen wollte. Die Perioden dazwischen waren friedlich und idyllisch, dann dachte sie, er habe endlich dazugelernt. Was dachte er denn wohl? Dass sie ihn nie mehr »demütigen« würde, wie er sagte, wenn er am Küchentisch Paartherapie spielte und gewaltfrei kommunizierte? Also das war nicht ihr Ding, »über die Dinge zu sprechen«, daran glaubte sie nicht. Als ob man durch Verhandlung ein anderer werden könnte, als man war.

Gestern Abend konnte er nicht so einfach die Flucht ergreifen, weil er sonst ihren Gästen auf der Treppe in die Arme gelaufen wäre. Sie taten, als wäre nichts, und hatten sogar einen netten Abend, aber gleich nach der Abschiedsumarmung war es, als ob das Licht gelöscht worden wäre. Er räumte ab, vielleicht als Kompensation, aber mit stummer und verbissener Sorgfalt. Danach warf er sich mit einer Zeitschrift aufs Sofa, obwohl sie früh wieder rausmussten. Als sie am Morgen aufwachte, machte er schon den Haferbrei für Jonas, und sie schafften es nur, sich einen knappen

Abschiedskuss zu geben, damit alles so war wie immer. So war es wohl auch, im Schlechten wie im Guten. Sie hatten sich beide an den schiefen Gang der Dinge gewöhnt, und wenn sie sich nicht stritten, waren sie nach wie vor beste Kameraden. Sie war sich todsicher, dass er wieder etwas vergessen oder kaputt machen würde, aber genauso sicher war es, dass er für sie da sein würde, wenn sie ihn brauchte. Sie war überzeugt, dass er nicht im Traum daran dachte, ihr untreu zu werden, und ihr selber war der Gedanke ebenso fremd wie ein Satz auf Suaheli.

Im Laufe des Tages hatte sie ihren Streit vergessen, erst als sie in dem leeren Konferenzzimmer saß und auf Frank wartete, musste sie wieder daran denken. Sie hatte Anders gesagt, dass sie spät nach Hause kommen würde. Sie überlegte, ihn unter irgendeinem Vorwand anzurufen, um zu hören, ob er immer noch beleidigt war. Und ihn spüren zu lassen, dass sie ihm nicht mehr böse war. Sie hatte gerade das Mobiltelefon aus der Tasche geholt, als es im Foyer summte. Während sie am Aufzug stand, fiel ihr die Situation in Franks Auto oben bei Lundtofte ein. Wenn man genauer darüber nachdachte, war absolut nichts Zweideutiges an der Sache. Sie war es, die fantasierte, und sie ärgerte sich über ihren Verdacht, dass er sie vielleicht einen Augenblick lang als möglichen Gegenstand der Begierde betrachtet haben könnte. Es war einfach zu blöde. Außerdem war er nicht der Typ Mann, dem sie einen zweiten Blick gönnen würde, aber ihr kleiner Gedankensplitter betraf sie ja auch gar nicht. Schluss jetzt, dachte sie, als die Aufzugtüren zur Seite glitten, und sie spürte eine flüchtige Wärme auf den Wangen und am Hals.

Er lächelte und gab ihr höflich die Hand wie bei ihren früheren Treffen. Flackerte sein Blick eine Sekunde lang? Jetzt war er wieder der Geschäftsmann mit Bügelfalten, Sakko und Krawatte. Sie führte ihn durch den großen Raum, in dem die meisten Mitarbeiter ihren Arbeitsplatz hatten. Die letzten Sonnenstrahlen ließen die grüne Turmspitze draußen vor dem veilchenblauen Himmel erglühen. Er sagte, das sei eine hinreißende Aussicht, und sie gab ihm recht. Hinreißend. Sie standen nebeneinander, während sie einen Bogen nach dem anderen auf dem Tisch ausbreitete und erklärte, wie er die rasch hingeworfenen Skizzen verstehen sollte. Er betrachtete sie aufmerksam und hörte ihr zu, ab und zu stellte er eine Frage. Als sie schließlich einen Schritt zurücktrat, blickte er lange aus dem Fenster, als dächte er an etwas völlig anderes und hätte sie ganz vergessen. Dann wandte er sich plötzlich um, und die Wärme in seinen Augen war beinahe überwältigend.

Es sei selten, sagte er, einem geistesverwandten Menschen zu begegnen, anders könne er es nicht bezeichnen. Es war eines dieser Wörter, die Ada hätte verwenden können. Wenn er vor ihren Zeichnungen stehe, komme es ihm vor, als hätte sie genau dem Gedanken, den er selbst nur halb zu Ende gedacht habe, seine Form gegeben. Er fing an, Einzelheiten in ihrem Entwurf zu kommentieren. Ingrid dachte, wenn sie tatsächlich seine Gedanken visualisiert hatte, vermochte er dafür zu formulieren, was sie angestrebt hatte, nicht nur im Hinblick auf seine Fabrik. Sie war es gewohnt, im Team zu arbeiten, und obgleich sie den Aufgaben mit der Zeit einen deutlicheren Stempel aufdrücken durfte, realisierte sie grundsätzlich die Ideen eines anderen. Eines genialen anderen, mit dem sich zu messen ihr nicht im Traum einfallen würde. Lieber wollte sie Villads Jensens einfühlsame Helferin sein, als in ihrem eigenen kleinen Büro zu hocken und ihr empfindliches Selbstgefühl zu pflegen.

Daher war sie es nicht gewohnt, dass jemand von ihren Entwürfen sprach, als kämen sie von ihr. Als ein persönlicher Ausdruck. Anders verstand ihre Arbeit nicht, auch wenn er lieb war und ihr zuhörte. Er war visuell begabt, aber er dachte in Stimmungen, nicht in Räumen, und Mathematik war für ihn ein Buch mit sieben Siegeln. Anfangs hatte sie das frustriert, bis sie beschloss, ihm dort zu begegnen, wo es möglich war, statt sich etwas dort zu erhoffen, wo er ohnehin den Kürzeren zog. Auf anderen Gebieten ging es ihm sicher genauso, und es war schon richtig, was eine Freundin einmal gesagt hatte, obwohl es in all seiner Frauenweisheit ein bisschen dümmlich klang: Man könne nicht alles haben, jedenfalls nicht bei ein und demselben Mann. Umso angenehmer hörte es sich an, was Frank mit seiner ruhigen Direktorenstimme zu sagen hatte. Er fragte, ob er sie auf ein Glas einladen dürfe. Anders war zu Hause sicher schon dabei zu kochen, aber sie sagte trotzdem Ja.

Es war eine dieser Spätsommerwochen, in denen ein unerwartetes Hochdruckgebiet so lange stabil blieb, dass der Stadt gewissermaßen ein subtropischer Floh ins Ohr gesetzt wurde. In dem blauen Abend, ehe die Straßenlaternen angingen, fühlte sich die Luft umgänglicher an als sonst, als hätte die Schwerkraft ihren Griff gelockert und gestattete Menschen und Fahrrädern, ein paar Zentimeter über den warmen Pflastersteinen zu schweben. In den schmalen Straßen am Kanal war ein Café neben dem anderen geöffnet, und die flackernden Teelichter auf den Tischen draußen erinnerten sie an eine Nacht, die sie einmal in einem marokkanischen Dorf ohne Elektrizität verbracht hatte. Sie hatte auf einem Flachdach unter freiem Himmel geschlafen, und in der warmen, dichten Dunkelheit hatte sie auf die roten Sternzeichen naher und ferner Kohlebecken hinuntergeschaut und erzählenden oder singenden Stimmen gelauscht.

Sie beschrieb es Frank, und er hörte mit einem Lächeln zu, als säße er mit ihr zusammen auf diesem Dach. Er hatte eine andere Art des Zuhörens als der ernste Anders, der sie immer seiner Solidarität versichern wollte. Frank hörte leichter, fantasievoller zu, was im Kontrast zu seiner geschäftsmäßigen Erscheinung stand. Offen für alles, aber nicht naiv, nur bereit. Anders war Moralist, auch wenn er konsequent unrasiert war und nie seine Hemden bügelte. Und Frank, was war er? Sie hatte keine Ahnung und verstand auch nicht, was es für einen Sinn hatte, Anders mit dem Fremden ihr gegenüber in dieser Gasse zu vergleichen, wo Radfahrer und sommerlich gekleidete Fußgänger dicht an ihrem Tisch vorbeikamen.

Sie hatte Hunger, und der Weißwein tat seine Wirkung. Morgens aß sie nie mehr als etwas Obst, und an diesem Tag hatte sie das Mittagessen ausgelassen, sodass es ihr sehr gelegen kam, dass er ihr anbot, sie nach Hause zu fahren. Er hielt sogar ihren Arm, als sie beinahe über einen Bordstein gestolpert wäre. Im Auto wurden die Pausen länger. Dieser Wagen hatte einen besonders hemmenden Einfluss auf ihre Gespräche. Er fuhr sicher und sehr korrekt, merkte sie und dachte an Anders, der jedes zweite Mal vergaß, sich umzudrehen, wenn er die Spur wechselte oder rechts abbog. Frank sagte, er werde seinen Verwaltungsrat um Erlaubnis bitten, ein eigentliches Skizzenprojekt mit Kostenvoranschlag und allem andern anzufordern. Sie sagte nichts weiter als »schön« und lehnte sich in den breiten Ledersitz, während der Jaguar den Gammel Kongevej entlangschwebte. Plötzlich hielten sie vor ihrer Haustür.

Ja, dann wolle sie doch gerne Danke sagen für den schönen Abend. War es nun angebracht, sich zum Abschied auf die Wange zu küssen? Anscheinend, denn nach kurzem Zögern kam sein Gesicht näher. Einen Augenblick später hatte er sie auf den Mund geküsst, sehr kurz, sehr leicht. Sie sah ihn an, sein Blick war unverändert ruhig, Gott sei Dank. Es wäre peinlich gewesen, wenn er geblinzelt oder weggesehen hätte, aber was hatte er vor? Einen Quickie auf der Rückbank? Sie fragte nicht. Stattdessen legte sie, ohne näher darüber nachzudenken, die Hand an seine Wange und streichelte sie freundlich. Sie hatte keinen Schimmer, was ihre Hand da machte, und mehr passierte auch nicht. Als sie die Treppe hochgegangen war und ihre Tür aufschloss, war es beinahe gar nicht geschehen.

Sie lehnt die Stirn an die kühle Scheibe und versucht sich den Inhalt des Dunkels vorzustellen. Die Fichtenwälder, die hervortretenden Felsen, eine plötzliche Lichtung mit rotem Holzhaus und Birkenhain. Seen mitten im Wald oder das totenstill daliegende Wasser in den innersten Winkeln der Schären. Von Zeit zu Zeit ein Ort mit erleuchteten Häusern und Straßen, ein Bahnhof mit menschenleeren Bahnsteigen und den gleichen Werbeplakaten in den Rahmen über den gleichen Bänken. Norrköping haben sie schon hinter sich, Linköping ist die nächste größere Siedlung. Der Rest ist Nacht und Unsichtbarkeit, aber sie kennt die Strecke, die immergrüne Monotonie, das glitzernde Wasser hinter der Finsternis.

Sie fuhr hier oft mit Anders herauf, mit der Bahn oder im Auto. Er hatte eine Tante in Stockholm, zu der er eigentlich keine sehr enge Beziehung hatte. Sie wohnte in einer großen Wohnung am Strandvägen, eine vornehme Dame mit altem Schmuck und hochgestecktem Haar, die Ingrid ins Herz schloss und ein guter Grund wurde, den Öresund zu überqueren und gen Norden zu fahren. Sie saß mit Ingrid auf dem Balkon, sie tranken Tee, schauten zum Schloss hinüber und beobachteten die kleinen Fähren. Sie hatte früher in Wien gewohnt, sie erzählte davon, sicher lebt sie nicht mehr. Jedenfalls ist es eine ganz andere Zeit. Ja, es ist tatsächlich so, als hätte die eine Zeit die andere abgelöst und verlangte, mit einer anderen Zeitrechnung gemessen zu werden. Es reicht nicht, von der Zeit vor oder nach Frank zu sprechen.

Irgendetwas stimmt da nicht, aber was? Welche Distanz oder welches Hindernis schlich sich in ihr Gespräch, während er an seinem Sommerhaus in Hornbæk stand? War die Unstimmigkeit schon da gewesen, bevor sie ihren Mut zusammennahm und seine Nummer wählte? Oder war es nur, weil sie zu einem ungünstigen Zeitpunkt anrief? Es hatte ihn schon überrascht, dass sie anrief, aber überraschte sie ihn auch an einem Punkt, in einem Zustand, wo sie womöglich mehr am Rande stand, als sie sich vorzustellen ertragen konnte?

Der Gedanke ist ihr nie zuvor gekommen. Er hat ihr das Gefühl gegeben, dass er ihr gehöre, auch wenn er nicht ihr gesetzmäßiger Mann war. Wenn man ihr erzählt hätte, dass sie sich ab ihrem neununddreißigsten Lebensjahr als Geliebte eines sehr viel älteren Mannes einrichten würde ... Sie kann es kaum erwarten, dass Linköping kommt, Mjölby, Växjö und Hässleholm, wo sie umsteigen muss. Sie kann es kaum erwarten, dass es hell wird und ein neuer Tag anbricht und Frank in der Sølvgade auf sie wartet und die Tassen hingestellt und Tee gemacht hat. Ihre Stunde, ihre fast tägliche Nische in seinem Leben, am späten Nachmittag, bevor er nach Hause muss. Es können Wochen vergehen, bis sie ihn wieder einmal zwei, drei Nächte hintereinander für sich hat, aber sie sieht ihn kurz und konzentriert alle zwei bis drei Tage. Vielleicht hat sie es diesen Hindernissen und der Sehnsucht zu verdanken, dass sie immer noch verliebt ist. Natürlich wünscht sie sich nichts mehr, als ihn etwas öfter zu sehen, aber das ist ein Wunsch, den sie beherrschen und zuweilen als Teil des Preises verdrängen muss.

Anders hingegen war da, sobald sie morgens die Augen aufschlug. Dafür wurde es mit der Zeit Liebe und blieb es lange. Im Gegensatz zur Verliebtheit der ersten Zeit war die

Liebe eine Tatsache, nicht nur ein verhuschtes Gefühl, aber die eine Tatsache ist weder mehr noch weniger wirklich als die andere. Die Zeit bleicht und wetzt die Tatsachen des Alltags gleichmäßig blank, und das ist wohl auch die Idee der Liebe, dass sie zum Alltag werden soll. Es war jedenfalls die damalige Idee mit Anders. Und manchmal setzten sie sich in einen Zug oder borgten sich das Auto seines Vaters aus und fuhren durch das leere, endlose Schweden, und alles war anders, selbst die gewöhnlichsten Dinge. Für eine Weile waren sie auch füreinander anders, leicht und wieder verliebt. Und dann kam Jonas und erzeugte, obwohl so klein, viel mehr Sinn, als sie bis dahin in irgendetwas anderem sonst gesehen hatte.

Was ist der Sinn, Jonas, was soll das? Um ihn das zu fragen, hat sie den Nachtzug genommen. Das ist die Frage, die nicht warten kann. Sie muss sich ständig daran erinnern, weil sie sich ohnmächtig fühlt, und die Ohnmacht lässt die Gedanken wandern und sich zerstreuen, während sich der Zug den Weg durchs Dunkel bahnt. Jonas kam, und seine unendliche Verletzbarkeit und Unschuld ließ etwas in ihr wachsen. Sie konnte nicht mehr zum Weihnachtsgottesdienst gehen, ohne Tränen in den Augen zu haben, und sie ertrug es nicht, von leidenden Kindern zu hören. Das Kind in der Krippe, die Ausgesetztheit und die ungeahnte Milde dieser Geschichte und alle Fernsehbilder aus den Vorhöfen der Hölle in der Dritten Welt bezeugten nur auf verschiedene Weise, wie viel Glück sie hatte und wie sehr sie auf das ihr Anvertraute aufpassen musste. Aber welcher Sinn liegt darin, dass ein Kind, das man geliebt, gepflegt und beschützt hat, sich in einen trotzigen kleinen Gewalttäter verwandelt? Es hilft nur wenig, dass sein Opfer offenbar mit dem Schrecken davongekommen ist. Denn verdammt, es ist doch etwas in ihm selber, etwas zwischen ihnen beiden, das er kaputt getreten hat.

Jonas war ein sanfter, altkluger Knabe, dunkel und schön wie sein Vater, gesprächig und nachdenklich wie Ingrid. Mit elf kratzte er sein gespartes Taschengeld zusammen und kaufte in einem Antiquariat Grimbergs Weltgeschichte; er las fast alle Bände. Den über die Französische Revolution und Napoleon konnte er in den Hauptzügen vortragen, ohne sich in einer einzigen Jahreszahl zu irren. Er war ein besonderer Junge, um den sich die anderen scharten wegen seiner natürlichen Autorität, und er war empfindsam. Als sein bester Spielkamerad an Hirnhautentzündung erkrankte und wochenlang zwischen Leben und Tod schwebte, änderte er seinen Namen und reagierte nur, wenn man ihn Arthur rief. Erst als ein blasser, aber gesunder Arthur in den Kindergarten zurückkehrte, konnte Jonas sich gestatten, wieder Jonas zu sein. Als sie ihm aus *Coco der neugierige Affe* vorlas und seinen schmächtigen Oberkörper unter der verwaschenen Schlafanzugjacke ansah, wusste sie zum ersten Mal in ihrem Leben, was es bedeutete, für jemanden zu sterben bereit zu sein. Und trotzdem hat sie nicht mal die zehn Jahre warten können, die ein Kind benötigt hätte, um sich mit der Scheidung seiner Eltern abzufinden – entweder mit altkluger Einfühlung oder schlicht einem resignierten Schulterzucken. Und nicht mit diesem wehrlosen, brutalen Schmerz. Auf seine Kosten hatte eine andere Zeitrechnung angefangen.

Jonas hätte ein Geschwisterchen haben können, als er anderthalb war. Es war kein Drama, sie wollte nur keine zweite Schwangerschaft so kurz danach, und sie waren sich einig. Villads Jensen hatte sie in die erste große Aufgabe einbezogen, bei der sie nicht nur als Assistentin der Assistenten fungierte. Ein Schwangerschaftsurlaub hätte sie um Jahre zurückgeworfen, ihre Karriere womöglich sogar für immer beendet. Sie hatte Freundinnen, die Erfolgsmänner geheiratet hatten und in schönen Villen im feinen Norden von Kopenhagen versandeten, wo sie dann Kinder hüten, Rosen schneiden und Dinkelbrot backen durften und ihre Ausbildung nur noch zur Tischkonversation gebrauchten. Außerdem war sie gerade fünfunddreißig geworden, es war immer noch Zeit, aber insgeheim war diese Abtreibung doch ein Wendepunkt, wenn sie so zurückschaut.

Sie sprachen nicht darüber, die Zeit verging, aber als sie ein paar Jahre später einen neuen Versuch machten, klappte es nicht. Sie dachten sogar an künstliche Befruchtung, Anders brachte es mehrmals ins Gespräch, aber kinderlos waren sie ja nicht, und ihr kam die ganze Sache mit ihren voraussichtlichen Enttäuschungen und Hormonbombardements zu unübersichtlich vor. Sie kannten ein Paar, das endlos gehofft und sich dabei völlig verrückt gemacht hatte und dessen Beziehung schließlich in die Brüche gegangen war. Also blieb es bei Jonas, und war er nicht süß genug?

Langsam merkt sie, dass sie nichts gegessen hat, und steht auf, um zum Speisewagen zu gehen. Zumindest eine Tasse Kaffee würde man sicher kriegen können. Sie muss sich an den Nackenstützen der Sitze festhalten, an denen sie vorbeigeht, wenn der Zug in eine Kurve fährt, und sie bemüht sich, die Leute, die mit ihren übereinandergeschlagenen Beinen fast im Gang sitzen, nicht anzustoßen. Erwachsene sind nicht schön anzuschauen, wenn sie schlafen. Sie denkt an Jonas in seinem Gitterbettchen, in dem ein Teddy und ein Elefant über ihn wachten. Sein flaumiges, vollkommen entspanntes Gesichtchen war wie aufgeladen mit kommendem Leben. Wenn die Erwachsenen den Halt verlieren und das Kinn sacken lassen, ähnelt das eher einer Generalprobe fürs Finale, aber vielleicht sind es auch nur ihre Laune und die Leuchtstoffröhren in den gegossenen Plastikhaltern, die einen totenartigen Schein über ihre Mitpassagiere werfen.

Der Speisewagen ist in diesem Zug nichts anderes als eine lange Bar mit einer Handvoll hoher, am Boden angebolzter Hocker. Am Essensschalter ist die Aluminiumrolllade heruntergelassen, aber daneben steht tatsächlich ein Kaffeeautomat. Am hintersten Ende des Wagens sitzt Peter Vissing mit einem Pappbecher und einer Zeitung. Der Kamelhaarmantel liegt hingeworfen auf der Bar. Sonst ist niemand da. Als sie sich gerade umdrehen will, blickt er auf und lächelt. »Ist das nicht Ingrid?« Ja, zum Teufel, wer soll es sonst sein. Sie lächelt zurück und geht auf ihn zu, während sie wie eine

Wahnsinnige darüber nachgrübelt, was man sagt, wenn man sich seit dreißig Jahren nicht mehr gesehen hat.

Eigentlich sollte es ihr ja schmeicheln, dass er sie sofort erkannte, aber sie wäre lieber für sich geblieben. Er legt die Zeitung hin und nimmt seinen Mantel weg. Sie setzt sich neben ihn auf den Hocker, während sie auf ihren Pappbecher achtet, der bis zum Rand gefüllt ist. Sie reichen sich die Hand, sie nippt an dem brüllend heißen Automatenkaffee, und schon haben sie die ersten Feststellungen und Fragen gewechselt. Was für ein sonderbarer Zufall. Wie es ihnen geht. Gut, selbstverständlich. Sie müssen natürlich auch wissen, was der andere so macht, und während sie ihre Lebensläufe austauschen, meditiert Ingrid über der unerklärlichen Tatsache, dass sie einst von nichts anderem träumte, als mit diesem rotbackigen, dünnhaarigen Mann neben sich ins Bett zu kommen.

Villads Jensen? Er hebt die Augenbrauen in einer Mischung aus Anerkennung und Ungläubigkeit. Seine Augen sehen aus, als könnte sie ein saurer Rülpser aus ihren Höhlen stoßen. Sie sind glasig und tranig, im Großen und Ganzen ähnelt er jemandem, der zu viel trinkt, ohne allerdings auf den Gedanken zu kommen, das Problem nicht unter Kontrolle zu haben. Er wäre nicht der erste Trinker, dem sie begegnet, der auf seine äußere Erscheinung peinlichsten Wert legt. Peter Vissings Hemdkragen ist weißer als die Reklamewäsche aus Kindheitstagen, während sein aufgedunsenes, entzündetes Gesicht einem entblößten Organ gleicht, das zu berühren, und sei es auch nur mit einem Grashalm, man sich tunlichst hüten sollte.

Sie fragt, um selber nicht so viel antworten zu müssen, und nichts interessiert sie weniger als das, was Peter Vissing zu berichten hat. Es ist wie damals, als sie in Franks Jaguar saß und darauf wartete, dass der Regen aufhörte. Sie versteht nicht ganz, was Peter eigentlich macht, er ist irgendein

Direktor für eine Sache mit ganz vielen Namen, und er hat etliche Verwaltungsposten inne. Letzteres erwähnt er mit einer so nachdrücklichen Beiläufigkeit, dass es sich anhört, als erstreckte sich sein Einfluss auf alle relevanten Dinge von der Rentenversicherung bis zum Wetter. Kommt sie zum Abijubiläum? Ach, nein? Er weiß selber nicht, ob er in Form ist. Eben hat ihn die Frau verlassen, das heißt, eigentlich hat sie ihn rausgeschmissen. Sie treibt es mit ihrem Reitlehrer, *no joke*. Ja, sie haben einen Gaul im Stall oben bei Klampenborg, sie wohnen da in der Nähe, aber ihr Psychologe hat ihr erzählt, sie tue das aus Verzweiflung. So, und jetzt will sie die Villa und den Landrover und das Sommerhaus in Gammel Skagen. Und die Kinder selbstredend. Er darf ihren Polo behalten und das Ferienappartement in Cagnes-sur-Mer. Er sieht sie fast triumphierend an. Sie haben drei, also Kinder. Camilla ist dreizehn, Fiona neun und Sebastian sechs. Sie sitzt hier also einem Mann gegenüber, dem das Fell über die Ohren gezogen wird wie einem *fucking* Karnickel.

So sieht er auch aus. Ingrid fragt, ob er keinen guten Rechtsanwalt habe. Peter schnaubt. Und wenn er sämtliche Anwälte von O.J. Simpson anheuerte, diese *bitch* würde am Ende doch ihren Willen durchsetzen. »Ja, entschuldige.« Er schlägt mit der Zeitung auf die Tischkante, legt sie hin und weiß einen Moment lang nicht, was er mit seinen Händen anfangen soll. Das Schlimmste ist natürlich das mit den Kindern. Er liebt sie nun mal, verflucht. Seine Hände sind bleich und teigig, mit kleinen Dellen an den Knöcheln. Für den Übergang hat er was gefunden, möbliert, in Østerbro.

»Das tut mir wirklich leid für dich«, sagt Ingrid. Sie meint es ernst. Er sieht aus, als stimmte er ihr zu. Und sie, hat sie Kinder, ist sie verheiratet oder geschieden? Die Fragen stolpern übereinander. Er ist begierig, jetzt etwas von ihr zu hören, als Lohn für seine Offenherzigkeit, obwohl sie ihn überhaupt nicht darum gebeten hat, in sein Unglück eingeweiht zu werden. Sie antwortet knapp. Nein, sie hat nur eins. Nein, sie wohnt seitdem allein. Man gewöhnt sich daran. Sie lächelt. Man nimmt ja Gewohnheiten an. Vielleicht wird man mit der Zeit auch ein bisschen eigensinnig. »Eigensinnig?« Es sieht aus, als hätte er Lust, das Wort in eine Ecke seines zusammengerollten *Expressen* zu kritzeln, um es bei nächster Gelegenheit zu benutzen.

Sie schauen aus dem Fenster auf die gestrichelten Linien aus Licht, sie haben die Ausläufer einer Stadt erreicht. Einige der langsam sich drehenden Punkte liegen etwas höher, die Straßenbeleuchtung folgt wohl einer Art Höhenzug. Dann erst kommen zerstreut liegende Einfamilienhäuser, schließlich Wohnblöcke und Straßen mit älteren Häusern. Sie durchfahren den Bahnhof ohne Halt, sie schafft es nicht, den Namen zu erkennen, schon sind sie wieder im Dunkeln.

»Erinnerst du dich noch an Jiffy?«, fragt er auf einmal. »Er ist gestorben.« Sie sieht ihn mit leerem Blick an. Sie hatte Jiffy völlig vergessen. »Warum?« Na ja, das stand nicht in der Todesanzeige. Er war ja ein ziemlicher Rowdy. Saß wegen Betrugs, aber das weiß Peter nur per Zufall, über Umwege, weil, ein Bekannter war sein Pflichtverteidiger. Ein ziemlicher Rowdy. Wie gezeichnet, nicht? Von Anfang an. Ein Unglücksrabe. Man fragt sich, was der überhaupt auf dem Zahle suchte, aber der Vater war anscheinend wohlhabend, soweit Peter weiß. Auslandsdäne, lebte in England. Jiffy kannte ihn kaum. Ingrid hält sich am Rand der laminatbeschichteten Bar fest. Ist ihr schwindlig, oder ist es nur der Zug, der sich wieder in eine Kurve legt?

Sie denkt an eine Sommernacht 1977, das Jahr ihres Abiturs. Es gab eine Fete in einer Villa unten in Greve Strand, direkt am Wasser. Ein mächtiges ebenerdiges Haus aus braunem Ziegel mit Pool im Keller und Hausbar im Esszimmer. Es gehörte einem Handwerksmeister, der sich eine goldene Nase verdient hatte, bevor die Ölkrise einsetzte, und für den das Abi seiner Tochter gar nicht goldumrandet genug sein konnte. Xenia lief mit einer Motorradjacke herum, genau wie Jiffy. Das verband sie, eine Art proletarisches Statement ihrer ehrwürdigen Schulinstitution gegenüber, auch wenn sie wohl nicht miteinander gingen. Jiffy war auch auf die Fete eingeladen, aber er ist nicht der Grund, weshalb sich Ingrid daran erinnert. Sie weiß nicht einmal, wie er richtig hieß, und sie fragt Peter nicht. Peter war auch da. Er tanzte den ganzen Abend mit demselben Mädchen. Es war die letzte Fete vor den Ferien, ehe der ganze Jahrgang in alle Winde zerstreut werden würde, und Ingrid hatte bereits eingesehen, dass sie ihn nie erobern würde, aber trotzdem konnte sie sich nicht dazu aufraffen zu gehen. Es wurde schon langsam wieder hell, und die Leute amüsierten sich damit, sich gegenseitig in den Pool zu schubsen, als mit einem Mal Peter und dieses fremde Mädchen nirgendwo mehr zu sehen waren.

Sie hätte es einfach ignorieren können, aber es ließ ihr keine Ruhe. In ihrem benebelten Zustand kam es ihr vor, als säße sie machtlos am Mikrofon in einem Kontrollturm und sähe zu, wie der Körper, der ihren Befehlen gehorchen sollte, seine eigenen Ziele verfolgte. Sie fand sie im elterlichen Schlafzimmer und konnte noch seinen weißen Arsch zwischen zwei spitzen, sonnengebräunten Knien drauflosnageln sehen, ehe sie rauslief und kotzte. Aber sie ging immer noch nicht nach Hause. Drinnen am Pool hatte einer Otis Redding aufgelegt, und ein Typ, den sie nicht kannte, wollte mit ihr tanzen. *Sittin' on the Dock of the Bay*. Ein gewöhnlicher Typ in kanariengelbem Polo mit Krokodil, sauber, nett und blau genug, sie ließ ihn grapschen und fummeln, wie er wollte. Wenigstens schmiss er sie nicht ins Wasser. Stattdessen legte er seinen Arm um ihre Schulter und führte sie in den frühen Morgen hinaus, durch den Garten und weiter einen Pfad zwischen hohen Hagebuttenbüschen entlang.

Es konnte auch egal sein. Es konnte egal sein, wer es war. Sie weiß nicht mehr, ob sie etwas zueinander sagten. Die Ostsee war wie gebohnert, nur an der Wasserkante leckten winzige Wellen kraftlos am Sand. Er war etwas kühl zum Liegen, aber nicht unangenehm. Nur zu liegen war ein Luxus willenloser Ruhe, die bloß durch die grabenden Finger in ihrem Schlüpfer gestört wurde. Sie war überhaupt nicht bereit, als er geschickt ein Kondom aus der Tasche seiner strammen New Man zog. Sie hatte auch nicht darüber nachdenken können, ob es jetzt sein sollte und ob er es sein sollte. Ein Jüngelchen, mit dem sie noch nie gesprochen hatte. Insgeheim war es schon ein Skandal, dass sie es nicht schon in der Obersekunda oder Unterprima hinter sich gebracht hatte, aber wer hätte das bewerkstelligen sollen? Sie wusste ja, wer, und sie jammerte vor Schmerz, während er überrascht ihre Jungfernschaft bearbeitete, als wäre es die Nationalbank, in die er eindringen wollte.

Irgendwie müssen sie wieder zum Haus zurückgekommen sein, aber sie kann sich nicht erinnern, ob ihr kanariengelber Sexualpartner noch da war. Vielleicht hat sie ihn verdrängt, vielleicht verschwand er einfach genauso schnell und atemlos wieder aus ihrem Leben. Die Party löste sich langsam auf, Peter war natürlich nicht da, und die Zurückgebliebenen saßen in einer Gruppe um einen Plastikgartentisch. Sie erinnert sich wegen Jiffy an den Tisch. Er saß auch da mit seiner Lederjacke und seinen langen, fettigen Haaren. Er war der Einzige, der keine weiße Abimütze aufhatte. Jemand warf eine Bierflasche um, sodass sich das Bier auf dem Tisch ausbreitete und über den Rand strömte, und Jiffy beugte sich vor und fing an, es aufzuschlürfen. Sie erinnert sich deutlich an die rosarote Zunge, die eifrig in dem blassen, ungesunden Gesicht verschwand und gleich darauf wieder erschien, um weiterzuschlecken. Die andern lachten und johlten, und er machte weiter, angefeuert durch ihren Beifall, obwohl es sich in ihren, Ingrids, Ohren eher wie Hohn anhörte. Es ist ihr einziges deutliches Bild von ihm, und nun ist er tot. Der Unglücksrabe, der geborene Loser, durch und durch deplatziert an einem Ort wie Zahles Gymnasium.

Im Speisewagen neben Peter Vissing legt sich das Bild von Jiffy groteskerweise neben das viel spätere Bild der alternden Ada, die verloren am Rande einer Vernissage steht und darauf wartet, dass jemand kommt und ihre Rede lobt. Aber als sie an jenem Sommermorgen mit der ersten S-Bahn von Greve in die Stadt zurückfuhr, dachte sie weder an Jiffy noch an Ada. Sie sitzt in dem einen Zug und sieht sich selbst in dem anderen. Die beiden Perspektiven vermischen sich, sie meint die lauernde Übelkeit und die schwerelose Schläfrigkeit zu spüren, kurz bevor der Kater einsetzt. Zwei verschiedene Perspektiven, zwei Zeitrechnungen mit ihrem jeweiligen Strauß konvergierender Linien, die von dem Punkt ausstrahlen, an dem sie sitzt, und sich im Unendlichen verlieren. Alles, was geschehen konnte, alles, was sie sich erhoffen konnte. Alles, was geschah und was sie halbwegs vergessen hat.

Ihre Gedanken zappeln im verwirrenden Netz entgegengesetzter Linien, und neben ihr sitzt ein aufgeschwemmter, geschiedener Peter Vissing und ist vollkommen unwichtig geworden. Genauso gleichgültig wie ihr Jiffy damals war und heute ist. Ob er ein Leben lang auf seinen Spitznamen gehört hat? In ihr hat er nichts anderes hinterlassen als eine Zunge, die von einem schmutzigen Gartentisch Bier leckte, und die diffuse Erinnerung an einen gutmütigen, unangepassten Typen mit gebücktem Gang und dämlichem Lächeln, als wollte er sich in einer Situation über Wasser halten, die er nicht überblickte. Aber wer kann schon etwas überblicken? Damals in der S-Bahn hatte sie Anders noch nicht getroffen, sie hatte keinen Schimmer, wie ihr künftiger Weg aussehen würde. Nach wie vor träumte sie dumm von einem Peter, bei dem sie keine Chance hatte und den sie vielleicht nie wieder sehen würde.

Endlich ist sie ihre peinliche Unschuld los. Es hätte zärtlicher und feierlicher sein können, aber so hat man's wenigstens mal gemacht. Sie hätte sich ein sauberes Bett wünschen können, eine Kerze oder zwei, vielleicht gedämpfte Musik, aber sie wird es auffassen als vergeigte Generalprobe der richtigen Premiere, obwohl sie auf unbestimmte Zeit verschoben ist. Auch für sie werden noch Kerzen entzündet, sicher. Es wird schon eines Tages ein Kerl kommen, ein Mann, ein Mensch, der verdient und zu schätzen weiß, dass sie ihm das Wertvollste gibt, was sie ihrer Meinung nach hat. Im Jahr darauf wird sie auf der Architekturschule der Kunstakademie aufgenommen worden sein, sie weiß es noch nicht, und sie kann sich nicht vorstellen, wie benommen vor Stolz sie sein wird. Sie wird neue Freunde haben, sie wird Geliebte haben, und der Name Peter Vissing wird nichts mehr als ein selbstironisches Lächeln hervorrufen. Sie kann davon nichts wissen, hat aber tief in ihrem Innern eine Ahnung. Sie hat noch das Beste vor sich.

In einem Nachtzug aus Stockholm dreißig Jahre später ist sie sich nicht sicher, noch einmal das Gleiche sagen zu können. Dabei war es sonst immer so gemeint. Das ist es, was der Name Frank bedeutet, obwohl er ihr nie etwas versprochen hat. Angenommen, die Jahre seit jenem Nachmittag auf der Fähre zwischen Jütland und Seeland würden sich als ihre besten herausstellen! Das Beste, was sie erreichen konnten! Das kann doch nicht sein. Es muss an ihr gelegen haben, dass sie in ihrer Müdigkeit und ihren Selbstvorwürfen eine Entfernung heraushörte, die über die zwischen

Stockholm und Hornbæk hinausging. Es war auch ein dummer Zeitpunkt für einen Anruf.

Sie bleibt in ihrer S-Bahn aus Greve sitzen, als sie am Hauptbahnhof hält. Sie fragt sich, ob es ihr erspart bleibt, sich noch einmal zu übergeben. Sie könnte hier aussteigen und die Küstenbahn nach Helsingør nehmen, sie hat da oben die letzten fünf Jahre mit Norman Dreyer gewohnt, seit Berthe sie verlassen hat. Aber sie bleibt sitzen. Sie hat mit Ada abgemacht, bei ihr und Per zu übernachten. Sie hatte nicht damit gerechnet, dass es so spät werden würde, aber es ist auf jeden Fall netter, zur Esplanade zu gehen, als in das leere Haus da oben am »Lappen«.

Nach der Scheidung von Berthe hatte Norman Dreyer eines der kleinen Stadthäuser gegenüber dem Schloss Marienlyst gekauft. Seit ihrem dreizehnten Lebensjahr hat sich Ingrid selbst darum gekümmert, etwas Ordentliches zu essen und für den nächsten Tag saubere Kleidung zu haben. Als sie ihre erste Blutung hatte, legte sie sich ein Lager mit Binden an. Sie blieb vor allem aus Faulheit hier, abgesehen von der etwas mühsamen Fahrt jeden Tag, um in die Schule nach Kopenhagen zu kommen. Außerdem mag sie die Gegend am nördlichen Rand Helsingørs, wo der Strandvej nach Hellebæk weiterführt. Sie ist ganz vernarrt in diese besondere Mischung aus Geschichte, Provinz und undurchsichtiger Mondänität. Kronborgs schwere Konturen, an denen die Fähren von und nach Schweden vorbeifahren. Das Hotel Trouville mit dem Casino. Der Strand mit der Aussicht auf den Jachthafen, das Trockendock der Werft und Hälsingborg auf der schwedischen Seite. Das Kling-Klang des Bahnübergangs, wenn die Hornbæk-Gilleleje-Bahn die Straße überqueren will. Die Tennisplätze, die weiß gestrichenen Baken auf dem Höhenrücken hinter dem Schloss und die Allee der Nationen mit den düsteren Landvillen der Jahrhundertwende.

Norman Dreyer residiert im Parterre, während ihr der erste Stock gehört, im Großen und Ganzen leben sie eher wie Nachbarn als wie Vater und Tochter. Sie wohnt zwischen gebrauchten Möbeln, Korbstühlen, Plakaten von Louisiana und einem alten Eisenbett mit goldenen Kugeln, das sie in der Wochenzeitung *Op og ned langs kysten* gesehen hat. Wenn sie an ihrem abgebeizten Schreibtisch am Fenster sitzt, kann sie die gekappten Baumkronen rund um das kleine Rokokoschloss sehen. Wenn er zu Hause ist, bleibt sie in ihrem Zimmer und isst sogar hier oben zu Abend.

Und zwar nicht, weil sie sich streiten würden, dazu will sie sich gar nicht herablassen. Sie hat nur keinen Bock, sich zu den ständig wechselnden Frauen an seinem Tisch und in seinem Bett zu verhalten, und noch weniger erträgt sie seine gelegentlichen Versuche, ihr gegenüber einen kameradschaftlichen Ton anzuschlagen. Seinen halbherzigen Anlauf, sich in sie einzufühlen und ihr Leben mitzuverfolgen. Er ist immer noch Kritiker bei *Politiken*, gefürchtet und berüchtigt, und glücklicherweise verbringt er den größten Teil seiner Abende in Kopenhagen. Im Grunde ist sie einsam, sie erlebt es nur nicht so. Die Küstenbahn ist ihre Verbindung mit der Welt, mit den Freundinnen, den Kinos und dem Traum von Peter Vissing, aber sie empfindet es nicht als Strafe, wenn sie an einem Winterabend mit der Gilleleje-Bahn das kurze Stück vom Bahnhof weiterfährt und umgeben von rotbackigen, in Blau gekleideten Werftarbeitern an einer beschlagenen Scheibe sitzt. Auf unerwartete Weise fühlt sie sich zu Hause.

Natürlich hat sie Berthe vermisst. Natürlich hätte sie gerne eine Mutter an ihrer Seite gehabt, als sie herausfinden musste, was es bedeutete, Frau zu sein. Sie hat selbst lernen müssen, wie man Make-up auflegt und welche Körbchengröße sie braucht, und natürlich hat sie ihrer Mutter vorgeworfen, sie mit Norman Dreyer in einer Provinzstadt zurückgelassen zu haben, in der sie niemanden kannte. Sie konnte immer noch darüber wütend sein, aber sie hatte aufgehört, etwas zu erwarten. Das Gefühl, abgelehnt zu werden, wich allmählich einer Verwunderung, einem Abstand und einer stillen Sehnsucht.

Berthe wohnte in Rom, als Ingrid aufs Gymnasium ging, und sie sah und sprach ihre Mutter nur sehr selten. Wenn Berthe zu Hause anruft, um sich trotz allem ein wenig zu erkundigen, wie es so geht, ist Ingrid immer wieder verblüfft, wie fix das Gespräch um das neue Leben der Mutter kreist. Sie hört geduldig zu, wenn Berthe von sich und all den spannenden Persönlichkeiten spricht, die sie für *Berlingske Tidende* interviewt. Berlinguer, Moravia, Visconti, es ist alles so toll. Ingrid ist stolz auf sie, außerdem hat Berthe ihr bei einem Aufsatz über den Eurokommunismus geholfen, für den sie eine Zwei plus bekommen hat. Ingrid hat sie auch in Rom besucht, es war sehr nett. Sie lehnt sich nur auf, wenn Berthe sie über Norman Dreyer ausfragen will oder anfängt, ihn schlechtzumachen. Sie fühlt sich nicht als Komplizin ihrer Mutter und kann nichts Heroisches darin finden, dass Berthe sie verließ.

Als sie konfirmiert wurde, schenkte Berthe ihr eine antiquarische Ausgabe von *Nora oder Ein Puppenheim*. Ingrid lachte sich kaputt, aber sie glaubt nicht, dass ihr selber bewusst war, warum. Sie lachte einfach. Ob sie überhaupt wusste, wer Henrik Ibsen war? Jedenfalls war es eine Provokation, dass sie anfing, zum Pfarrer zu gehen, und von ihren Eltern hat sie sich kein besonderes Engagement versprochen. Sie luden zum Abendessen mit Ada und Per ins Hotel *Kystens Perle* ein. Das Lachen blubberte in ihr weiter, als es erst einmal Luft bekommen hatte. Ada trug ihre Maske aus Turban und rubinrotem Lippenstift, während Norman Dreyer und Per Zuflucht im neuesten Autorenklatsch suchten, beide in der Angst, Berthe könne anfangen zu weinen.

Sie machte den Eindruck, ihre Mutter, aber Ingrid lachte weiter über ihrem Krabbencocktail, den das Lokal als festliche Vorspeise im Angebot hatte.

Vielleicht ist es der ungewohnte Rahmen, der das Bild so klar und unbeweglich macht. Die »Küstenperle« sieht aus wie etwas, das an der Promenade in Miami Beach liegen sollte. Sie ist nie wieder da gewesen. Ihr Lachanfall wird auch nur jetzt in der Erinnerung zum Kommentar auf Berthes saublöden Wink. Berthe als Nora, das ist schon starker Tobak, aber heute weiß sie nicht mehr, worüber die vierzehnjährige Ingrid lachte. Man weiß nur, was passierte, die Gründe wird man erst später herausfinden. Ingrid mit vierzehn und Ingrid mit achtundvierzig sitzen zusammen am Tisch und betrachten das Gruppenbild ihrer Familie. Nur eine von beiden kann auch die andere sehen, aber obschon sie nur ein dünnes, hoch aufgeschossenes Mädchen ist, kann man schon die Andeutungen der Frau erkennen, die neben ihr sitzt und sich an alles erinnert.

Zur Linken hat sie den Vater, den sie nur als Norman Dreyer anspricht oder erwähnt. Er hat sich wahrscheinlich dazu entschlossen, diese Angewohnheit als kumpelhaften Scherz aufzufassen. Er stützt seinen blanken Schädel in die Hand, und zwischen den gelblichen Fingern hält er wie üblich eine Pall Mall. Er führt das Wort, während er Per mit kühl forschendem Blick durch seine randlose Brille fixiert. Der Scharfrichter, Rekordinhaber literarischer Injurien, aber korrupt genug, seinen nun ehemaligen Schwiegervater immer geschont zu haben. Per beugt sein sanftes, zerfurchtes Gesicht leicht vor, während er zuhört. Sein Haar ist störrisch wie immer, ganz grau mittlerweile, und sein Anzug ist so zerknittert, wie man es von ihm kennt. Keiner der beiden weiß, wie wenig Zeit noch bleibt, bis sie fort sein werden, obschon Norman Dreyers ewige Qualmerei und Pers Anfälle von Missmut Unheil verkündende Anzeichen sind.

Während die Konfirmandin lacht, wendet die reife Ingrid den Blick von den beiden Schöngeistern, um sich näher mit ihrer Mutter und ihrer Großmutter zu befassen. Berthe hat zur Feier des Tages ihr karottenfarbenes Haar hochgesteckt, obwohl es für so eine Frisur eigentlich nicht lang genug ist. Sie ist adrett verschanzt in einer uniformähnlichen Safarijacke und blass vor lauter Puder und Verwirrung. Im Rückblick tut Ingrid ihre Mutter leid, die nervös auf Ursprung und Ende aller Dinge starrt. Ada lächelt mit leuchtend rotem Mund. Nur mit dem Mund, nicht mit den Augen. Sie gleicht einer Sphinx. Die Welt kann sich benehmen, wie sie lustig ist, Ada bleibt unerschütterlich. Ihre Lider hat sie metallblau geschminkt, sodass sie den Flügeln eines Blauen Kaiserschmetterlings ähneln, sie ist ausstaffiert wie die Blixen, obwohl sie plump ist wie eine Bäuerin, und ihre grauen Augen verlangen Gehorsam und Zusammenarbeit.

An einem frühen Junimorgen vier Jahre später steigt Ingrid am Bahnhof Østerport aus der S-Bahn und stakst mit unsicheren Schritten am Wallgraben des Kastells entlang. Der Ort hat sich in den letzten dreißig Jahren nicht verändert. Während sie mit halbem Ohr Peter Vissings ehelichen Krisen folgt, sieht sie ihr unglückliches junges Ich an dem ruhigen Wasser und den frisch ausgeschlagenen Bäumen vorübergehen. Noch fahren keine Autos, alles ist träumende Reglosigkeit, und die kühle Luft ist wie eine besänftigende Berührung. Sie schließt die Tür auf und steht in dem Aufgang mit den dunklen Paneelen und dem glänzenden Messing und kurz darauf in dem langen, stillen Flur. Im Gästezimmer hat Per ein Tablett mit einem Pils und einem Glas hingestellt. Sehr aufmerksam. Ihr dreht sich der Magen um.

Sie geht ins Bad und hinterlässt ihre Sachen in einem Haufen auf dem Terrazzoboden. Sie setzt sich in die altmodische Badewanne und lässt heißes Wasser ein, so heiß, wie sie es gerade noch aushält. Sie fängt an zu schluchzen, aber es kommen keine Tränen. Sie steigt wieder aus der Wanne, frottiert ihr Haar und betrachtet ihren Körper im Spiegel, ehe sie ihn in Pers Bademantel einhüllt. Er steht in seinem gestreiften Schlafanzug draußen im Flur, als sie die Tür aufmacht. Er lächelt, sie geht auf ihn zu, und er nimmt sie in die Arme, ohne irgendeine Frage zu stellen.

Per ist ihr Freund. Wenn sie Berthe über ihre Internatszeit und ihre kaltherzige, harte Mutter jammern hört, denkt sie, wenigstens war Per da. Es spricht für Ada, dass sie ihren Anwaltsgatten in Hjørring für einen wie Per verlassen hat. Ingrid hat ihm selbst viel zu verdanken, zuletzt eine Eins im mündlichen Dänisch. Sie kam bei *Frau Marie Grubbe* dran, sie hatten den Roman wenige Tage vorher zusammen gelesen, und er hatte ihr den Text so behutsam aufgeschlossen, als wäre er ein altes Schmuckkästchen. Jens Peter Jacobsens hochempfindliche, ziselierte Prosa, die sich der Barocklyrik verdankte. Die illusionslose Tiefe des Frauenporträts, Maries Unbändigkeit. Die Festszene im Schlossgarten und der bittere Schluss am Fähranleger, wo Holberg sie trifft, eine verbrauchte alte Frau. Lehrer und Beisitzer hatten sie stoppen müssen, und Per war genauso stolz, als wäre sie seine eigene Tochter.

Sie stehen im Flur, Arm in Arm, und schwanken freundlich hin und her. Dreißig Jahre sind vergangen, aber dieser Augenblick ist unverändert, als wären sie die ganze Zeit stehen geblieben. Sie hört den Verkehr auf der Straße Grønningen. Die Sonne dringt zu ihnen in den dunklen Flur und hebt jede Einzelheit hervor. Ihre feuchten Haarsträhnen, den Flor auf seiner Schlafanzugjacke, die Lilien auf der Tapete. Dann lässt er sie los, und sie geht ins Gästezimmer und fällt aufs Bett und fällt und fällt.

Und sie, warum sei sie geschieden? Peter Vissing sieht sie mit seinen feuchten Augen an. »Ich habe einen Mann getroffen.« Er blinzelt nicht, lächelt schwach. »Ach ... so.« Es ist etwas unbeholfen Aufrichtiges an seinem Verlangen, mehr zu erfahren und selber die Hosen runterzulassen. Ist es der Junge in dem fast Fünfzigjährigen, der sich nach etwas weiblichem Trost und nach Wärme sehnt? Es ist beinahe unerträglich, dass er hier neben ihr sitzt und sich so schwer über ihr mentales Fensterbrett lehnt, aber sie kann sich schlecht verweigern. Das würde mehr Kraft erfordern, als ein bisschen die Hosen runterzulassen.

Er hat sich nicht im Mindesten anmerken lassen, dass sie damals vor Sehnsucht nach ihm fast durchgedreht ist. Sie denkt an all die Nachmittage in der Küstenbahn, wenn sie die Augenblicke Revue passieren ließ, in denen sie einander im Laufe des Tages gestreift hatten, auf dem Weg vom morgendlichen Singen oder in der großen Pause. Er pflegte in der Cafeteria über Harcks Antiquariat zu Mittag zu essen. Wenn es ging, überredete sie eine Freundin mitzukommen, zitternd vor Angst, keinen Tisch in seiner Nähe zu finden. Olivgrüne Wände, helles Bier vom Fass, Weißbrot mit Ei und Curry. Den Ort gibt es nicht mehr, und vielleicht hat er vergessen, wie verrückt sie nach ihm war. Vielleicht hat er es nie begriffen.

Hässleholm liegt hinter ihnen, der Zug hielt einige Minuten, Leute mit Rollkoffern stiegen aus und ein. Sie hätte auch aussteigen und sich in einem Hotel einquartieren können, um hier nicht sitzen und ihr Herz bloßlegen zu müssen. Das ist natürlich nur eine Idee, und Peter Vissing ist gar nicht so kreuzdumm, wie man annehmen könnte, nicht wenn man ihm gegenübersitzt. Und wer ist das schon? Die meisten werden sehr vertrauenswürdig, wenn man ihnen näherkommt, aber nur solange das Gespräch andauert. Hinterher sind sie wieder genauso, wie man sie sich vorgestellt hat. Sie weiß schon, morgen wird sie sich ärgern, dass sie hier von Frank erzählt hat, nur weil man sich zufällig über den Weg gelaufen ist. Warum tut sie das? Muss sie irgendetwas bestätigen, so als könnte man die Dinge sozusagen zurechtreden?

Er ist ein besserer Zuhörer, als sie erwartet hatte, und sie belohnt ihn. Sie versorgt ihn mit den großen Linien, den groben Zügen, dem Umriss einer Geschichte, die davon handelt, dass man wegen der Liebe alles verlässt. Das hört sich an wie in den Klatschspalten und den Interviews der Prominenten, die davon reden, dass sie aus Scheidung, Krebserkrankung und der Trauer über verstorbene Gatten gestärkt hervorgehen. Aber was ist mit denen, die nicht stärker werden? Die nie darüber hinwegkommen? Was mit denen, die sterben? Das wollte sie schon immer fragen, und jetzt sitzt sie hier und macht sich mit ihrer tapferen Chronik selber Mut. Peter Vissing gegenüber, ausgerechnet. Anscheinend braucht sie das jetzt, es muss ihr echt dreckig gehen, denkt sie, während sie sich über die Wirklichkeit unter den Worten hinwegredet. Die Wirklichkeit widerspricht ihnen nicht, kann sie aber auch nicht erreichen, es *gibt* sie gar nicht mehr, diese ganze aufgebrauchte Wirklichkeit. Es gibt sie nur als das, an das sie sich ihrer Meinung nach erinnert.

Einige Tage nachdem Frank sie im Auto geküsst hatte, rief sie ihn an. Daran erinnert sie sich. Sie musste irgendetwas vorgeschützt haben, aber im Grunde war das Ziel dieses Anrufs, den Kuss ungeschehen zu machen, sich selbst ungeküsst zu machen, so als ob er nur geträumt hätte. Sie hatte neben Anders wach gelegen und nachgedacht. Es war banal und eigentlich auch kränkend, dass Frank die Gelegenheit beim Schopf gepackt hatte, aber noch mehr störte sie, dass sie beinahe reagiert hatte, als hätte sie es erwartet. Was sprach dagegen, dass ein Mann wie Frank nach ein paar Drinks an einem sommerlichen Abend in der Stimmung war, eine jüngere Frau zu küssen? Aber dass sie nicht im Geringsten getan hatte, als wäre sie überrascht, war unverzeihlich.

Aber was war dazu zu sagen? Ihr fiel nichts ein. Sie hatte diese Entwicklung wirklich nicht eine Sekunde lang vorausgesehen, aber ohne es zu wissen, muss sie ihn ermuntert haben. Etwas an ihr muss ihm mitgeteilt haben, dass es den Versuch wert sei. Sie hielt sich sonst nicht für kokett, sie war sich tatsächlich bewusst, es nicht zu sein, es lag ihr völlig fern. Was bildete er sich eigentlich ein? Sie sollte entrüstet sein, aber das war sie nicht. Sein Mut imponierte ihr beinahe. Die vollkommene Freiheit in seiner kleinen Initiative. Wenn sie daran dachte, vergaß sie für einen Moment, dass sie involviert war. Sie sah ihn bloß vor sich, hinter dem Steuer, wie er sich mit der notwendigen Kühnheit zu ihr hinüberbeugte.

Anders dagegen hatte sie selber gefunden, und zwar auf der Hochzeit ihres Bruders. Es gehörte mittlerweile zur Familienfolklore, dass Georg dahintersteckte. Er hatte Rebecca kennengelernt, als sie beide ihr medizinisches Praktikum machten, im Jahr nach seinem Harvard-Aufenthalt. Er war auf Magen-Darm-Leiden spezialisiert, sie war Frauenärztin. Eine selbstsichere jüdische Prinzessin mit dickem Haar und lautem Lachen, Berthe war begeistert. Rebeccas Familie ließ sie nur ungern für einen Goi ziehen, aber als sie einsehen mussten, dass sie nicht davon abzubringen war, wurde an nichts gespart und Hochzeit im Søllerød Kro gefeiert. Ingrid war wenige Tage zuvor von ihrem halben Jahr an der Akademie in Rom heimgekehrt. Sie entdeckte Anders auf dem Rasen hinter dem Restaurant, wo er mit einem Neffen der Braut Fußball spielte, während der Rest der Gesellschaft mit einem Glas Champagner auf der Terrasse stand, comme il faut. Er entpuppte sich als einer von Georgs ältesten Freunden.

Sie kannte fast keinen der Gäste und hatte es nicht einmal geschafft, vor der Hochzeit Rebecca kennenzulernen. Sie schämte sich für ihre Familie, die sich unter all die fremden Gestalten mischte. Berthe war im Beisein von Norman Dreyer wieder einmal furchtbar linkisch, und Ingrid schwebte in ständiger Angst, ihre Mutter könne vor Nervosität etwas umwerfen. Norman Dreyer parlierte mit den schönsten und am tiefsten dekolletierten Damen auf seine übliche übertrieben schmeichelhafte Art, und Ada ließ sich gnädig vom Brautvater bedienen. Es war dann Anders, der Ingrid ohne Scheu Rebeccas vielköpfigem Klan vorstellte. Es hatte alles etwas sehr Herzliches. Etwas, das sie vermisst hatte, wie sie an dem Abend merkte, nicht nur in den vergangenen Monaten, in denen sie allein durch Rom gestreift war, sondern solange sie überhaupt zurückdenken konnte.

Als das Brautpaar dann mit Reis im Haar und scheppernden Dosen an der schwarzen Limousine entlassen wurde, stand Anders unter den lachenden Gästen wieder neben ihr. Er hatte seinen Arm um ihre Taille gelegt, er lächelte und schwankte beschwipst. Sie nahm ihn mit nach Hause, und als sie am nächsten Morgen aufwachte und einen schlafenden Schweden an ihrer Seite vorfand, dachte sie, er könne ruhig liegen bleiben, wenn er wolle. Sie gewöhnte sich erstaunlich schnell daran, dass er da lag, und bald konnte sie sich gar nicht mehr vorstellen, dass sich das jemals ändern würde.

Das konnte sie sich immer noch nicht vorstellen, als sie an dem Vormittag vom Büro aus Frank anrief, um sich stillschweigend zu versichern, dass sein Kuss nur ein etwas zu ausführlicher Abschiedsgruß gewesen war. Auf die Frage, die sie sich als Vorwand für ihren Anruf ausgedacht hatte, antwortete er gar nicht. Er sagte, er wolle sie gern wiedersehen. Sie schlug ihm vor, in den nächsten Tagen zu einem Termin vorbeizukommen. Er sagte, sie wisse schon, was er meine. Sie saß da, den Hörer am Ohr, ohne zu antworten, dann legte sie auf. Das Erste, was ihr durch den Kopf ging, war, damit war der Auftrag erledigt. Als sie am nächsten Morgen aus dem Haus trat, parkte der grüne Jaguar ein Stück weit die Straße hinunter. Er wartete auf dem Bürgersteig, sie blieb stehen und sah sich um. Anders und Jonas waren noch nicht weg, sie konnten jeden Augenblick herunterkommen. Sie setzte sich schnell ins Auto.

Keiner der beiden sagte etwas, und sie wagte nicht, ihn anzusehen. Sie hatte keine Ahnung, wo er sie hinbrachte. Er parkte gegenüber dem Eingang zum Frederiksberg Have und fragte, ob sie Zeit habe, ein wenig spazieren zu gehen. Sie gingen durchs Tor und unter die Bäume, sie schwiegen immer noch. Vielleicht wurden sie von einem Jogger überholt, vielleicht von einer älteren Dame mit einer Tüte Brotkrumen für die Enten im See, sie weiß es nicht mehr. Wenn jemand sie bemerkt haben sollte, muss er sie für ein Paar gehalten haben, das am Ende seines Weges angelangt war und den Schmerz vor dem letzten Lebewohl nur noch in die Länge zog. Sie erschrak, als er plötzlich innehielt und sie mit einer Heftigkeit umarmte, die jünger wirkte als sein entschiedenes Auftreten, ja, jünger als sie selbst. Er lockerte seine Umarmung, ohne sie ganz loszulassen, und sah ihr etwas zu ernst in die Augen. Sie versuchte diesen ganzen

Ernst mit einem Lächeln ein wenig zu mindern, ehe sie sich doch noch entschloss, ihn zu küssen.

Sie sagte, sie wisse nicht, was hier vor sich gehe. Das stimmte, aber sie sagte nicht, was sie verleitet hatte, seinem drängenden Blick nachzugeben. Er sagte, er habe Lust, mit ihr zusammen zu sein. Er brachte es so einfach heraus, und das war der Grund. Sein unverschleiertes und dreistes Auftreten. Sie gingen Hand in Hand zum Frederiksberg Runddel zurück, jetzt sahen sie aus wie zwei, die zusammengehörten. Sie sah sich selbst von außen, wie sie neben ihm herging, und es sah richtig aus, es fühlte sich richtig an. Er sagte, er denke ständig an sie. Das hätte sie aus der Fassung bringen können, aber sie war ganz ruhig. Sie kannte sich, sie war ein vernünftiges Mädchen, und sie fühlte sich nicht im Geringsten verrückt. Alles war sehr wirklich, wirklicher, als es seit Langem gewesen war.

Sie sagte, es sei gut, dass er aufgetaucht sei. Sie meinte es ernst, aber was sie tatsächlich damit meinte, wusste sie nicht. Während sie zu seinem Auto gingen, entschloss sie sich, es herauszufinden. Es glich einer Entführung, aber dann gehörte sie zu jenen Geiseln, die sich mit ihren Kidnappern verbünden. Es bereitete ihr nicht einmal Sorgen, dass sie sich allem Anschein nach anschickte, mit einem künftigen Bauauftrag ins Bett zu gehen. Sie schwiegen wieder, während sie fuhren, als befürchteten sie, das magisch Reale der Situation zu zerstören, als befürchteten sie, wieder ins altbekannte Erzählen aus ihrem Leben zurückzufallen. Sie rief von ihrem Handy im Büro an und meldete sich krank. Es machte sie fast high, wie leicht es war, ihre normale Bahn zu verlassen.

Er parkte hinter Vesterport und legte beim Gehen den Arm um ihre Schulter. Sie hatte eine Heidenangst, sie könnte einem Bekannten begegnen. Wohin führte er sie? Ins Royal natürlich. Seltsamerweise war sie noch nie in Arne

Jacobsens Kopenhagener Version eines Wolkenkratzers gewesen. Der Mann am Empfang bot an, ihr Gepäck hochzuschicken. Das ist im Auto, sagte Frank, ich hole es später. Sie bekamen ein Zimmer in einer der obersten Etagen, mit Blick auf Rathaus und Tivoli. Sie trat ans Fenster und blickte auf das Riesenrad, das sich wie eine muntere kleine Uhr aus lauter Freistunden drehte.

Sie atmete seinen Duft aus Schweiß und Aftershave ein, als er sich hinter sie stellte, seine Hände unter ihrer Bluse, und wieder war sie froh, dass seine Bewegungen frei von Zweifel oder Zögern waren. Sie entkleideten sich ohne Eile. Sein Körper war anders als die, die sie kannte. Er war breiter und älter natürlich, aber auch stärker, lederartig und schwer wie etwas, das man nicht einfach so verrücken kann. Ihr kam der Gedanke, dass der Altersunterschied zwischen ihnen ein Spielraum war, ein Freiraum, in dem sie loslassen konnte. Die Zeit, die er gelebt hatte, ehe sie auf die Welt kam.

Loslassen – aber was?

»Aber ich dachte, du wohnst alleine.« Peter Vissing sieht ganz enttäuscht aus. »Das tu ich auch.« Sie lächelt, wie Ada es getan hätte. Ein Abwehr-Lächeln. »Aber was ist denn mit dem Mann, den du getroffen hast?« Unglaublich, er lässt nicht locker. »Das hat leider nicht geklappt«, sagt sie. »Zu viel Schuld?« Er klingt fast hoffnungsvoll. »Vielleicht. War nett, dich zu treffen. Ich glaube, ich will jetzt ein bisschen schlafen.«

Sie streckt ihm die Hand entgegen, die linkisch in der Luft hängt, ehe er ihr entgegenkommt. Er sieht bedröppelt aus. »Weißt du, wann wir da sind?«, fragt sie, eher um etwas zu sagen, das ihm weiterhilft und die Situation bereinigt. Er sagt, sie müsse entschuldigen, wenn er sie aufgehalten habe. Sie gleitet vom Barhocker und entgegnet, sie glaube, es werde schon gehen. Sie glaube? Er sieht sie an wie jemand, den man eigentlich mit einer Decke vom Katastrophenschutz um die müden Schultern aus seiner Oberklassenhölle evakuieren müsste. Was soll sie ihm bloß antworten?

Sie drückt aufmunternd seinen Arm und will sich umdrehen, um zu gehen. Vielleicht könne man sich mal sehen? »Ja, vielleicht.« Sie lächelt und geht durch die Waggons mit den schlafenden Reisenden zu ihrem Platz zurück. Sie holt ihren Mantel von der Gepäckablage und deckt sich ganz damit zu. Sie macht die Augen zu, aber durch die Lider scheint die grelle Deckenbeleuchtung.

Peter Vissing hat sie dafür gelobt, dass sie die Konsequenzen gezogen und ihren Mann sofort verlassen hat. Seine eigene Frau hatte ihn über ein Jahr lang betrogen, ehe er etwas spitzkriegte. Am Schluss hielt das Weibsstück es nicht mal mehr für nötig, die Sache zu kaschieren. Eines Tages kam er nach Hause und fand ein Schlafzimmer mit zerwühltem Bett vor, drum herum standen Kerzen und Schampusgläser. Madame hatte dem Sauschwanz seinen Dom Pérignon spendiert. Peter setzte sich hin und wartete, aber als sie endlich auftauchte, war sie es, die anfing zu giften. Ausnahmsweise hatte er vergessen anzurufen, um ihr zu sagen, dass er früher nach Hause komme. Ingrid lächelt mit geschlossenen Augen. Sie sieht seine weißen Arschbacken in einem braunen Eigenheim unten in Greve bei der Arbeit. Sie hätte ihn nicht sitzen lassen. Er sollte nur wissen, wie lieb sie damals gewesen wäre, aber wieso war er so verständnisvoll? Müsste er nicht eher mit Anders mitfühlen? In ihren müden Gedanken verdoppelt sich Peter, sodass er auf beiden Seiten der dreißig steht und ihre Verwandlung beobachtet. An dem einen Ende ähnelt er aus der Ferne Robert Redford, an dem andern hat er weiche Frauenhände wie aufgetriebene, ungebackene Semmeln.

Sie hat gelogen. Sie wollte ihn lieber in dem Glauben wiegen, dass sie alles verloren hatte. Peter Vissing ist zu bürgerlich, um zu verstehen, wie sie sich mit einem Ausnahmezustand abfinden kann. Ganz sicher wäre er sich nicht zu schade gewesen, um zu fragen, wieso Frank seine Frau nicht verlassen hat. Berthe hat sie das mehr als einmal gefragt, aber sie hat damit aufgehört, aus Schaden wird man klug. Es ist, wie es ist. Es gibt nicht nur eine Möglichkeit, um seine Liebe auszuleben. Vater, Mutter und Kinder werden sowieso nie ins Gespräch gebracht, und wie viel Zeit haben sie und Anders denn wirklich füreinander übrig gehabt, für ihre Gefühle oder einfach für Sex? Phasenweise lagen ihre

Augenblicke ungestörten Seelenkontakts weiter auseinander, als es bei ihr und Frank der Fall ist.

Sie hat ihn nie gedrängt, hat nie geschmollt, geheult oder ihm mit der Zukunft in den Ohren gelegen. Sie ist stolz darauf. Es hat ihr oft Mut gegeben, wenn sie deprimiert und klein und außer sich war. Und dann gibt es da etwas, was sie weder Peter Vissing noch Berthe erzählen kann. Etwas ganz anderes als all das Teure und Zärtliche und gefühlsmäßig Korrekte. Frank weiß, wie er sie zu nehmen hat. Er ist imstande, sie besinnungslos zu vögeln, und es überrascht sie nach wie vor, dass sie, kurz vor ihren Rendezvous, wie eine ausgemergelte Katze voll glühender Ungeduld herumläuft und kaum abwarten kann, dass er kommt und sie auf links dreht. Das ist peinlich, weil es mit ihrer Aura der coolen und unabhängigen Karrierefrau nicht zu vereinen ist. Aber was soll's. Nicht einen Orgasmus will sie für die ganze pastellfarbene, summende Sicherheit eintauschen, die sie hinter sich gelassen hat.

Unzählige andere Argumente hätten dagegen gesprochen, sich je mit Frank einzulassen. Sein Haar war à la Oberarzt zu streng nach hinten gekämmt, seine Oberhemden waren zu hellblau und die Krawatten zu gestreift. Laut Peter Vissing hatte sie ja gerade nie davon geträumt, von einem Schlipsträger geliebt zu werden. Frank war zu sehr Geschäftsmann, sein Leben war zu betucht, und bei ihm und Lise klebten garantiert keine Magneten an der Kühlschranktür. Seine politischen Meinungen lagen zu weit rechts, als dass sie sie nachempfinden konnte, und dann war er schlicht und ergreifend zu alt. Alles in allem war es ein Rätsel, wie sie von einem Parkweg in Frederiksberg in einem Zimmer im Royal Hotel gelandet sind, aber da lag sie nun.

Er ging als Erster. Als er sich aufs Bett setzte, um ihr zum Abschied einen Kuss zu geben, sagte sie, sie wolle gern die

Hälfte der Rechnung bezahlen. Er lächelte und hielt ihr Kinn und schüttelte den Kopf. Die Geste hätte sie wahnsinnig machen sollen, stattdessen rieb sie die Wange an seiner Hand wie ein strohdummes Sexkätzchen, das beim Auftritt von 007 zu schnurren anfängt. Was zum Teufel war in sie gefahren? Sie stand lange unter der Dusche, in kristallklarer Funkverbindung noch mit der letzten Faser ihres untreuen Leibes. Hinterher saß sie mit dem Haartrockner auf dem zerwühlten Bett und betrachtete die gestreiften Gondeln des Riesenrads, die den vom Fenster eingerahmten dunkelblauen Himmel durchkreisten. Sie lauschte dem gedämpften Gemurmel des Verkehrs, dem jubelnden Kreischen von den Rutschbahnen in Tivoli und den Rathausglocken, die die Stunde schlugen. Diese Glocken hatten sie ein Leben lang begleitet, wohlbekannt und gleichgültig gegenüber allem, was geschah, und nun saß sie hier.

Sie sah auf ihre Uhr. In ein paar Minuten würde Anders sein Rad vorm Hort abstellen und Jonas abholen. Sie musste langsam in die Kleider kommen, wenn sie noch einkaufen wollte, wie sie verabredet hatten. Sie wechselten sich damit ab, getreu dem Prinzip gerechter Aufgabenverteilung wechselten sie sich mehr oder weniger mit allem ab. Sie stellte sich Anders vor, mit Helm und dem einen Hosenbein in der Tennissocke. Was natürlich unfair war, aber plötzlich hatte sie den Eindruck, dass sie ihm alles hatte beibringen müssen, in der Küche, im Alltag, im Bett. Er war kein schlechter Liebhaber, er war nur so zögerlich, viel zu schwedisch und respektvoll. Er musste immer fragen, ob sie gekommen war. Ja, was meinte er denn wohl? Wenn er sie endlich zum Klingeln gebracht hatte, pflegte sie das nicht gerade für sich zu behalten.

Das Schuldgefühl holte sie im Flur ein, schwer wie eine Einkaufstüte von *Irma,* dachte sie, als sie die Tüte auf den

Küchentisch stellte und ihr übliches »Hej« rief. Jonas saß im Wohnzimmer auf dem Boden und spielte, Anders erschien in der Tür. Er fragte, wo sie gewesen sei. Sie schluckte. Er hatte im Büro angerufen, um zu fragen, ob sie vielleicht Jonas abholen könne. Aber ihr Handy sei den ganzen Tag ausgeschaltet gewesen. Sie sagte, ihr sei heute früh nicht gut gewesen, aber dann sei es ihr wieder besser gegangen, und sie habe sich noch einmal die Frank-Gehry-Ausstellung im Architekturzentrum am Alten Dock angeschaut. Er müsse entschuldigen, dass sie vergessen hatte, ihr Telefon einzuschalten.

Noch während sie das sagte, fiel ihr ein, dass die Ausstellung letzte Woche zu Ende gegangen war, aber da schien er glücklicherweise nicht den Überblick zu haben. Er kam zu ihr und legte die Arme um sie, sie lehnte die Stirn an seine Schulter und dachte an Frank. Anders war größer, aber noch schlank und jungenhaft. Sie kannte ihn so gut. Als sie ihn kennenlernte, war er gerade ein Mann geworden. Sie konnte sich nicht vorstellen, dass Frank jemals anders gewesen war. Anders fragte, was los sei. Wieder der Magen. Den ganzen Winter und das Frühjahr über hatte sie immer wieder Schmerzen gehabt. Anders bat sie, das untersuchen zu lassen. Sie versprach, den Arzt anzurufen.

Sie lernte zu lügen. Sonst hatte sie nie gelogen, jedenfalls nicht wegen ernsthafter Sachen. Sie hatte sich davor gefürchtet, nicht nur weil es sich nicht gehörte, sondern auch weil es einen von den anderen entfernte. Als Kind war sie untröstlich gewesen, wenn sie ein seltenes Mal bei einer Lüge ertappt wurde. Berthe und Norman Dreyer hatten sie ausgelacht, weil sie es sich so sehr zu Herzen nahm. Sie hatten nicht verstanden, dass sie nicht wegen der Lüge, sondern wegen sich selbst weinte. Wegen der tiefen Einsamkeit. Einige Tage später erzählte sie Anders, dass sie beim Arzt gewesen sei. Mit den Wochen und Monaten musste sie sich mehr und mehr anstrengen, plausible Erklärungen zu erfinden, die ihre Treffen mit Frank verschleierten. Immer so nah an der Wahrheit wie möglich, mit den sparsamsten Blicken auf die andere, die heimliche Wirklichkeit. Ihre Alltagsfiktionen färbten auf ihr Leben mit Anders und Jonas ab. Manchmal kam es ihr vollkommen unwirklich vor, obwohl sie sich mitten darin befand.

Wenn sie wieder einmal von einer geheimen Verabredung in irgendeinem Hotelzimmer nach Hause kam, wurde sie bisweilen von großer Zärtlichkeit für Anders überwältigt, ein falsches Gefühl, dachte sie dann, weil es nicht ihm galt, sondern seiner Unwissenheit. Sie konnte ihn ganz umkreisen und von allen Seiten betrachten, während er nur einen unzulänglichen Halbkreis um sie schlagen konnte. An anderen Tagen war sie eher gereizt, ihre Launenhaftigkeit wurde größer, ihre Wutausbrüche über seine Ungeschicktheit nahmen zu. Sie empfand die ganze Situation als demütigend, sie, die sie doch selbst herbeigeführt hatte. Seine Ahnungslosigkeit konnte in bösen und jämmerlichen Augenblicken so erniedrigend wirken, dass sie ihm den Rücken zukehren oder etwas zum Meckern finden musste. Sie war einsam, selbst wenn sie mit Jonas im Badezimmer saß und ihm die Zähne putzte. Unvorstellbar. Es war doch der Durchbruch gewesen, Ankunft und Verheißung, als sie ihn zur Welt brachte und in den Arm gelegt bekam, er war noch ganz zerknautscht und sein rabenschwarzes Haar mit Käseschmiere verklebt. Nie mehr allein!

Das war ihr unmittelbarer Gedanke gewesen, als sie am Morgen der Hochzeit ihres Bruders aufwachte und leicht erstaunt den schlafenden Kerl in ihrem Bett betrachtete. Es war ihr durch den berauschten Kopf gegangen: Wenn er wollte, wollte sie auch. Jetzt konnte ihr Leben Form annehmen. Sie war alt genug zu wissen, dass man es selber formt, und noch jung genug zu glauben, es sei endlos formbar.

Während sie mit ihrer Schultertasche durch Rom wanderte und Rundkirchen vermaß, hatte sie nie daran gedacht, wie einsam sie war. Sie hatte wie eine Nonne gelebt und sich doch völlig frei gefühlt. Genauso frei wie damals im Schienenbus ab Helsingør, wenn sie die von den Laternen der Einfahrt beleuchteten Fähren beobachtete. Oder wenn sie das stille, dunkle Haus am »Lappen« aufschloss und wusste, dass sie es noch ein paar Stunden für sich allein haben würde. Oder wenn sie sonntags ihren Spaziergang über den Strandvej machte, am Technischen Museum und am Restaurant *Sommariva* vorbei bis zum Strand bei Hellebæk, wo sie die Bücher las, die Per ihr geliehen hatte. Versunken in Seneca und Rilke, hatte sie Peter Vissing vollkommen vergessen.

Als sie wenige Tage nach ihrer Rückkehr aus Rom von festlich gekleideten, ihr unbekannten Menschen umringt war, schwindlig vom Champagner und von all den freundlichen Gesichtern, die die Schwester des Bräutigams begrüßen wollten, erschrak sie über sich selbst. Plötzlich machte es ihr Angst, dass sie ein halbes Jahr lang hatte zubringen können, ohne sich jemandem anzuvertrauen, ohne sich jemandem zu öffnen oder zu nähern, ohne ein Bedürfnis nach Kontakt zu haben. Als wäre nichts geschehen, seit sie im *Sommariva* vor dem Sommerregen Schutz suchte und wie eine Besessene geistvolle Notizen an den Rand von Pers Büchern kritzelte, ohne auch nur am lauwarmen Kantinenkaffee zu nippen. Es musste in ihren Genen liegen, fiel ihr auf, andere Leute entbehren zu können, sich fernzuhalten und etwas eigen zu sein. So als Sonderling hatte sie sich nie gesehen, das Wort alarmierte sie. Sie wäre gern »dabei«, aber wie stellte man das an? Anders gab ihr einen Fingerzeig, indem er sich neben sie stellte, betrunken und fröhlich, einfach weil er sie süß fand. Das hatte er jedenfalls gesagt. Vielleicht nicht gerade eine sehr treffende und tiefschürfende Charakterisierung, aber genau das Wort, das sie jetzt brauchte. Nicht eigen, sondern süß.

Er sagte nicht viel, hielt es offenbar nicht für nötig. Es war befreiend. In ihrer Familie redeten alle durcheinander, aber Anders und sie hatten nicht die Absicht, alles in Worte umzutauschen. Alles, was man sah, spürte und dachte. Es reichte, zusammen zu sein. Er konnte sie mit einem Lächeln zum Schweigen bringen, und seine wortkarge Leichtigkeit vermittelte ihr das Gefühl, dass man sich mit den Worten von etwas wegredete, dass man die Verbindung verlor, obwohl man gerade dachte, man würde sie herstellen. Ja, irgendwann begriff sie ihren ewigen Drang, für alles Worte zu finden, fast als eine Art Fluch, ähnlich dem, der König Midas ereilte. Alles, an was die Worte rührten, wurde zu weiteren Worten.

Anders wollte lieber Bilder haben, und in den ersten Jahren fotografierte er sie pausenlos. Als sie wegging, hinterließ sie einen ellenlangen Fotoroman aus verliebten Blicken. Sie hatte daran geglaubt, dass er wirklich sie gesehen hatte, wortlos, gegenwärtig. Wo nichts gesagt zu werden brauchte, gab es auch keine Lügen, keine falschen Rechtfertigungen, keinen Tand. Da waren nur sie. Es war seine Fähigkeit, sich still freuen zu können, in die sie sich verliebt hatte. Die Ruhe, die ihn umgab und in die er sie mit hineinzog, sodass sie das Gefühl hatte, einer Sackgasse entkommen zu sein.

Nachts, wenn sie an Frank dachte, kam die alte Einsamkeit wieder. Anders schlief weiterhin in dem Vertrauen, dass sie auf unbestimmte Zeit zusammen wären, während sie wach lag, in einer ganz anderen Region der wortlosen Wirklichkeit. Sie fragte sich, wie lange das noch so weitergehen konnte.

Seltsam, daran zu denken – nach einer schlaflosen Nacht in einem Zug aus Stockholm, fein gemacht für einen Abend, der sich ganz anders entwickelt hatte als erwartet. Sie sieht aus dem Fenster und meint gegen den Himmel die Umrisse der Baumwipfel zu erahnen. Selbst die Dunkelheit zerfällt in den Fugen nun.

Freitag

Seit dem Ende der Siebzigerjahre hat sich die glasüberdachte Halle mit den Bahnsteigen im Kopenhagener Hauptbahnhof nicht sehr verändert. Natürlich sind die Züge anders, wie die Reisenden auch, und sie selbst ist auch nicht mehr dieselbe, als sie über die geriffelten ockergelben Klinker des Bahnsteigs geht. Über dem Glasgewölbe und den alten Sparren lässt sich das Tageslicht nur als gräulicher Schimmer erahnen. Sie ist erleichtert, dass sie unter den Passagieren, die sich auf die Rolltreppen zur Empfangshalle zubewegen, keinen Kamelhaarmantel entdeckt. Peter Vissing muss in einem der vorderen Waggons gesessen haben. Nichts wünscht sie sich sehnlicher als eine Dusche und ein paar Stunden in den Federn, trotzdem beschließt sie, sofort zu Sven zu fahren. Sie muss Jonas sehen, das kann jetzt nicht warten. Sie muss in seinen Augen sehen, ob er kapiert, was er getan hat.

Am Nebeneingang gegenüber dem Tivoli stehen Taxis en masse. Die Fahrer stehen in Grüppchen zusammen und unterhalten sich. Sie bleibt stehen und wartet, ob einer von ihnen Miene macht, die Tour zu übernehmen. Die Straßen sind leer, nur vereinzelte Busse und frühe Radfahrer sind unterwegs. Sie fahren am Royal vorbei, sie denkt an Frank. Heute Nachmittag wird sie ihn wiedersehen, dann wird alles so sein wie immer. Der Fahrer fährt in Richtung Øster Farimagsgade, sie bittet ihn, an den Seen entlangzufahren. Sie betrachtet den unbeweglichen Wasserspiegel hinter den vorüberfliegenden Baumstämmen. Das erste bleiche Tageslicht fällt auf die nackten Baumkronen und die Fassaden mit Erkern und Türmchen, hinter denen die Bewohner erwachen und einem Tag vorhersehbarer und unerwarteter Ereignisse entgegengehen.

Es ist halb sieben und Freitag. Wieder ein Wochenende mit seinen Stunden ohne Beschäftigung, viel zu wenige, viel zu viele, je nachdem, wo man steht in seinem Leben. Es ist lange her, dass sie um diese Zeit hier entlanggefahren ist. Sie erinnert sich an die frühen Sommermorgen, wenn sie durch die Stadt nach Hause ging, damals war sie gerade in die Wohnung in der Elmegade gezogen. Sie war mit einem Jungen zusammen, der Mikkel hieß, es war vor Rom, er ging auch auf die Architekturschule. An einem Sommerabend nahm er sie mit ins Montmartre in der Nørregade, sie hörten Stan Getz. Sie erinnert sich an die Stille in dem überfüllten Klub. Rund um die Bühne hingen die Leute übereinander. Stan Getz spielte eine Ballade, sie weiß noch den Titel, *Morning Star,* Mikkels Arm lag um ihre Hüfte, und Getz schwitzte und blies seinen breiten Hals auf wie ein Frosch, um den flüsternden Ton hervorzubringen, der sich um die Akkorde schmiegte. Hinterher gingen sie in eine Kneipe, die noch geöffnet hatte, und es wurde langsam hell, als sie über die Dronning Louises Bro radelten, im Kopf noch den Nachklang von *Morning Star.*

Stan Getz ist tot, aber plötzlich kann sie sich Mikkels Geruch und Körper wieder ins Gedächtnis rufen, seine Besonderheiten, und sie fragt sich, wo er geblieben sein könnte. Vielleicht hat er Kinder, bestimmt hat er das, und Arbeit in einem Architekturbüro wie sie. Als sie an der Dronning Louises Bro vorbeigefahren wird, auf der die Laternen noch immer wie Schneebeeren aussehen, denkt sie, eigentlich hätte auch er der Vater ihres Sohnes sein können, doch dann wäre Jonas ein anderer geworden. Aber das kann sie sich nun doch nicht vorstellen. Es muss die Liebe sein. Sie erwächst wohl nur aus dem, was ist, nicht aus dem, was hätte sein können.

Der Chauffeur fährt weiter zum Strandboulevard, und kurz darauf hält er vor dem anonymen Backsteinhaus aus den Dreißigern, in dem Sven all die Jahre gewohnt hat. Sie bezahlt und steigt mit ihrer Tasche aus, bleibt aber noch ein wenig stehen, nachdem das Taxi abgefahren ist. Sie ist nervös. Sie hat Angst, mit ihrem eigenen Sohn zu sprechen. Das ist zu bescheuert. Sie klingelt. Es vergehen ein bis zwei Minuten, ehe die Sprechanlage knistert und sie Svens verschlafene Stimme erkennt.

Sie lässt die Tasche am Fuß der Treppe stehen, unter der schwarzen Tafel, auf welcher der Hauswart die Namen der Bewohner mit einer Handvoll weißer Buchstaben verzeichnet, wenn jemand einzieht. Der Boden ist mit Terrazzo ausgelegt, typisch für gediegenere Bauten jener Zeit, und als anachronistische Verbeugung vor der vormodernen Herrschaftlichkeit sind die Wände schwach marmoriert. Sie drückt auf den Lichtschalter aus braunem Bakelit. Der Hausflur ist in Anders' Leben immer derselbe geblieben, nur die Namen auf der Tafel sind von Zeit zu Zeit ausgetauscht worden, aber nun ist es ein anderer Junge, der die Treppe zu Hedin im Zweiten hinaufflitzt. Die Wohnung seines Großvaters erinnert Jonas an das, was einmal gewesen ist, bevor seine Mutter es zerstörte.

Die Wohnungstür ist angelehnt, und Sven erscheint im Bademantel. Ah, sie ist es? Wer sonst, hätte sie Lust zu fragen. »Ich komme direkt vom Bahnhof«, sagt sie stattdessen und ist sich bewusst, wie dramatisch das klingt. »Er schläft«, ruft Sven ihr hinterher, während sie den Flur entlanggeht. Als sie an der Wohnzimmertür vorbeikommt, sieht sie das dunkle Büfett und das gerahmte Foto von Anders' Mutter zwischen einem glasierten Eisbären und einer Kristallvase mit gelben Gerbera.

Anders' altes Zimmer geht zum Hof. Vom Fenster aus sieht man auf ein paar Wäschegestelle und immergrünes Buschwerk. An der gelb-beige gemusterten Tapete ist eine Weltkarte mit Reißzwecken befestigt, daneben ein Procul-Harum-Plakat und ein Kalendergirl, das nur mit einem Cowboyhut bekleidet ist. Mit dem Rücken zum Betrachter kniet sie auf dem Boden, die Zehen lugen unter ihren Pobacken hervor, sie schaut über die Schulter und lächelt Ingrid an. Jonas lächelt nicht. Er sieht Ingrid böse an und wendet ihr den Rücken zu, als wollte er weiterschlafen. Das ganze Gebiet zwischen Murmansk und Wladiwostok hat dieselbe limettengrüne Farbe und trägt noch die Bezeichnung *Union der Sozialistischen Sowjetrepubliken.* Sie setzt sich auf das schmale Bett. Es ist eigentlich ein Schlafsofa mit abnehmbarer Rückenlehne, unter der man Decke und Kissen verwahren kann. Die Rückenlehne steht hochkant in der Ecke hinter der Tür. Anders muss sein Bett mitgenommen haben, als er von zu Hause auszog.

Ein langes, dünnes Jungenbein schaut unter der Decke hervor. Auf der glatten Haut sind kleine gekräuselte Härchen gewachsen. »Jonas«, sagt sie, »wir müssen miteinander reden.« Sie tätschelt ihn freundlich, aber nachdrücklich auf das Bein. »Nicht jetzt«, murrt er verschlafen. »Doch, jetzt. Genau jetzt.« Er setzt sich ruckartig auf und stößt mit dem Bein die Decke auf den Boden. Er sitzt mit dem Rücken an der Wand im Schneidersitz, bekleidet nur mit viel zu großen Boxershorts. Er ist dünn, fast abgemagert, ein Hoden hängt ihm aus dem einen Hosenbein. Sie fixiert sein weiches Gesicht mit dem harten Blick. Er starrt vor sich hin. Er ist nicht mehr ihr Junge, nur noch ihr Sohn, und was nun? Sie weiß es nicht.

»Erzähl mir, was passiert ist.« Sie streckt die Hand aus, um ihm über das Haar zu streichen. Er und seine Freunde rasieren sich die Schädel, sie sehen aus wie Strafgefangene, und die Stoppeln stechen ihr in die Handfläche. Man sieht die Narbe, wo er sich als Neunjähriger die Stirn an einer gefrorenen Wurzel aufgeschlagen hat. Sie war auf der Rodelbahn in der Østre Anlæg vom Schnee verdeckt gewesen. Sie saß mit seinem blutigen, schniefenden Gesicht an sich gedrückt im Wartezimmer der Unfallstation und dachte, das gehörte ebenso dazu wie Masern, die Angst vor Hänseleien und die ersten Qualen bei unverständlichen Rechenaufgaben.

Gereizt schlägt er ihre Hand weg. »Du weißt doch, was passiert ist!« Sie dreht sich halb zu Sven um, der in der Tür steht. »Ich möchte gern mit Jonas allein sein.« Sie hätte das auch freundlicher sagen können, sie ist Gast hier. Aber Jonas auch. Er wohnt hier nicht, das hier ist nicht sein Platz. »Los, zieh dich an, wir gehn nach Hause«, sagt sie so entschlossen wie möglich und steht auf. Er sieht sie trotzig an. »Ich geh nirgendwohin, kannste vergessen.«

Sie setzt sich wieder. »Du tust, was ich dir sage.« Sein Blick ist hart wie Granit. »Nee!« Fast hätte sie über diesen kindlichen Ausbruch gelächelt. »Ich bin deine Mutter, und du hast gefälligst mit mir zu reden, wenn du dich rumtreibst und andern Leuten den Kopf eintrittst und von der Polizei aufgegriffen wirst!« Sie hat schon verloren, hat schon ihre letzte Karte ausgespielt. »Hallo? Du bist nicht mal ans Telefon gegangen, als ich dich anrufen wollte. Opa ist der Einzige, der da ist, wenn man ihn braucht.« Sie schluckt. »Ich hab schließlich eine Arbeit zu erledigen. Ich hatte auch nicht gerade damit gerechnet, dass mich die City-Wache anruft.« Sie ärgert sich, dass sie ihren Sarkasmus nicht lassen kann. »Geht das überhaupt in deinen Schädel, was du gemacht hast?« Er sieht wieder weg. »Ist ja nichts passiert. Außerdem ist er selber schuld.«

Das Blut pocht in ihren Schläfen, einen Augenblick lang fällt es ihr schwer, Luft zu holen. »Selber schuld, Jonas? Selber schuld, wieso??« Er sieht sie wieder an. »Fick dich, du Hure!« Sie knallt ihm eine ins Gesicht, es kommt ganz von selbst. Er rückt von ihr weg. Seine Wange ist rot wie ein Feuermelder, in seinem Blick liegt Hass. Er lächelt böse. »Warum haust du nicht einfach ab, Mensch?« Nein, sie will nicht weinen, nicht jetzt, sie steht auf und geht zur Tür, er soll sie nicht weinen sehen. Sven steht im Wohnzimmer und schaut aus dem Fenster. Sie geht ohne Abschied und lässt den Tränen freien Lauf, als sie auf der Treppe ist.

Sie hat den ganzen Vormittag geschlafen, der kleine Zeiger ihres Weckers hat die Zwölf überschritten. Sie ist im Bademantel eingeschlafen. Die Dielen glänzen im grellen Sonnenlicht. Sie hat Kopfschmerzen, und als sie aus dem Bett steigt, ist ihr schwindlig. Sie schwankt. Sie hat seit vierundzwanzig Stunden nichts gegessen. Im Kühlschrank steht nichts außer einem Rest Milch und einem Glas Kapern. Sie macht Tee und zwingt sich, eine Schale Haferflocken zu essen. Es fühlt sich an, als wüchsen sie im Rachen, zusammen mit dem Drang zu heulen.

Gedankenverloren betrachtet sie das eingerahmte Farbfoto, das zwischen den beiden Fenstern in der Küche hängt. Er ist acht, sie ist vierzig, und sie sitzen lächelnd an einem gedeckten Tisch in der Abendsonne auf Samos. Ein Restaurant an der Hafenpromenade, ihre erste Reise nach der Scheidung. Sie hatte den Kellner gebeten, sie zu fotografieren. Ihr tapferer Versuch, ein bisschen sonnengebräuntes Sommerglück zu bekunden. Jonas war mürrisch und verschlossen, aber auf diesem Foto lächelt er, und sind es nicht die Bilder, die zählen? Sobald sie zu Hause waren, rahmte sie es ein als Teil ihrer internen Vermarktung. Es war möglich, Jonas. Es gab eine Welt nach dem Erdbeben. Niemand war tot.

Sie putzt sich die Zähne, ordnet ihr Haar und zieht sich an. Was man halt so macht. Sie sprüht sich sogar etwas Parfüm auf den Hals, eine teure Flasche, die Frank mitgebracht hat. So können gern alle denken, sie sei bereit. In der Sølvgade herrscht dichter Verkehr. Sie fährt mit dem Fahrrad an der Parkmauer des Kongens Have entlang und biegt an der Ecke ab, wo die Mauer von einem Gitterzaun abgelöst wird. In dem scharfen Licht wirken die Bäume schwarz. Zehn Minuten später steht sie im Aufzug, sie gibt sich einen Ruck. Nie hat sie bisher einen halben Tag gefehlt, ohne Bescheid zu sagen. Das Mädchen am Empfang grüßt sie mit besorgter Miene. Sieht man ihr an, dass sie zum ersten Mal ihren Sohn geschlagen hat? Sie fragt, ob Morten da ist, und entdeckt ihn im selben Moment hinter der Glaswand, die den Empfangsraum vom eigentlichen Büro trennt. Er zieht die Augenbrauen hoch und hebt die Hände, sie geht hinein.

»Alles klar?« Sie wolle das Gleiche fragen, sagt sie. Er lächelt keck. »Vielen Dank, der Kaviar war sehr akzeptabel.« Das hört sich an, als hätte *Svensk Energi* Spendierhosen angehabt. »Sind wir dabei?«, fragt sie. Sein Zwinkern hat sie immer irritiert, aber mittlerweile ist es ihr so vertraut, dass sie es beinahe mag. Er müsse sich schon sehr irren, fängt er an, wird aber von einem Kollegen unterbrochen, der ihr auf die Schulter tippt. Der Alte möchte sie sprechen. Sie geht den Flur entlang zu Villads' Büro. Es liegt separat neben der Tür zur Dachterrasse, sie schielt zu ihm hinein. Seine Tür steht immer offen, deshalb weiß man nie, ob man stört.

Er sitzt mit dem Rücken zur Tür, hat die Beine auf den Tisch gelegt und telefoniert. Das Fenster vor ihm reicht vom Boden bis zur Decke, von hier sieht man den Dom und den Runden Turm aus dem unbeweglichen Meer roter Ziegeldächer herausragen. Er dreht sich halb um und winkt sie herein. Er trägt wie immer ein kariertes Hemd, einen Lammwollpullover mit V-Ausschnitt und eine graue Flanellhose, und wie immer lächelt er ihr zu, als hätte er den ganzen Tag nichts anderes im Sinn gehabt. Obwohl er nur noch zwei kreideweiße Haarflügel auf dem Kopf hat, kann man immer noch sehen, wie er als junger Mann ausgesehen haben muss.

Als er das Telefongespräch beendet hat, steht er auf, küsst sie auf die Wange und geht zur Tür, um sie zu schließen. Es durchzuckt sie wie ein Blitz, er will sie feuern, normalerweise macht er diese Tür nicht zu, wenn sie miteinander sprechen. Sie hat sich auf die andere Seite des großen Schreibtischs gesetzt, wo immer ein Skizzenblock und ein ganzes Arsenal von Bleistiften und Stiften bereitliegen. Im Augenblick stehen da nur eine Telefonnummer und ein paar Stichwörter in einer Ecke des obersten Blatts. Er setzt sich auf die Tischkante und verschränkt die Arme. Wie geht es ihr? Jetzt kommt's, er will sie nur schonen, aber er kann sie nicht hinters Licht führen. Sie versucht zu lächeln und zuckt mit den Schultern. Bemerkt er, dass ihr gleich die Tränen in die Augen treten? Anscheinend nicht, es ist wahrscheinlich das Gegenlicht, Gott sei Dank ist sie vor der Aussicht nicht mehr als eine Silhouette. Sie hört kaum, was er sagt.

Er habe sich seit geraumer Zeit so seine Gedanken über die Zukunft gemacht. Es sei vielleicht noch nicht so aktuell. Mit ein bisschen Glück habe er ja noch ein paar Jährchen vor sich, fünf vielleicht, im besten Fall, aber irgendwann müsse eben eine Entscheidung getroffen werden. Es gehe nicht nur um seinen Namen. Er lächelt verschämt, der müsse sich selbst behaupten, wenn er nicht mehr da sei, um ihn zu verteidigen. Nein, der Ort hier sei in erster Linie ein Arbeitsplatz, eine Gemeinschaft kreativer, begabter Menschen, aber der Kahn müsse nun mal einen Käpt'n haben. Er habe es sich wie gesagt lange durch den Kopf gehen lassen und würde nicht mit ihr sprechen, wenn er sich nicht sicher wäre. Natürlich brauche sie jetzt nichts zu sagen. Deshalb habe er es ja so frühzeitig aufs Tapet gebracht, und bis auf Weiteres bleibe es unter ihnen. Aber sie könne darüber nachdenken. Sie möge bitte ernsthaft darüber nachdenken, auch wenn ihr der Gedanke auf Anhieb abwegig erscheine.

Sie sagt, sie wisse nicht, was sie sagen solle. Sie hat eine belegte Stimme, und jetzt bemerkt er ihre blanken Augen. Er hoffe doch nicht ... Sie müsse entschuldigen, wenn ... Sie steht auf, geht um den Schreibtisch herum und umarmt ihn. Es ist ungewohnt, aber sehr beruhigend, in Villads Jensens Armen zu stehen und einen Schwarm Tauben zu beobachten, der aufflattert und sich über die Stadt verteilt. Sie sieht ihn an. Entschuldigung, sie ist sehr, wie soll man sagen, berührt, geehrt, das ist es nicht, und sie will wirklich über sein Angebot nachdenken, sie ist nur ... »Was ist los?«, fragt er leise.

Sie setzt sich neben ihn auf den Tischrand und erzählt von Jonas, während sie über die Dächer schaut. Sie erzählt von der City-Wache und der Ohrfeige und dem Gefühl von Schuld und Ohnmacht. Er sieht sie mit seinen alten Augen an. Als sie schweigt, wartet er einen Augenblick, ehe er etwas sagt. »Ich glaube, ich weiß, wie's dir geht«, sagt er nach einer Weile. »Meine Söhne sind wohl nie mit dem Gesetz in Konflikt geraten, aber ihre Wut, die kenne ich. Sie hat sie nie losgelassen, und diese jungen Leute werden ja auch nicht charmanter von der ganzen Benachteiligung. Über die Schuldfrage kann man verhandeln, aber die Strafe, das hört nie auf.«

Er erzählt von damals, als er seine jetzige Frau kennenlernte und von einem Tag auf den anderen wegging. Sie kennt die Geschichte von den Kollegen im Büro. »Naiv, wie ich war, dachte ich, es wäre eine Frage gerader Linien und klarer Verhältnisse. Liegt wahrscheinlich am Beruf. Ich hab mich nämlich geirrt. Sie werden damit nie fertig, verstehst du? Sie haben beide Frauen und Kinder und Erfolg, aber die Verurteilung ist gleichsam ein Lebensstil geworden. Ich finde ja, ich habe alles getan, danach, um ein einigermaßen ordentlicher Vater zu sein, aber ich werde immer im Rückstand sein. Mit den aufgelaufenen Zinsen kann ich es vergessen, dass mir irgendwann mal verziehen wird.« Sie klopft ihm auf den Rücken. »Ich bin sicher, sie sind im Innern sehr stolz auf dich.« Er sieht sie zweifelnd an und lächelt. »Ich glaube, ich weiß schon, was sie auf meinen Grabstein schreiben: Er war gut im Häuserbauen, hinterließ aber nur Ruinen.« Sie nimmt seine breite Hand zwischen ihre. »Das stimmt nicht.« Er schüttelt den Kopf. »Es ist gar nicht die Frage, ob es stimmt.«

Kurz danach sitzt Ingrid an ihrem eigenen Schreibtisch. An ihrer Arbeitslampe klebt ein gelbes Zettelchen, Georg habe angerufen. Sie hatte völlig vergessen, dass sie mit Jonas bei Georg und Rebecca zum Essen eingeladen ist. Sie schafft es jetzt nicht, mit ihm zu sprechen. Wie soll sie ihm erklären, dass Jonas nicht mitkommt? Und überhaupt, wie hätte sie es ertragen können, gemeinsam mit diesem gewalttätigen Strolch an ihrem provenzalischen Langtisch zu sitzen? Sie muss ihn sehen, sie müssen miteinander reden.

Um sie herum sitzen die anderen an ihren Bildschirmen oder über Blaupausen mit Grundrissen und Aufrissen. Die Ereignisse des Morgens sind nicht wirklich, nicht hier, und ebenso unwirklich ist der Gedanke, dass sie sich eines Tages in das Büro am Ende des Gangs setzen und Chefin sein soll. Es ist ein gewöhnlicher Tag, und es gibt Dinge, deren man sich annehmen muss, Fragen, auf die es eine Antwort gibt, die man nur finden muss. Deshalb sind sie hier. Sie fühlt sich beobachtet, aber vermutlich ist sie nur zermürbt und übersensibel. Sie denkt an das, was Villads gesagt hat. Sie denkt an die Frauen der Familie. Das Muster, das sie um alles in der Welt vermeiden wollte, durchbrechen, abschütteln. Ist sie für Jonas eine Berthe geworden? Wird sie für seine Kinder eine Ada werden?

Sie hätte auch alles aufgeben können. Frank, das Verlangen, den Gedanken an Veränderung. An einem Nachmittag in einem dieser zufälligen Hotelzimmer hätte sie sagen können, dass sie so nicht weitermachen wolle. Genau, wie sie es gesagt hat, aber mit umgekehrter Schlussfolgerung. Sie hätten einen bewegten Abschied nehmen können, und wer weiß, ob sie ihn oder wenigstens das Gefühl, seine Heftigkeit, nicht ebenso leise vergessen hätte. Sie hätte mit der Gewissheit zu Anders zurückkehren können, erwachsen und mit Blick für die langen Linien des Lebens Prioritäten gesetzt zu haben. Das, was zählt, wenn die Stürme sich gelegt haben. Stattdessen kam sie eines Tages nach Hause und warf die Bombe.

Es war ein Sonntag. Sie hatte das Wochenende mit Frank verbracht und Anders weisgemacht, sie müsse mit dem Architekturbüro zu einem Seminar. Sie konnte ihm sogar Namen und Adresse des Ausbildungszentrums geben. Erst als sie Sonnabend früh im Jaguar saß, sagte sie ihre Teilnahme ab. Alle glaubten, sie sei woanders. Es erschütterte sie, wie leicht sie die Lüge arrangieren konnte. Zum ersten Mal hatten Frank und sie mehr als ein paar Stunden vor sich. Er hatte ein Zimmer im Hotel *Hindsgavl Slot* reserviert, und alles war so gewesen, als wären sie wirklich ein Paar. Sie waren Hand in Hand am Kleinen Belt entlanggegangen und hatten in einem Chambre séparée mit Seidentapeten und Kronleuchtern aus böhmischem Kristall zu Abend gegessen. Sie hatten sich von ihrer Kindheit erzählt und wie die Besessenen geliebt, und als sie in der Bianco-Luno-Allee durch die Tür trat, wusste sie nicht, wohin mit sich selbst.

Anders und Jonas kamen kurz darauf nach Hause, sie waren im Kino gewesen, sie kochte. Sie aßen in der Küche wie üblich und brachten anschließend Jonas ins Bett. Hinterher saßen sie noch ein wenig am Tisch mit dem letzten Wein im Glas. Anders fragte, wie der Kurs gelaufen sei, und sie fing an zu improvisieren, bis sie sich plötzlich unterbrach. Nein, sie sei auf keinem Seminar gewesen. Sie sah ihm in die Augen, sah seine Welt zusammenstürzen. Sie hatte sich alles Mögliche vorgestellt. Sie, die nicht dachte, sie hätte sich irgendwas vorgestellt, wäre doch immerhin auf zerschlagene Gläser, auf Gewalt, Geschrei, was auch immer vorbereitet gewesen, aber nicht auf Tränen. Ihr Mann lag an der Scheuerleiste und schluchzte herzzerreißend zwischen Krümeln und Staubflocken, und es war ihre Schuld. Sie konnte ihn ja schlecht trösten und ihm übers Haar streichen.

Jonas erschien in der Tür, sie nahm ihn hoch und trug ihn wieder ins Bett. Er fragte, warum Papa weinte. Sie sagte, Papa sei traurig, weil Mama einen anderen Mann getroffen hatte. Diese Ehrlichkeit, hatte sie denn kein Herz? Er sagte, sie dürfe nicht weggehen. Sie sagte, sie werde ihn immer lieb haben. Er lief ihr hinterher, als sie aufstand und in den Flur ging. Er übertönte Anders mit seinem Gebrüll. Sie musste Gewalt anwenden, um ihn in dem Spalt zwischen Tür und Rahmen zurückzuschieben, bis sie die Tür endlich zuziehen konnte und das Schloss einschnappte. Das muss es mir wert sein, dachte sie auf dem Weg nach unten – oder war das erst später?

Sie ging zu Berthe, ausgerechnet. Es war nicht so weit bis zu der ruhigen Straße mit den Baugenossenschaftshäusern hinter der Carlsberg Brauerei, aber trotzdem glich es einer Rechnung, die aufging. Berthe muss es jedenfalls als eine Art Gerechtigkeit aufgefasst haben, die ihr nun endlich widerfuhr. Vielleicht hätte es auch die eine oder andere Freundin gegeben, auf die Ingrid hätte zählen können, aber sie hatte ihre Freundschaften ziemlich vernachlässigt. Es konnten Monate vergehen, ehe sie etwas von sich hören ließ, und sie war ohnehin nie jemand gewesen, der sich anderen anvertraute. Außerdem hatten ihre Freundinnen selber Männer und Kinder und ihre eigene kleine Welt, in der das Unmittelbare alles erfüllte und die Probleme anderer, selbst die einer Freundin, nicht an vorderster Stelle standen. Sie hatte keine Lust, mit ihrem Drama mitten in die abendliche Kaffeerunde zu platzen, dann doch lieber nach Haus zu Mama.

Ausnahmsweise war Berthe einmal die Zuhörerin, und ihr Gesicht blieb ganz ruhig. Normalerweise waren ihre Züge in ständiger Bewegung, sodass sie sich manchmal selbst abhandenkam. Jetzt saß sie einfach nur da. Ingrid fiel ein, wie schön sie als junge Frau gewesen war. Sie saßen in Berthes kleinem Wohnzimmer, wo die Bücher vom Boden bis zur Decke standen. Es gab fast nichts, was Ingrid nicht an ihre Kindheit erinnerte. Buchtitel, Möbel, Lampen, Teppiche, alles war wohlbekannt. Berthe hatte ihre Hälfte des Hausrats erhalten, als sie weitermusste, aber nie war ein neuer Mann in ihr Leben getreten, jedenfalls nicht, um zu bleiben.

Berthe traf Norman Dreyer, als sie als Journalistikstudentin das Glück hatte, ein Praktikum bei *Politiken* zu ergattern. Ada hatte ihre Finger im Spiel, damals, als sie in der Literaturszene noch einen Namen hatte. Vielleicht gab es auch einen Redakteur im Hause, der ein schlechtes Gewissen hatte. Kurz zuvor nämlich war Adas zweiter Roman vom stürmischen und furchtlosen jungen Rezensenten der Zeitung auseinandergenommen worden. Norman Dreyer zeichnete sich dadurch aus, dass er auf alle literarischen Wundertiere losballerte, die ihm die Literaturredaktion vors Visier trieb. Das Buch eines namhaften Autors wurde todsicher abgeknallt, im Übrigen die effektivste Art, sich selbst einen Namen zu machen, noch bevor man die dreißig erreichte.

Aber Ada, hatte sie einen Namen? Nur mit Ach und Krach und vor allem, weil sie mit Per Weincke verheiratet war. Dem Poeten, dem geistreichen Ästheten und geschätzten Verlagsredakteur, dem Blixen-Vertrauten. Er hatte sie entdeckt und in sein Ambiente aus Novalis, Tennisplätzen und Champagner am Vormittag hineingezogen. Sie war mit ihrem Töchterchen an der Hand aus Hjørring eingetroffen, nachdem sie ihren respektablen Erik sitzen gelassen hatte, und Per erwartete sie und versprach ihr künstlerische Erlösung.

Sie hatte ja auch Talent. Ihr Debüt, die Gedichtsammlung *Blätter für mein Frühjahr*, wurde mit Frank Jaegers Lyrik verglichen, ja, von manchen wegen ihres freieren, ungezwungenerenen erotischen Tons sogar höher eingeschätzt. Sechs Jahre später, 1958, kam dann der Roman, auf den alle gewartet hatten. *Mädchen dieses Sommers* war das meistbesprochene Buch der Saison, und Ada wurde hochgejubelt wie eine dänische Françoise Sagan. Zwar munkelten manche von »Boulevard« und »parfümiert«, aber die meisten ließen sich von der Ironie und dem grenzwertigen Zynismus der jungen Autorin verführen. Es war die Zeit, als sie zum Tee nach Rungstedlund eingeladen wurde. Ungefähr die ersten Worte der Baronin lauteten, dass sie die Menschen immer danach beurteile, was sie von *König Lear* hielten. Ada entgegnete, wenn das so sei, habe sie ihn nicht gelesen. Daraufhin hätten sie angeblich einen entspannten und heiteren Plausch gehabt, aber es war immer Per, der die Geschichte erzählte, maßlos stolz auf Adas Witz. Sie selber begnügte sich damit, diskret zu strahlen, wenn Per damit prahlte, wie sie Tania Blixen Bescheid gestoßen hatte.

Das war gewissermaßen der Höhepunkt. Im Jahr darauf legte Ada nach, *Mittwoch etwas Sonne*, aber in der Zwischenzeit hatte sich Norman Dreyer im Zeitungshaus am Rathausplatz in Stellung gebracht. Die anderen Kritiker warfen vor Begeisterung die Krankenscheinhefte in die Höhe, aber sein Verriss war dermaßen spektakulär, dass die gute Stimmung in die Binsen ging. »Leutseliges Konfekt« lautete die Überschrift, und Norman Dreyer leitete seine Rezension mit der Frage ein, wie viele schwedische Wälder noch dran glauben müssten, bis Ada Hvidbjerg der Ansicht wäre, sie habe von den erotischen Irrungen mondäner junger Frauen in einer entseelten Nachkriegszeit nun endlich genug erzählt. Diese Charakteristik hätte sie an und für sich gern unterschreiben können, aber obwohl Ada noch weitere Triumphe erleben durfte, hatte ihr Abstieg insgeheim schon begonnen. Als er dann immer rasanter wurde, war Norman Dreyers Beistand gar nicht mehr nötig.

Ingrid hat sich manchmal gefragt, ob Berthe Norman Dreyer heiratete, um sich mit dem schlimmsten Feind ihrer Mutter zu verbünden, oder ob sie ihm im Gegenteil das Maul stopfen wollte. Ada hatte ihr zwar immer eingebläut, sie sei zu hässlich, um je einen Mann abzukriegen, aber davon ließ sich Norman Dreyer offenbar nicht abschrecken. Ingrid ist sich sicher, dass Berthe ihre Mutter im Kopf hatte, als sie ihn zum ersten Mal küsste, aber in Berthes Version war es Norman Dreyer, der sich an sie heranmachte, weil er wusste, wer sie war. Und wer war sie? Ein befangenes, linkisches Mädchen von zwanzig Jahren mit Pausbacken und Ballonkleid, versessen auf die mütterliche Anerkennung ihres unbestreitbaren Talents.

Unzählige Male hat Berthe ganze Gesellschaften mit der Geschichte unterhalten, wie sie als Praktikantin ihren ersten Zeitungsbeitrag bringen durfte, einen Stimmungsbericht über ein Tommy-Steele-Konzert in der Valby-Halle. Es war ein Freitag, sie schrieb ihren Artikel in der Nacht und präsentierte Ada das Ergebnis am heimischen Frühstückstisch an der Esplanade. Ada lächelte nur und ließ es liegen. Tagsüber war Berthe mehrmals im Esszimmer, um nachzuschauen, ob die drei Seiten noch auf dem gestärkten Tischtuch lagen. Sie lagen noch da. Erst als sie sich am Sonntagabend zu Tisch setzten, erhielt sie ihren Artikel zurück. »Jetzt habe ich's gelesen«, sagte Ada mit ihrem üblichen Abstandslächeln und bat um die Kartoffeln. Das war's. Glücklicherweise langte Per danach und las sich die Geschichte durch. Ja, aber, das ist doch glänzend, feine Einzelheiten, gute Perspektive. Wenn ihr Stiefvater nicht gewesen wäre, wäre Berthes Artikel über Tommy Steele mit den Kartoffelschalen auf dem Müll gelandet.

Wer war Berthe? Ein süßes, unbeholfenes, übereifriges Mädchen, das nach Luft schnappte, wenn es sprach. Sie war gerade erst neun geworden, als Ada in Hjørring mit ihr in den Zug stieg und nie wieder zurückkehrte. Erik Hvidbjerg bekam eine neue Frau und neue Kinder, und Berthe kam aufs Internat bis zum Abitur. Die paar Male, die sie als junge Mutter bei ihrem Vater in Hjørring anrief, war er nicht zu Hause. Sie hat Halbgeschwister, deren Namen sie nicht einmal kennt, aber sie hat sich auch nicht sonderlich angestrengt, um sie aufzuspüren. Ada war ihre Familie, Ada und Per. An und für sich wäre an der Esplanade reichlich Platz gewesen, weil die Wohnung die Größe einer Provinzstadt hatte, und während ihres Praktikums durfte sie auch in der Mädchenkammer hinter der Küche übernachten. Wenige Jahre, bevor Per starb, erzählte er, er hätte sie gerne bei sich in der Wohnung gehabt.

Aber Berthe sah Ada und Per nur in den Ferien, und es war Per, der sich Zeit für sie nahm. Er bastelte Weihnachtsschmuck und ging mit ihr zu *Crome & Goldschmidt*, wenn sie ein neues Kleid brauchte. Ada ruhte sich aus – wenn sie nicht gerade schrieb oder ausgegangen war. Ingrid hat die Briefe gesehen, die Berthe ihrer Mutter aus dem Internat schrieb. Berthe fand sie vor einigen Jahren in einer Schatulle, als Ada im Krankenhaus war. Immerhin hat sie sie aufgehoben, die unbeholfenen, verzagten Bittschreiben, die mutigen Lügen und maßlosen Liebeserklärungen. Die Briefe aus Berthes Gymnasialzeit, als sie so erpicht darauf war, ihre halb verdaute Bildung zu demonstrieren und mit Anspielungen auf Adas eigene Bücher zu glänzen. Schau doch, Mutter, ich hab dich gelesen! Bitte, nimm mich wahr, Mutter, sei doch so lieb!

Berthe muss aber auch ein bisschen naiv gewesen sein. Soweit Ingrid weiß, war sie, als sie Norman Dreyer auf den Fluren der *Politiken* über den Weg lief, noch nie mit einem Mann zusammen gewesen. Sie erzählte, sie hätten heiße Schokolade getrunken, in *Willy's Place*, einer Milchbar auf dem Jarmers Plads, wo sich junge Mädchen trafen und die

Stammgäste ihren persönlichen Humpen über der Bar hängen hatten. Dort hatte sie gesessen und verlegen auf die draußen vorbeifahrenden Straßenbahnen geschaut, während sich Norman Dreyer in ihr vernachlässigtes Herz redete. Er war achtundzwanzig, in ihren Augen ein erwachsener Mann und Kosmopolit. Er war schon in London und Paris gewesen, sie hatte nur Malmö besucht und *Vom Winde verweht* gesehen. Sie wurde schwanger in einem Blockhaus am Arresø, wo er sie zu Ostern hinlockte und wo sich noch ein paar andere Paare aufhielten. »Dann wird er dich wohl heiraten«, war Adas einziger Kommentar, als Berthe tief durchatmete und ihr die Sache beichtete.

Selbstredend war Ada nicht besonders begeistert davon, Norman Dreyer zum Schwiegersohn zu bekommen, und auf eine großartige Zeremonie wurde denn auch verzichtet. Das Kopenhagener Rathaus und ein Mittagsbüfett im *À Porta*. Es war das erste und letzte Mal, dass Ada seine Eltern traf, einen pensionierten Polizeiinspektor aus Odense und seine Frau, an die Ingrid sich gar nicht mehr erinnert. Aber vielleicht witterte Ada doch eine Art Vorteil, wenn es nun schon sein musste. Ihre ungewollte Tochter war jetzt nicht nur an den Mann gebracht, sondern an einen Mann, mit dem sie sicher nicht vorhatte, ihre Nachmittage zu verbringen. Vielleicht zog sie gar die intrigante Folgerung, die Ingrid viele Jahre später ihrer bedauernswerten Mutter unterstellte: dass der Feind als Schwiegersohn ein Feind war, mit dem man fertigwerden konnte.

Ein anderer Vorteil war, dass sie als frisch Verheiratete einen Ort zum Leben haben konnten, eine richtige Wohnung, ein Zuhause. Norman Dreyer hatte sein erwachsenes Leben in Studentenwohnheimen und möblierten Zimmern zugebracht, und Berthe kannte nichts anderes als Schlafsäle und eine Kammer, die nicht viel größer war als Adas Besenschrank. Vielleicht war auch Liebe mit im Spiel, aber es wäre blasiert und ignorant, denkt Ingrid, wenn man nicht auch die verheißungsvolle Aussicht mit einbezöge, im Jahre 1959 ein Dreieinhalb-Zimmer-Reich in einem gediegenen Haus bewohnen zu dürfen. Es lag am Südhafen und hatte einen Waschkeller und einen offenen Hof, wo es für die Kleine weder an der Schaukel noch am Sandkasten fehlte.

Von Ada war keine Hilfe zu erwarten. Trotz Esplanade und kostspieliger Lebensgewohnheiten hatten ihre und Pers Finanzen keine ernsthafte Basis. Man wurde nicht gerade fett davon, Kritiker bei *Politiken* oder Kulturjournalist bei *Berlingske Tidende* zu sein, wo Berthe angestellt wurde, als Ingrid in den Kindergarten kam, aber einen eigenen Job zu haben, war für Berthe auch die Chance, sich endlich von ihrer unglücklichen Abhängigkeit von Ada zu lösen. Sie ergriff sie nur nicht, im Gegenteil, der Südhafen wurde die Plattform dafür, alles, was sich so angesammelt hatte, in Gestalt wiederkehrender, zähneknirschender Auseinandersetzungen retour zu senden. Solange Ingrid denken kann, hat Berthe in regelmäßigen Abständen am Telefon gehangen und Anklagen ausgestoßen. Das stoische Schweigen, mit dem Ada zuhörte, provozierte ihre wütende Tochter nur noch mehr. Nägelknabbernde, hektische Berthe, die trotz allem auf jedem Verlagsempfang, jeder Preisverleihung und jedem Essen erschien, um sich am Glanze ihrer berühmten Mutter zu wärmen.

In Wirklichkeit war Ada gar nicht so berühmt, aber in Berthes kindlichen Augen war sie die Sonne. Vom Südhafen zur Esplanade zu kommen bedeutete auch eine soziale Klettertour, die sie begierig bewältigen wollte. Berthe wurde ehrgeizig, Ada würde Augen machen, und mit den Jahren gelang es ihr, sich nach oben zu manövrieren, bis es schließlich eine Selbstverständlichkeit war, dass sie Pablo Neruda auf dem Weg nach Stockholm interviewte, wo er den Nobelpreis entgegennahm. Sie nahm sogar an dem Essen teil, das ihr dänischer Verleger ihm zu Ehren gab. Ada wusste nicht, wie sie ihre Tochter ausquetschen und gleichzeitig so tun konnte, als hätte sie so oder so abgelehnt, falls sie eingeladen worden wäre. Interviews mit bekannten Schriftstellern wurden Berthes Spezialität, und mit der Zeit schien in dem Maße, in dem sie so drastisch in Adas Domäne eindrang, ein Gleichgewicht zwischen den beiden hergestellt zu werden. Berthe war heilfroh, dass es zumindest eine Schriftstellerin gab, die sie nicht so einfach interviewen konnte, aber Ada war ohnehin nicht mehr so bekannt.

Es kamen noch zwei, drei Romane, in den Augen so mancher Leser peinliche Wiederholungen, die lediglich bestätigten, dass Norman Dreyer wohl doch recht gehabt hatte. Der letzte, *Sieh die neuen Tendenzen*, erschien Mitte der Siebziger und ging beinah unbemerkt unter, genauso wie *Stauraum ohne Ende*, ihr Versuch, sich mit einer Sammlung von Kurzgeschichten in abgekühltem amerikanischen Stil neu zu erfinden. Ihre feine Nachkriegsmelancholie und angedeutete Erotik wurde von robusteren und eher bloßstellenden Inszenierungen überholt. Dann kamen noch ein paar Essays und Plaudereien und ein kurzzeitiger Skandalerfolg mit dem Erinnerungsbuch *In diesem Spiegel bin ich eingeschlossen* über ihre Ehe mit Per und ihre Seitensprünge mit bekannten Männern im literarischen Kopenhagen der Fünfzigerjahre. Einige Monate nach dem Erscheinen nahm Per sich das Leben.

Es ist das einzige von Adas Büchern, das Ingrid nicht gelesen hat. Sie hat es nie lesen wollen, nicht einmal als sie als Erwachsene verstand, dass Pers Verzweiflung viel tiefere Ursachen gehabt haben musste; Ada wäre gar nicht imstande gewesen, ein derart tiefes Gefühl bei einem anderen Menschen zu bewirken. Ingrid wurde nie Zeugin ihres Dramas, ihr gegenüber wahrten sie den Schein anständiger Großeltern, das Einzige, worüber sie stutzte, war Adas Art, mit Per zu sprechen. Sie machte Konversation statt zu reden, als befänden sie sich in einem Theaterstück. Ingrid fiel das auf, wenn Per in die Küche kam, wo sie mit Ada saß. Manchmal brachte sie sie dazu, von ihrer Kindheit in Hjørring zu erzählen. Von dem Pferd, das sie hatte, vom Nebel, der von See her über Wiesen und Wege schwebte, wenn man am Abend nach Hause fuhr, und von den sonderbaren Individuen, denen sie begegnete, wenn ihr Vater sie auf seine Krankenbesuche mitnahm. Wenn Ada von ihrer Kindheit erzählte, wurde ihr Gesicht rund und heiter, als wäre sie selber eine Bauersfrau, die vor sich hin summt und dabei das Huhn rupft, dem sie eben den Kopf abgeschlagen hat. Aber sobald Per hereinkam, wurde sie wieder die feine Dame.

Er wurde an einem kalten regnerischen Tag im Oktober begraben, es war das Jahr, in dem Ingrid Abitur machte. Sie war den ganzen Sommer über auf Reisen gewesen und hatte ihn zuletzt an jenem Morgen gesehen, als sie nach dem Abiturfest in Greve Strand an der Esplanade übernachtet hatte. Sie hatte nicht ahnen können, dass es ihr Abschied war, als sie sich im Entree umarmten, und er wusste es wohl selber nicht. Später fragte sie Ada, ob sie zur Erinnerung seinen Bademantel haben dürfe. Er begleitete sie vom »Lappen« über die Elmegade bis zur Bianco-Luno-Allee, wo er in einem Sack für die Heilsarmee gelandet sein muss. Jahrelang war der blau und weinrot gestreifte Schlafrock mit den ausgefransten Ärmeln ihr transportabler Zufluchtsort. Eine Freistatt, ein Zustand, in den sie sich versetzen konnte, indem sie ihn anzog.

Pers Tod markierte den Beginn ihres erwachsenen Lebens. Ingrid hielt Berthe an der Hand, während sie zu begreifen versuchte, dass er in dem weißen Sarg lag, den Ada mit Nelken geschmückt hatte, seinen Lieblingsblumen. Berthe brach zusammen, während sie nebeneinander auf der ersten Bank in der Kirche saßen. Ada war eine Statue in Schwarz, und Ingrid weinte auch nicht. Sie konzentrierte sich darauf, so viele Bilder wie möglich heraufzubeschwören, Bilder von Pers gebeugter, sanftmütiger Gestalt, aber sie verblassten ebenso rasch, wie sie erschienen.

Per steht am Rande all dessen, was sie vergessen hat, und lächelt. Sie muss an die verwischten Fresken denken, die sie einige Jahre später auf einem Ausflug nach Pompeji sah. Es war ein warmer Spätsommertag kurz vor Ende ihres römischen Studienaufenthalts. Sie war in Neapel aus dem Zug gestiegen, um die Lokalbahn an der Bucht entlang zu nehmen, wo verfallene Industrieanlagen in regelmäßigen Abständen die Sicht auf den hellen Dunst über dem Meer versperrten. Es war etwas ernüchternd, den mythischen Ortsnamen auf dem gewöhnlichen blauen Schild eines Provinzbahnhofs zu lesen, wo Unkraut zwischen den Gleisen wucherte und die Travertin-Fliesen von Rost patiniert waren. Pompeji gab es ja nicht mehr, nur den alten Stadtgrundriss unter einem weißen Himmel, markiert von Mauerresten, die wie abgenutzte Backenzähne in einem aufgerissenen toten Mund aussahen.

In einer der wenigen erhaltenen Villen suchte sie Zuflucht vor der Hitze. Lange stand sie im Halbdunkel und betrachtete die weinroten Pigmentreste auf einer grauen Mauer, bis vor ihrem erschöpften Blick einzelne Details hervortraten. Das Hauptmotiv war längst dahin, aber in einer Ecke konnte man noch die Falten eines Gewands erahnen, einen gedrehten Oberkörper und die Umrisse eines Gesichts ohne Charakter oder Geschlecht. Eine Nebenfigur, die sich ein letztes Mal zu dem, das verschwunden war, umwandte, ehe sie selbst mit der Wand verschmolz.

Pers Begräbnis war das erste Begräbnis ihres Lebens gewesen. Es war neu für sie, dass ein Mensch zu den zufälligen Erinnerungen, die man von ihm hatte, zusammenschrumpfen konnte. Dass er nichts anderes mehr war als das, was gewesen ist. Aber nicht nur weil er tot war, stand er anders vor ihr als die Lebenden zu Hause, wo sie hingehörte. In ihrem Bewusstsein fühlte sie sich ihm näher. Das war eine Überraschung, so gut hatte sie ihn doch gar nicht gekannt. Die meiste Zeit war sie ja noch ein Kind gewesen, und zeitweise war der Kontakt zwischen Berthe und Ada ganz abgebrochen. Trotzdem wurde Per nach seinem Tod zu einer Art Portalfigur zu allem, das sie hinter sich gelassen hatte und das durch das halbe Jahr in Rom noch ferner wirkte, ja, geradezu verschwommen mit Ausnahme weniger isolierter Situationen.

Zum ersten Mal fiel ihr auf, wie sehr man rekonstruieren muss, weil man den Dingen, während sie geschehen, nicht genug Aufmerksamkeit schenkt. Man weiß ja auch nicht immer, was für einen selbst eines Tages von Bedeutung sein wird. Man weiß es selten. Als Pers Sarg durch den Mittelgang zur offenen Tür der Vorhalle getragen wurde, stand draußen der Regen schräg wie ein Heer leuchtender grauer Speere, die sich dem Wind entgegenstemmten. Sie konnte sich an den Augenblick so deutlich erinnern, weil sie das Bild im Kopf hatte, das sie sich damals, um es nicht zu vergessen, kurzerhand ausgedacht hatte. In seinen alten Bademantel gehüllt saß sie auf ihrem Stipendiatenzimmer in der Akademie in Rom und las in den Gedichtsammlungen, die er in den Vierziger- und Fünfzigerjahren geschrieben hatte, ehe er als Dichter verstummte und sich vor allem mit Übersetzungen französischer und deutscher Klassiker beschäftigte. Wenn sie den Kopf gesenkt hielt, war ihr, als stünde er, nur ein Schatten vor dem leichten weißen Vorhang, dort am Fenster, in seinem Rücken die Valle Giulia.

Schon damals konnte sie sich an fast nichts erinnern. Per befand sich in ihren Gedanken und wandte sich jenen Jahren zu, als wollte er ihr irgendetwas zeigen, aber sie sah nichts. Ihre Kindheit war so gut wie weg, und sie heftete sich an ihn, ihren Führer. Es gab nur noch einzelne Bilder, den Sandkasten im Südhafen zwischen nichtssagenden Backsteinblöcken, eine Regenwetterstimmung in Buggyhöhe vor einem Milchgeschäft am Toftegårds Plads, derlei Erinnerungsfetzen des ereignislosen Alltags im Vorschulalter. Den Wirrwarr aus Kabelmasten und quietschenden Zügen auf dem Güterbahngelände. Den feindlichen, rot gemauerten Monolithen des Ørsted-Werks unter den emporragenden Schornsteinen. Ihren ersten Schulhof mit der Kastanie, von der man vom Klassenzimmer aus nur die Krone sah, weil die unteren Fensterscheiben aus einer Art Milchglas bestanden. Einen Fuchs, der an einem Herbstabend auf dem Bahnsteig des Bahnhofs Sjælør entlangtrottete. Berthes rote Wangen, als sie, im Bett kniend, eines Sonntagmorgens überrascht zu ihr aufschaute, während Norman Dreyer hinter ihr stand und sie um die Hüften fasste.

Es war die Zeit, bevor er für sie zu Norman Dreyer wurde, aber Ingrid kann sich nicht erinnern, ihn jemals »Papa« genannt zu haben. Will sie sich nicht erinnern? Es ist ein verlockender Gedanke, aber sie bezweifelt, dass es da etwas aufzuklären geben könnte, selbst wenn sie sich hypnotisieren ließe. Es bedeutete ihr einfach nicht genug. Erst später, als Per tot war, fiel ihr ein, dass sie eigentlich auf so etwas wie eine Kindheit zurückschauen müsste wie alle anderen auch.

Es ist Per, der ihr einen Drachen baut und ihn auf der Ebene an der Eremitage steigen lässt, wohin sie im Pferdewagen gefahren sind, in große Decken gewickelt. Es ist Per, der ihr im Erker an der Esplanade *In 80 Tagen um die Welt* vorliest, wo man in dem breiten Fenster sitzen und auf die drohenden grauen Turmspitzen der Englischen Kirche sehen kann. Es ist der elitäre, subtile Per, Autor von *Thisbes Flüstern* und Träger des Großen Preises der Akademie, der mit dem Flugboot nach Malmö fährt, um zollfrei Toblerone zu kaufen. Es ist Per, der mit ihr an der windigen Nordsee spazieren geht und Arien aus *Tosca* schmettert, wenn sie bei ihnen oben in Tversted die Sommerferien verbringt. Im Flieder hängen rostige Flaschenöffner, und am unteren Ende des Gartens hat er einen Bierkasten eingegraben, und wenn sie kommt, steht neben seinen dunkelgrünen Flaschen für sie die gelbe Valash-Limo bereit. Im Hintergrund stehen Berthe und Norman Dreyer und winken undeutlich, ehe sie ganz weg sind, ganz außerhalb der Geschichte von damals, als sie klein war. Es ist wahrscheinlich ungerecht, aber ihre Eltern bekommen keine festen Konturen, bevor sie sich trennen. Erst als jeder von ihnen seinen eigenen Weg einschlägt, kann sie auch jedem von ihnen folgen.

Bis zur Scheidung hatten sie noch drei Jahre auf einem stillgelegten kleinen Hof bei Holbæk gewohnt, gleich an der Förde. Es war Berthes und Norman Dreyers tollkühner Traum von Landleben und Ursprünglichkeit, dafür hatten sie die Mittel. Das Einzige, das jemals seinen Platz fand, waren die durchgebogenen Bücherregale, und lediglich die alphabetische Ordnung vermittelte den Eindruck von ein wenig Struktur. Der Abwasch durfte tagelang stehen bleiben, die abgeschliffenen Türen wurden nie gestrichen, die saubere Wäsche wurde gleich aus dem Trockner benutzt, und duschen mussten sie auf dem rohen Betonboden, weil für Fliesen kein Geld übrig war. Nicht einmal die obligatorische Badewanne am Ende des vernachlässigten Gartens wurde entsorgt, und Freunde lud Ingrid lieber nicht nach Hause ein. Verglichen mit den Häusern und Familien, die sie nach der Schule besuchte, waren ihre Erzeuger eine

Nummer zu alternativ, aber glücklicherweise hatte sie in der Klasse auch den längsten Schulweg. Sie war und blieb Gast, das Mädchen aus Kopenhagen, die Einzige in Afghanenpelz und mit einer Schultertasche aus naturfarbenem Kernleder von *Form & Farve*.

Im Sommerhalbjahr legte sie die knapp zehn Kilometer nach Holbæk mit dem Fahrrad zurück. Im Winter saß sie auf dem Rücksitz von Norman Dreyers Ente und lauschte den Debatten über Habermas und Roland Barthes. Berthe konnte so temperamentvoll werden, als wäre Engagement an sich schon ein Argument, aber gegen Norman Dreyers kühlen Sarkasmus zog sie immer den Kürzeren. Hat Ingrid es wirklich so aufgefasst? Selbstverständlich nicht, aber sie hat sich selbst vergessen. Sie hat nur ihr erwachsenes Ich, mit dem sie sich erinnern kann, ihren erwachsenen Blick auf die beiden, die die Klingen kreuzen, während die Scheiben beschlagen und der kleine Motor sich über die Hügel der westseeländischen Moränenlandschaft müht. Sie waren damals beide jünger, als sie es heute ist.

In dem Frühjahr, in dem Ingrid dreizehn wurde, wurde Berthe eines Nachmittags vom Empfang im Berlingske Hus angerufen. Sie wollte eben die Redaktion verlassen, um den Zug nach Holbæk zu erreichen. Unten stand eine Frau, die sie gerne sprechen wollte. Berthe hatte sie nie gesehen. Einige Stunden später kam Ingrid nach Hause und fand ihre Mutter auf dem Brennholzstapel vor dem Haus sitzend. Berthe blickte über die Förde, sie hielt ein Foto in der Hand, wie sie der Schulfotograf macht, auch von Ingrid existierten solche Porträts. Ein schöner junger Mann mit hellen Haaren und blauen Augen, der den Fotografen vertrauensvoll anlächelte.

»Er heißt Georg«, sagte Berthe, als Ingrid ihr das Bild aus der Hand nahm und es näher betrachtete. Plötzlich sprang Berthe auf, als müsste sie eine Lähmung von sich abschütteln. Mit schnellen Schritten ging sie auf das Haus zu. Ingrid blieb stehen und sah ihr hinterher, das Bild des unbekannten Georg in der Hand. Als sie ins Haus ging, fand sie ihre Mutter im Schlafzimmer, sie lag bäuchlings auf dem ungemachten Bett. »Kannst du mich nicht in Frieden lassen?«, schrie sie. Ingrid ging in ihr Zimmer und setzte sich an die Gleichungen zweiten Grades, die sie für den nächsten Tag aufhatte.

Als sie unten auf dem Hof den 2CV hörte, legte sie den Bleistift hin. Sie wartete, während Norman Dreyer durchs Haus ging, die Tür zum Schlafzimmer öffnete, kurz stehen blieb, weiterging, näher kam. »Hallöchen«, sagte er unbekümmert mit dem ironischen Tonfall, den Ingrid so gut kannte. Sie drehte sich um und sah ihn an, und er ist vollkommen deutlich. Schon kahl, mit demselben spitzen Kinn und demselben forschenden Blick hinter derselben randlosen Brille in derselben beigefarbenen Samtjacke und demselben rot karierten Hemd. »Bist du sauer?«, fragte er. Sie betrachtete ihn wie einen Film im Fernsehen. Dann entdeckte er das Foto des blonden Jungen, das am Mathebuch lehnte. »Ist das dein Freund? Ist er nicht ein bisschen alt für dich?« Er lächelte aufmunternd, als wollte er sie dazu einladen, den Scherz weiterzuspinnen. »Er heißt Georg«, sagte Ingrid. Er blieb einen Augenblick stehen und sah sie durch die gleichsam frei schwebenden Brillengläser an, sie und das Foto. Dann ging er hinaus und schloss die Tür hinter sich.

Hier muss ein Schnitt sein, ein kleiner Zeitsprung, denn das nächste Bild, an das sich Ingrid erinnert, ist die sich öffnende Tür und Berthe, die hereinkommt. Sie sagt, Ingrid solle ihre Tasche packen. Ingrid fragt, warum. Berthe sagt, sie soll am Wochenende zu Ada und Per. Ingrid erwidert, es ist doch erst Donnerstag. Berthe sagt, der Tag sei vollkommen wurscht. Sie ist blass, ihr Haar steht in alle Richtungen ab, als stünde sie unter Strom. Als Ingrid kurz darauf mit einer Puma-Tasche über der Schulter durchs Haus geht, ist Norman Dreyer nicht da. »Und was ist mit der Schule?«, fragt sie. Berthe sagt, sie werde die Schule schon noch anrufen, und hält die Autotür für sie auf, als könnte sie das nicht selber.

Erst will das Auto nicht anspringen, dann rollen sie die Einfahrt hinunter. Ingrid weiß nicht, dass es das letzte Mal sein wird. Sie dreht sich nicht einmal um, um alles noch einmal zu sehen, das verfallene Haus, das Weidegebüsch, das Roggenfeld, das zur Förde abfällt, und das Schilf, das einen schraffierten, flimmernden Übergang zwischen der Landschaft und dem blauen Wasser bildet. Sie muss alles rekonstruieren, um ihren Abschiedsblick werfen zu können, und er wird sofort wieder geschnitten. Sie hat nicht einmal eine Erklärung einfordern können, was hier eigentlich vor sich geht, als sie schon im Abendzug nach Kopenhagen sitzt. Sie glaubt nicht, dass Berthe etwas sagte, ehe sie sie auf dem Bahnhof von Holbæk umarmte und ihr versprach, sie am nächsten Tag anzurufen. Per wartet am Hauptbahnhof auf sie. Er lächelt, während alles hinter ihrem Rücken zu verblassen beginnt.

Sie schiebt ihr Fahrrad den Strøget entlang. Ein frischer Wind hat die Wolken vom Himmel gefegt, und die tief stehende Sonne ist grell und scharf. Kein Hauch von Frühling liegt in der Luft, im Gegenteil, es ist kälter geworden. Der Wind verfängt sich in den langen Mänteln der Frauen und zerrt heftig an der Plane eines Baugerüsts. Sie hat das Architekturbüro eine Stunde früher als gewöhnlich verlassen, aber im Übrigen ist es ihr gelungen, den Tag wie jeden anderen aussehen zu lassen. Sie hat Entschlüsse gefasst und verworfen, Ideen geprüft und beiseitegelegt. Sie hat mit anderen Erwachsenen vernünftige Gespräche geführt, und das, obwohl sie ein Ungeheuer war, das den eigenen Sohn verdrosch, weil es seiner Verstocktheit ohnmächtig gegenüberstand. War sie die Frau, die imstande wäre, sich ans Steuerrad zu stellen, wenn Villads Jensen sich zurückzöge oder plötzlich umfiele? Sie hat keine Ahnung. Sie spürt das Ausmaß der Verantwortung, hat aber kein Gefühl für ihr Gewicht. Die Verantwortung für die Kollegen, mit denen sie täglich mit ebenbürtiger Fröhlichkeit verkehrt. Manchmal hat sie die Einsamkeit in dem Büro am Ende des Flures gespürt. Dort, wo niemand hinkommt und einem erzählt, wie und wo es langgeht. Aber wie in aller Welt ist Villads auf die Idee gekommen, dass sie das Talent, den Überblick und die Willensstärke haben würde, die für so eine Aufgabe notwendig sind?

Sie schaut sich um. Der Ausverkauf in den internationalen Modeketten mit Kleidern von der Stange setzt sich auf unbestimmte Zeit fort. Sie sind dort eingezogen, wo die exklusiven Geschäfte früher Seite an Seite lagen. Der Strøget gleicht mittlerweile jeder Fußgängerzone einer Provinzstadt, Holbæk zum Beispiel. Es ist lange her, dass Per zu den Gebrüdern Andersen gehen und seine Tweedjacke bei einem zuvorkommenden Herrenausstatter bestellen konnte, der seine Maße kannte, aber den Leuten ist das egal. Nein, nicht mal, sie finden das super, alles ist, wie's sein soll in Ballonseide mit Ritsch-ratsch. Nur Per hätte sich nicht heimisch gefühlt. Nur sie schwankt zwischen dem, das es nicht mehr gibt, und dem, das nie so geworden ist, wie sie es sich gewünscht hätte.

Die Mutterschaft ist eine Enttäuschung gewesen. Ist das die Schlussfolgerung? Wenn es so wäre, sie könnte es nicht ertragen, aber sie hat ja selber zugeschlagen, sie schlug die Wange, die sie so oft geküsst hatte. Das hätte sie genauso wenig geglaubt, wie sie sich hätte vorstellen können, eines Tages von der City-Wache angerufen zu werden. Sie kennt Jonas nicht, sie, die dachte, es gebe niemanden sonst, den sie besser kannte. Sie hätte sich nie vorstellen können, dass er sie einmal als Gegnerin sehen würde, auch nicht, wenn sie genötigt war, ihn zurechtzuweisen oder sogar auszuschimpfen. Sie hat ihm wehgetan, hat seine Welt zusammenstürzen lassen, aber immer ist sie sich sicher gewesen, dass er sich in ihrem neuen Leben heimisch fühlen würde. Darin sollte nicht die kleinste Ecke sein, in der er nicht willkommen war, keine Geheimnisse, keine Leichen im Keller, keine begrabenen Hunde.

War das nicht auch der Grund, weshalb sie nicht mehr weiterhin so tun konnte, als wäre nichts? So tun, als träfe sie sich nicht heimlich mit einem unbekannten Mann, nachmittags in wechselnden Hotels. Während Jonas in ihrem Bauch heranwuchs, versprach sie sich selbst, nie zu werden wie Norman Dreyer, der einen Sohn hatte, ohne dass sie und Berthe etwas davon wussten. Einen Sohn, dessen Anwesenheit in seinem Leben sich auf das Konto beschränkte, auf das er jeden Monat insgeheim Geld einzahlte. Einen Sohn, den er nicht einmal auf den ersten Blick wiedererkannte, als plötzlich ein Foto von ihm an Ingrids Mathebuch lehnte.

Es war schon so weit gekommen, dass sie Vertuschungen und Lügen mehr fürchtete als Krankheit, Unfälle und Gewalt. Den Gedanken, nicht in derselben Wirklichkeit zu leben, derselben wechselhaften Aufteilung dessen, was man weiß, und dessen, was man nicht weiß. Jonas ist nicht so. Er wirft Nebelkerzen, es mag noch so überflüssig sein, als fühlte er sich am besten, wenn sie über sein Tun und Lassen im Ungewissen war. Dabei geht es nicht nur um Hehlerware, Silberpapier mit verdächtigen braunen Krümeln oder Spraydosen mit Alkydfarbe, die sie in seinem Zimmer fand. Manchmal hat sie den Eindruck, er lüge wegen irgendwas, wegen unschuldigster Sachen, aber sie kann sich nicht daran gewöhnen, seine Worte nicht für bare Münze zu nehmen. Auch nicht wenn sie ihn wieder bei einer Lüge ertappt hat, darüber, wo er gewesen ist, wen er getroffen und was er gemacht hat.

Sie ist zu dumm, zu blöd altmodisch. Es geht ihr nicht in den Kopf, dass Sprache noch zu anderem gebraucht werden kann, als mit andern die Wirklichkeit zu teilen, sie gemeinsam zu besitzen. Das Schlimmste ist, dass er auch angefangen hat, Geld aus ihrem Portemonnaie zu stehlen oder das Geld, das sie ihm anvertraut hat, nicht zum vereinbarten Zweck zu verwenden. Und wenn sie ihn darauf anspricht, erlaubt er sich, auch noch sauer zu sein. Das war das Schlimmste, bis gestern Abend. Ist das denn alles ihre Schuld? Immerhin ist sie als Kind öfter einsam gewesen als er, und trotzdem wurde sie nicht zu einer kleinkriminellen, kiffenden kleinen Lügnerin, die die Stadt mit ihren unleserlichen Zeichen beschmierte und Gleichaltrigen den Kopf eintrat, weil sie »selber schuld dran waren«. Sie war das gute Kind schlechter Eltern, und sich selbst hält sie nicht für eine schlechte Mutter. Doch sie war den Anforderungen einfach nicht gewachsen, aber wo, wo, wo ist es schiefgegangen?

Eben ist sie in die Ny Østergade eingebogen und will sich aufs Rad schwingen, da klingelt ihr Handy. *Frank* steht mit kleinen gepixelten Buchstaben auf dem Display, wie ein Versprechen, eine Bitte, erhört von einer über ihr schwebenden, verzeihenden Akzeptanz.

»Oh, wie schön, dass du anrufst!« Sie klingt wie ein Mensch, den man gerade noch in den Rettungshubschrauber hieven konnte. »Was ist denn los, Ingrid? Du hast dich gestern Abend so seltsam angehört.« Die dunkle Ruhe seiner Stimme lässt sie kapitulieren. »Es ist Jonas.« Sie weiß nicht, wie man so etwas erzählt. »Schon wieder?«, sagt er. »Nein, diesmal ist es ... Können wir nicht einfach irgendwo hinfahren?« Er lächelt, sie kann es hören. »Eben deshalb rufe ich an. Aber hör zu, heute Nachmittag passt es sehr schlecht.«

Das meint er nicht im Ernst, er kann sie doch jetzt nicht im Stich lassen. »Was soll das heißen?« Sie hört selber ihren gekränkten Unterton. »Ich kann einfach nicht. Aber hör mal, hast du am Wochenende was vor? Wir könnten gleich morgen früh los.« Es ist rar, dass sie ein ganzes Wochenende für sich haben, sie sollte jubilieren. »Ich muss heute mit dir sprechen.« Was ist denn da so unaufschiebbar an einem späten Freitagnachmittag? Steht vielleicht eine Delegation Japaner in seinem Büro in Valby? »Tut mir leid, aber ich kann nicht. Es ist wegen Lise. Ich muss direkt nach Hause fahren.«

Hat Lise etwas gemerkt? Hat sie herausgefunden, dass sie nicht im selben Realitätsgleichgewicht zwischen gemeinsamem Wissen und Verletzbarkeit leben? Frank hat fast acht Jahre hingenommen, was Ingrid nicht einmal zwei, drei Monate aushalten konnte, und er hat es für sie, Ingrid, und für sie beide getan. »Ist schon in Ordnung, Frank, Kompensation ist nicht nötig, wir sehn uns halt, wenn's dir passt.« Moment, was sagt sie da eigentlich? »Ich versteh gar nichts mehr«, sagt Frank, »ich schlage vor, dass wir das Wochenende zusammen verbringen, und du sagst, wir können uns sehn, wenn's mir passt.« Er hat recht, sie versteht auch nichts mehr. »Das hört sich so an, als würdest du am liebsten frei sein. Als würdest du dich verpflichtet fühlen, mir irgendwie entgegenzukommen.«

Irgendetwas reitet sie und hat sie gepackt, etwas Kleinliches, Niederträchtiges und Widersprüchliches. »Ingrid, das hier geht mir jetzt zu weit. Ich ruf dich später an.« Selbstverständlich. Wenn er sagt, dass er heute nicht kann, dann sagt er das, weil er wirklich nicht kann. »Du hörst dich nur so an, als ob ... Ich weiß nicht ...« Sie beherrscht sich. Wo sitzt die Kurbel, an der man drehen kann, um seine Worte wieder zurückzuholen? »Ich ruf dich heut Abend an, Ingrid.« Er unterbricht die Verbindung, ehe sie noch etwas sagen kann.

Sie haben sich noch nie gestritten, sie kann sich jedenfalls nicht daran erinnern. War das jetzt ein Streit? Vielleicht nicht, aber ihr ist so elend zumute, als hätten sie sich Beleidigungen an den Kopf geworfen. Sie drückt auf *Kontakte* und wieder auf *Frank*, aber seine Nummer ist besetzt. Versucht er sie anzurufen? Sie drückt auf die Aus-Taste und geht bis zu der Ecke, wo das Café Victor residiert, seit sie in der Stadt wohnt. Seit den lauten Nächten Anfang der Achtziger, als sie wie eine Zirkusprinzessin durch die Drehtür wirbelte und sich den ältlichen *Steak & Martini-Boys* gegenüber alle Freiheiten nahm, weil die freche junge Weiblichkeit unendlichen Kredit genoss.

Sie braucht jetzt was Starkes, einen doppelten Kognak, nein, einen vierfachen Wodka, aber plötzlich zögert sie doch, im Victor riskiert man immer, irgendeinen Bekannten zu treffen. Einen wie Peter Vissing. Das fehlte gerade noch. Sie schiebt ihr Rad bis zur Ecke Grønnegade weiter und probiert Franks Nummer noch einmal. Besetzt. Es muss schon etwas furchtbar Wichtiges sein, das ihn daran hindert, in diesem Moment in ihrer Küche Tee für sie zu machen. Auch heute spürte sie wieder etwas, das ihn zu belasten schien, eine Distanz, nur hatte sie es sich diesmal selbst zu verdanken.

Sie geht durch den Kongens Have. Vor ihr auf dem Parkweg spielt der Wind mit einer Plastiktüte, er bläst sie auf und wirbelt sie in chaotischen Spiralen empor. In der Entfernung, am Ende der Fläche mit den Marmorkugeln, ähnelt Rosenborg einem Schlösschen, wie es Jonas einmal zu Weihnachten für seine elektrische Eisenbahn bekommen hatte. Das Schloss wurde in einer bunten, lackierten Packung in tausend Plastikteilchen geliefert, und sie verfluchte den fröhlichen Geber, als sie am ersten Weihnachtsfeiertag über dem ganzen Tohuwabohu grübelte und Anders nicht da war, um ihr zu helfen. »Du bist doch Architektin«, konnte Jonas nicht umhin zu bemerken. In dem Becken mit dem Schwan und dem Knaben aus Bronze ist kein Wasser, der Boden ist von welken Blättern bedeckt. Sie fragt sich, wie oft sie im Laufe der Jahre auf den Bänken unter dem Kreis gestutzter Baumkronen gesessen und den Wasserstrahl betrachtet hat, der aus dem Schwanenhals schoss und in einem schäumenden Gischtnebel endete. Sie weiß es nicht, aber genau so ein Ort markiert die Veränderung, weil er selbst sich nicht verändert.

Sie saß hier in dem Herbst, als sie sich heimlich mit Frank traf. Sie weiß noch, wie sie hier nach einem ihrer Rendezvous eine halbe Stunde in der Sonne verbrachte, ehe sie nach Frederiksberg nach Hause fuhr. Sicher haben damals noch andere Leute auf den Bänken um das plätschernde Wasserbecken gesessen, es war doch eben erst Oktober geworden, und während sie sich mitten im Leben befanden und sich hier in diesem Leben gewissermaßen zurücklehnen konnten, saß sie auf der Kante zwischen dem einen Leben und dem anderen. Das war ihr klar, nur ahnte sie noch nicht recht, was das für Konsequenzen haben würde, und sie war sich in diesem Augenblick genauso fremd wie all die Unbekannten, die um sie herum in der Sonne saßen.

Als sie schwanger war, saß sie hier oft und ruhte sich auf dem Heimweg nach Nørrebro ein wenig aus. Sie betrachtete den schwankenden Wasserstrahl und die zunehmenden Ringe auf der Wasseroberfläche, glücklich unwissend um die Zukunft, die in ihr schon begonnen hatte. Es fühlte sich an, als würde sie physisch in das neue Leben geschoben, das ihr und ihrem Kind gehörte. Ringe um Ringe eines unbekannten, wild wachsenden Lebens. Und sie hatte hier vor langer Zeit gesessen, damals, als sie noch ein schlecht gewachsenes Mädchen war, das eben herausgefunden hatte, dass es da einen großen Bruder gab, der Georg hieß und blonde Haare und blaue Augen hatte.

Hier saß sie in den Frühlingswochen und wartete auf die Sommerferien, damit es sich nicht mehr so seltsam anfühlte, morgens nicht aufstehen und zur Schule nach Holbæk radeln zu müssen. Leere Wochen, in denen sie mit Per und Ada frühstückte und die Vormittage mit Lesen zubrachte. Wenn Per zu Gyldendal gegangen war, wurde es in der großen Wohnung sehr still. Jedes Mal, wenn ein Parkettstab unter ihren Strümpfen ächzte, wurde ihr das bewusst, dann hatte sie Angst, Ada zu stören, die den Vormittag in ihrem Arbeitszimmer verbrachte. Bei Ada und Per war alles anders, und wenn sie durch die Räume mit den Empiremöbeln und abstrakten Lithografien ging, fühlte sie sich privilegiert. Ada war nett, wenn sie mittags in der großen Küche saßen und geräucherte Makrele mit Schnittlauch aßen, den sie mit ihren langen roten Fingernägeln von einem Büschel auf dem Fensterbrett riss, aber Ingrid spürte deutlich, dass ihre Großmutter bestimmte Themen nicht anschneiden wollte. Man hatte das Gefühl, sie throne auf einem riesigen, zum Bersten vollen Staubsaugerbeutel, ganz steif in den Waden aus Angst vor ihrem eigenen Gewicht.

Dann tat es gut hinauszukommen, auf die Lange Linie oder auf die Bredgade, an der Russischen Kirche mit ihren vergoldeten Zwiebelkuppeln vorbei und dem grauen Massiv der Marmorkirche, umgeben von Bäumen und düsterer Herrschaftlichkeit. Ingrid überquerte den Schlossplatz in Richtung Oslo-Fähre, die zum Ablegen bereit war, oder sie trödelte durch den Kongens Have, bis es endlich spät genug war, Per von der Arbeit im Verlag abzuholen. Sie hatte sich mit der Vorzimmerdame angefreundet und genoss es sehr, auf einem dieser glänzenden Mahagonistühle zu sitzen und mit ihr zu plaudern und dabei die goldgerahmten Porträts zu studieren oder die putzig prahlerischen oder etwas verwahrlosten Typen zu betrachten, die aus dem Büro des Direktors kamen. Bald danach tauchte hinten aus dem langen Gang Per auf und lächelte und blinzelte, den einen Arm schon in seinem abgetragenen Burberry. Ingrid küsste ihn auf die Wange und half ihm in den Mantel, während die Dame zusah, und plötzlich fühlte sie sich sehr erwachsen.

Sie schiebt ihr Rad durch den Tunnel unter der Sølvgade, und kurz darauf steht sie im Hof vor dem Hinterhaus, in dem sie seit bald acht Jahren wohnt. Sie zögert. Frank ist nicht da, aber was ist mit Jonas? Vermutlich auch nicht, und sie weiß nicht mal, ob sie es überhaupt will. Sie weiß nicht mehr, ob sie sich freuen würde, ihren eigenen Sohn zu sehen. Das ist das Schlimmste. Sie geht die Treppe hoch, schließt die Tür auf und merkt an der Stille, dass sie allein ist. Alles ist so, wie sie es heute früh verlassen hat. Die Schale mit den letzten, von Milch durchweichten Haferflocken, die Tasse mit einem Rest kalten Tees, die ovale japanische Kanne aus Gusseisen mit der genoppten Oberfläche und die Zeitung, die sie auf den Küchentisch gelegt hat, ohne auch nur eine der Überschriften zu registrieren.

Sie betrachtet das eingerahmte Foto von Samos, auf dem Jonas und sie um die Wette lächeln. Sie gewinnt. Hinter der fröhlichen Ferienmiene spürt sie seine Reserviertheit und sein Misstrauen. Sie geht in sein Zimmer. Sie denkt, so muss es aussehen, wenn man einen Mieter hatte, der eben ausgezogen ist. Er hat gute Arbeit geleistet. Normalerweise fliegen seine Klamotten und Sachen überall herum, als hätte ein besonders rücksichtsloser Polizeitrupp eine Hausdurchsuchung veranstaltet und alles in chaotischen Haufen zurückgelassen. Jemand muss ihm mit den schweren Sachen geholfen haben, es sei denn, er hat eine schnelle Umzugsfirma angerufen. Wo ist er denn jetzt? Da braucht man nicht lange zu raten, aber sollte Sven wirklich als Möbelpacker agiert haben, ohne sich nicht wenigstens mal zu erkundigen, ob es in Ordnung ist, dass Jonas zu seinem Großvater zieht?

Sie sieht es vor sich. Sie ist selber schuld, genau wie Abdel, der sich noch glücklich preisen kann, dass Jonas nie seine Nikes zubindet. Eine Gehirnerschütterung, eine Backpfeife. Das eine wird schon von dem andern in den Schatten gestellt. Jonas ist schon entlastet, sie ist die Schuldige. Er ist zu Hause ausgezogen, weil sie prügelt, und sowohl Anders als auch Sven werden ihm den Rücken stärken. Ja, er hat Probleme, aber er ist minderjährig, und er ist ihr entglitten, sie hat die Fassung verloren und jede Autorität. Sie sieht die schreiende Ungerechtigkeit der Situation, aber auch ihre Unbestreitbarkeit. Sie hätte eben öfter zu Hause bleiben sollen. Sie hätte die Zeichen deuten müssen. Sie hätte mit der Schulpsychologin oder dem Hausarzt reden sollen. Auch eine Rund-um-die-Uhr-Beratung für schuldgeplagte Scheidungsmütter wäre eine Lösung gewesen.

Sie hätte auch warten können, damals, statt Frank gewaltsam in ihre zerbrechliche Hausordnung zu integrieren. Was soll ein Zweitklässler davon halten, dass seine Mutter die heimliche Geliebte eines fremden Mannes ist? Ist er dann auch heimlich? Soll er jetzt auf dem Weg zur Schule wie ein Schatten an den Hauswänden entlangschleichen? War es nicht doch eine dumme Idee, dass sie an seinem Geburtstag mit Frank vor der Schule stand, um ihn abzuholen? Als sie dann im Tivoli gewesen waren und alles erstaunlich gut abgelaufen war und sie abends mit ihm schmuste, musste sie ihm versprechen, ihn nie wieder zusammen mit Frank abzuholen. Sie fragte, warum. Jonas sah sie ernst an. »Ist er denn nicht verheiratet?«

Sie setzt sich in dem leeren Zimmer auf den Boden, nimmt ihr Handy und drückt auf *Kontakt* und auf *Sven*. Sie lehnt sich an die Wand und schaut aus dem Fenster. »Sven Hedin.« Er gehört noch zu der Generation, die nicht bloß Hallo sagt. »Ingrid hier. Darf ich um eine Erklärung bitten?« Drüben im Vorderhaus, ein Stockwerk höher, steht ein Fenster offen. »Du brauchst dir keine Sorgen zu machen, Ingrid, dem Jungen geht's prima.« Sie atmet tief durch. »Ich mach mir keine Sorgen, Sven. Ich bin wütend.« Durch das Fenster auf der anderen Seite des Hofes sieht sie den Spiegel über dem Waschbecken in einem Badezimmer und den Nacken eines jungen Mädchens, das sich vorbeugt. Ihr Spiegelbild wird von ihrem Rücken und dem locker hochgesteckten Haar verdeckt. »Worüber denn?« Wahrscheinlich trägt sie Lidschatten auf oder tuscht sich die Wimpern.

»Jonas ist minderjährig, Herrgott. Er kann nicht einfach ausziehen, wie's ihm passt. Nicht ohne meine Einwilligung.« Ingrid muss an das Buch denken, das sie nie lesen wollte, *In diesem Spiegel bin ich eingeschlossen,* Adas Erinnerungen an alle ihre Männer, ihre schonungslose Selbstpromotion. »*Javisst,* Ingrid, ich versteh dich schon, aber du bist so förmlich. Wenn du so was sagst, nimmst du gar keine Rücksicht darauf, was Jonas eigentlich *vill.*« Plötzlich erinnert sie sich, dass sie zufällig in einem der von Per geerbten Bücher auf die Stelle stieß, von der Ada ihren Titel haben musste. Ein Gedicht von irgendeinem Franzosen aus der Zeit vor dem Ersten Weltkrieg, wie hieß er doch gleich?

»Es geht hier überhaupt nicht darum, was Jonas will!« Das Gedicht war so gesetzt, dass die Wörter den ovalen Rahmen eines Spiegels nachahmten, und mittendrin stand der Name des Dichters. Wie hieß er denn bloß? »Ich fürchte, darum geht es doch, Ingrid ...« Sie weiß auch noch die Fortsetzung ... *lebendig und wahr* ... »Würdest du freundlicherweise Jonas ans Telefon bitten?« ... *wie man sich Engel vorstellt und nicht wie Spiegelbilder sind* ... »Er ist nicht zu Hause, Ingrid. Er wollte sich mit ein paar Freunden treffen. Ist ja Freitag heute.« Das Mädchen dreht sich vom Spiegel weg und verschwindet.

An jenem Sommertag vor acht Jahren, als sie auf der Schnellfähre von Aarhus nach Seeland mit einem fremden, um einiges älteren Mann gesprochen hatte, war sie nicht gleich nach Hause gefahren. Anders und Jonas warteten nicht auf sie, den Rest des Tages hatte sie frei, und auf dem Weg durch Odsherred entschloss sie sich, einen Abstecher zu dem Haus an der Förde zu machen, in dem sie die letzten Jahre ihrer Kindheit verbracht hatte. Sie brauchte etwas Zeit, bis sie es gefunden hatte, aber nun stand sie auf dem Zufahrtsweg, auf halber Strecke zwischen Straße und Hof.

Wahrscheinlich hatte das Haus noch ein paarmal den Besitzer gewechselt, nachdem Berthe und Norman Dreyer es verkauft hatten. Das Haus war wie früher weiß gekalkt, hatte aber ein neues Dach und neue Fenster, und an der Stelle des verfallenen Hühnerhauses stand ein Carport. Darin parkte ein Geländewagen, und vor der offenen Eingangstür stand ein Dreirad mit Lademulde. Es wirkte schon ein bisschen aufdringlich, so in der Einfahrt eines Privatgrundstücks zu halten, da erschien in der Tür eine jüngere Frau mit einem kleinen Jungen. Ingrid dachte, sie sollte lieber aussteigen und ihre Anwesenheit erklären, statt zurückzusetzen und die Flucht zu ergreifen. Die Frau musste etwa zehn Jahre jünger sein, Anfang dreißig. Sie wirkte müde und blass, aber vielleicht nur, weil sie nicht geschminkt war. Sie trug ein langes Baumwollkleid mit Bali-Muster. Der Junge hielt sich daran fest und sah Ingrid skeptisch von unten an, die jetzt erst den wohlgerundeten Bauch der Frau bemerkte. Sie sagte herzlichen Glückwunsch, es kam ihr unwillkürlich über die Lippen, und sie war auf einmal ganz verlegen. Es war vielleicht etwas aufdringlich, vor dem Haus einer unbekannten Frau zu stehen und deren Schwangerschaft zu kommentieren.

Aber die Frau schien es keine Spur seltsam oder vorwitzig zu finden, dass Ingrid hier vorbeischaute. Ihr Mann sei verreist, sie hätten das Haus vor zwei, drei Jahren gekauft und es überwiegend selber instand gesetzt. Ja, es sei ziemlich verfallen gewesen. Sie fragte, ob Ingrid nicht hereinkommen wolle. Die Vorstellung jagte Ingrid einen Schrecken ein, sie wusste eigentlich nicht, warum. »Nein danke«, sagte sie, aber ob sie einmal übers Grundstück gehen dürfe? Die Frau begleitete sie ums Haus, der Junge immer hinterher, sie berichtete von ihren Renovierungsarbeiten und ihren zukünftigen Projekten. Ingrid erkannte den Garten nicht wieder. Wo eine Wildnis aus hohem Gras und Unkraut gewesen war, neigte sich nun eine gepflegte Rasenfläche zum Schilf und zum ruhigen Wasser der Förde, die man vom Haus aus sehen konnte. Der Rasen war von Beeten mit Stauden und Kräutern eingerahmt, und vom Wohnzimmer führte eine neue Glastür auf eine Terrasse, die mit handgestrichenen Ziegeln ausgelegt war.

Ingrid blieb stehen, sodass die Frau, die pausenlos redete, auch anhalten musste. »Darf ich Sie etwas fragen?« Die Frau sah sie abwartend an. »Würde es Ihnen etwas ausmachen, mich ein bisschen allein zu lassen?« Die Frau zögerte kurz. »Natürlich nicht«, sagte sie und ging mit dem Jungen an der Hand zum Haus zurück. Ingrid sah ihnen hinterher. Plötzlich wirkten sie so alleingelassen auf dem leeren frisch gemähten Rasen. »Danke«, sagte sie. Die Frau drehte sich um und lächelte matt.

Am Wasser verlief noch der alte Pfad. Ingrid folgte ihm

durch den kleinen Hain, der die Aussicht zur Förde nach Nordwesten hin abschirmte. Sie verließ den Pfad und bahnte sich ihren Weg durch das dichte Buschwerk bis zu der Eiche, die mit halb entblößten Wurzeln auf einer niedrigen Böschung über dem Wasserspiegel stand. Sie schmiegte sich in die Höhlung, die durch die Verzweigung einer starken Wurzel entstanden war, und lehnte sich an den Stamm, wie sie es so oft getan hatte. Die Aussicht, eingerahmt vom hängenden Eichenlaub, war immer noch die gleiche. Sie saß wieder an ihrem Platz und blickte über die Förde auf die bewaldete Landspitze auf der anderen Seite. Das Schilf drüben bildete in der tief stehenden Sonne einen leuchtenden Saum. Niemand wusste, dass sie hier saß, nicht einmal die schwangere Frau mit dem Balidruck und den handgestrichenen Ziegeln. Sie erkannte den Rhythmus dumpfer, stampfender Stöße und sah eine Jolle mit Außenbordmotor und winzigem Steuerhaus mit Kurs hinaus auf die Fördemündung. Der Mann mit dem blauen Overall füllte das Steuerhaus ganz aus, aber aus der Entfernung war er nichts anderes als ein vorübergehendes Phänomen im Leerraum von Wasser und Himmel. Die Schraube seines Motors öffnete einen Keil in der Wasseroberfläche, als säße dort ein Reißverschluss, und im Kielwasser des kleinen Fahrzeugs erschien ein tiefer liegendes, leuchtendes Blau.

Sie war selbst überrascht, dass sie an jene Zeit mit so etwas wie Nostalgie dachte. Obwohl sie sich in der Schule nie eingelebt hatte und oft stundenlang allein gewesen war, bis Berthe und Norman Dreyer endlich nach Hause kamen, muss sie damals langsam zu der Überzeugung gekommen sein, dass diese Aussicht hier ihr gehörte. Die halb verfallene, halb wieder aufgebaute Kate war ihr Zuhause geworden, und sie blickte mit unerwarteter Zärtlichkeit darauf zurück. Hier war sie nun einmal zehn, elf und zwölf gewesen, aber es war lediglich der Ort, an den sie sich im wechselnden

Licht der Jahreszeiten erinnerte. Berthe und Norman Dreyer hingegen waren fern und transparent, und sie musste sich sehr anstrengen, damit ihr irgendetwas einfiel, was sie zusammen unternommen hatten. Normale, gemütliche Sachen, Feiertage zu Weihnachten, Sommerabende mit Grillen und Mückenspray, Sonnabende, an denen sie allesamt mit *Columbo* und Brathähnchen vor dem Fernseher saßen. Das war natürlich alles da, wirkte aber dünn und nahezu zaghaft.

Es war sicher ihr Wissen, dass es nicht halten würde, das alles so herzzerreißend heldenhaft wirken ließ. Andererseits setzte sich der Ort gegen den Drang des enttäuschten Rückblicks, alles grau in grau zu malen, durch. Der Ort allein. Sie hätte fragen können, wozu diese Verpflanzung in die Provinz gut sein sollte, aber sie fragte nicht. War es Trotz, dass sie an Holbæk und Umgebung hing? Vielleicht, aber so war es nun mal. Sie vermisste die Förde, wenn sie in der Wohnung in der Esplanade saß oder im Kongens Have herumtrödelte. Sie grübelte wie eine Verrückte darüber nach, wo sich Georg befinden mochte, wie er war und ob sie ihn einmal zu Gesicht bekommen sollte. Sie verstand, dass ein Kapitel abgeschlossen war, hatte aber keine Ahnung, was im nächsten passieren würde.

Berthe hielt ihr Versprechen, am Tag, nachdem Ingrid in den Zug nach Kopenhagen gesetzt worden war, rief sie an, aber sie wirkte diffus und hektisch, und ihre Versicherungen bewirkten genau das Gegenteil von dem, was sie hatte erreichen wollen. Nach ihrem Anruf vergingen Tage, ohne dass Ingrid etwas von ihr hörte. Eines Abends hatten Per und Ada Gäste, einen deutschen Schriftsteller und seine Frau sowie ein dänisches Paar, einige ihrer allerbesten Freunde. Die *Crème de la crème*, wie Ada Ingrid anvertraute, während sie an der Wohnungstür warteten, um sie zu empfangen. Im Erkerzimmer hielt sich Per mit dem Drapieren der Champagnergläser auf Trab, bereit, seinen Gästen mit theatralisch erhobener Hand entgegenzuschreiten, wie Ingrid es mehrmals beobachtet hatte.

Ingrid verstand nicht, was sie sagten, obwohl sie ein paar Jahre Deutsch in der Schule gehabt hatte. Der deutsche Schriftsteller trug einen karierten Anzug und sagte »Fräulein« zu ihr. Seine Frau wieherte vor Lachen, jedes Mal, wenn er etwas sagte. Der Däne war einen halben Kopf kleiner als Ingrid und hatte eine Lederjacke mit Reißverschluss und Nieten an. Er trug keinen Schlips, sprach aber wie ein Greis und glich einem Nilpferd, das heißt, wenn man sich ein Nilpferd mit über die Glatze gekämmten Haarsträhnen vorstellen kann. Seine Frau hatte eine Katzenbrille mit sehr starken Gläsern, und in ihren Mundwinkeln zeigte sich fortwährend der Anflug eines Lächelns. Sie sah aus, als ob sie sich insgeheim über die anderen amüsierte, aber auf eine derart interne Art, dass sie das Lustige trotzdem nicht hätte erklären können.

Der größte Teil der Unterhaltung verlief auf Deutsch, und Ingrid war sehr beeindruckt, wie formvollendet sich Ada und Peter ihren Gästen gegenüber verhielten. Sie hing gerade ihren Gedanken nach, als sich das Nilpferd plötzlich an sie wandte und etwas auf Dänisch sagte. Seine altmodische Stimme klang wie eine Grammophonplatte, die sich zu langsam drehte. Er habe ihren Vater gekannt, als sie jung waren. Er sagte, sie sehe ihm ähnlich. Ingrid sah Norman Dreyer mit seiner randlosen Brille in der Tür zu ihrem Zimmer stehen und sein Hallöchen sagen. Sie hatte Lust, das Nilpferd zu fragen, ob er dann vielleicht auch ihren Halbbruder Georg gekannt habe, aber dazu fehlte ihr der Mut. Sie half Ada, nach der Vorspeise die Teller hinauszutragen, und in der Küche sagte sie, ihr gehe es nicht gut. »Aber, armes Kind«, sagte Ada, »dann leg dich doch hin! Du brauchst dich doch nicht wegen uns zu quälen.«

Sie schlief in Berthes ehemaligem Zimmer. Ada stellte es immer so dar, als hätte Berthe ihre ganze Kindheit darin verbracht. Ingrid lag auf dem Bett und starrte an die Decke, während sie den Tauben im Hof und dem Klang ferner Stimmen im Esszimmer lauschte. Hin und wieder wurde alles von dem wiehernden Gelächter der Deutschen übertönt, und mit einem Mal konnte sie die Tränen nicht mehr zurückhalten. Sie konnte sich nicht erinnern, sich jemals so verlassen gefühlt zu haben. Ausgerechnet sie, die sonst stundenlang zwischen den Wurzeln ihrer Eiche an der Förde zubringen konnte, überglücklich, dass niemand wusste, wo sie war.

Sie stand auf und schlich den langen Flur entlang. Ada hatte Kaffee in der Bibliothek serviert, sie hatte freie Bahn. Sie ging in die Küche, wo an der Wand ein Telefon hing, und wählte die Nummer in Holbæk. Vielleicht waren sie gar nicht mehr da. Sie wartete lange, sie harrte aus, dann wollte sie schon auflegen, als am anderen Ende endlich doch noch abgenommen wurde und sie hörte, wie Berthe sich räusperte. »Ingrid, bist du das?« Sie klang ganz überrascht. Ingrid sagte, sie vermisse sie. Berthe antwortete, sie vermisse Ingrid auch, und fragte, wie es ihr gehe. Ingrid schnürte sich der Hals zusammen. »Willst du nicht doch kommen?« Es platzte aus ihr heraus. »Aber wir sehn uns doch bald«, sagte Berthe. »Irgendwann nächste Woche komm ich in die Stadt.« Ihre Stimme nahm diesen ungeduldig-zärtlichen Klang an, der Ingrid nur noch mehr drängeln ließ, das war schon immer so gewesen. »Willst du nicht jetzt kommen? Willst du nicht jetzt gleich kommen und mich holen, Mama?« Normalerweise sagte sie Berthe. »Ich kann nicht«, antwortete Berthe.

Ingrid wischte sich mit dem Ärmel über Augen und Nase. »Ich bin so traurig«, sagte sie leise. Berthe entgegnete, sie solle jetzt mal vernünftig sein. Ingrid sagte, sie werde es versuchen. »Also dann bis nächste Woche«, fuhr Berthe aufmunternd fort. Als Ingrid aufgelegt hatte und sich umdrehte, stand Per in der Küche. Er sagte nichts, ging nur zu ihr und zog sein Taschentuch heraus. Er streichelte ihre Wange und lächelte sein trauriges Lächeln, während er ihr das Gesicht abtupfte.

Berthe kam vierzehn Tage später. Sie drückte Ingrid an sich und schluchzte, als ob sie selber weggeschickt worden wäre, und nicht Ingrid. »Kleine Ingrid«, murmelte sie. Ingrid fühlte sich nicht mehr klein. Sie hatte nicht mehr geweint, nur das eine Mal, und sie dachte, sie werde bestimmt nicht wieder anfangen zu weinen. Nein, sie dachte es nicht, sie nahm es als etwas wahr, das sie von sich selbst wusste. Keiner kam, weil man weinte, und wenn dem so war, gab es zum Weinen auch keinen Grund. Vielleicht dachte sie damals nicht so, trotzdem war es der Anfang einer ununterbrochenen Gedankenkette, die sie Glied um Glied von Berthe entfernte. So viel verstand sie jedenfalls, als sie viele Jahre später am anderen Ende der Kette saß, unter ihrer Eiche, wo die Förde den leeren Abendhimmel spiegelte.

Berthe kam mit neuen roten Haaren, aber Ada ließ sich nichts anmerken, und deshalb wollte Ingrid es auch nicht weiter kommentieren. Es ging um wichtigere Dinge als die Haarfarbe ihrer Mutter, aber das ungewohnte Kupferrot färbte doch auf die beiden zurückliegenden Wochen ab, oder war es umgekehrt? Sie saßen in der Küche, Ada servierte Tee und englische Cracker, während Berthe erzählte. Es war nichts mehr übrig. Es war nicht nur der Betrug, nicht nur Norman Dreyer hatte sein Leben auf einer Lüge aufgebaut. Berthe hatte sich auch selbst betrogen, und sie musste sich glücklich preisen, dass sich die Mutter seines Sohnes zu erkennen gegeben hatte, aber wenn nicht jetzt, wäre es eben zu einem andern Zeitpunkt passiert.

Berthe redete in einer Tour, sie und Ada schienen völlig vergessen zu haben, dass Ingrid auch noch da war. Selbst wenn sie die Wahrheit nie erfahren hätte, hätte es genau so geendet, sagte Berthe, weil es von Anfang bis Ende verkehrt gewesen war. Ada lächelte zufrieden. »Hab ich dir doch gesagt, dass er ein Scharlatan ist, aber du wolltest ja nicht hören.« Berthe wirkte, als ob sie jetzt auch nicht hörte, was ihre Mutter sagte. Sie kenne diesen Mann gar nicht. Er habe sie nie wahrgenommen, sie nie verstanden, aber ohne es zu wissen, habe er ihr geholfen, sich selbst zu verstehen. Sie fühle sich wie ein anderer Mensch, im Grunde solle sie ihm danken, weil der Schock ihr die Kraft zum Handeln verliehen habe. Sie habe bei der Zeitung gekündigt, nichts werde mehr so sein, wie es war.

Sie sah Ada in die Augen. Sie habe nie davon geträumt, ihre eigenen Sachen zu schreiben. Ada lächelte, als wenn es ein Kompliment gewesen wäre. Berthe wandte sich an Ingrid. Sie werde allmählich ein großes Mädchen. In Kürze werde sie auch verstehen, was es heiße, sich selbst zu finden. Und Berthe könne ihr nicht weiterhelfen, wenn sie nicht den Weg zu sich selbst finde. Deshalb habe sie beschlossen, nach Rom zu gehen. Davon habe sie immer geträumt. »Rom, wie spannend«, sagte Ada kühl und schenkte Tee ein. Wie lange wolle sie dort bleiben? Berthe schüttelte den Kopf. »Du hast mich nicht verstanden, Mutter. Ich ziehe um.«

Ada sah sie an, und einen langen Augenblick schien ihr Lächeln wie mit Lippenstift auf ihr Gesicht gezeichnet. »Und wovon willst du leben?«, fragte sie trocken. Berthe sah aus, als hätte sie nur auf diese Frage gewartet. Sie werde als freie Autorin arbeiten, sagte sie. Das höre sich unsicher an, sagte Ada. Und woher solle das Startkapital kommen und wie wolle sie leben, bis die Einnahmen flössen, falls sie überhaupt flössen? Berthe lächelte. »Ich habe mit Vater gesprochen. Er zahlt mir schon etwas vom Erbe aus.« Sie sah Ada an, als ob sie lieber tot sein wollte als die Erste zu sein, die den Blick abwandte. Ada rührte sich nicht, dann beugte sie sich vor und hielt ihre Untertasse, während sie an ihrem Tee nippte. »Das ist ja nett von ihm«, sagte sie. Berthe erzählte, dass sie in Hjørring gewesen sei. »War ja auch Zeit, dass ich endlich mal mit ihm gesprochen habe«, fuhr sie fort. »Sicher doch«, entgegnete Ada.

Wortlos saßen sie vor ihrem Tee. »Und was ist mit mir?«, fragte Ingrid. Berthe sah aus, als wüsste sie nicht, was sie sagen sollte. »Du kommst mit«, sagte sie. »Sobald du mit der Neunten fertig bist. Es gibt da unten bestimmt ein internationales Gymnasium, auf das du gehen kannst.« Und bis dahin? Wieder schaute Berthe sie kurz an, ehe sie antwortete. Bis dahin müsse sie bei ihrem Vater wohnen. Aber sie könnten sich natürlich in den Ferien sehen, und wenn Berthe in Kopenhagen sei.

»Ich will nicht nach Rom.« Der Satz kam aus Ingrids Mund, als hätte sie ihn schon fertig eingepackt empfangen und müsste ihn nur noch weiterleiten. »Ja, weißt du eigentlich, was du da redest?«, sagte Berthe. Sie hatte recht, aber um Nein zu sagen, musste Ingrid nicht unbedingt wissen, was sie da redete. »Das wäre eine großartige Chance für dich«, sagte Berthe. »Ich will nicht«, entgegnete Ingrid und fühlte sich kindisch und zugleich vollkommen unabhängig. Sie lächelte und zuckte mit den Schultern zum Zeichen, dass es sich hier um eine bedauerliche, aber unumstößliche Tatsache handelte.

»Du brauchst dich jetzt auch gar nicht zu entscheiden«, antwortete Berthe. »Du hast reichlich Zeit, und wenn du mich mal da unten besucht hast, könnte es ja sein, dass du deine Meinung änderst.« Ingrid nickte Ada zu, die ihr Tee einschenken wollte. »Das tue ich nicht«, sagte sie und hielt ihrem Blick stand. »Aber du kommst doch mal und besuchst mich?«, sagte Berthe fast flehentlich. Ada fragte, wo sie denn wohnen wolle. Berthe wandte sich siegessicher zu ihr um und erzählte, dass der Korrespondent der Zeitung sich etwas angesehen habe, eine kleine Wohnung in Trastevere mit Dachterrasse. Einen Moment lang wirkte Ada blass und alt, nahm sich dann aber zusammen. »Also, wir kommen natürlich alle und besuchen dich«, sagte sie und fand ihr breites Lächeln wieder. »Und was ist mit meiner Konfirmation?«, fragte Ingrid. Die beiden Frauen sahen sie desorientiert an. »Ich wusste gar nicht, dass du konfirmiert werden willst«, sagte Berthe. Ingrid hatte es auch nicht gewusst.

Von ihrem Platz unter der Eiche an der Holbæker Förde betrachtet sie das Mädchen und die beiden Frauen. Als sie hier zuletzt saß, hatte sich diese Szene noch nicht abgespielt. Die neuerdings rothaarige Berthe ist noch Anfang dreißig und Ada noch keine sechzig. Sie hat ein Kittelkleid von Marimekko an, das sie vormittags trägt, wenn sie schreibt. Ihr langes, grau meliertes Haar ist zu einer schönen, wie gewickelten Frisur hochgesteckt und wird durch eine Silberspange festgehalten. Der Rand ihrer Teetasse trägt den korallenroten Abdruck ihres Lippenstifts. Berthe hat weder ihre aristokratische Erscheinung noch ihren Stil geerbt. Diese gleichsam bewertende Attitüde, die Ada einnimmt, wenn sie mit den banalen Gegenständen des Alltags umgeht und sie wie eine Königin fortlegt, zerstreut, mit ewig aufkeimender Verachtung.

Berthe kann nicht am Tisch sitzen, ohne zu kleckern, und immer sitzt sie gebeugt da, mit nach innen gedrehten Füßen, als versuchte das Kind in ihr, den erwachsenen Körper möglichst unauffällig zu halten. Sie hat noch immer ihre junge, wohlgeformte Gestalt, muss aber bald aufs Gewicht achten. Das müssen sie beide. Unter der Haut der beiden Frauen liegt eine Matrone von Vendsyssel auf der Lauer. In der Beziehung hat es Ingrid besser getroffen, weil sie Norman Dreyers schnellen Stoffwechsel und schlaksige, fast knochige Figur geerbt hat. Das dreizehnjährige Mädchen an der Esplanade ist nur die kleinere, glattere und wehrlosere Ausgabe der Vierzigjährigen, die hier ihren Platz unter der Eiche einnahm, um die dazwischenliegende Zeit Revue passieren zu lassen.

Es war Per, der Ingrid nach Helsingør brachte. Alles war hinter ihrem Rücken arrangiert worden, und sie hätte ihn leicht als Komplizen der anderen verdächtigen können. Aber dass er auf ihrer Seite stand, davon war sie fest überzeugt. Und zwar schon lange bevor ihr klar wurde, dass eine Familie in Fraktionen aufgeteilt sein konnte. Es lag an seinem Blick. Sie wusste nicht, was er dachte, aber jedes Mal, wenn er sie ansah, fühlte sie sich geborgen durch eine schlichte und liebevolle Anerkennung. Genau diese Worte fallen ihr unwillkürlich ein, wenn er sie so lange nach seinem Tod ansieht. Wenn sie nicht hin und wieder in Gedanken seinen Blick heraufbeschwören könnte, würde sie letztendlich daran zweifeln, dass sie ein Mensch war. Aber so dachte sie an jenem Sonnabendmorgen natürlich nicht, als sie auf der Autobahn nach Helsingør hinauffuhren und es regnete, dass der Asphalt schäumte.

Ihr einziges Gepäckstück war die Puma-Tasche, die sie schon dabeihatte, als sie einige Wochen zuvor aus Holbæk ankam. Sie war schwerer geworden, zum Bersten gefüllt mit den Büchern, die Per ihr geschenkt hatte, und den Sachen, mit denen er ihre sparsame Garderobe ergänzt hatte. Er fragte, ob sie möglichst schnell da sein wolle, oder ob sie einen kleinen Abstecher an Louisiana vorbei machen könnten. Sie hatte schon Fotos von dem Museum am Öresund gesehen, war aber nie dort gewesen, und später sah sie in diesem Besuch ihr erstes bewusstes Architekturerlebnis.

Zum ersten Mal machte sie sich Gedanken darüber, wie ein Haus zusammengesetzt war und wie man es in die Umgebung eingepasst hatte.

Er fing mit den frühen dänischen Modernen an, die in der alten Villa mit der Südstaatenveranda hingen, und erzählte von Giersings und Edvard Weies Wurzeln in der französischen Malerei, aber sie hörte nur mit halbem Ohr zu. Auch als sie zu den hitzig gestikulierenden Cobra-Malern kamen, war sie nicht besonders aufmerksam. Heute würde sich Ingrid jedenfalls darüber wundern, wieso das kindlich Primitive wahrer und echter sein soll als das Durchdachte und hoch Entwickelte. Das konnte auch Per nicht ernsthaft gemeint haben, er, der die deutsche Romantik und den französischen Symbolismus mit der Muttermilch eingesogen hatte und der nichts auf der Welt ohne Klasse und wohlüberlegte Würde tun konnte.

Das ist nur eines der vielen Dinge, die die erwachsene Ingrid ihn gern gefragt hätte, aber im Augenblick ist sie mehr an ihrer frühen Faszination für die Pavillonbauten von Bo und Wohlert interessiert. Ein Spaziergang in Glas, Holz und Ziegel, der sich durch die Bäume zieht und auf die Böschung und das Wasser zuläuft. Es war nicht nur ein Gebäude, durch das sie sich bewegte, es war, als bewegte sich das Gebäude selber im Takt mit ihren Schritten, sodass sie manchmal fast glaubte, dass die Wand- und Glasflächen den Bewegungen ihres Blicks gehorchten und nicht umgekehrt. Sie hatte nicht gewusst, dass ein Haus so sein konnte. Sie hatte nie darüber nachgedacht, was ein Haus überhaupt war.

Sie setzten sich in die Cafeteria mit der Aussicht auf den Sund. Die Regenwolken hingen tief über der schwedischen Küste drüben, und das Gras glitzerte im Sonnenlicht, das durch die tropfenden Parkbäume drang. Ingrid sieht ihn deutlich vor sich, seine Tweedjacke und den olivgrünen

Strickschlips. Er interpretiert Andy Warhols Marilyn-Monroe-Serie und sieht nicht ein, wie die mechanisch wiederholten Seidendrucke in Neonfarben den Untergang der ganzen alten Bildung ankündigen, die er repräsentiert. Heute kann sie sich darüber nur wundern. Aber Per ist begeistert, ihm kann es nicht radikal und grimassierend genug sein. Ihr junges Ich kann da nicht folgen, und Ingrid hat vergessen, woran sie denkt, während Per von der Pop-Art redet. An die Zukunft vermutlich. Die unmittelbar bevorstehende und die fernere.

Diese Ungewissheit. Glücklicherweise ist sie zu jung, um sich den Tag vorzustellen, an dem kein Per mehr neben ihr sitzt, mit seinem liebevollen, traurigen Blick und seinen frisch gebügelten Taschentüchern, falls Bedarf besteht. Glücklicherweise wissen sie beide nicht, dass dieser Tag bald kommt. In Ingrids Rückblick auf Per in der Cafeteria von Louisiana ist der Ton leise gedreht. In aller Ruhe kann sie sein lebendiges schmales Gesicht mit den vorstehenden Wangenknochen und den Lachfältchen um die dunklen Augen betrachten. Wie konnte er nur so verzweifelt sein? Steckte es in ihm, oder was war geschehen? Sie weiß es nicht. Sie weiß nicht, wie Pers und Adas Verhältnis in Wirklichkeit war. Man weiß so wenig von denen, die erwachsen sind, eh man es selbst wird.

Sie erinnert sich an einen anderen Wochenendmorgen mit den beiden. Sie weiß nicht mehr, ob es vor oder nach der Fahrt mit Per nach Helsingør war. Er und Ada sitzen im Erkerzimmer am Flügel und merken nicht, dass sie hinter ihnen in der Tür steht. Per ist im Schlafanzug, Ada in ihrem champagnerfarbenen Seidenkimono. Er spielt, sie folgt den Noten. Immer wieder spielt er dieselbe Einleitung, fanfarenähnliche Figuren gefolgt von gedämpften Kaskaden kurzer, rasch rollender Töne. Seine Finger können nur schwer mithalten, und Ada legt ihm den Arm um die schmalen Schultern. »Neunzehnter Takt«, sagt sie, »*legato*.« Er sieht sie verständnislos an. »Ich spiel doch auch *legato*.« Er sieht süß aus mit seinen strubbeligen Morgenhaaren, und Ada findet das bestimmt auch, denn sie lächelt und klopft ihm auf die Schulter. »Sehr wohl, Monsieur, aber wenn Beethoven *legato* schreibt, bedeutet das, dass die vorausgehenden Takte *nicht-legato* gespielt werden sollen. Ich möchte gern den Unterschied hören.« Per versucht es wieder, und Ingrid zieht behutsam die Tür zu.

Als sie und Per zum Haus am »Lappen« gefunden hatten, stand ein rotierender Zementmischer vor der Tür. Sie muss gedacht haben, das kann alles nicht wahr sein, als Norman Dreyer sie ins Parterre führte, wo ein Maurer damit beschäftigt war, im Bad den Boden zu gießen. Norman Dreyer war selbst in Maurerkleidung, und seine Brillengläser hatten graue Sprenkel. Er strengte sich an, einen heiteren Ton anzuschlagen, aber das tat er sicher auch Per zu Ehren, dachte Ingrid. Es hatte Familienessen gegeben, nicht viele, aber auch nicht wenige, wo es an Per und Ada war, das Gesicht in die passenden Falten zu legen. Per war der ausgesuchte Diplomat gewesen, während Ada schlicht mit ihrem Lippenstift lächelte.

Per stellte höfliche Fragen zum Umbau, als ob er sich wirklich für die Vor- und Nachteile gelaugter Holzböden interessierte. Ingrid vermied es, einem von beiden in die Augen zu sehen. Norman Dreyer ging auf der Treppe zum Obergeschoss voran, das der einzige fertige Teil des Hauses war. Er beobachtete sie, als sie die Tür zu dem Zimmer öffnete, das für sie bestimmt war. Ihre Möbel und Sachen, jedes noch so schwachsinnige Teil stand an seinem Platz. Alles hing an ihrer Pinnwand, wie sie es zurückgelassen hatte, sogar ihre Eintrittskarte zu dem Konzert mit Burnin' Red Ivanhoe im Festhaus Vig vor ein paar Monaten.

Per bleibe doch zum Mittag? Sie waren wieder im Parterre, das nur aus Zementsäcken, Staub und leeren Colaflaschen mit Zigarettenkippen bestand. Per schien eher Lust zu haben, Richtung Kopenhagen abzudampfen, aber Ingrid fixierte ihn und nickte, ohne dass Norman Dreyer es bemerkte. Es hatte aufgehört zu regnen, und sie setzten sich in den kleinen Garten. Norman Dreyer hatte sich Mühe gegeben, er hatte ein rot kariertes Tuch aufgelegt und drei verschiedene Sorten Hering besorgt. Per sagte, es sehe ganz danach aus, als ob es hier einmal richtig gemütlich würde. »Meinst du?« Norman Dreyer erschien einen Augenblick lang sehr verletzlich. Per bat um eine Flasche Ramlösa, als der vereiste Aquavit und die beschlagenen Biere auf den Tisch kamen. »Kannst du nicht einfach eine Pille gegen Seekrankheit einwerfen?«, fragte Norman Dreyer mit seinem spitzen, ironischen Lächeln. Per lachte verlegen und schaute dabei auf den Boden. Ingrid verstand nichts.

Und wie finde sie ihr neues Zuhause? Norman Dreyer sah sie an. Per drehte sich zur Gilleleje-Bahn um, die eben an den hinteren Gärten vorbeizuckelte, sodass die Fahrgäste auf die Liegestühle und Radieschenbeete der Anwohner gucken konnten. »Ich wüsste gern, wie ich in die Schule komme«, sagte Ingrid. Dafür hätten sie noch die ganzen Sommerferien, um das herauszufinden, sagte Norman Dreyer und wandte sich wieder an Per. Ob er den neuen Rifbjerg gelesen habe? Per zuckte bedauernd mit den Schultern. »Ich hab's gesehen, du warst ja völlig hingerissen. Tut mir leid, aber ich kann den nicht lesen. Ich finde ihn zu ... wie soll ich sagen ...? Seicht?« Norman Dreyer betrachtete ihn listig durch seine Brille, die ihm auf die Nasenspitze gerutscht war, sodass er den Kopf zurücklegen musste. »Liegt es nicht einfach an dir? Vielleicht sollte dir ein bisschen der Stuck abgeschlagen werden, hmm?« Wieder lächelte Per gutmütig und schlug die Augen nieder, als wenn er nichts dagegen hätte, dass man sich auf seine Kosten amüsierte.

Es gelang den beiden Männern, das Mittagsbrot zu Ende zu bringen, ohne zu irgendeinem Zeitpunkt Berthe oder die Scheidung zu erwähnen. Nur ganz am Schluss, als er gehen wollte, machte Per eine Art Anspielung. »Ihr beide müsst jetzt gut aufeinander aufpassen«, sagte er zu Norman Dreyer, bevor Ingrid ihn zu seinem Auto begleitete. Per hob die Hand und strich ihr sanft über die Wange. »Du weißt, wo du uns findest«, sagte er und setzte sich hinter das Steuerrad. Sie drehte sich um und ging auf dem fremden Bürgersteig auf das fremde Haus zu. Sie saß lange an ihrem Tisch vorm Fenster und schaute zu dem kleinen grauen Schloss hinüber. Der Maurer war längst nach Hause gegangen, aber Norman Dreyer rumorte unten noch weiter. Einerseits war sie dankbar, dass er nicht zu ihr hochkam, andererseits wurde es dadurch schwerer, hinunterzugehen und diejenige zu sein, die die neue Situation anpackte. Sie beide allein in einer Stadt, in der sie nie zuvor gewesen war.

Wie gerne hätte Ingrid die knapp dreizehnjährige Version von sich selbst angehalten, ehe sie in ihr Zimmer hinaufging, um verloren auf das Schloss Marienlyst hinüberzuschauen. Wie gern hätte sie sie mitten auf dem »Lappen« in die Arme genommen und ihr gesagt, es werde schon alles gehen. Sie ist sich nur nicht sicher, dass das schlaksige Mädchen damit einverstanden gewesen wäre, sich von einer Frau umarmen zu lassen, die sie selbst eines Tages werden würde. Ingrid hat Angst, dass sie überhaupt nicht mehr damit einverstanden sein wird, sich von jemandem umarmen zu lassen. Dass es bereits zu spät ist. Der erwachsenen Frau tut es weh, dass das große Mädchen keinerlei Mitgefühl mit sich selbst hat. Das ist der Unterschied, denkt sie, zwischen der rohen Jugend und den marinierten Jahren ab vierzig.

Als sie Berthe von Adas Küche aus anrief und sie vergeblich bat zu kommen, da brach etwas entzwei. Sie weiß nur nicht, was da mit ihrem Vertrauen, dass die Welt ein freundlicher Ort ist, geschah. Als Dreizehnjährige kann sie es nicht sehen, nur durchleben mit einer Konsequenz, die für die Vierzigjährige qualvoll ist. Das Schlimmste an ihrer Einsamkeit ist dieser Mangel an Bewusstsein, wie ein Hund, der sein ganzes Hundeleben mit einem gebrochenen Bein weiterhinkt, das nie wieder richtig zusammenwächst.

Ein Kind, denkt Ingrid, das selber nicht weiß, dass es nicht genug geliebt wird, hat etwas Aussätziges. Und sie war nicht einmal am schlimmsten dran. So bewusstlos war Berthe in einem halb leeren Zug am Sonntagabend ins Internat zurückgekehrt, wenn sie ausnahmsweise einmal das Wochenende bei Ada und Per verbracht hatte. Bewusstlos hatte sie ihre Sachen ordentlich zusammengelegt und über einem langen Waschbecken mit einer Reihe Wasserhähne ihre Zähne geputzt, bevor sie gehorsam in ihr Etagenbett geklettert war. Vielleicht konnte sie sich an einer anderen Mädchenstimme im Dunkel erwärmen, mehr aber auch nicht, und was hätten zwei derart untergebrachte, übrig gebliebene kleine Wesen schon miteinander anfangen sollen?

Ingrid dachte an Berthe, als sie sich mit schmerzendem Po, vom langen Sitzen auf den harten Wurzeln, von ihrem Aussichtsplatz an der Förde von Holbæk erhob. Sie dachte an Berthe und an Ingrid, während sie über den frisch gemähten Rasen auf das Haus ihrer Kindheit zuging, das bis zur Unkenntlichkeit renoviert worden war. Als sie darum herumgegangen war und zu ihrem Auto wollte, erschien die schwangere Frau in der Tür. Ingrid winkte ihr zu, die Frau winkte zurück. Sie war bei sich zu Hause. Ingrid hatte hier nichts mehr zu suchen, sie hatte selbst ein Zuhause bekommen, irgendwo auf der Welt.

Kurz darauf war sie auf der Autobahn und fuhr in die Stadt. Sie sah die Bianco-Luno-Allee vor sich, die Aufenthaltsräume, das Schlafzimmer und Jonas' Zimmer. Die Küche mit der verchromten Espressomaschine, die sie Anders zum Vierzigsten geschenkt hatte. Das von ihr selbst entworfene Badezimmer mit grauen Marmorfliesen und dem in eine Nische eingelassenen Waschbecken, um den spärlichen Platz optimal zu nutzen. Alles war, wie sie es ein paar Wochen zuvor hinterlassen hatten. Alles war, wie sie es gemeinsam beschlossen hatten.

Sobald sie nach Hause käme, würde sie Anders in Tversted anrufen, damit er wusste, dass sie gut angekommen war. Jonas würde ans Telefon kommen, und sie würde seinem heruntergerasselten, gestolperten Bericht zuhören über jede noch so kleine Sache, die er und sein Freund erlebt hatten, und dann würde Anders wieder ans Telefon kommen. Sie würden nichts Besonderes sagen, einfach nur ausruhen in ihrem murmelnden Austausch von Kleinigkeiten und Banalitäten. Das Geräusch voneinander, wenn man jemandem sehr nahesteht. Sie würde sich Nudeln kochen und vor dem Fernseher essen und dann ins Bett gehen, todmüde nach der langen Fahrt. Den Fremden, mit dem sie auf der Fähre gesprochen hatte, vergaß sie an jenem Abend völlig.

Die Sonne ist hinter den Häusern im Westen verschwunden, als sie durch die Sølvgade in Richtung der Seen fährt. Sie passiert das Reichskrankenhaus, biegt rechts ab und fährt am Fælledpark entlang. Unter den Bäumen ist es schon halbdunkel, und der Berufsverkehr hat abgenommen. Als sie den Vibenhus Runddel überquert, sieht sie aus den Augenwinkeln die blauvioletten Neonfrösche der alten Fabrik von *Galle & Jessen*. Die naive Lichtreklame blinkt jeden Abend, solange sie denken kann. Norman Dreyer und Berthe und Ada und Per haben gesehen, wie die Frösche nacheinander an- und ausgingen und es aussah, als hopste nur ein einziger Frosch um den Schornstein mit der Uhr.

Es ist knapp zehn vor, es wird Zeit. Bei Georg und Rebecca pflegt man um sieben zu essen. Sie weiß immer noch nicht, wie sie erklären soll, dass Jonas nicht mitkommt. Sie muss sagen, er habe einen Dänisch-Aufsatz auf. Als ob Jonas jemals einen Freitagabend dazu benutzt hätte, einen Aufsatz zu schreiben. Sie muss ihren Bruder anlügen. Ihr geht auf, fast wie eine Überraschung, dass sie sich darauf freut, ihn und Rebecca zu sehen.

Sie fährt ein Stück auf dem Lyngbyvej und nimmt dann die Ausfahrt Bernstorffvej. Jetzt ist sie dort, wo die Reichen wohnen. Ingrid selber könnte sich nicht vorstellen, in einem dieser Missgeburtsbungalows mit den bleigefassten Fenstern zu wohnen. Über dem Viertel zwischen Ryparken und dem Rathaus Gentofte liegt zu viel Freimaurerei und

Zigarrenmief, und obwohl die Villen um Femvejen herum charmanter werden, hat das alles etwas Muffiges, Valiumhaftes. Sie hat immer das Gefühl, ein Reservat zu betreten, wo vom Pferdeschwanz und dem getrimmten Hintern bis zum Logo auf dem schwarzen Audi alles sitzt, wie es sein muss. Das Angstniveau muss ebenso hoch sein, wie der Konformismus lähmend ist, aber vielleicht ist es nur ihre eigene Unpässlichkeit, die sie auf dieses gepflegte Milieu überträgt.

Sie muss daran denken, wie anders sie sich in der ersten Zeit fühlte, wenn sie durch das Tor von Zahles Gymnasium ging. Die Mädchen führten sich auf wie die Lipizzaner von der Spanischen Hofreitschule, und die Jungs ähnelten Senatorensöhnen aus Massachusetts, während sie schlicht die Ingrid aus Helsingør oder Holbæk oder vom Südhafen war. Mit der Altkopenhagener Oberklasse war sie durch Per vertraut gewesen, aber noch heute kann die triumphierende Stimmung aus neuem Geld sie vor Schreck erstarren lassen.

An Georg ist nichts Triumphierendes. Er muss der Arzt sein, von dem alle Patienten träumen, einfühlsam, geduldig und imstande, sich anders auszudrücken als mit fachidiotischer Kurzatmigkeit. Manchmal fragt sich Ingrid, ob sein beinahe demütiges Feingefühl mit seinem Fachgebiet zusammenhängt. Er ist Magen-Darm-Chirurg, er kümmert sich um das Kloakensystem, und sie findet, das erfordert ein gewisses Maß an Humanismus. Wenn man mit Georg zusammen ist, glaubt man nicht, dass einem etwas Böses widerfahren könnte. Vermutlich hat er gar nicht die Fähigkeit, andere zu verletzen, und verzeichnet die Gemeinheiten der Welt mit betrübter Verwunderung.

Man sieht es nicht, und seine Tennisfreunde können es auch nicht an seinem Aufschlag merken, aber der gewissenhafte, ewig glatt rasierte, aufgeweckte und gut gelaunte Georg hat die fünfundfünfzig überschritten. Er und Rebecca sind seit achtzehn Jahren verheiratet, und er scheint sie nur noch mehr zu lieben, je birnenförmiger sie wird, seine jüdische Prinzessin. Mit der Zeit hat sich in ihrem rabenschwarzen Haar ein weißes, welliges Band verbreitert, so ähnelt sie allmählich Indira Gandhi. Nachdem die Kinder einigermaßen groß geworden waren, hat ihre Karriere wieder Schwung aufgenommen, sie ist Teilhaberin in einer Frauenklinik, und die Patientinnen kommen zuhauf. Noam und Alice sind zwölf beziehungsweise zehn, und sie vergöttern ihren coolen Vetter aus der Sølvgade. Rebecca pflegt sogar zu scherzen, Alice sei ein wenig in Jonas verliebt. Wie enttäuscht sie sein werden, dass Ingrid allein kommt und sie ihn nicht zu Skateboardmarken und *Gangsta Rap* interviewen können. Welch ein Unterschied zwischen Ingrids Leben und dem, das Georg und Rebecca sich aufgebaut haben. Wie glücklich sie doch sein müssen.

Als sie die Kreuzung Femvejen erreicht und um den Obelisken herumfährt, zeigt die Digitaluhr unter dem Tacho neunzehn null null. Sie nimmt die Jægersborg Allee am Bernstorffpark entlang. Die Abendsonne scheint schräg und so luxuriös durch die alten Bäume, dass es letztendlich doch noch wie eine Ankündigung des Frühlings aussieht. Sie biegt nach rechts ab und wird langsamer. Einige Jungen fahren auf ihren Mountainbikes, sie erkennt Noams romantische Locken und helle, sommersprossige Wangen. Er sitzt auf dem Gepäckträger, während er auf die Pedale tritt. Er kann gerade noch den Lenker erreichen und hat sich überhaupt sehr angestrengt, die mühseligste Art und Weise zu finden, ein Rad zu fahren. Bevor die Jungen sie gesehen haben, fährt sie an den Straßenrand und hält. Sie hat den Eindruck, dass ihr alter Mazda hier wie ein fremder Gegenstand registriert wird. Hinter den zurückgezogenen Patriziervillen steht kein vergleichbares Gefährt, aber sie wird auch nur hier draußen auf ihr eigenes Auto aufmerksam.

Im Alltag schenkt sie der Karre, in der sie herumfährt, keinen Gedanken.

Noam winkt und kommt zu ihr. Er umarmt sie, als sie aussteigt. Jonas und ihn trennen nur zwei Jahre, aber sie muss lange zurückgehen, um sich zu erinnern, wann ihr Sohn sie das letzte Mal so herzlich begrüßt hat. Es geht ihr mit unerwarteter Härte auf. Während sie den Gartenweg entlanggehen, leiert sie ihre Lüge von Jonas und dem Aufsatz für Montag herunter. Die Haustür ist schon aufgegangen, Alice winkt. Ihr schönes, dunkles Haar wird von einem Band zusammengehalten. Die Haare sind für die kleine schmächtige Gestalt fast zu lang, aber Rebecca bringt es nicht übers Herz, sie abzuschneiden. Ingrid winkt auch und lächelt den ganzen Weg bis zur Treppe, wo eine indische Lampe aus Blech steht, in der ein Teelicht brennt.

Das Haus ist ein putziger alter Kasten in norditalienischem Stil mit breiter Traufe, Fensterläden und grünen Dachziegeln. Es könnte in Bergamo oder Slowenien stehen, steht aber nun wie durch ein Versehen hier in Charlottenlund, und Ingrid hat Georg und Rebecca dabei geholfen, sein altes Äußeres wiederherzustellen. Als sie die Treppe hinaufgeht, wirft Alice sich ihr in die Arme, sodass sie eine Sekunde lang aus dem Gleichgewicht kommt. Sie drückt das Mädchen an sich und atmet den Duft frisch gewaschenen Haars ein.

Aus der Halle mit der Treppe aus geschnitztem Holz kommt man nach dem Umbau nun direkt in die große Wohnküche, von der aus eine Tür in den Garten führt. Rebecca lächelt. Sie hat eine breit gestreifte Schürze umgebunden und legt letzte Hand an ein Gericht, das in den Ofen soll und mit Parmesanflocken belegt ist. Als sie die Ofentür zugeklappt und die Uhr eingestellt hat, geht sie auf Ingrid zu und umarmt sie. »Wir sind ein bisschen spät dran, Georg hat seit einer halben Stunde seinen Assistenzarzt am

Hörer.« Ingrid schaut in das angrenzende Arbeitszimmer, wo ihr Bruder ein wenig gebeugt am Telefon sitzt und konzentriert zuhört. Er ist erst seit zwei, drei Jahren Oberarzt, aber man hat den Eindruck, er habe nie etwas anderes gemacht. Wer liegt wohl heute Abend in der Magen-Darm-Abteilung und profitiert davon, dass sich der wachhabende Mediziner immer an Georg wenden kann?

Die beiden Frauen setzen sich auf Barhocker an der Kochinsel, Rebecca reicht ihr ein Glas Wein. Alice und Noam liegen auf dem Teppichboden im Wohnzimmer vor dem Fernseher. »Deine Mutter kommt auch«, sagt Rebecca. Ingrid wusste es, sie hatte es nur vergessen. »Dann werden wir also über Paul Auster reden«, antwortet sie und nippt am Barolo. Berthe ist gerade in New York gewesen, um ein großes Interview für die Zeitung zu machen. »Du machst sie schlimmer, als sie ist«, sagt Rebecca, ihr Lächeln wirkt beinahe wie eine Ermahnung.

Das tut Ingrid bestimmt, aber ihre Geduld hatte nie die Zeit, um sich wieder aufzuladen, nachdem sie vor einigen Jahren aufgebraucht wurde. Berthe scheint es nicht einmal zu stören, dass Ingrid nicht zuhört, wenn sie, Berthe, von sich selber spricht. Ingrid kommentiert auch nie Berthes Interviews mit berühmten Schriftstellern, obwohl sie jedes Mal eine Kopie zugeschickt bekommt, dabei ein langer Brief darüber, was Berthe zurzeit so treibt, was sie denkt und besonders was sie fühlt. Berthe steckt immer in einer rasenden Entwicklung. Gerade jetzt geschehe einfach wahnsinnig viel mit ihr, sie spüre, dass sie sich mitten in einer Umwälzungsphase befinde. So geht das seit Jahren.

Anscheinend findet sie es in Ordnung, dass Ingrid nicht reagiert, Hauptsache, sie darf weiter Reden halten und ihre wortreichen Episteln verschicken. Vielleicht ist sie von sich selber so eingenommen, dass sie die Zerstreutheit und den hinuntergeschluckten Ärger ihrer Tochter gar nicht bemerkt. Für Ingrid ist es eine große Entlastung gewesen, dass ihre Schwägerin so großmütig ist. Anders konnte stumm und kalt wie ein Tiefseefisch werden, wenn Berthe an ihrem Tisch saß und monologisierte. Vielleicht steckt ein tieferer Sinn darin, dass sie bei Georg und Rebecca Verständnis fand, obwohl sie noch gar nicht so lange zur Familie gehören. Obwohl oder weil?

Georg betritt die Küche. Von einer Sekunde auf die andere ist er nicht mehr der Oberarzt, der zu Hause am Telefon sitzt und einem Assistenten Tipps gibt. Er ist schlicht Georg, das grau gesprenkelte Haar, die tiefen Furchen an den Nasenflügeln und die zusammengepressten Mundwinkel sind einfach gekommen, während er mit etwas anderem beschäftigt war als mit seinem Bauchnabel. Ingrid denkt an das Schulfoto, das sie in der letzten Stunde, die sie im Hause ihrer Kindheit verbrachte, anstarrte. Es sind dieselben Augen, dasselbe Gesicht, er ist nur ein wenig »deutlicher« geworden. Keiner von ihnen war damals deutlich, und zwar nicht nur, weil sie sich schlecht erinnern. Man sieht es an den Bildern. Sie waren so jung, dass sie noch nicht sichtbar geworden waren. Sie waren nichts anderes als sanfte Haut und große Augen, reine Empfänglichkeit.

Er umarmt sie und schwankt ein wenig mit ihr hin und her. Er ist für sie die ganze Familie, die sie gebraucht, die ganze Familie, die sie bekommen hat. Er fragt nach Jonas, und sie wiederholt ihre Lüge. Er sieht sie an mit seinen blauen Augen, sie fühlt sich durchschaut. »Das glaubst du doch selber nicht, dass er heute Abend seinen Aufsatz schreibt!« Ingrid zuckt mit den Schultern. »Er muss.« Georg lächelt. »Weil seine Mutter es sagt?« Er nimmt das Glas, das Rebecca ihm hinhält, und lässt sich von ihr den Nacken kraulen. »Und, wie ging's in Stockholm?«, fragt er. »Kommt das Projekt durch?« Ingrid zieht die Schultern bis zu den Ohren hoch und breitet die Arme aus, sie findet sich selbst ein bisschen affig. Sie fühlt sich, als läge sie auf dem Grund eines Schachtes und sähe zu ihren lieben Gesichtern hinauf. Georg hebt sein Glas. »Dann lasst uns also auf *Svensk Energi* anstoßen!« Er erinnert sich sogar an den Namen des Bauherrn. Obwohl er doch tausend Dinge im Kopf haben und ständig Platz für neue machen muss, weiß er noch, dass sie in Stockholm war und mit wem sie ihren Geschäftstermin hatte.

Sie stoßen an, zum Spaß sehr feierlich, aber Rebecca hat kaum das Glas an die Lippen geführt, als die Uhr am Herd klingelt. Was da in den Ofen sollte, soll möglichst schnell wieder heraus. Am Rand von Ingrids Blickfeld gleitet lautlos ein Schatten durch die Küche. Sie wendet sich um und bemerkt eine kleine junge Frau mit dunkler Haut und schwarzen Haaren. Ihre Gesichtszüge sind flach, wirken fast indianisch, und ihre Bewegungen haben etwas Schamhaftes, als sie sich anschickt, die Spülmaschine auszuräumen und Gläser und Teller in einen großen Vitrinenschrank mit dekorativ abgeblättertem Lack zu stellen. Sie trägt verwaschene Jeans wie Rebecca, aber was für ein Unterschied zwischen diesen beiden Frauen liegt, denkt Ingrid. Klein und groß, lautlos und gestikulierend, verschämt introvertiert und gebieterisch resolut.

Georg hat Ingrids Überraschung bemerkt und dreht sich halb zu der Indianerin um. »*Consuela, come and say hello to my sister*«, sagt er in seinem humpelnden Englisch mit Valby-Akzent. Das Mädchen trocknet sich die Hände an einem Geschirrtuch ab, bevor sie kommt, und als sie Ingrid lächelnd die Hand gibt, wird die Schüchternheit von Liebreiz überstrahlt. Obwohl Ingrid sitzt, sind sie auf Augenhöhe. Sie fragt Consuela, woher sie komme. Von den Philippinen, erklärt Consuela befangen mit ihrer hellen Stimme und will schon zu ihrer Arbeit zurückkehren, als Rebecca von der andern Seite der Kücheninsel ergänzt: »Consuela ist unser

Au-pair.« Das Mädchen erkennt das Wort und lächelt wieder, ehe es mit einem kleinen Nicken zu dem glänzenden Porzellan der Spülmaschine zurückkehrt. »Wir wüssten nicht, was wir ohne sie täten«, sagt Georg. »*Du* wüsstest es nicht«, sagt Rebecca lachend und verteilt die einzelnen Portionen. »Das ist nicht mal eine Lüge«, sagt Georg und lacht über sich selbst. »Vor allem, nachdem meine Gattin eine Karrierefrau geworden ist ... *wieder* geworden ist«, beeilt er sich als Antwort auf Rebeccas übertrieben hochgezogene Augenbrauen hinzuzufügen.

Es klingelt an der Tür, Noam und Alice sind schon hinausgelaufen, um zu öffnen, und man hört Berthes Stimme, darauf ein Scheppern und klirrendes Glas. Als sie in der Küchentür erscheint, ist sie ganz weiß im Gesicht. Alice hält ihre schmale Mädchenhand an den Mund, während Noam schon losläuft, um einen Handfeger und ein Kehrblech zu holen. »Das tut mir furchtbar leid, ich habe diese Lampe überhaupt nicht gesehen. Ich bin den ganzen Weg vom Bahnhof gegangen«, fügt sie noch hinzu, als ob das etwas erklärte. Georg küsst sie auf die Wange. »Na, du bist mir vielleicht eine Rabaukin!« Berthe sieht aus, als wollte sie gleich anfangen zu weinen. Rebecca umarmt sie und nimmt ihre Hand. »Na, wenn's weiter nichts ist! Schön, dass du da bist, wir wollten gerade essen.«

Berthe umarmt Ingrid eilig. Wenn sie sich bei Georg treffen, ist es, auch nach all den Jahren, für sie immer ein wenig wie ein Auswärtsspiel. Sie trägt einen knöchellangen Rock und eine adrette uniformartige Jacke, beides aus der gleichen schweren Wolle genäht, als käme sie gerade von einer Alpenwanderung mit Nietzsche oder Denys Finch Hatton. Berthe kleidet sich mehr und mehr so, wie Ada es getan hätte, wenn sie nicht an ihren Rollstuhl an der Esplanade gefesselt wäre. Ingrid lächelt sie an, und Berthe presst die Lippen ein wenig zusammen, als wollte sie zeigen, dass nur ihre vornehme Zurückhaltung sie daran hindert, ihrer Wiedersehensfreude freien Lauf zu lassen.

Sie gruppieren sich um das eine Ende des langen Tischs. Consuela steht im Hintergrund, bis Rebecca sich an sie wendet. Das Au-pair-Mädchen hat die Spülmaschine geleert und mit Rebeccas gastronomischen Gerätschaften aufgefüllt. Das gedämpfte und umweltgerechte Schnurren der Maschine wird das Gespräch während der bevorstehenden Mahlzeit begleiten. »*Consuela, you can take the rest of the evening off once you've done the laundry*«, sagt Rebecca. Ingrid wendet sich an Georg. »Wo wohnt sie denn?« Er wartet, bis Consuela aus der Tür ist, als verstünde sie schließlich doch alles. »Im Keller. Ja, Ingrid, ich weiß schon, was du sagen willst, aber guck dir erst mal ihr Zimmer an! Sie hat Bad und Toilette für sich, das ist mehr, als ich habe. Als die Handwerker fertig waren, hatte ich selber Lust, da runterzuziehen.«

In einem achtarmigen Leuchter brennen die Kerzen, und daneben liegt ein Brot unter einem Samttuch, das mit hebräischen Buchstaben bestickt ist. Rebecca nickt Noam zu. Er hat sich eine kleine gehäkelte Kippa aufgesetzt und leiert mit seiner hellen, sich überstürzenden Stimme ein kurzes Gebet. Nur Alice und Rebecca verstehen, was er sagt. Georg steht außen vor, er hat auch keine Kippa auf. Sie waren sich von Anfang an einig, dass ihre Kinder als Juden aufwachsen, er hat weder daran teilgenommen noch sich widersetzt, sondern Rebeccas Religion als Teil ihres Liebespaktes einbezogen. Sie gibt sich auch nicht besonders gläubig, im Gegenteil wirkt dieses ganze jüdische Ding wie etwas, in das sie sich je nach Laune einklinkt und woraus sie sich auch wieder ausklinkt, andererseits ist Ingrid auch niemals auf ein Schweinskotelett in ihrer Küche gestoßen.

Wenn Georg und Ingrid allein sind, prahlt er damit, wie er über diesen ganzen »Stammesbohei« gesiegt habe, als

Rebecca damals Ja sagte. Sie war lustig, sagt er und meint sonderbar. Sonst war sie ja ein emanzipiertes Mädchen, aber nicht in diesem Punkt. Als sie sich gerade kennengelernt hatten, fuhren sie am Wochenende manchmal in die nördlichen Gefilde, aber wenn sie nach Hornbæk kamen, hatte sie einen Riesenbammel, dass die Juden sie beide zusammen sehen könnten. Georg hatte gar nicht gewusst, dass Hornbæk das favorisierte Reservat der Gemeinde war. Einmal versteckte sie sich sogar unter seinem Mantel auf der Rückbank. Er lacht, wenn er die Geschichte erzählt, während Ingrid denkt, dass er den Stamm nur überwinden konnte, indem er sich ihm anschloss. Mehr als einmal hat sie seinen Unmut darüber miterlebt, dass Rebeccas Geschwister, Eltern und Tanten freien und unbegrenzten Zugang zu ihrem Haus haben und unangemeldet einfallen können, nur um mal eben zu gucken, wie's so geht.

Sie setzen sich an den Tisch, und Rebecca serviert die Vorspeise. Berthe kommt mit einem ihrer übertriebenen, etwas zu lauten Ausbrüche. Sie ist selber eine fähige Köchin und macht eine Tugend daraus, anderer Leute Essen zu loben, sodass sie wirklich die Empfindung haben müssen, allen Erwartungen gerecht zu werden. Kaum haben sie Rebeccas Antipasti-Auswahl auf dem Teller, als Berthe von dem toskanischen Menü erzählt, das sie vor ein paar Tagen ihren Gästen serviert hat. Rebecca lächelt und macht gute Miene, während Berthe detailreich berichtet, wie sie ihre Ribollita zubereitet. Das bedeute ja eigentlich »die Aufgewärmte«, erklärt sie. Als sie die Zutaten aufzählt, weiß Ingrid gar nicht, wo sie hinsehen soll, weil Berthe mit vollem Mund spricht. Nicht einmal dies ihr beizubringen, hat Ada sich die Zeit genommen. Rebecca tut so, als bemerkte sie es nicht, sie hört brav zu, während Berthe ihre Vorspeise hinunterschlingt und sich gleichzeitig über ihre eigene auslässt.

Ingrid geht durch den Kopf, dass Jonas genauso widerwärtig essen würde, wenn er dabei wäre. Dabei hat sie es versucht. »Weiße Bohnen, Olivenöl, eine Zwiebel, eine Mohrrübe, Stangensellerie, Knoblauch natürlich, Wirsing, Thymian, Bouillon und etwas Pancetta«, sagt Berthe ganz außer Atem. »Oder Speck, wenn du nichts anderes kriegst. Aber ohne Schwarte.« Georg sitzt neben Ingrid. Er schenkt Wein in ihr Glas und legt seine breite, warme Hand auf ihre. Als brauchte sie ihm nichts zu erklären.

In den ersten Tagen am »Lappen« wurde das Wetter mit einem Mal warm und sonnig, und sie verbrachte die leeren Vormittage auf einer Liege im Garten. Der Maurer war mit dem Bad noch nicht fertig, und Norman Dreyer ging ihm zur Hand mit einer Schubkarre und einer albernen Maurermütze auf dem hellroten Schädel. Das Unkraut zwischen den Pflastersteinen wuchs so hoch, dass es sie an den Füßen kitzelte, aber ihnen dabei behilflich zu sein, diesen Ort bewohnbar zu machen, zog sie gar nicht erst in Erwägung. Meist lag sie bloß auf der Liege und starrte durch ihre Sonnenbrille in den blöden blauen Himmel. Per hatte sie ihr gekauft, weil sie damit wie Audrey Hepburn aussah; sie hatte sie eines Nachmittags aus Spaß anprobiert, als sie im *Magasin du Nord* Schutz vor dem Regen gesucht hatten. Im Bikini zwischen dem rumpelnden Zementmischer und den Paletten mit verpackten Ziegelsteinen fühlte sie sich etwas fehl am Platz. Wie ein Gast, obwohl er doch ihr Vater war, der Mann mit der Maurermütze und dem mageren, spargelweißen Oberkörper.

Vielleicht wurde er damals zu Norman Dreyer für sie. Ohne Berthe im Haus, ohne Aussicht darauf, dass sie irgendwann mit dem Zug aus der Stadt hier auftauchen würde, war Norman Dreyer nur eine bekannte Gestalt, mit der sie sonst nichts weiter zu schaffen hatte. Jedenfalls blickt sie so auf diese Zeit zurück. Den Übergang zwischen ihrer fernen Kindheit und der dreizehnjährigen Ingrid, an die sie sich erinnert. Hatte sich etwas zwischen ihnen verändert oder entdeckte sie bloß, dass sie sich nie sonderlich nahe gewesen waren? Wenn sie ihn an der Holbæker Förde oder am »Lappen« vor sich sieht, liest er gewöhnlich ein Buch oder beugt sich über seinen Arbeitstisch, im Aschenbecher neben der Schreibmaschine eine angezündete Zigarette. Es war auf jeden Fall Berthe, die Ingrid mit ihrem Humor und ihrer unbeholfenen Häuslichkeit das Gefühl vermittelte, dass man hier von einer Art Alltag, einer Familie, einem Leben zu dritt sprechen konnte. Das merkte sie, wenn Berthe hin und wieder genug hatte und auf ihr Zimmer ging und sich hinlegen musste. Dann, wenn ihre Mutter ihrer Rolle überdrüssig wurde, wurde es zu still und zu weit zwischen den Möbeln.

Genauso still wurde es am »Lappen«, wenn die Mischmaschine schwieg und der Tag zur Neige ging. Ingrid entkam der Stille, indem sie dem Haus entkam, und nach einigen Wochen kannte sie die Stadt in- und auswendig. Sie ging in die Zentralbibliothek, die einem missratenen Einfamilienhaus glich, und kapselte sich zwischen zwei Kopfhörern, die so groß und warm wie Topfhandschuhe waren, von der Welt ab. Sie saß vor einem dieser soliden Plattenspieler, die unter den Fenstern in einer Reihe standen, und schaute auf die Hängebirke, deren Zweige in einen kleinen See hingen, während sie Pink Floyd, Miles Davis oder Chopins Nocturnes mit Barenboim hörte. Sie suchte sich eine sonnenwarme Mauer im Klostergarten hinter der Sankt-Marien-Kirche und meditierte im stickigen Dunst von Malz und Hefe von der Wiibroe-Brauerei. Sie stand unten im Hafen, wo damals immer ein mennigroter Schiffsrumpf auf dem Trockendock lag, bevölkert von blauen Ameisen, die sich über Schweißflammen beugten. Manchmal nahm sie die Fähre nach Hälsingborg, nur um Schloss Kronborg auf dem Wasser immer kleiner werden zu sehen.

Einige Tage, nachdem Ingrid von Per hier heraufgebracht worden war, rief Berthe abends aus Rom an. Ingrid hörte Geklirre und Stimmen und eine zischende Espressomaschine im Hintergrund. Berthe stand in einer Bar, sie war in Ekstase. Sie klang wie ein großes Mädchen, das aus dem Landschulheim anruft. Ingrid könne sich *freuen*, sie besuchen zu kommen, Rom sei eine *unglaubliche* Stadt. Ingrid weiß nicht mehr, wie sie sich selbst anhörte, aber wahrscheinlich war es auch nicht einfach gewesen, ein Wort dazwischenzuschieben.

Berthe war am Tag nach Ingrids Konfirmation in der Sankt-Olai-Kirche abgereist. In der Kirche saß sie wie auf Nadeln. Ada und Norman Dreyer sahen aus, als wären sie eingeladen, einem interessanten anthropologischen Phänomen beizuwohnen. Nur Per schien ein Gefühl dafür zu haben, dass es für Ingrid vielleicht Bedeutung hatte, egal ob es sich nun um Gott oder schlicht sie selbst handelte. Sie kannte keines der Mädchen in weißen Kleidern und weißen hochhackigen Schuhen. Der Dompropst war nett gewesen und hatte sie noch zugelassen, obwohl die Konfirmandengruppe schon mehr als die halbe Vorbereitung hinter sich hatte, und sie fühlte sich alles andere als firm. Sie hatte auch kein Kleid bekommen und musste sich mit einem weißen Jeansrock, einem weißen T-Shirt mit langen Ärmeln, weißen Kniestrümpfen und weißen Espadrilles begnügen. Wusste sie überhaupt, was sie da vor dem Altar machte? Falls ja, hat sie es vergessen.

Als Berthe die Münzen ausgingen und sie ihren Redestrom einstellen musste, hatte Norman Dreyer den Tisch abgeräumt und sich mit einem Buch ins Wohnzimmer gesetzt. Das war Ingrid lieb, obwohl die Stille im Haus angespannter war als sonst. Die Mahlzeiten waren immer eine Prüfung, und zwar nicht nur, weil sie sein begrenztes Kochrepertoire bald überhatte. Nach ein paar Tagen erbot sie sich, das Kochen zu übernehmen, Per hatte ihr beigebracht, wie man einen Coq au vin machte, aber Norman Dreyers überraschte Komplimente wirkten bloß kriecherisch und ließen ihn noch fremder erscheinen. Sie musste daran denken, warum sie hier waren. Warum sie hier allein waren. Sonst konnte sie ganz vergessen, was der Grund für Helsingør und »Lappen«, für Maurermütze und Zementmischer war, aber nicht, wenn sie zu Tisch saßen.

Es war doch nicht normal, so vorsichtig, so rücksichtsvoll prüfend zu sprechen, wenn man Vater und Tochter war, und eines Abends hatte sie genug. »Ich möchte ihn gern kennenlernen«, sagte sie plötzlich und legte das Besteck auf den Teller. Norman Dreyer blickte auf. »Wen?« Er wisse schon, wen. Sie fühlte sich mutig und gefasst. Wenn sie sich schon wegen ihres Bruders scheiden ließen, sei es ja wohl das Mindeste, was sie verlangen könne. Er sah sie an, bevor er ihr in seinem ewig wohlüberlegten Tonfall antwortete. Erstens sei Georg nicht ihr Bruder, sondern ihr Halbbruder, und zweitens sei er nur der Anlass, nicht die Ursache, dass er und ihre Mutter sich scheiden ließen. Ingrid fühlte, wie der Boden unter ihrem Entschluss wankte. Der Anlass?

Plötzlich änderte Norman Dreyer die Taktik, oder war es etwas Ehrliches, Echtes, das sich zu spät in ihm meldete und ihn dazu brachte, aufzustehen, um den Tisch zu gehen und neben ihrem Stuhl in die Hocke gehen, als wäre sie immer noch ein Kind? Er sah sie eindringlich an, seine Stimme klang jetzt anders, sanft und gedämpft. Es sei ja gar nicht sein Sohn, nicht so richtig. Ihre Mutter sei total auf dem Holzweg. Es sei bloß, wie sollte man sagen, eine biologische Formalität. Sie hätten sich ja nie gesehen. »Und was ist mit mir?«, fragte Ingrid. »Ja, aber, Ingrid ...«, sagte er und wollte nach ihrer Hand greifen. Sie zog sie weg. »Mich kennst du ja auch nicht«, sagte sie.

Er fuhr auf und ging mit schnellen Schritten zum Küchentisch. »Diese Geschichte macht mich noch wahnsinnig!« Er schrie beinahe. Sie rührte sich nicht und sah ihn an. »Ist das vielleicht meine Schuld?« Er drehte sich zu ihr um. »Nur weil man einmal als grüner Junge ... Das war doch nicht meine Idee, Herrgott noch mal! Wenn's nach mir gegangen wäre, wär der Bursche nie geboren worden!« Sie stand auf und ging zur Treppe. »Ingrid!«, rief er. Sie war schon fast oben. »Ingrid, komm zurück. Komm auf der Stelle runter!« Sie blieb stehen und drehte sich zu ihm um. »Wenn du mir nicht sagst, wo ich ihn finde, ziehe ich zu Ada und Per.« Sie zitterte am ganzen Körper. Er sah es genau und nagelte sie mit seinem Blick fest. »Das kannst du nicht, du bist minderjährig!« Sie ging weiter die Treppe hoch. »Werden wir ja sehen!«, rief sie, bevor sie die Tür zu ihrem Zimmer hinter sich zuknallte.

Einige Tage später fuhr sie nach Kopenhagen. Sie stieg am S-Bahnhof Nørreport aus und ging die Købmagergade bis zum Runden Turm hinunter, dann bog sie an dem alten Backsteingebäude mit dem Säulengang und den schiefen Mauern rechts ab, hielt vor dem Tor in der Store Kannikestræde an und atmete ein paarmal tief durch. Das Kollegium Regensen wirkt überraschend groß, wenn man eintritt, und in der Mitte des Hofes steht noch heute eine alte Linde. Ingrid setzte sich auf die Bank darunter, weil sie nicht wusste, was sie anfangen sollte, nun da sie so nah am Ziel war. Über dem Dachfirst konnte sie die Spitze des Runden Turms sehen. Sie hatte schon ein Weilchen so dagesessen, als ein Mädchen über den Hof ging und vor ihr stehen blieb. Es fragte, ob sie ihr behilflich sein könne. Ingrid sagte, sie suche einen Georg Dreyer. Das Mädchen blickte in die Baumkrone hinauf und wiederholte den Namen für sich, dann lächelte es und bat Ingrid mitzukommen.

Sie stiegen eine schmale Treppe hinauf und gingen einen

Flur mit lauter Türen entlang. »Woll'n doch mal sehen, ob er zu Hause ist«, sagte das Mädchen und klopfte an eine Tür. Ingrid dachte, sie hätte eigentlich auch selber klopfen können. Es wurde nicht einfacher dadurch, dass ihr jemand den Weg bahnte, das ließ ihr Vorhaben nur noch sonderbarer erscheinen. Dann ging die Tür auf, und Georg sah genauso aus wie auf dem Foto, das Ingrid kannte. Sie weiß noch, wie sie sich wunderte, dass man einem Bild von sich selbst so ähneln konnte. »Du hast Besuch«, sagte das Mädchen und ging den Flur zurück, während Georg den schmächtigen Teenager ansah, der vor seiner Tür stand. »Ich glaube, ich weiß, wer du bist«, sagte er schließlich.

Sie saßen mehrere Stunden auf seinem Zimmer. Das Fenster stand offen, und ihre Berichte glichen verschiedenfarbigen Fäden, die sich aus demselben Hintergrund aus Schritten und Stimmen ineinander verwoben. Sie hatte gar nicht bemerkt, dass es Abend geworden war, als er fragte, ob sie Hunger habe. Sie sah ihm beim Kochen zu. In der kleinen Gemeinschaftsküche hantierten auch einige andere Bewohner mit Töpfen und Pfannen. Sie zogen ihn gutmütig auf. Warum er denn nie verraten habe, dass er eine Schwester hatte? Georgs Antwort klang so, als hätte es nur an seiner Vergesslichkeit gelegen. Er hatte die medizinischen Handbücher vom Schreibtisch geräumt, sie bekam den Bürostuhl. Er zog sich einen Korbstuhl heran und saß darin so niedrig, dass man ihn für den Jüngeren halten konnte.

Die Art seines Lächelns ließ sie vergessen, dass sie sich nie zuvor begegnet waren. An der Wand über seinem Bett hing eine farbige anatomische Tafel, auf der die Muskeln eines Menschen hinter der Haut sichtbar wurden, als ob der Körper einen Reißverschluss hätte. Der Anblick ließ sie erschaudern. »So sehen wir aus, wenn wir gehäutet werden«, sagte er lachend. »Aber das werden wir ja nicht.« Er sah sie an. »Ähneln wir uns nicht eigentlich auch?« Er kniff die

Augen zusammen, dass sie lächeln musste. »Das hoffe ich verdammt noch mal nicht!«, sagte sie und wunderte sich selbst über ihre Frechheit. Er lachte und betrachtete sie weiter, wie um sich wirklich die Ähnlichkeiten einzuprägen.

Seine Mutter hieß Ellen. Sie traf Norman Dreyer 1951, acht Jahre bevor Ingrid geboren wurde. Er war Student, sie war etwas älter und arbeitete als Verkäuferin in einem Geschäft für Damenwäsche am Strøget. Sie lernten sich in einem Tanzlokal kennen, sie war mit einer Freundin da. Sie ging sonst nicht aus und war absolut nicht der Typ, der sich mit fremden Männern einließ, aber zu dem altklugen Literaturstudenten, der so gerne tanzen wollte, muss sie Zutrauen gefasst haben. Irgendetwas an ihm muss ihre Neugier geweckt und sie dazu verleitet haben, die Zügel etwas schleifen zu lassen. Vielleicht wurde ihr nur plötzlich bewusst, dass sie einsamer war, als sie gedacht hatte.

Sie besaß eine kleine Wohnung auf dem Godthåbsvej, und es dauerte nicht lange, bis er mehrmals in der Woche bei ihr übernachtete. Sie wurden ein Paar, jedenfalls fasste sie es so auf. Sie unternahmen die üblichen Sachen, die man als Liebespaar halt so macht. Sie gingen ins Kino und machten Sonntagsausflüge. Sie kochte für ihn. Sie hatte den Eindruck, ihm etwas zu geben, was ihm fehlte, das Gefühl, willkommen zu sein und irgendwo erwartet zu werden, und sie wusste, dass er ihr etwas gab, auf das sie nicht mehr lange hätte verzichten können. Sie war näher an der dreißig, als ihr lieb war. Sie konnte nicht länger darauf warten, dass das Leben irgendwo hinführen möge, etwas anderes sein möge als das Hin und Her zwischen Gothåbsvej und den Damen, die das Geschäft auf dem Strøget betraten, um Korsagen anzuprobieren. Eine Frauenwelt aus Spitzen, Einsamkeit und Warten. Norman hatte etwas Rührendes, es war etwas Liebevolles an seiner fast dankbaren Zärtlichkeit, wenn sie ihm gab, was sie zu geben hatte. Seine Art, sie zu bedrängen, hatte etwas Jugendliches, es war immer, als könnte es nicht warten, als ginge es um das Leben selbst. Er steckte sie mit seinem Hunger und seiner Ungeduld an, und sie bekam selbst ein Verlangen und einen Hunger nach mehr als Godthåbsvej, Strøget und der Straßenbahn hin und zurück.

Deshalb war sie so unvorbereitet, so ungeschützt und verwundbar, als er eines Tages plötzlich Schluss machte. Er konnte es selber nicht erklären, er, der sonst alles erklären konnte. Aber so sei es nun mal, sie passten nicht zusammen, und er hoffe, dass sie jemandem begegnen werde, der sie glücklich mache. Sie sagte, das habe sie schon. Sie weinte. Sie konnte nicht wissen, dass weinende Frauen sein schwacher Punkt waren. Viele Jahre später erzählte sie Georg, er könne froh sein, dass sie damals weinen musste. Als sie erst einmal angefangen hatte, konnte sie nicht mehr aufhören. Es musste etwas sein, das sich angesammelt hatte, denn sie konnte nicht mehr aufhören zu weinen, und Norman versuchte sie zu trösten. Er setzte sich zu ihr, hielt sie im Arm und wiegte sie, was ihn an irgendetwas erinnert haben musste, denn bald fingen seine Hände an zu wandern und den gewohnten Weg zu finden. Sie ließ ihn seinen Willen bekommen, vielleicht hatte er es ja auch gar nicht so gemeint, so heftig, so gierig, wie er plötzlich war.

So wurde Ellen schwanger, aber das war nicht der Grund, warum von ihnen als Paar eine Spur blieb. Er bedrängte sie, sie solle klein beigeben und Telefonnummern anrufen, die er beschafft hatte. Er wartete auf sie, wenn sie von der Arbeit kam. Er folgte ihr, er bettelte und drohte, bis sie eines Tages mitten auf der Straße stehen blieb und sagte, sie habe ihre Entscheidung getroffen. Sie wolle sein Kind, aber ihn wolle sie auf keinen Fall mehr. Auf der Heimfahrt in der Straßenbahn war sie über sich selbst erschüttert, aber nach und nach wurde ihr bewusst, dass sie es ernst gemeint hatte. Sie wünschte sich dieses Kind, aber lieber wollte sie keinen Vater als einen, der eigentlich frei sein wollte.

Sie fuhr nach Hause nach Aalborg, wo ihre Eltern wohnten, und brachte den Jungen zur Welt. Sie fand einen Bürojob, aber einen Mann fand sie nie. Keiner gefiel ihr, und schließlich wollte sie lieber darauf verzichten, als mit einem derjenigen vorliebzunehmen, die sie bekommen konnte. Sie kümmerte sich um Georg, sie zog ihn auf und gab ihm jene angesammelte Liebe, die sie mit sich herumgetragen hatte, aber nach einigen Jahren sah sie ein, dass das nicht genug war. Seine Kameraden hatten Väter, er sollte auch einen haben. Es müsste ein Name und ein Gesicht da sein, und wenn es noch so fern wäre. Georg ging in die zweite Klasse, als Ellen Kontakt zu Norman aufnahm, um zu hören, ob er nicht seinen Sohn treffen wolle.

Norman wollte nicht. Er habe geheiratet und eine Tochter bekommen, und sie solle sich unterstehen, ihn noch einmal anzurufen! Das eine Mal, als sie miteinander telefonierten, wirkte er verschreckt, und seine Drohungen schienen Ellen leer zu sein. Was sollte er schon tun, wenn sie darauf bestand? Die Vorstellung reichte, dass sie den Gedanken aufgab. Wenn Georg fragte, wer sein Vater sei, antwortete sie, sein Vater wohne weit weg in einer anderen Stadt, er denke aber jeden Tag an ihn. Wenn Georg fragte, warum er nie anrufe oder sie besuchen komme, antwortete sie, dass er nicht könne. Wenn Georg fragte, warum, sagte sie, das werde er verstehen, wenn er groß sei.

Mit den Jahren wurde es leichter für Ellen. Georg machte es ihr leichter. Er merkte, dass es ihr peinlich war, auf seine Fragen antworten zu müssen, deshalb hörte er auf zu fragen. Er hatte sie lieb, sie war die Einzige, die er hatte, und er würde alles für sie tun, nicht ein Schatten sollte auf ihr müdes Gesicht fallen. Manchmal dachte er an den Vater, den er irgendwo haben musste, aber er erwähnte ihn mit keinem

Wort, und wenn jemand fragte, sagte er, sein Vater sei tot. Es fiel ihm nicht einmal ein, selber die Initiative zu ergreifen, als er nach dem Gymnasium nach Kopenhagen kam, um Medizin zu studieren. Es war Ellen, die nach so vielen Jahren des Schweigens das Thema aufs Tapet brachte. Georg war in dem Sommer Medizinalassistent geworden und hatte ein Graduiertenstipendium an der Harvard Medical School erhalten. Sie wollte ihn nicht so lange Zeit in die Staaten reisen lassen, ohne ihr Schweigen zu brechen.

Sie erzählte ihm, dass sie kurz zuvor einen neuen Versuch unternommen habe, seinen Vater zu kontaktieren. Sie hatte sich vorgestellt, er würde stolz auf seinen Sohn sein. Sie weinte, während sie berichtete, dass sie in ihrer Verzweiflung die neue Frau seines Vaters aufgesucht habe. Es sei merkwürdig für sie gewesen, den langen Weg nach Kopenhagen mit dem Zug zu fahren, ohne dass Georg wusste, dass sie in die Stadt kam.

Sie sitzen beim Nachtisch. Karamellisierte Feigen mit Vanilleparfait. Georg hat einen Portwein aus dem Keller geholt. Ingrid legt die Hand über ihr Glas, als er ihr etwas einschenken möchte. Noam und Alice gehen einmal um den Tisch und geben allen einen Gutenachtkuss. »Schöne Grüße an Jonas«, sagt Alice erwachsen. Rebecca lächelt. »Ich werde sie übermitteln«, sagt Ingrid seriös und bemerkt wieder den Duft des frisch gewaschenen Haars, als Alice sie umarmt. Kaum haben sie die Küche verlassen, nimmt Berthe den Faden wieder auf. Sie weiß immer genau, wo sie stehen geblieben ist. »Nun, also, *NoHo*, das bedeutet ja North of Houston Street, so wie SoHo ... aber das wisst ihr ja alle ... Das ist das Viertel, wo es jetzt abgeht. Die jungen Künstler und Designer sind allesamt da hingezogen, nachdem SoHo so mondän geworden ist.«

Berthe ist zum ersten Mal in New York gewesen, aber sie redet, als wäre sie im südlichen Manhattan zu Hause, und Georg lächelt bloß und lässt sich belehren. Er muss New York während seines Studiums in Boston sicher hundertmal besucht haben, trotzdem darf Berthe das Gespräch mit ihrem Touristenwissen beherrschen. Tut er das, weil er ein so guter Mensch ist? Ingrid hat sich oft über seinen Langmut gewundert, aber Berthe ist natürlich auch nicht seine Mutter. Sie ist eine Art unerwartete Abfindung nach einer Kindheit ohne Vater, und Georg hat sie aufgenommen, als ob sie wirklich zur Familie gehörte. So etwas hätte sich Norman Dreyer nie träumen lassen.

Ingrid und Georg konnten einen Sommer zusammen verbringen, bevor er nach Amerika ging. Er kam mit seinem alten Austin Mini und nahm sie zum Baden nach Hornbæk mit, aber er holte sie nicht am »Lappen« ab. Er wollte seinen Vater nicht sehen, das stand gar nicht zur Debatte, und sie versuchte auch nicht, ihn zu einer Erklärung zu drängen. Sie spürte, dass es sie einander näherbrachte, dass sie ihn ohne Weiteres verstand. Sie wartete mit ihrer Badetasche am Hotel Trouville. Manchmal war eine Freundin dabei oder einer seiner Kommilitonen, und mit ihnen fühlte sie sich dazugehörig, erwachsen und frei.

Er ist sich übrigens sicher, dass auf einem dieser Badeausflüge auch Anders dabei war, aber sie kann sich nicht daran erinnern. Obwohl Anders etwas jünger ist, kannten er und Georg sich damals schon eine ganze Weile. Sie besuchten dieselben Partys und hatten beide mit Tennisspielen angefangen. All die Jahre hindurch gehörte es zu Ingrids und Anders' Mythos, dass sie einmal in prähistorischer Zeit eng nebeneinander auf der Rückbank von Georgs Auto gesessen hätten. Anders behauptete stets, dass er sich deutlich an sie erinnere, und trotz ihrer Zweifel ließ sie ihn in dem Glauben. Sie hätte es gern selbst geglaubt. Dass sie einander schon gestreift hatten und sozusagen markiert waren, ehe der Zufall sie in verschiedene Richtungen wehte, und dass es eben genau in jenem Sommer geschehen war. Als sie sich auf Georgs und Rebeccas Hochzeit trafen, war es das Erste, was Anders erwähnte. Auf diese Weise hatte er sich gewissermaßen in ihr Leben hineingesprochen.

Georg wurde ihr Schutzgeist, er und Rebecca waren in jeder Hinsicht ihre Zeugen, und in den Jahren, als Jonas klein war, gingen die beiden Paare beieinander aus und ein. Ingrid hatte es nie erlebt, auf diese Weise eine Familie zu haben, genauso wenig wie Georg und Anders. Rebecca war die Einzige, die mit einer Kernfamilie gesegnet war, sie musste darüber gar nicht sprechen. Über ihre Geschwister und deren Familien hinaus hatte sie ja noch ihre Onkel und Tanten, von den Großeltern ganz zu schweigen, die seinerzeit aus Polen gekommen waren und immer noch jedes Abendessen in eine Szene wie aus *Anatevka* verwandeln konnten. Rebecca wurde ihre Lehrerin in Häuslichkeit, und Ingrid war gleichzeitig angezogen und abgestoßen, weil diese ganze aufdringliche Intimität so liebevoll und erstickend zugleich war.

Es war eigentlich sonderbar, aber ausgerechnet Rebecca nahm die Nachricht, dass Ingrid und Anders sich getrennt hätten, ziemlich gefasst auf. Als hätte sie immer gewusst, dass ihre Schwägerin eine schlechte Schülerin ist. Georg war dagegen am Boden zerstört, und sie haben über die Geschichte nie vernünftig gesprochen. Sie weiß, dass er Anders gelegentlich sieht, aber er redet nicht über ihn. Als wäre sie nie verheiratet gewesen und als wäre sein Neffe vom Storch gebracht worden. Als wäre es doch ein Mythos, dass er sie einmal am Trouville abgeholt haben soll, in Begleitung eines netten Typen, der schwarze Haare hatte, obwohl er Schwede war.

Georg verschwand beinahe ebenso jäh, wie er aufgetaucht war. An einem Tag im Spätsommer saß sie in seinem Zimmer im Regensen und sah zu, wie er seine Sachen in Pappkartons verstaute. Seine Abwesenheit überschattete Berthes, aber dafür war er treuer. In den folgenden zwei Jahren und während ihrer Zeit auf dem Gymnasium waren ihre gegenseitigen Briefe eine Erholung für sie, genau wie die Gespräche mit Per, wenn sie ihn und Ada an der Esplanade besuchte. Per war der Einzige, dem sie von dem Bruder erzählte, den sie anstelle der Eltern bekommen hatte, mit denen sie nicht weiter rechnete. Per war es auch, der darauf kam, Georg einzuladen, als er im Jahr darauf zu Weihnachten nach Hause kam.

Er kam zum Mittagsbrot am zweiten Weihnachtsfeiertag, Berthe war auch da. Ada interviewte ihn majestätisch zu Harvard, und er antwortete höflich, aber ohne sich einschüchtern zu lassen. Berthe war scheu und linkisch dem jungen Mann gegenüber, der ja der Anlass, wenn nicht der Grund dafür war, dass sie sich selber gefunden hatte, aber es half, als er sie über Rom auszufragen begann. Schon ab ihrer ersten Begegnung war er gegenüber ihrem unermüdlichen Drang, gehört und bestätigt zu werden, ganz Ohr. Wenn sich Ingrid in ihren Briefen über sie beschwerte, entgegnete er, Berthe sei die einzige Mutter, die sie jemals bekommen würde, womit er natürlich recht hatte. Das war ja ihr Problem.

Rebecca hat sich erhoben, um die Dessertteller abzuräumen. »Das kann doch Consuela machen«, sagt Georg. »Jetzt bleib doch mal mit uns sitzen.« Rebecca schiebt die Reste der Feigen in den Mülleimer. »Nun hab ich ihr gerade freigegeben«, sagt sie. Berthe will aus der Haut fahren. Sie will unbedingt von ihrem Besuch bei Paul Auster und seiner schönen Frau in ihrem wunderbaren Haus in Brooklyn weitererzählen, aber Ingrid kommt ihr zuvor. »Was zahlt ihr Consuela eigentlich?«, fragt sie Georg. Er sieht sie an, und sie merkt, dass er mehr getrunken hat als gewöhnlich. »Sie kriegt so viel, dass sie die ganze bucklige Verwandtschaft zu Hause versorgen und ihren alten Eltern ein Haus bauen kann.« Von der anderen Seite der Kücheninsel schickt Rebecca einen kurzen Blick herüber. Hat sie auch den Anflug von Selbstverteidigung unter seinem jovialen Tonfall registriert?

»Beruhige dich«, sagt Ingrid, »ich hab ja nur gefragt.« Georg schenkt ein. »Ja, du hast nur gefragt, aber ich weiß doch, was du denkst.« Rebecca kommt und setzt sich neben ihn. »Was denke ich denn, Georg?«, fragt Ingrid und hebt abwehrend die Hände, als er ihr Glas nachfüllen möchte. »Tja, was denkst du eigentlich?« Er lächelt, aber es ist kein aufrichtiges Lächeln. »Ich denke, dass es sich fast wie eine Art Entwicklungshilfe anhört, dass Consuela deine Socken waschen darf.«

Sie lächelt, aber das nützt nichts. Rebecca legt den Arm um Georgs Rücken. Eine beschützende, aber auch mahnende Geste, denkt Ingrid. Sogar Berthe scheint die Situation etwas unsicher zu machen. »Ich verstehe dich sehr gut, Ingrid«, sagt Rebecca und sieht wirklich ungemein positiv und verständnisvoll aus, »aber einerseits bekommt sie Kost und Logis, und andererseits ist ihr Lohn für philippinische Verhältnisse doch etwas höher, als was sie in ihrem Land zu erwarten hätte.«

Ingrid hebt die Hände von der Tischplatte als Zeichen der Kapitulation. Es ist Zeit, das Thema zu wechseln, und Rebecca scheint derselben Meinung zu sein. »Möchtet ihr Kaffee?«, fragt sie und schaut abwechselnd auf Ingrid und Berthe. »Oh, eine Tasse Kaffee wäre wunderbar«, sagt Berthe sichtlich erleichtert. »Ingrid?« Ingrid lächelt und nickt. Rebecca küsst Georg auf die Wange, wie man ein Kind im Trotzalter küssen würde. »Schatz, willst du nicht heute Abend unser Barista sein? Die Maschine ist an. Ich hätte Lust auf einen *Latte*.« Georg steht auf und geht um die Kücheninsel zu der langen Arbeitsfläche, auf der die Espressomaschine steht. »Aber doch nicht nach dem Essen, Rebecca«, sagt Berthe. »In Rom ist es eine Todsünde, nach dem Essen etwas anderes als *dopo mezzogiorno* zu trinken.« Rebecca lächelt. »Hat das irgendein Papst verordnet? Dann ist ja gut, dass man Jude ist.«

Sie lachen, auch Ingrid. Sie möchte gerne dazu beitragen, die gute Stimmung wieder aufleben zu lassen. Es ist ja auch fast nichts passiert. »Ingrid«, sagt Georg, »möchtest du dann auch einen Espresso?« Ingrid sagt Ja danke, und nichts hat sich verändert, sein Blick ist warm und fürsorglich wie immer. Anscheinend ist sie die Einzige, die noch immer ein bisschen unsicher ist und etwas Kaltes in sich spürt, das aus einer unerwarteten, unfreundlichen Richtung an ihr zerrt. Vor ein paar Minuten gab es einen Moment, in dem sich ihr ein anderer Georg zu offenbaren schien, einer, den sie nicht kennt, aber vielleicht ist er auch nur müde und gereizt. Genau wie sie. Vielleicht bekümmert ihn etwas, vielleicht hat er an den Patienten gedacht, dessentwegen ihn sein Assistenzarzt im Krankenhaus Hvidovre angerufen hatte. Es gibt so vieles, was sie nicht weiß, aber sie kann den kleinen Moment nicht vergessen, als sie diesen unerwarteten Kältehauch verspürte und merkte, dass sie doch nicht hundertprozentig zu ihnen gehört und sie eben doch nicht ganz versteht. Und doch nicht so eins ist mit ihrem Selbstverständnis und ihrem durchgehend gradlinigen *allright*-Verhältnis zu der Welt, die sie umgibt.

Die Espressomaschine sendet ihre gemütlichen Geräusche, und Georg serviert eine Tasse nach der andern, die erste bekommt Berthe. »Mmh, was für ein *Crema*«, sagt sie und zögert nicht lange, an dem fetten goldbraunen Schaum zu nippen, der auf dem schwarzen Kaffee schwimmt. »Wo sind wir stehen geblieben?«, fragt Rebecca Berthe. »Paul Auster. Habe ich etwas von Paul Auster gelesen?« Bücher lässt sie sich von Berthe empfehlen, und Ingrid glaubt nicht, dass Rebecca etwas anderes außer der obligatorischen Fachliteratur liest. Auf dem Gebiet der Schönen Literatur hat sie sich entschlossen, ein seltenes Zugeständnis zu machen, und ihre lernbegierige Demut, die sie an den Tag legt, wenn Berthe sich über den einen oder anderen Autor verbreiten darf, hat etwas Generöses. Sonst gibt es kein Gebiet, auf dem Rebecca nicht top ist, ob es sich nun um die Wechseljahre, die Geschichte Israels, Treibhaustomaten, Kleinkinderziehung oder Vor- und Nachteile eines Immobiliendarlehens mit festen beziehungsweise variablen Zinsen handelt. Sie ist die allgegenwärtige, proaktive Königin des Hauses, während Georg der zerstreute König ist, der den Wandel des Reiches gern ihrer Vernunft und Empfindsamkeit überlässt.

Ingrid und Anders bewunderten sie gemeinsam, und obwohl sie viel früher Eltern wurden, zogen sie in Fragen der richtigen Aufzucht ihrer Brut immer Rebecca zurate. Und nicht nur, weil sie Ärztin ist. Sie war und ist in jeder Hinsicht sicherer als manch anderer, und Ingrid ist mit den Jahren zu der Überzeugung gelangt, dass sie einfach eine riesengroße Begabung für das Leben an sich haben muss. Oft sprach Anders davon, was Georg für ein Glückspilz sei, und Ingrid fiel es nie ein, eifersüchtig zu sein, er hatte ja so recht.

Und Ingrid hat überhaupt keine Lust, dass sich in der Beziehung irgendetwas ändert. Sie braucht die Gewissheit, Rebecca jederzeit fragen zu können und eine erdverbundene, überlegte, kompetente und lebenskluge Antwort zu erhalten, und zwar nicht nur, weil sie in ihrer Schwägerin einen Guru sehen möchte. Sie möchte sie auch mögen wegen ihrer unbestreitbar umsichtigen Lebensverwaltung. Rebecca strahlt eine derart körperwarme Liebe und einen Willen aus, dass sich Ingrid in ihrer Nähe lebendiger fühlt. Wenn sie bei ihr gewesen ist, fährt sie stets mit dem Gefühl nach Hause, dass die Welt ein sanfter, heller, weitläufiger Ort ist, den man einfach betreten und wo man Apfelkuchen backen, Kinder umarmen, Erfolg haben und geliebt werden kann. Sie braucht das nicht, eine solche plötzliche Unterbrechung wie eben, als die Sympathie ein paar Sekunden lang zum Willensakt ihrerseits wurde. Ein zauderndes Abwägen, ein kleiner, kurzer Meinungsaustausch zwischen der Tatsache, dass sie doch Rebecca und Georg gegenübersitzt, und der Tatsache, dass sie sich genau da innerlich fremd fühlte.

Es waren nicht so sehr ihre Argumente. Es war der holpernde Eifer, mit dem sie vorgebracht wurden. Wie sie wohlgeordnet bereitlagen, als hätten sowohl Georg als auch Rebecca, ohne darüber gesprochen zu haben, nur darauf gewartet, dass man zu der Indianerin unten in ihrem Keller Fragen stellte. Es war Rebeccas breiter, unförmiger Jeanshintern, der neben Consuelas genauso verwaschenen Jeans plötzlich wie ein Postulat wirkte. Aber es war auch Georgs dreiste, selbstgefällige Bemerkung, dass Consuela im Grunde besser gestellt sei, rein sanitär gesehen, als der Hausherr selber, dieser nette Sklavenhalter. Und dann wirkte es auch nicht vollkommen spontan, als Rebecca ihrem Dienstmädchen so leichthin sagte, sie könne sich freinehmen, wenn sie die Wäsche erledigt hätte. Es war nicht besonders nett, so von Rebecca zu denken, aber Ingrid wurde den Verdacht nicht los, dass sich irgendwo in der entspannten und demokratischen Mitteilung eine stille Freude verbarg, kommandieren zu dürfen.

Georg hat Ingrid einen Espresso hingestellt und sich selbst auch einen gemacht. Er sitzt ihr gegenüber und nickt den anderen munter zu. Berthe ist immer noch bei ihrer Literaturvermittlung. »Was hältst du denn nun von Paul Auster?«, fragt er in drolligem Ton. Ingrid hat es sonst immer geliebt, wenn er sie geneckt hat. »Lass stecken, Georg.« Er zieht die Augenbrauen gespielt nach oben. »Sind wir auf dem Kriegspfad heute Abend?« Ingrid nippt an dem starken Kaffee und setzt die Tasse ab. »Da ist eine Sache, die ich nicht verstehe«, sagt sie und fragt sich gleichzeitig, was sie eigentlich vorhat, was dabei herauskommen soll, wenn sie weiter in dem Thema bohrt. »Hättet ihr so eine Indianerin angestellt, wenn sie nach dänischem Tarif bezahlt werden müsste?« Er lächelt breit. »Nee, das könnten wir uns nicht leisten, du. Außerdem ist sie Philippinerin, Ingrid.«

Sein Blick ruht ruhig und warm auf ihr. Das ist kein anderer Georg, er ist derselbe wie immer. »Ja«, sagt Ingrid, »aber ihr wohnt nun mal nicht auf den Philippinen. Wie fühlt es sich an, hier in Dänemark von ihrer Arbeit zu profitieren, unter Bedingungen, die kein Däne akzeptieren würde?« Georg schüttelt den Kopf. »Man sollte meinen, man sei wieder in den Siebzigern!« Er leert sein Glas Port, obwohl er mit seinem Kaffee noch nicht fertig ist. Ein ordentlicher Schluck. »Vielleicht willst du mich auch beschuldigen, Neoimperialist zu sein?« Das Wort wirkt derart komisch aus seinem Mund, dass sie lächeln muss. »Ich denke gar nicht so sehr an sie. Ich meine euch. Ich finde nicht, dass euch das steht, *Das Haus am Eaton Place* in Discountausgabe zu spielen.«

Nun geschieht etwas mit Georg, das sie doch noch nicht kannte. Seine Züge spannen sich an, als wäre sein Gesicht unter Generalmobilisierung. »Weißt du was«, sagt er gedämpft, »Rebecca und ich, wir versuchen, dass diese Familie funktioniert. Wir versuchen, alles zusammenzuhalten, und das ist mehr, als du geleistet hast, sind wir uns da einig?« Unfassbar, aber er sagt es tatsächlich. Er muss es schon die ganze Zeit bereitgehalten haben, aber warum muss es jetzt herausgeholt und ihr an den Kopf geworfen werden, im Zusammenhang mit Consuela? »Ach, und erzähl doch mal, wie es eigentlich mit deinem Freund da läuft, wie heißt er doch gleich, Frank?« Ist sie gemein gewesen? Warum will er gemein sein? Sie kann nichts anderes tun, als ihm in die Augen zu schauen, während ihr Mund immer trockener wird. »Kann er sich endlich mal dazu aufraffen, seine Gemahlin zu verlassen, oder hast du dich damit abgefunden, die Nebenfrau zu sein?« Es ist still geworden in der Küche, Paul Auster kein Thema mehr, und Berthe guckt in den dunklen

Garten. Rebecca hat die Hand auf Georgs Knie gelegt und tätschelt es beruhigend.

Ingrid lehnt sich auf dem Stuhl zurück und lächelt Rebecca an. »Meinen besten Dank für dieses exquisite Essen. Wie immer! Ja, ich glaube, ich werde langsam mal wieder nach Hause gondeln.« Rebecca lächelt zurück, ein Lächeln, das einer Warnblinkanlage gleichkommt. Ingrid sieht Berthe an. »Soll ich dich mitnehmen?« Berthe ist kalkweiß und hat fast keine Lippen, so als hätte sie gerade den Abend vermasselt. Sie stehen auf, und Rebecca begleitet sie hinaus, Georg hinter ihr. Berthe hat Mühe, ihren Mantel zu finden, aber das Garderobendurcheinander bietet eine willkommene Ablenkung. Sie können noch ein paar matte Worte wechseln, und Rebecca umarmt sie ein wenig zu lange und bedeutungsvoll. Georg versucht sich auch, aber das wird einer dieser Wangenküsse, bei denen man dem andern schon den Rücken zugekehrt hat, bevor er überhaupt sein Ziel erreicht. Jonas beherrscht diese Art des Nichtgrußes glänzend, und eigentlich würde man darauf lieber verzichten.

Als sie die Kreuzung Femvejen hinter sich gelassen haben, wird das Schweigen endlich unterbrochen. »Was sollte das eigentlich eben?«, fragt Berthe. »Ich weiß nicht«, sagt Ingrid. Unter den schnurgeraden Reihen blau-weißer Straßenlaternen herrscht kaum Verkehr. »Warum mischst du dich auch ein?«, sagt Berthe leise. »Ja, warum auch?«, entgegnet Ingrid. »Aber abgesehen davon hat er recht«, sagt Berthe. Sie blickt nach vorn auf den Bahnviadukt an der Station Bernstorffsvej, der immer größer wird und sich wie ein Rachen öffnet.

»Was willst du damit sagen?«, fragt Ingrid. »Ich mache mir Sorgen um dich«, sagt Berthe. »Ach ja? Das sieht dir gar nicht ähnlich«, antwortet Ingrid und ärgert sich sofort über den gekränkten Triumph ihres Tonfalls. »Auch wenn man eine schlechte Mutter gewesen ist, kann man sich doch Sorgen machen«, sagt Berthe. »Ich dachte, du hättest dich damals kringelig gefreut, als ich Anders verließ.« Ingrid fährt durch den Tunnel vor der Auffahrt zum Lyngbyvej, vor ihnen liegt der Hans Knudsens Plads. »Ich verstehe dich nicht«, sagt Berthe. »Ja, ich finde, du hast damals richtig gehandelt. Georg hat einfach recht. Das ist bald acht Jahre her.« Ingrid drosselt die Geschwindigkeit, als die Ampel über der Kreuzung am Ende der Schnellstraße auf Rot schaltet. Sie könnte entgegnen, dass sie nicht viel anders als Berthe gehandelt habe, aber es reicht für heute Abend.

Stattdessen fragt sie, ob Berthe ihren Zahn hat machen lassen. Berthe hat seit geraumer Zeit Ärger mit einem Backenzahn, der eine Wurzelbehandlung braucht, aber vor Zahnärzten hat sie eine Heidenangst, und außerdem hat Ingrid dabei etwas Neues an ihrer Mutter entdeckt. Mit zunehmendem Alter ist Berthe geizig geworden, das heißt, sie läuft lieber mit Schmerzen herum, als das Portemonnaie aufzumachen. Sie sagt, für das, was sie allein in den letzten zwei, drei Jahren für Kronen und Brücken ausgegeben habe, hätte sie sich mittlerweile ein ganzes Flora-Danica-Service leisten können. Die Übertreibung bringt Ingrid zum Lachen, und Berthe lacht mit, aber diesmal ist es nicht das angestrengte Lachen, mit dem sie sich oft hervortut, weil sie nie gelernt hat, im Beisammensein mit anderen den richtigen Ton zu finden. Zuzuhören, zu ergänzen, den Stab zu übernehmen und weiterzugeben, anstatt sich daraufzusetzen.

In der lärmenden Berthe steckt nach wie vor eine ungeschickte, unsichere Internatsschülerin, die sich selbst ein Bein stellt, weil sie genau weiß, dass sie gleich etwas zerschlagen wird. Sie verwaltet ihre Unsicherheit, indem sie sich zu ihrer eigenen Kampagne macht, überall wo sie sich produziert, und ihr gewaltiges Kontaktbedürfnis unterstreicht nur ihr mangelndes Fingerspitzengefühl. Aber hier im Auto auf dem Weg nach Hause lässt sie sich endlich gehen. Ingrid wünschte, die Leute könnten sehen, wie ihre Mutter sein kann, wenn sie unter sich sind. Eben gerade, dieses gedämpfte Lachen, darin lag der ganze Unterschied. Während sie über Zähne reden, hat sie plötzlich das Gefühl, sie halte Berthe an der Hand, obwohl es nur der Schaltknüppel ist, den sie da anfasst. Einen langen Augenblick fühlt sie sich auf eine Weise zu Hause, wie nirgendwo sonst.

In der Nacht, bevor sie nach Rom flog, um Berthe zum ersten Mal zu besuchen, übernachtete Ingrid bei Ada und Per. Sie musste schon frühmorgens am Flughafen sein, Per hatte versprochen, sie hinzubringen. Es waren Herbstferien. Sie hatte sich in der neuen Schule schnell eingelebt und fühlte sich in Helsingør nicht viel anders als vorher in Holbæk. Es war allein ihre Entscheidung, dass sie ihre eigenen Wege ging. Sie genoss es, dass keiner sie kannte. Es machte sie frei, und sie verbrachte nicht wenig Zeit damit, sich vorzustellen, was die anderen über sie dachten.

Sie mochte es, sich quasi selbst zu beobachten, wenn sie mit einem Buch, das Per ihr geliehen hatte, oder mit Georgs jüngstem Brief aus Boston in einer Ecke des Schulhofes saß. Sie benutzte die länglichen hellblauen Luftpostumschläge als Lesezeichen in ihren Schulbüchern, um deutlich zu machen, wie weit weg von allem und allen ihre eigentliche, wirkliche Zugehörigkeit war. Wenn ein Junge ihr näherkam, ließ sie ihn spüren, dass sie viel zu kosmopolitisch war, um sich in jemanden aus dem Ort zu verlieben. Obwohl ihre Klassenkameraden fast nichts von ihr wussten, waren alle darüber informiert, dass ihr Vater für *Politiken* schrieb und ihre Mutter in Rom lebte. Wenn man so etwas nebenbei hörte, fand sie selber, das hatte was.

An dem Abend servierte Ada das Essen in der Bibliothek. Wenn sie und Per unter sich waren, aßen sie gern an dem kleinen Tisch, auf dem sonst Zeitschriften und noch nicht aufgeschnittene Bücher lagen. Ada wirkte gereizt und hatte ständig etwas an Per auszusetzen. Mal hatte er nicht dafür gesorgt, den Weißwein kühl zu stellen, mal hatte er das Badezimmerfenster offen stehen lassen, ohne den Haken zu befestigen, sodass es im Herbstwind klapperte. Er war umgänglich wie immer und schluckte ihre Zurechtweisungen mit einer Ruhe, die demütig und würdevoll zugleich wirkte. Ingrid bekam nicht heraus, ob er etwa Angst vor Ada oder im Gegenteil Nachsicht mit ihr hatte und sie durch seine sanftmütige Art, sich ihr zu fügen, gleichsam vor ihrem eigenen Temperament beschützen wollte.

Er hatte auf der Schreibmaschine einen peinlich genauen persönlichen Rom-Führer für Ingrid zusammengestellt, mit Kommentaren in komprimiertem Telegrammstil zu jeder Sehenswürdigkeit. Sie bekam auch einen Stadtplan mit, auf dem mit Füller diese Sehenswürdigkeiten mit korrespondierenden Nummern versehen waren, und schließlich schenkte er ihr ein altes Buch mit Fotografien aus den Vierzigerjahren. Ingrid hat es noch, und wenn sie versucht, sich an ihren ersten Besuch in Rom zu erinnern, schlägt sie genau dieses Buch auf. Sie hat vergessen, was sie sah und welchen Eindruck es auf sie machte, weil ihre späteren Aufenthalte die ersten überlagern. Die Abbildungen der Engelsburg, des Colosseums oder des Kapitolsplatzes in dem verschlissenen alten Buch erinnern sie besser als alles andere an das Abenteuer und die Verlorenheit, wenn sie mit Pers gefalteten Blättern allein durch Rom wanderte.

Als Ada kam und sie zu Tisch rief, saßen Ingrid und Per in seinem Arbeitszimmer und gingen alles durch, was sie sich ansehen sollte. Ada sagte, er solle sie nicht ständig manipulieren, aber er stellte sich taub. »Man kommt sowieso nirgendwo ran vor lauter Japanern«, sagte sie noch und ging schon voraus. Als sie in die Bibliothek kamen und sich an den Tisch setzten, hatte sich Adas Stimmung noch verschlechtert, und während des Essens wurde kaum ein Wort gewechselt. Irgendwann lehnte sie sich zurück, als Per ihr nachschenkte. Sie verstehe nicht, sagte sie, was Berthe dort unten eigentlich wolle, außer sich mit Spaghetti vollzustopfen. Literarisch sei Rom vollkommen uninteressant, vielleicht gerade noch mit Ausnahme von Moravia und Elsa Morante. Warum gehe sie nicht nach Paris? Ihr Italienisch sei doch nicht besser als ihr Französisch, und in Paris hätten sie ihr mit nützlichen Kontakten weiterhelfen können.

Per antwortete nicht, und Ingrid hatte den Eindruck, dass Ada im Grunde mit ihr sprach. Oder richtiger mit Berthe, über sie. Als wollte sie, dass Ingrid die Botschaft übermittelte, dass Rom schlicht das Hinterletzte war. Aber warum die eine Stadt mit der anderen vergleichen? Warum war Ada so eifrig? Ada sah sie an und lächelte ihr rot geschminktes Superlächeln. »Per und ich sind einmal mit einem Taxi nach Paris gefahren. Stimmt's nicht, Per?« Die Sache schien ihm eher peinlich zu sein. »Wir waren zu mehreren«, murmelte er. »Wir sind in der Stadt gewesen«, fuhr Ada fort, »und dann bekam ich auf einmal Lust auf ein Dutzend Austern im La Coupole. Der Fahrer war einverstanden, er musste nur kurz nach Hause, um seine Zahnbürste zu holen. Wir sind erst am nächsten Abend angekommen. Per musste einen Teil der Strecke fahren, damit der Fahrer schlafen konnte, aber sobald wir die Seine überquert hatten, sind wir spornstreichs zum Coupole. Champagner und Austern. Das waren noch Zeiten, da war noch was los.«

Berthe holte sie am Flughafen in Fiumicino ab. Sie hatten sich seit fünf Monaten nicht mehr gesehen. Sie war damals Mitte dreißig und nach wie vor rothaarig, aber jetzt hatte sie sich die Haare kurz schneiden lassen und trug eine Dschellaba als Kleid. Außerdem hatte sie angefangen zu rauchen. Während sie nach ihrer Tochter Ausschau hielt, steckte demonstrativ eine Kippe zwischen ihren Fingern, und zwischen all den Fahrern, die Schilder mit den Namen amerikanischer Kongressteilnehmer hochhielten, machte sie eine aparte Figur. Sie winkte mit diesen übertriebenen, ausladenden Bewegungen, und auf dem Weg durch den Zoll tat Ingrid so, als hätte sie sie zwischen den Wartenden noch gar nicht entdeckt. Berthe hatte sich bereits weit von jener Mutter entfernt, die sie einmal gewesen war. Jener gewöhnlichen, erstmaligen Mutter, erschöpft, verblüfft und stolz auf all die Natur, die ihr Körper beherbergt hatte. Den unbändigen Sturm aus Schmerz und Blut, der sie auf wunderbare Weise mit einem zerknitterten, blau marmorierten Fröschchen im Arm hinterlassen hatte.

Ingrid hat keine Erinnerung an die junge Berthe. Sie muss ein Foto zu Hilfe nehmen. Als Ada zuletzt im Krankenhaus war, übernahmen es Ingrid und Berthe, in der mittlerweile recht vernachlässigten Wohnung an der Esplanade sauber zu machen. Berthe konnte sich nicht beherrschen, und ihre Neugier wurde belohnt, denn Ada hatte alles aufbewahrt. Neben ihren eigenen Briefen aus dem Internat fand Berthe auch ein Gruppenbild der Praktikanten des 58er Jahrgang bei *Politiken*. Wahrscheinlich hat einer der Pressefotografen der Zeitung die jungen Leute aufgenommen, während sie mit gespielter Spontaneität die Tauben auf dem Rathausplatz fütterten. Die Burschen haben hochgegeltes Haar und Duffelcoats, die Mädchen plissierte Röcke. Berthe steht am Rand und gehört nicht richtig dazu. Sie streckt ihre Hand mit Brotkrumen aus und möchte eigentlich gern, ist aber vielleicht ein wenig eingeschüchtert von den flatternden Viechern mit den aufgerissenen Augen und viel zu roten Klauen.

Vermutlich hat sie wie immer selber einen etwas roten Kopf, ohne dass es dafür einen richtigen Grund gibt, aber das kann man auf dem Schwarz-Weiß-Foto ja nicht sehen. Sie trägt einen kurzen karierten Mantel, der eher für einen

Mann gedacht zu sein scheint, und ihre Haare sind von einem Kopftuch bedeckt, das sie unter dem Kinn verknotet hat. Das Tuch betont ihre rundliche Unschuld, und sie hat verschwindend wenig mit jener Mutter zu tun, die fünfzehn Jahre später in Fiumicino auf ihre Tochter wartet. Sie ist einfach ein blutjunges Mädchen, das noch nichts weiß. Dass sie tief drinnen in ihrem unerfahrenen Ich eine Existenzialistin in Dschellaba mit sich herumträgt, würde ihr Vorstellungsvermögen wohl übersteigen.

Berthe umarmte sie so lange, dass Ingrid wegen des Geruchs der Dschellaba nach Kamelwolle, Räucherstäbchen und Moschus beinahe übel wurde. Auf dem Weg zum Auto fragte Berthe sie nach der Schule, aber es wirkte pflichtschuldig, und Ingrid antwortete nur notdürftig. Es gab so viel, nach dem Berthe nicht fragte, und so viel, das Ingrid ohnehin nicht zu erzählen vorhatte, aber es gelang ihnen trotzdem, das Gespräch auf der ganzen Strecke bis nach Rom in Gang zu halten. Berthe verfuhr sich auf einem Autobahnkreuz, es wurde eine lange Fahrt, ehe sie ihren Fiat 500 in einer schattigen Gasse mit gelben Mauern und schwarzen Pflastersteinen parkte. »Jetzt wirst du Augen machen!« Sie lächelte listig, als sie vor einer Tür stehen blieb und einen Schlüssel ins Schloss steckte. Ingrid erschien es selbst ziemlich fantastisch, dass ihre Mutter zu einer ganz normalen Straßentür der berühmten Stadt Zutritt hatte, aber Berthe hätte auch einer erwachsenen Freundin zulächeln können. Indem sie verschwörerisch zurücklächelte, ging Ingrid darauf ein: Ab sofort würden sie wie Freundinnen miteinander umgehen.

Die Wohnung war eng und hatte eine niedrige Decke, kleine Fenster und Fliesen auf dem Boden. Ingrid erkannte mehrere Möbelstücke. In der fremden Umgebung, so fern von Holbæk, sahen sie ein wenig ratlos aus. Eine kleine Treppe führte vom Wohnzimmer zur Dachterrasse hinauf, die fast so groß war wie die Grundfläche der Wohnung und auf der eine Unzahl großer Tonkrüge mit Blumen und Pflanzen stand. Auf der einen Seite schaute man über die Dächer mit Fernsehantennen und Wäscheleinen. Auf der anderen Seite blickte man auf einen steilen grünen Hang mit Pinien und alten Häusern mit fleckigen Mauern und verschlossenen Fensterläden. Berthe zündete sich eine Zigarette an, blies den Rauch mit vorgeschobener Unterlippe aus und wartete auf eine Reaktion. »Hier ist es echt hübsch«, sagte Ingrid, aber sie merkte, dass Berthe nicht zufrieden war. Ihr Blick fiel auf den Tisch, der von Gartenstühlen umgeben war und auf dem eine Teekanne unter einer Haube stand. »Hast du schon Tee gemacht?«, fragte sie. Berthe lächelte ein wenig wunderlich, halb entschuldigend. Erst jetzt bemerkte Ingrid, dass drei Tassen auf dem Tisch standen.

Als sie sich umdrehte, kam eine fremde Frau die Treppe aus dem Wohnzimmer herauf. Es durchfuhr sie wie ein Blitz. Berthe war lesbisch geworden. Das hatte Norman Dreyer gemeint, als er sagte, dass Georg nur der Anlass, nicht die Ursache der Trennung gewesen sei. Die Frau trug ein Leinenkleid mit Gürtel und Schulterklappen, und ihr graublondes Haar war zurückgebürstet und mit einem Stirnband festgehalten. »Tag, Ingrid«, sagte sie und streckte ihr die Hand entgegen. »Ich heiße Ellen.«

Es ist ein neues Gefühl, die Wohnung aufzuschließen und zu wissen, dass Jonas nicht da ist, weil er sowieso nicht mehr kommt. Auch nicht zu einem verspäteten Zeitpunkt nach Mitternacht, sodass sie im Nachthemd mit zusammengekniffenen Augen fragen muss, wo er gewesen sei und wieso er nicht wenigstens zu Hause angerufen habe. Sie kennt sie schon auswendig, die nölende Antwort von seinem zerwühlten Bett, auf das er sich schon geworfen hat, noch mit sämtlichen Klamotten am Leibe. Entweder sei der Akku seines Handys leer gewesen oder er wäre frech genug, um zu behaupten, er habe es doch versucht. Wenn er nicht die Märtyrermiene aufsetzt und sich darauf beruft, dass alle anderen auch bis zwölf bei Oliver oder Rune bleiben dürften und dass *Apocalypse Now* eben etwas länger dauere als eine Episode der *Leute von Korsbæk.*

Sie würde nicht anfangen darüber zu diskutieren, ob es angemessen sei, dass er und seine Freunde lange nach der normalen Schlafenszeit in gewaltverherrlichenden Filmen schwelgen, das hatte sie längst aufgegeben. Stattdessen würde sie feststellen, dass es nicht zwölf sei, sondern drei viertel drei. Er würde antworten, er habe die Zeit vergessen oder der Nachtbus sei nicht gekommen. Sie würde fragen, warum er nicht mit dem Rad unterwegs gewesen sei, und die Antwort wäre, jemand habe seine Lampen abmontiert, er habe einen Platten oder, wenn er sich richtig bedrängt fühlte, das Rad sei gestohlen worden. Vor nicht allzu langer

Zeit verschwand ein teures Fahrrad, das Anders ihm zum Geburtstag geschenkt hatte, und als Jonas um die Versicherungssumme bat, bekam sie ein unangenehmes Gefühl und wusste nicht, wie sie damit umgehen sollte.

Als Mutter ist sie immer ein Debakel gewesen. Ihr Muttersein hat sich zu einer Demonstration der Machtlosigkeit entwickelt. Das Ergebnis lautet, dass man nur dann Autorität besitzt, solange man sie nicht gebraucht. Autorität ist eine begrenzte Ressource, genau wie Öl, Gold und Geduld. Und worin hätten die Machtmittel im Übrigen bestehen sollen? Heute Morgen hat sie es mit Prügel versucht, aber das ging eher daneben. Der Bluff gelang nur, solange der Kleine selbst wünschte, sie solle allmächtig sein, aber damit hatte er mit zweieinhalb Jahren aufgehört. Ihr großer Irrtum war der Köhlerglaube, dass ihre Liebe schon die Arbeit für sie machen werde. Wenn er in Charlottenlund mit dabei gewesen wäre, hätte sie sich wieder einmal über den Temperatursturz zwischen ihnen wundern können, sobald sie im Auto gesessen hätten. Es wäre wie ein Farbfilm gewesen, der mit einem Mal schwarz-weiß geworden wäre. Wenn sie bei Georg und Rebecca sind, wird er für ein paar Stunden zum alten Jonas, lieb und aufmerksam, mit glänzenden Augen. Die Harmonie dort draußen steckt an, aber nur solange sie dort sind. Danach ist er wieder sein missgelauntes pubertäres Ich, und es wäre genauso wahrscheinlich gewesen, dass er eine Ausrede gefunden hätte, um nicht mitzukommen. Oder einfach gar nicht aufgetaucht wäre.

Es ist neu, dass sie nicht mit ihrem Sohn schimpfen muss, weil er sie nicht darüber informiert hat, wo er war. Es ist auch neu, dass sie nicht erleichtert aufatmet, weil er mit heiler Haut nach Hause gekommen ist. So was nennt man eine neue Situation. Sie entgeht seinen Lügen, muss aber auch auf die Erleichterung verzichten. Sie wird die ganze Nacht wach liegen und auf die Leuchtzeiger des Weckers starren, gelähmt vor lauter Sorge, dass ihm draußen in der Großstadt etwas zustoßen könnte. Niemals ist ihr in den Sinn gekommen, dass er anderen etwas antun könnte. Sie setzt sich an ihren Schreibtisch und ruft Sven an, obwohl sie weiß, dass es vergeblich ist. Es ist erst kurz vor elf, und selbstredend sitzt Jonas nicht zu Hause bei Großpapa und guckt die Schlagerparade. Sven soll ihr nur nicht vorwerfen können, sie habe es gar nicht erst versucht. Sie wartet und wartet, aber Sven meldet sich nicht, und jetzt klingelt ihr Handy, gedämpft durch die Schranktür im Eingang. Sie stürzt hinaus. Vielleicht ist es Jonas, vielleicht Georg, der etwas gutmachen will. Sie reißt die Tür auf, wühlt hektisch nach dem Telefon und ist überzeugt, zu spät zu kommen, als sie die Taste drückt und ihr Hallo stöhnt.

»Hier ist Frank. Was ist los?« Mit dem Rücken am Schrank rutscht sie langsam auf den Boden. »Ich hatte mein Telefon in der Manteltasche vergessen. Gut, dass du anrufst. Es tut mir leid, was ich gesagt habe, Frank. Heute geht mir alles daneben.« Wenn er bloß hier wäre. »Bist du zu Hause?« Wenn er doch irgendwo in der Nähe wäre. »Ich bin eben nach Hause gekommen. Ich war bei Georg und Rebecca. Das lief auch nicht so großartig. Wo bist du denn?«

Sie hört ein Rumpeln, das lauter wird und sich wieder entfernt. Er wartet mit seiner Antwort, bis er wieder etwas hören kann. »An der Langelinie-Brücke, ich musste meine Beine ein bisschen bewegen. Ich bin auf dem Heimweg.« Ingrid stellt sich die Szene vor. Die Gleisanlagen vor der Station Østerport, die Østre Anlæg, das Staatliche Kunstmuseum, den Sitz der Dänischen Staatsbahnen. »Hast du schon mal angerufen?« In Luftlinie sind sie gar nicht so weit voneinander entfernt. »Lise ging es heute nicht besonders gut. Sie schläft jetzt.«

Das war der Grund, warum er heute Nachmittag nicht kommen konnte. Hätte er doch bloß zu sagen brauchen. »Es ist hoffentlich nichts Schlimmes?« Sie ist aufgestanden und geht mit dem Handy am Ohr durch die Wohnung. Wie kann er das Wochenende mit ihr verbringen, wenn Lise krank ist? »Nein, nein. Sie fährt morgen zu ihrer Schwester. Sie wird bis Montag dort sein. Deshalb rufe ich auch an. Wenn du Lust hast, können wir ein paar Tage zusammen verbringen.«

Sie muss lachen, vor Erleichterung und Freude, dass er nicht böse auf sie ist, dass alles ist wie immer, dass sie sich sehen werden. »Und wo fahren wir hin?« Sie klingt wie ein Kind. »Soll es nicht eine Überraschung sein?« Doch, das soll es. Sie will überrascht werden. Er soll einfach nur kommen und sie abholen und mit ihr wegfahren, weit weg, egal wohin.

Im Treppenaufgang des Vorderhauses hat jemand auf den Lichtschalter gedrückt. Auf die luftige Struktur der robusten Äste des Feigenbaums fällt ein matter Schein. An den äußersten Zweigen sind bereits die ersten Knospen aufgegangen. Sie mag es, im Sommer an ihrem Tisch zu sitzen und auf die klobigen, runden Lappen der Blätter zu blicken, die an Scherenschnitte von Matisse erinnern. Sie hat den Baum von Bornholm mitgebracht, als sie mit Frank einmal einen heimlichen Ausflug nach Gudhjem gemacht hat, so einen, wie sie ihn morgen vorhaben. Sie war ganz überrascht, dass auf der Insel Feigenbäume wuchsen, und sie war noch überraschter, dass so etwas in einem Kopenhagener Hinterhof gedieh. Vielleicht lassen die Fernheizungsrohre unter den Pflastersteinen des Hofs den Baum glauben, er stehe zu Hause auf seiner sonnenbeschienenen Granitinsel. Sie kann sich nicht vorstellen, dass sie von diesem Baum jemals fortziehen könnte. Er gehört ihnen beiden, obwohl Frank hier nicht seine Adresse hat. Sie denkt an Berthes Worte. Sie und Georg können einander recht geben, sooft sie wollen. Auf seine besondere Art, unter dem Pflaster, in der heimlichen Luftlinie zwischen der Sølvgade und Østerport, ist Frank ihr Mann.

Ihr Blick fällt auf einen abgeschabten Buchrücken im Regal. Sie zieht das Buch heraus, es ist Pers Bildband aus der Nachkriegszeit mit den Schwarz-Weiß-Aufnahmen der Monumente aus der Ewigen Stadt. Sie öffnet ihn und findet seinen vergilbten, mehrmals gefalteten Führer. Sie blättert in dem Buch. Hier und da sieht man eine Frau im taillierten Kostüm oder einen kleinen Fiat, Modell *Topolino*, der herangetuckert kommt, wie um der Nachwelt anzuzeigen, wann das Bild aufgenommen wurde. Die antiken Sehenswürdigkeiten wirken monumental gleichgültig, hundert Jahre ergeben bloß einen minimalen Unterschied. Menschen allgemein tun nichts zur Sache. Die Ruinen auf dem Forum Romanum haben sich nach einem gewissen Grad der Zerstörung von allem Menschlichen abgewandt, um in ihrer erhabenen, mineralischen Abstraktion zu verharren. Es hat keine Bedeutung, ob es die pastoralen Schafsherden des Goldenen Zeitalters sind, die das Gras zwischen den verwitterten Säulen zertreten, oder die Japaner mit Sony und Augenschirm.

Nach ihrem ersten Besuch hat sie nie wieder einen Fuß auf das Forum gesetzt, auch nicht in dem halben Jahr, in dem sie die Stadt durchstreifte. Ihre Kommilitonen hörten gar nicht mehr auf, die autoritäre Harmonie römischer Tempelbauwerke zu vermessen, aber sie interessierte sich mehr für die lauteren kleinen Räume früher Kirchen und für deren Gegensatz, den Wirbelwind des Barocks. Sie liebte Borrominis elliptische Eleganz, seinen psychedelischen Dreh, eine Fassade imaginär zu verlängern und den unsichtbaren Raum in Schwingungen zu versetzen. Eine Liebe, die sie, wie sie später entdeckte, mit Villads Jensen teilte. Er sagte einmal, Borromini sei die Bauchtänzerin des Barocks gewesen, und er hatte recht. Alles in Borrominis eminent erotischen, swingenden Baukörpern ist konkave Atemlosigkeit oder konvexes, geblähtes Beben.

Ohne Pers maschinengeschriebene Liste hätte sie die Sachen, die man in Rom einfach sehen muss, aber nur einmal sehen will, nie so effektiv abgehakt. Behutsam öffnet sie die gefalteten Bögen. Es gibt keinen einzigen Tippfehler, aber Wörter und Namen wirken ein wenig krakelig, entweder weil er nicht kräftig genug auf die Tasten schlug oder weil das Farbband hätte gewechselt werden müssen. Die berühmten Ortsbezeichnungen und unpersönlichen lexikalischen Kommentare wirken plötzlich wie ein Abdruck von ihm, wie der allerletzte Rest einer Anwesenheit, nachdem sie sich zurückgezogen hat und zu nichts geworden ist. Sein Engagement für einen Teenager, der nicht einmal seine richtige Enkelin war. Seine erbauliche Fürsorge für ihre Bildung, die so viele Jahre später etwas naiv wirkt, weil die Zeit nicht nur vergangen ist, sondern sich auch verändert hat.

Was würde Jonas dazu sagen, wenn er so ein sorgfältig redigiertes Pensum in den Rucksack gesteckt bekäme? Sicher würde er denken, Per sei ein versnobter alter Narr. Oder er würde ihn mit seinem Fischgrätentweed und seiner urkopenhagenerischen Ausdrucksweise ironisch als Kult bezeichnen. Jedenfalls würde er verlegen lächeln und Vielen Dank sagen, dann würde er den getippten Romführer zusammenrollen und in die Tasche seiner Hip-Hopper-Hose stecken, wo Ingrid ihn eine Woche später finden würde, verwandelt in einen weichen Klumpen aus Fasern und Farbe – wenn sie nämlich die Hose aus der Waschmaschine zöge.

Sie war anders als ihr Sohn, autoritätsgläubiger, würden manche sagen, aber Per war keine Autorität, er war Per. Wenn er sagte, irgendetwas sei unbedingt sehenswert, war es von seinem eigenen Interesse bereits so erwärmt, dass sie als Allererstes von dieser Wärme erfasst wurde, lange vor der Belehrung, vor der kleinen Investition von Fleiß. Weil er in jenem sonnigen römischen Herbst unsichtbar an ihrer Seite ging, war es auch nie eine Frage der Überwindung, und auf seine Aufforderung hin den Vestalinnentempel zu besichtigen, war eine indirekte Art, ihn bei sich zu haben. Es war auch eine Erholungspause von der Dachwohnung in Trastevere und dem Zusammensein mit Berthe und Georgs Mutter.

Damit hatte sie nicht gerechnet. Sie hatte sich nichts anderes vorgestellt, als nach fünf Monaten der Trennung ein bisschen Zeit mit Berthe zu verbringen. Sie wiederzufinden, nachdem sie sich selbst gefunden hatte. Als Berthe die benutzten Teetassen in die Küche trug und sie einen Moment allein waren, fragte sie, ob Ingrid etwas dagegen habe, dass Ellen auch da sei. Berthe hatte sie eigentlich zu einem anderen Zeitpunkt einladen wollen, aber nun fiel ihr Besuch mit den Herbstferien zusammen.

Ellen war eine bescheidene, höfliche Frau, ihre Art setzte Berthe einen Dämpfer auf. Dasselbe machte Berthes eigene Neugier. Ausnahmsweise wollte sie lieber zuhören als reden, und wenn sie unterbrach, dann mit vertiefenden Fragen. Sie wollte offenbar nicht, dass Ellens Bericht über ihre Affäre mit dem jungen Norman Dreyer zu schnell vorbeiging. Im Vergleich zu den vierzehn Jahren, die Berthe mit ihm verbracht hatte, gab es eigentlich kaum etwas zu erzählen, trotzdem hörte sie nicht auf zu bohren.

Ellen war an dem, was Berthe aufzutischen hatte, nicht sonderlich interessiert. Sie war nur mit Georg beschäftigt. Berthe dagegen war bei diesem Thema so unaufmerksam, dass es fast unhöflich wirkte – wenn Ellen von Georgs jütländischer Jugendmeisterschaft im Schwimmen erzählte, von damals, als er einen Kameraden vor dem Ertrinken rettete, der im Meer unvermittelt in eine Vertiefung geraten war, oder von seiner frühen Neigung, tote Tiere zu zerkleinern, die er auf seinen Streifzügen gefunden hatte. All die zusammenhanglosen Anekdoten aus seiner Kindheit legten sich wie ein Kranz um Ingrids Eindrücke aus dem eben vergangenen Sommer. Sein durchtrainierter, gebräunter Körper, sein gutmütiges Lachen, seine Vertraulichkeit. Während Ellen erzählte, dachte Ingrid an das, was sie durch Georg schon von ihr wusste. In ihren Gedanken verflochten sich ihre Berichte ineinander, ihr wurde ganz schwindlig bei dem Gedanken an dieses Leben, mit dem sie, ohne es zu wissen, verbunden gewesen war.

Auch Ellen war zum ersten Mal in Rom, und Berthe zeigte ihnen die Stadt, aber Ingrid konnte aus Pers Führer mehr Gewinn ziehen. Vieles, was Berthe ihnen erzählte, war irreführend, und viele Objekte, die Per beschrieben hatte, ließ Berthe links liegen. Ingrid musste selbst stehen bleiben und auf Berninis tüchtigen Elefanten aufmerksam machen, der den Obelisken auf der Piazza Minerva trägt. Sie war es auch, die den beiden Frauen erzählte, dass der Glockenturm von Borrominis Universitätskirche seinerzeit als Vorbild für Lauritz de Thurahs Gestaltung des Turms der Erlöserkirche in Kopenhagen gedient hatte. Sie merkte, dass es Berthe ärgerte, von ihrer Tochter belehrt zu werden. Rom war ihr persönliches Eigentum, und sie hatte sich gefreut, ihnen die Stadt zu zeigen. Am Abend aßen sie in einem Restaurant des Viertels. Berthe bevorzugte die schlichten Orte, »nur ein Loch in der Mauer«, wie sie sich ausdrückte, wo das Menü mit Kreide auf einer Tafel geschrieben stand und der Wasserhahn über dem Marmorbecken Quellwasser aus den Bergen spendete. Ingrid machte es Spaß, die anderen Gäste zu beobachten. Sie verstand kein Wort, erriet aber aus ihren ungeduldigen, überheblichen, selbstgerechten, gekünstelt ziellosen Handbewegungen, worüber sie sprachen. Auf die Art konnte sie auch ein wenig von Berthe abstrahieren.

Je mehr die erste Karaffe Wein zur Neige ging, desto größer wurde Berthes Drang sich zu offenbaren. Dann musste sie erzählen. Sie trank am meisten und musste zwischen Pasta und Hauptgericht eine neue Karaffe bestellen. Sie sprach von Norman Dreyer, ihrer bösen Mutter und ihrer unglücklichen Kindheit. Ingrid fand es unerträglich. Besonders, wenn Berthe von ihrem »Kampf« redete. Sie wollte nicht, dass Berthe etwas Schlechtes über Norman Dreyer sagte. Wenn Ingrid heute daran zurückdenkt, findet sie es fast erschreckend, wie loyal ein Kind noch gegenüber dem schlimmsten Vater oder der schlimmsten Mutter sein kann. Berthe war auch loyal, wenn sie Ellen voll Selbstrührung von Adas Kälte, vom Internat und all den unbeantworteten Briefen erzählte. Auf eine verkehrte Weise war sie es. Nicht gegenüber Adas Ruf, sondern gegenüber dem schleimigen, blutigen Band zwischen ihnen, das sie nie zu durchtrennen imstande war.

Für Ingrid ging das wie von selbst. Das Band war vertrocknet und abgefallen und hatte nichts als einen blanken weißen Fleck hinterlassen. Sie fühlte nichts an dieser Stelle, nichts als Freiheit. Hingegen fühlte sie sich geradezu belästigt, wenn Berthe ihr ihre Meinung über Norman Dreyer aufnötigte, was für ein abgestumpfter Idiot er doch gewesen sei, und es war nicht besser, wenn sie aus Ingrid herauskitzeln wollte, ob er jemanden kennengelernt hatte. Ingrid sagte, nein, habe er nicht. Sie konnte sich nicht überwinden, ihn ans Messer zu liefern, sie wusste noch nicht, warum. Sie wusste nur, dass es nicht Norman Dreyer war, den sie schonte.

Als Ingrid an einem Sonntagmorgen in Helsingør ins Badezimmer ging, saß ein nacktes Mädchen auf der Toilette und pinkelte. »Hallo«, sagte das Mädchen, und Ingrid dachte, sehr viel mehr gibt es in einer solchen Situation eigentlich auch nicht zu sagen. Die junge Dame musste etwa Mitte zwanzig sein. Ihre Augen waren schmal, und ihre langen verfilzten Haare bedeckten genau ihre kleinen Brüste. »Ich bin die Maja«, sagte sie und wischte sich ab. »Du musst Ingrid sein«, fuhr sie fort, während sie aufstand und spülte. Für den Rest des Tages ging Ingrid spazieren. Norman Dreyer war allein, als sie endlich wieder nach Hause kam, beim Essen ließ er sich nichts anmerken. Vielleicht hatte das Mädchen ihm nichts von der Begegnung im Badezimmer erzählt.

Glücklicherweise machte der Sommer ernst, und Georg kam häufig am Wochenende und holte Ingrid am Hotel Trouville ab. Sie erzählte ihm nichts von Norman Dreyers Sexleben, im Allgemeinen sprachen sie nicht über ihren Vater. Irgendwann, als sie eines Nachmittags in diesem Sommer nach Hause kam, hörte sie, dass Norman Dreyer wieder Besuch hatte. Es klang, fand sie, als zöge er in seinem Zimmer einem Esel den Schwanz lang, aber dann merkte sie, dass er selber der Esel war. Sie verbrachte ihre Zeit damit, stundenlang in der Stadt herumzustromern. An die Sveasäule gelehnt saß sie lange am Hafen und schaute den an- und ablegenden Fähren zu.

Als sie wieder zum Haus zurückkam, waren im Garten zwei Liegestühle aufgestellt worden, aber es war nicht das Mädchen mit den schmalen Augen, dem er Sangria einschenkte. Die Frau im Liegestuhl musste etwa doppelt so alt sein. Sie hatte rabenschwarze Haare und eine Pagenfrisur und Kratzer rund um den Mund, der Ingrid so einschmeichelnd entgegenlächelte, dass sie meinte, sie müsse die vorstehenden Zähne exakt abzählen können. »Sag Lone guten Tag«, bemerkte Norman Dreyer. Lone schrieb auch für die Zeitung. Ingrid ging auf ihr Zimmer, obwohl es so warm war, dass man nur Lust hatte, draußen zu sein.

Eines Abends in der Küstenbahn blätterte sie in einer Ausgabe von *Politiken,* die jemand auf dem Sitz gegenüber liegen gelassen hatte. Normalerweise las sie die Zeitung nie, weil sie nicht auf einen Artikel von Norman Dreyer stoßen wollte, und tatsächlich blinkte sein Name über einer groß aufgemachten Rezension irgendeines Gedichtbandes. Der Text war mit dem Foto der jungen Lyrikerin illustriert. Es war offensichtlich ihr Debüt. Sie stand vor einer abgeblätterten Mauer und schmollte mit ihren langen filzigen Haaren vor den schmalen Augen. Ingrid brauchte einen Augenblick, bevor sie sie erkannte, vielleicht weil sie auf dem Bild etwas anhatte. Maja Voigt durchbreche den literarischen Mief mit ihrer rohen und zugleich zarten Stimme, schrieb Norman Dreyer. Ingrid fand nicht, dass diese Begeisterung zu ihm passte.

Lauter solche Sachen hätte Berthe unheimlich gerne erzählt bekommen, aber Ingrid war doch noch so jung. Sie verstand nicht, warum ihre Mutter etwas über Norman Dreyers Frauen erfahren wollte, wo sie doch sonst mit ihm fertig war. Sie hatte auch keine Lust, es zu verstehen. So wie sie in Helsingør herumgestreift war, nur um ihre Ruhe zu haben, unternahm sie, erleichtert, allein zu sein, lange Spaziergänge durch Rom. Wenn sie sich nicht durch Pers Liste arbeitete, wanderte sie in der Gegend um den Vatikan herum oder durch die finstren, anonymen Wohnviertel an der Cola di Rienzo oder am Viale delle Milizie. Sie hatte kein Ziel und keine Verabredung, es war sehr befreiend, einfach nur zu gehen. Es war ihr eigenes Leben, und sie wusste noch gar nichts davon.

Wenn sie sich die Schaufenster der Eisenwarenhändler ansah oder im Lärm einer Bar eine *Spremuta* trank, waren Berthe und Norman Dreyer Lichtjahre entfernt. Sie wollte sich lieber die Dinge vorstellen, die sie nicht gekannt oder erlebt hatte. Eine Badeanstalt im Limfjord in jenem Sommer, in dem sie selbst erst zwei Jahre alt gewesen war. Das ruhige Wasser, die sonnenwarmen Planken, den nassen Kokosläufer mit den Tangfetzen. Georg, der mit geschlossenen Füßen und vorgestreckten Armen den Rücken krümmt und in einer Schaumblüte verschwindet. Der beste Schwimmer der Klasse.

An einem Abend hatte Berthe mehr als sonst getrunken, sie ging als Erste ins Bett, als sie in der Wohnung ankamen. Die Luft war mild, und Ellen und Ingrid setzten sich noch auf die Terrasse. Ellen zündete Teelichter an, als wäre sie die Gastgeberin. Das Dunkel war dicht und samtig, und trotz der flackernden kleinen Flämmchen konnten sie sich fast nicht erkennen. Hinter Ellens undeutlicher Silhouette markierten die Straßenlaternen die Steigung zum Gianicolohügel hinauf bis zu dem Platz mit dem Garibaldi-Denkmal. Die Lichtkegel der Autoscheinwerfer tauchten hinter den unsichtbaren Bäumen und Häusern unter und wieder auf.

Ellen räusperte sich. »Georg hat so viel von dir erzählt«, sagte sie. »Er ist sehr froh darüber, dass ihr euch getroffen habt.« Ingrid wusste nicht, was sie antworten sollte. »Ich hätte nicht gedacht, dass ich einmal hier sitzen würde«, fuhr Ellen fort, »hast du etwas dagegen, darüber zu sprechen?« Ingrid schüttelte den Kopf, dann fiel ihr ein, dass Ellen ihre Geste wegen der Dunkelheit vielleicht nicht sehen könnte. »Nein«, sagte sie und war sich nicht sicher, ob sie es ernst meinte. »Ich kann verstehen, wenn du auf mich böse bist«, sagte Ellen. »Wenn ich deine Mutter nicht aufgesucht hätte, hätten sich deine Eltern nicht scheiden lassen. Ich dachte nur ... Georg muss ihn doch vermisst haben in all den Jahren.« Ellen schwieg. »Georg war nur der Anlass«, sagte Ingrid. »Berthe wäre so oder so gegangen.« Erst als sie es ausgesprochen hatte, fiel ihr ein, woher sie es hatte. »Du bist reif für dein Alter«, sagte Ellen. Sie schwiegen. Es war ein seltsamer Gedanke, dass Norman Dreyer einmal mit Ellen im Bett gewesen war. Es war seltsam, mit ihr im Dunkeln zusammenzusitzen.

Eines Vormittags erzählte Berthe von dem Wiedersehen mit ihrem Vater. Sie hatten wie üblich auf der Terrasse gefrühstückt, und Ellen hatte gefragt, wie Berthe den Mut haben konnte, ihre Arbeit zu kündigen und sich ohne irgendeine Sicherheit in Rom niederzulassen. Ingrid erinnerte sich, dass Ada ein halbes Jahr zuvor dasselbe gefragt hatte, aber in Ellens Frage schwang weder Eifersucht noch Verurteilung mit. Sie schien sich einfach zu wundern, still beeindruckt. Berthe sagte, sie könne Ingrids Großvater dafür danken. Ja, Ingrid habe ihn ja nie gesehen, und sie selbst habe ihn seit ihrem achten Lebensjahr auch nicht mehr gesehen. Als Ada ihn verließ und Berthe mitnahm, um mit Per Weincke zusammenzuleben, hatte er jede Verbindung abgebrochen. Berthe sprach Pers Nachnamen so bewusst nebenher aus, dass es auffiel, als müsste Ellen selbstverständlich wissen, wer Per Weincke war. Der Name schien Georgs Mutter nichts zu sagen.

Die einzige Verbindung, erzählte Berthe, war das monatlich eintreffende Unterhaltsgeld, sodass Ada sie auf ein Internat schicken konnte. Keine Weihnachts- oder Geburtstagsgeschenke, nicht einmal ein Gruß. Er hatte ja wieder geheiratet und Kinder bekommen. »Genau wie ...«, wollte Ellen sagen, aber Berthe unterbrach sie. Das könne man absolut nicht vergleichen. Man solle bitte nachvollziehen, wie verletzt Vater gewesen sei. Berthe sagte »Vater« in einem derart vertraulichen Ton, dass man hätte glauben können, sie und Ellen seien Schwestern. Ellen sagte, sie könne sich gut an den Namen Erik Hvidbjerg erinnern. Er sei in Nordjütland ein bekannter Anwalt gewesen. Die Firma, für die sie in Aalborg arbeitete, hatte viel mit ihm zu tun. Sei er nicht auch ein alter Widerstandskämpfer gewesen? Berthe lächelte ungeduldig. Das sei ja ein putziger Zufall. Ellen wusste noch, dass sie damals, als sie mit Akteneintragungen beauftragt war, in einem alten Dossier einige Briefe von ihm gesehen hatte. »Tief verletzt«, wiederholte Berthe, als hätte sie nicht gehört, was Ellen sagte. »Hinter der Fassade ist er sehr empfindsam«, fuhr sie fort und malte Erik Hvidbjergs Verliebtheit in die um einiges jüngere, bildschöne Ada aus.

Er war der attraktivste Junggeselle der Stadt. Sie war Arzttochter und hätte Konzertpianistin werden und aufs Konservatorium in Kopenhagen gehen sollen, erzählte Berte, aber ein Reitunfall hatte dem Traum ein Ende bereitet, und so war sie in Hjørring gestrandet. »Wenn dieses Pferd nicht gewesen wäre, wäre ich nicht da«, fügte Berthe dramatisch hinzu. Sie hatten zusammen musiziert, Kammermusik, Erik war ein tüchtiger Geigenspieler, und dann heirateten sie also. Sie waren ein blendendes Paar. Man müsse sich einmal vorstellen, was es bedeutete, als Ada ihn plötzlich verließ. Auf diese Art sein Gesicht zu verlieren, vor der ganzen Stadt als Hahnrei dazustehen. »Hahnrei«, auf so ein Wort hätte auch Ada verfallen können, dachte Ingrid. Kurz darauf hatte er seine Sekretärin geheiratet, und nach und nach war Ada wohl nichts anderes mehr gewesen als ein schlechter Traum. Ada und die Tochter, die sie zustande gebracht hatten.

Berthe schwieg und widmete sich der Aussicht auf die flachen Ziegeldächer mit einer Miene, als müsste sie ihre gesamte Selbstdisziplin mobilisieren, um ihre Gefühle zu zähmen. Dabei rieb sie mit dem Fingernagel gedankenverloren an dem gestreiften Seidenbezug eines Kissens auf dem Korbsofa herum. Sie achtete sehr auf ihre Kissen, die so leicht schmutzig wurden. Sie hatte vorher nicht angerufen, sie hatte sich nicht getraut, aber eines Tages stand sie auf dem Bahnhof Hjørring und schaute dem Zug hinterher, der nach Frederikshavn weiterfuhr. Es war das erste Mal nach all den Jahren, dass sie zurückkam, und ihr fiel auf, dass sie keinerlei Erinnerung an die Stadt hatte. Sie nahm ein Taxi und fuhr zu dem Haus hinter der Kirche Sankt

Catharinae. Der Name stand noch an der Tür. Ihr wurde von einer Frau geöffnet, die mindestens zehn Jahre jünger war. Berthe stellte sich vor. Die Frau blickte sie an und bat sie, in der Diele zu warten. »Unsere Mutter ist letztes Jahr gestorben«, sagte die Frau. »Ich wohne jetzt hier. Er ist alt geworden.«

Berthe setzte sich auf einen der gepolsterten Stühle, die zu beiden Seiten einer Kommode und eines goldgerahmten Spiegels standen. Durch das Fenster konnte man einen Baum sehen und einen Teil der weiß gekalkten Kirchenmauer. Es war alles so, wie sie es in Erinnerung hatte, die Möbel, das Licht, der Geruch. Sie betrachtete die symmetrische Jahreszeichnung im kunstfertig gefassten Mahagonifurnier der Kommodenschubladen. Wieder musste sie abwechselnd an Austernschalen, einen schlierigen Abendhimmel und ein Grottengewölbe denken, so wie damals, als sie auf einem dieser Stühle saß, die Beine baumeln ließ und darauf wartete, dass sich Ada vor dem Spiegel zurechtmachte.

Sie versank im Wiedersehen mit dem Haus ihrer Kindheit, als wollte sie den Augenblick hinauszögern, da die Tür zum Wohnzimmer wieder aufging. Ihre Halbschwester sagte, sie könne in den Garten mitkommen. Sie sahen sich überhaupt nicht ähnlich, sie stellte sich erst jetzt vor und gab Berthe die Hand, bevor sie sie durch die schattenreichen Zimmer auf eine Veranda führte. Berthe sah sich um. Alles war so wohlbekannt, dass nur sie fremd war. Erik Hvidbjerg stand in Hemdsärmeln auf dem Rasen. Berthe erinnerte sich, wie er sich dort mit ihr gewälzt hatte, in Hemdsärmeln wie jetzt, wenn er nachmittags nach Hause kam. Vielleicht hatte er es nur ein einziges Mal getan, aber in ihrer Erinnerung war es, als hätte er sich mit ihr ihre ganzen ersten Jahre hindurch in dem pieksenden, frisch gemähten Gras gewälzt.

Er hielt die Hände auf dem Rücken, er hatte schneeweißes Haar und breite Schultern und hielt sich gerade. Er war freundlich und sprach mit ihr, als wäre es die selbstverständlichste Sache der Welt, dass sie vorbeischaute. Selbst seine Fragen klangen, als wollte er nur hören, wie sie den Sonntag verbracht habe. Ob sie verheiratet sei? Wie viele Kinder sie habe? Sie sei ja tüchtig. Er habe immer gelesen, was sie in der Zeitung schreibe. Sie tranken Tee auf der Veranda, sie berichtete, er hörte bereitwillig zu. Als Berthe ein einigermaßen vollständiges Resümee ihres Lebens gegeben hatte, schwieg er ein Weilchen und sah sie an. »Und jetzt sag mir doch, was ich für dich tun kann«, sagte er mit einem entgegenkommenden Lächeln. Es dauerte ein wenig, bis sie verstand. Er wollte einfach gerne wissen, warum sie gekommen war.

Sonnabend

Es ist Mitternacht, aber obwohl sie müde ist, weiß Ingrid, dass sie sich bloß von einer Seite auf die andere wälzen würde, wenn sie jetzt ins Bett ginge. Sie löscht das Licht, zieht ihren Mantel wieder an und zieht die Wohnungstür zu. Als die Tür ins Schloss fällt, denkt sie, dass die Wohnung jetzt so daliegt, als wäre sie noch gar nicht nach Hause gekommen. Es ist besser so. Im Hof bleibt sie stehen, um nach ihrem Feigenbaum zu sehen. Im Sommer werden die äußersten Blätter sicher gerade so das fleckige Eisenvitriol der Mauer streifen. Diese Mauern können sie selbst an einem Wintertag von Rom träumen lassen. Träumen und wieder erwachen lassen.

Die Luft ist kalt, der Wind hatte aufgefrischt, und wie üblich entsteht in dem geschlossenen Trichter des Hofs eine kleine Turbulenz. Das Sägemehl, das ein Handwerker auf den Pflastersteinen hinterlassen hat, wirbelt spiralförmig um sie herum, sodass sie die Augen zusammenkneifen muss. Als sie die Ecke Sølvgade/Kronprinsessegade erreicht, zögert sie ein wenig, ehe sie sich entschließt, geradeaus weiterzugehen und links in die Borgergade einzubiegen. Sie hat keine Lust auf das Viertel der Kneipen und Diskotheken um die Gothersgade herum, wo grundsätzlich ein junger Typ auf einer Treppenstufe hockt und in eine Pizzaschachtel kotzt. Sie schließt den obersten Mantelknopf und lehnt sich gegen den Wind, während sie in Richtung Nyboder-Viertel geht. Sie überquert die Store Kongensgade und geht die Esplanade entlang, über die Bredgade, und an der Haustür vorüber, durch die sie so oft gegangen ist. Sie überquert die Fahrbahn und bleibt mit dem Rücken zur dunklen Parkanlage stehen. Oben im Erkerzimmer brennt Licht, Ada ist noch nicht schlafen gegangen, es sei denn, die Hauspflege hat das Licht angelassen.

Wenn Ada wach ist, liest sie wahrscheinlich. Obwohl sie seit Jahren selbst nicht mehr schreibt, verfolgt sie weiterhin die Neuerscheinungen. Die Klassiker dürfen auf den staubigen Regalen stehen. Dort sei sie gewesen, wie sie zu sagen pflegt, und, Hand aufs Herz, wie viele von ihnen bleiben denn bestehen? Wie interessant ist die liebe Not junger Mädchen, einen passenden Ehemann zu finden, oder die Drangsal von Bauernjungen in der verruchten Großstadt? Ingrid lächelt, sie hat Adas arroganten, schleppenden Tonfall im Ohr. Sie bleibt noch ein wenig stehen und sieht zu dem vergilbten Le-Klint-Schirm hinauf. Von hier unten kann man den Lampenfuß nicht sehen, eine graue, blau bemalte chinesische Tonvase. Wie oft sie dort gesessen und sie gedankenverloren betrachtet hat! Eine Flussszene, eine stehende Gestalt in einem langen Boot, das an Schilfrohr vorübergleitet, alles gemalt mit Strichen, die in der Glasur selber wie biegsame Halme schwanken.

Zwei, drei Monate, bevor Ingrid ihr Abitur machte, erhielt Ada den Goldenen Lorbeer des Buchhandels für *In diesem Spiegel bin ich eingeschlossen*. Es wurde ihr größter Triumph – und ihr letzter, aber das konnte ja niemand ahnen. Es war jahrelang still um sie gewesen, seit ihrer letzten Veröffentlichung war schon einige Zeit vergangen, als ihr Erinnerungsbuch einer der bestverkauften Titel der Saison wurde. Obwohl es damals von intimen Bekenntnissen in Buchform nur so wimmelte, hatte der Flug einer mittelalten Scharteke über die Laken der grau melierten Kopenhagener Nachkriegsboheme etwas unwiderstehlich Abartiges. Viele ihrer dichtenden oder malenden Bettgenossen waren ja noch am Leben und mit denselben Partnern verheiratet, aber in der Zwischenzeit hatten sie das Stadium erreicht, in dem man ins Blaue Buch der bekannten Dänen Einzug gehalten hat und nur noch darauf wartet, einbalsamiert zu werden. Es musste ziemlich viel böses Blut verursacht haben, denn nach Meinung der Rezensenten wurde den Matratzenfedern in der Dachwohnung hinterm Nikolaj Plads nicht viel Ruhe gegönnt. Besonders, wenn Per nicht zu Hause war.

Das geschah vor der Esplanade, vor ihrer eigenen Ankunft auf der literarischen Sonnenseite. Bevor Ada »anthologisiert« wurde, wie Ingrid sie einmal zu Berthe hatte sagen hören. Ingrid las nur flüchtig, was die Zeitungen schrieben. Es war wie trübes Wasser, in das man nicht steigen will, weil es riecht, und außerdem hatte sie nur noch ein halbes Jahr, um alles nachzuholen, was sie unterwegs im Gymnasium versäumt hatte. Deshalb besuchte sie auch Ada und Per in dieser Zeit nicht und wusste nicht unmittelbar, was Per davon hielt, dass Ada ihre alten Seitensprünge in die Welt hinausposaunte. Das brauchte sie auch nicht. Sie konnte es auf dem Pressefoto sehen, auf dem Ada im Kimono dem Vorsitzenden der Buchhandelsvereinigung, der einen riesigen Blumenstrauß in der Hand hält, die Wohnungstür aufmacht. Hinter ihr in der Diele sieht man Pers Rücken in dem gestreiften Schlafrock, er hat sich eben umgedreht. Ingrid hat den Ausschnitt irgendwo aufbewahrt. Es ist nur ein Zeitungsfoto, aber ebenso ausdrucksvoll wie eine Szene von Edvard Munch.

Das Festessen mit der Preisverleihung fand im Langelinie-Pavillon statt. Es war zur selben Jahreszeit wie jetzt, ein kalter Abend im März. Als Ingrid den Gefionbrunnen hinter sich hat, sieht sie den modernistischen Pavillon über der Promenade am schwarzen Hafenwasser emporragen. Seit der Feier damals hat sie ihn nicht mehr von innen gesehen. Das Restaurant mit den großen Panoramafenstern zum Hafen hinaus ist verrammelt und verschlossen. Berthe war aus Rom gekommen, und Ingrid hatte mit ihr verabredet, zu zweit hinzugehen. Berthe wohnte in ihrem alten Zimmer an der Esplanade, wie immer, wenn sie zu Hause war. Sie machte die Tür auf, als Ingrid klingelte. Sie war am späten Nachmittag gelandet und hatte sich noch nicht umgezogen. Ada war schon vorausgegangen, Berthe hatte sie noch gar nicht begrüßen können. Sie wusste auch nicht, wo Per war. Als sie kam, war er zu Hause gewesen. »Er hatte getrunken«, konstatierte Berthe, als wäre sie auf einen Penner gestoßen. Ingrid konnte sich nicht vorstellen, wie Per aussah, wenn er betrunken war.

Sie waren noch nie allein in der Wohnung gewesen, und Berthe schien sich hier weniger zu Hause zu fühlen als Ingrid. Sie wusste nicht, was sie anziehen sollte. Ingrid hatte nur ihr Abendkleid. Berthe fand es zu tief ausgeschnitten. Sie selbst entschied sich schließlich für einen Hosenanzug mit Nadelstreifen mit einer viel zu breitschultrigen, zweireihigen Jacke, ungefähr so, wie man sie von der Olsen-Bande im *Allerletzten Streich* kennt. Ingrid fand, dass sie ihre breiten Hüften unvorteilhaft betonte, aber sie sagte nichts, weil Berthe schon nervös genug war. Sie hatte zu viel Puder aufgelegt und glich mit ihrem feuerroten struppigen Haar einer Wachspuppe. Während sie im Badezimmer vor dem Spiegel stand, fragte sie Ingrid, ob Vater allein komme. Ingrid brauchte einen Augenblick, ehe sie verstand, dass sie Norman Dreyer meinte. Ingrid tat, als wüsste sie von nichts, und schob schnell die Frage nach, wieso Ada ihn eingeladen habe. Das habe sie natürlich nicht, sagte Berthe und tupfte sich noch ein bisschen Puder auf die Nase. »Aber dein Vater ist ja nicht irgendwer«, erklärte sie. »Er wird immer eingeladen, die Verlage trauen sich gar nicht, es nicht zu tun.«

Auf der Treppe zum Restaurant mussten sie sich anstellen, Ada und der Direktor des Gyldendal Verlags begrüßten oben die geladenen Gäste. Ada war in Silberlamé, auf ihrem Kopf thronte ein Seidenturban in der gleichen Signalfarbe wie ihr Lippenstift. Mehrere der älteren männlichen Gäste küssten sie halb im Scherz auf die Hand. Mit jeder Stufe wurde Berthe fahriger, und als es an ihnen war, die Preisträgerin zu begrüßen, kriegte sie vor Ergriffenheit kaum ein Wort heraus.

»Mutter ... herzlichen Glückwunsch!«, presste sie hervor. »Guten Tag, Berthe. Guten Tag, meine Süße«, begrüßte Ada sie in einem Ton, als wären Berthe und Ingrid entfernte Verwandte aus Hjørring. Ein bisschen peinlich, dass sie da waren, aber leider nicht zu vermeiden. Berthe wollte zur gefühlvollen Umarmung der heimgekommenen Tochter ansetzen, was Ada sogleich mit der Wange parierte. Berthe konnte sie gerade noch küssen, bevor ihre Mutter die Arme ausbreitete, um die Gäste hinter ihnen zu begrüßen. »Knud«, schrie sie beinahe, »wie schön, dass du kommst!« Berthe warf einen Blick über ihre Schulter. »Das ist Knud W. Jensen, der Direktor von Louisiana«, hauchte sie Ingrid mit unterdrückter Begeisterung zu. »Was du nicht sagst!«, meinte Ingrid und konnte selbst ihren kindlichen Trotz hören.

Sie standen in einer Ecke an den großen Fenstern, während Champagner getrunken wurde. Berthe erzählte ihr in atemberaubendem Tempo von einem italienischen Autor, den sie gerade interviewt hatte. Ingrid hatte noch nie von ihm gehört. Ein paar Meter von ihnen entfernt erkannte sie Maja Voigt. Sie stand gelangweilt zwischen zwei Männern, die sich gegenseitig darin überboten, witzig sein zu wollen. Ingrid hatte sie seit dem Sonntag, als sie sich im Bad begegneten, nicht mehr gesehen. Etwas später bemerkte sie Norman Dreyer und die Frau mit der Pagenfrisur, die Lone hieß. Berthe hatte sie auch gesehen. »Sind die beiden zusammen?«, fragte sie. Ingrid hätte ihr berichten können, dass Lone manchmal das Wochenende am »Lappen« verbrachte und dass sie ein paarmal im Theater in London gewesen waren, hielt aber den Mund. Waren die beiden zusammen?

Berthe unterhielt sich mit einer anderen Frau, ganz berauscht vor Dankbarkeit, dass jemand mit ihr sprechen wollte. Ja, sie wohne jetzt in Rom. Ja, es sei herrlich, diesem Provinznest hier entkommen zu sein. Sie erzählte von ihrer Wohnung in Trastevere und den netten Handwerkern, die die Zimmer renoviert und ihr Öl und Wein von den Höfen der Familien in den Castelli Romani mitgebracht hätten. Einfach rührend. Es war, als hörte man Schneewittchen mit ihren sieben einfältigen und so was von authentischen Zwergen prahlen.

Ingrid wandte ihnen den Rücken zu und blickte über die dunkle Hafeneinfahrt. Unten auf der Terrasse zwischen Pavillon und Kai bemerkte sie eine gebeugte Gestalt, die zu den erleuchteten Fenstern hinaufsah. Es war Per, sie war sich fast sicher. Sie bahnte sich einen Weg durch die Menge und lief die Treppe hinunter, vorbei an Ada und ihrem Verleger und den zuletzt gekommenen Gästen. Als sie die Terrasse endlich erreichte, war niemand da. Sie lief die Promenade hinab und schaute in alle Richtungen, aber er war weg. Ihr war kalt, sie ging wieder hinein. Die Treppe war leer, alle waren hineingegangen, aber sie wollte nicht nach oben, nicht jetzt. Sie ging zur Garderobe und legte ihre Nummer auf die Theke. Das Mädchen sah von ihrem Buch auf. Sie musste etwa im selben Alter sein. Ingrid sagte, sie fühle sich schlapp. »Kenne ich gut«, sagte das Mädchen und hielt sich die Hand vor den Mund, als gähnte sie.

Ingrid ging zur Esplanade zurück. Sie sah Licht in der Wohnung und klingelte mehrmals. Als sie am Bahnhof Østerport ankam, ging sie in eine Telefonzelle und wählte Pers und Adas Nummer, aber es wurde nicht abgenommen.

Eine halbe Stunde später saß sie in der Küstenbahn. Sie hoffte, dass er aufgemacht oder den Hörer abgenommen hätte, wenn er gewusst hätte, dass sie es war. Sie ertrug es nicht, dass er glauben könnte, sie wäre im Langelinie-Pavillon. Je näher der Zug Helsingør kam, desto mehr Zweifel kamen ihr. War wirklich er es gewesen, der zu der Gesellschaft hinter den Panoramafenstern hinaufgeschaut hatte? Wäre er sich dafür nicht zu schade gewesen? Es gab so viel, was sie nicht wissen konnte.

Ingrid steht dort, wo Per vor dreißig Jahren stand, falls er es überhaupt war. Das ist eines der Dinge, das sie nicht geklärt hat, solange Zeit war. Wie hätte sie auch fragen sollen? Sie sprachen nie über Ada und ihn, nur über Ada, und er plauderte nicht, er war der perfekte Gentleman. Das weiß sie heute. Die Diskretion in Person, bis er sich ein halbes Jahr nach Adas Festveranstaltung auf einen Stuhl stellte und den Platz mit dem Kronleuchter eintauschte.

Der Wind vom Öresund ist so heftig, dass Ingrid Schwierigkeiten hat, stehen zu bleiben. Hier ist es zu kalt und zu dunkel, sie geht wieder zurück, mit dem Wind im Rücken. In Henning Larsens neuer Oper auf der anderen Seite des Hafens ist noch Licht. Nicht gerade sein einfallreichstes Haus, denkt Ingrid, aber so schlecht, wie alle sagen, nun auch wieder nicht. Es braucht einfach ein paar Klötze, um die gähnende Leere der Hafeneinfahrt einzurahmen, und sie hat selbst keinen Vorschlag, wie man es hätte besser machen sollen.

Muss man das, um kritisieren zu dürfen? Muss man wissen, was man selber tun würde, wenn man andern erzählen will, wo sie Fehler gemacht haben? Sie muss es, wenn sie sich Hoffnungen machen will, die Rolle als Villads Jensens Nachfolgerin auszufüllen. Seit gestern Nachmittag hat sie nicht mehr an seinen Vorschlag gedacht, obwohl die Beförderung zum Chef des Büros ihr Arbeitsleben revolutionieren würde. Der Gedanke daran wirkt absurd und erschreckend, so wie sie hier steht und sich im Wind schüttelt, vor der Aussicht auf das Bauwerk eines anderen Meisters, einen in Anbetracht der gegebenen Konditionen grandiosen Kompromiss. Würde sie nicht einer Maus gleichen, die im Fußabdruck eines Mammuts zeltet?

Als sie weitergeht, zerstreuen sich ihre Gedanken in alle Richtungen wie ein Schwarm aufgescheuchter Tauben. Sie sieht Pers Sarg vor sich, der in den Regen hinausgetragen wird. Die Tropfen schlugen so fest auf den Deckel, dass sie ihn hätten wecken sollen. Die Blütenblätter des Sargschmucks lagen flach und glitschig auf dem weißen Lack, und alle waren damit beschäftigt, ihre Regenschirme zu öffnen. Nur Ada und die sechs Männer, die den Sarg trugen, waren dem wilden Regenschauer ungeschützt ausgesetzt. Ada machte sogar noch eine Nummer daraus, sich durchweichen zu lassen, aufrecht und theatralisch.

Die Uhr geht auf eins zu. Vielleicht wird sie schlafen können, wenn sie nach Hause kommt. Wo Jonas wohl im Augenblick in der Stadt ist? Hockt er auf einem versifften Sofa mit einer Horde anderer Jungpaviane und nuckelt sich hohlwangig an einem Schillum? Hängen sie vor so einem Nachtkiosk wie Seven Eleven herum, wo zerbrochenes Glas auf dem Bürgersteig liegt und man ständig damit rechnen muss, dass es zu einer Schlägerei kommt? Schluss jetzt, sie darf jetzt nicht mehr daran denken. Sie muss versuchen zu schlafen. Sie denkt an Frank. Er kommt morgen früh, morgen sind sie wieder zusammen. Als sie kurz darauf die Esplanade entlanggeht, ist das Licht bei Ada gelöscht worden. Sie muss noch wach gewesen sein.

In dem Jahr, in dem Per starb, verbrachte Ingrid die zweite Dezemberhälfte bei Berthe in Rom. Sie sprachen viel über ihn. Berthe erzählte Dinge aus ihrer Kindheit, und sie bewerteten seine Eigenschaften als Vater, zuerst für die eine, dann für die andere. Berthe war relativ ruhig und ausgeglichen in dieser Zeit und hatte nicht das gleiche Bedürfnis, den Fall Norman Dreyer durchzuhecheln, wie noch bei Ingrids erstem Besuch. Sie hatte ihn seit dem Festessen im Langelinie-Pavillon nicht mehr gesehen, aber der Anblick von Lone mit der Pagenfrisur schien ein befreiendes Fait accompli gewesen zu sein. Ingrid hatte den Eindruck, sie hätte Berthes neue Gemütsruhe eher durch die Nachricht verderben können, dass Norman Dreyer und Lone *kein* wirklich festes Paar waren. Aber natürlich half es auch, dass nach mehr als einem Jahr ein neuer Mann in Berthes Leben getreten war.

Ingrid war ihm im Sommer vorgestellt worden. Schon auf der Fahrt von Fiumicino in die Stadt hatte Berthe ihr mit geheimnisvollem Lächeln angedeutet, dass es da jemanden gebe, den sie kennenlernen müsse. Ihr neuer Freund werde sie am nächsten Tag abholen. Er habe Zimmer für sie alle drei in einem kleinen Ort am Meer weiter südlich reserviert. Ingrid hatte keine Lust, das fünfte Rad am Wagen zu sein, aber ein paar Tage am Meer waren besser, als in der Stadt zu bleiben. Es war drückend heiß, und sie trugen die Matratzen aufs Dach. Es war angenehm, Seite an Seite zu liegen und die blinkenden Flugzeuge zu beobachten, die

Trastevere in einem Luftkorridor überflogen. Ingrid konnte sich nicht erinnern, wann sie zuletzt so nah beieinander übernachtet hatten. Vielleicht nicht seit sie in einer Wiege im Südhafen gelegen hatte. Sie wollte nicht lieblos erscheinen und ließ Berthe erzählen.

Luigi war RAI-Korrespondent und hielt sich überwiegend in Beirut oder Kairo auf. Er und Berthe hatten sich auf einer Cocktailparty beim amerikanischen Botschafter kennengelernt. Sein Anblick habe sie schier umgehauen, so beschrieb sie es selbst. Ingrid sah sie vor sich, wie sie auf dem Boden lag, ins Herz getroffen von seinem Latino-Charme. Er sei größer als italienische Männer sonst, erzählte sie, und fast zwanzig Jahre älter als sie. Verheiratet, fügte sie hinzu, aber das schien kein Hindernis zu sein. Seine Frau sei Erbin eines Industriebarons aus Mailand, und sie bewohnten eine Riesenwohnung in Parioli. Aus Berthes Mund klang es wie eine besondere Auszeichnung, wohlgemerkt für sie selbst, dass ihr Liebhaber mit einer reichen Frau verheiratet war. So tief stieg er also herab, um ihr in einer niedrigen Schlafkammer in Trastevere beizuwohnen, wenn er nicht gerade mit schusssicherer Weste im Südlibanon herumdüste.

Er habe ihr schon ein Interview mit Oriana Fallaci verschafft und sei überhaupt ein Mann, der sämtliche Türen öffnen könne. Ihre eigene stehe ihm jedenfalls weit offen. Sie wisse nie, wann er komme, aber das verstärke nur ihr neues Gefühl, dass die Liebe ein Ausnahmezustand sei. Eine permanente Revolution, in der die Wörter »dein« und »mein« ihre Bedeutung verloren hätten. Sie seien nicht des anderen Eigentum, sagte sie, aber was sie selbst betraf, so stand sie offenbar zu jeder Tageszeit und mit einer Frist von wenigen Minuten zur Verfügung. Wenn er auf Reisen war, verbrachten sie halbe Nächte am Telefon. Berthe hörte sich fast an, als wäre sie stolz auf ihre hohe Telefonrechnung.

Ingrid kann sich nicht mehr daran erinnern, welches Bild

sie von Luigi hatte, bevor sie ihn kennenlernte, aber Berthe hatte sich im Dunkel der Nacht so warm geredet, dass es dann war wie im Kino, wenn das Licht wieder angeht. Er war eben auch nur ein Mann. Ein charmanter und schöner Mann, aber auch sehr eitel mit dem bunten Halstuch und den braun gebrannten Füßen in den glatten Mokassins. Und richtig, er musste mindestens zwei Jahrzehnte älter sein, man sah es an der Haut unter den Augen und am Kinn. Er hatte eine Halbglatze, hatte aber den Haarkranz wachsen lassen, sodass es sich im Nacken kräuselte, und sein Mund war ein blasierter, beleidigter Strich, wenn er nichts sagte.

Was auf der Fahrt meistens der Fall war. Gegenüber Ingrid war er sehr aufmerksam und galant, und sie musste sich eingestehen, dass er eine gewisse Wirkung hatte. Sie fühlte sich dadurch erwachsener und weiblicher, obwohl ihr natürlich klar war, warum er gern einen vorteilhaften Eindruck hinterlassen wollte. Sie saß, wie das Kind, auf dem Rücksitz seines weißen Lancias. Sie betrachtete die Berge und die Küstenebene, wo sich an den Landstraßen langweilige Kleinstädte mit Agip-Tankstellen, Bildhauerwerkstätten und staubigen Pinien ablösten. Es war, als würde sie in ein wirklicheres Italien mitgenommen als das, in das sich Berthe und ihr Bekannter in der römischen Ausländerkolonie hineinromantisieren konnten. Ingrid verstand nicht, worüber sie und Luigi sprachen. Berthes Italienisch war beeindruckend gut geworden, trotz Adas ungläubiger und neidvoller Prophezeiungen.

Sperlonga liegt auf halber Strecke zwischen Rom und Neapel. Zur Mittagszeit waren sie da. Seitdem ist sie nicht wieder dort gewesen und erinnert sich nur noch an das Hotel am Strand und eine felsige Landspitze, auf der diese alten Städte zu liegen pflegen, pittoresk und in der Hitze mühselig zu erklimmen. Sie bekamen einen Tisch auf der Terrasse mit Blick übers Meer. Luigi erkundigte sich eingehend beim Wirt nach dem Angebot an Fischen und Schalentieren. Berthe ließ ihn nicht aus den Augen und schnurrte wie eine Katze bei allem, was er sagte. Während sie vor ihrem Weißwein saßen und auf das Essen warteten, ging er zum Englischen über und fing an, Ingrid auf furchtbar onkelhafte Weise auszufragen. Als er eine Pause machte, fragte sie ihn ziemlich unmotiviert, ob er selber Kinder habe. Er sah sie an und lächelte zweideutig mit seinem Strichmund. Ja, einen Sohn. Er würde sich bestimmt auf der Stelle in sie verlieben.

Ingrid stellte keine weiteren Fragen. Sie fragte sich, was sie hier in Sperlonga überhaupt sollte. Luigi wollte doch sicher mit Berthe allein sein und Berthe dürfte es ganz ähnlich gehen, etwas anderes konnte sie sich gar nicht vorstellen. Hatte sie Ingrid nur mitgenommen, weil sie sich verpflichtet fühlte, oder war es im Gegenteil ihre Absicht, dass Ingrid Zeugin ihres unerwarteten Glücks wurde? Ein Mann, endlich! Es hatte also doch noch einen für Berthe gegeben, nach den standhaften, einsamen Jahren. Ingrid bereute es, nicht in Rom geblieben zu sein. Es war auch kein besonders denkwürdiger Ausflug, mit Ausnahme einer kleinen Begebenheit am nächsten Tag.

Sie verbrachten den Vormittag am Strand, bis es Berthe zu warm wurde und sie aufs Zimmer ging. Ingrid genoss es, zum Geräusch des schwachen Wellenschlags zu dösen, träge und unbeweglich in einer Sonne, die schwer wie ein glühender Kolben auf ihrem Körper lastete. Als sie sich auf den Bauch drehte, bemerkte sie, dass Luigi sich auf die mittlere Liege gelegt hatte, wo sich bis eben noch Berthe gesonnt hatte. Ihre Arme ragten über das Kopfende, und ihre Finger spielten mit dem warmen Sand, als sie einen Handrücken verspürte, der ihren Oberschenkel hinaufglitt.

Damals war sie noch nicht so gewappnet, um ihr Terrain zu verteidigen, und statt ihm eine Handvoll Sand an den

Kopf zu werfen oder einfach zu gehen, blieb sie liegen und duldete die verdeckte Berührung. Es hörte auch einen Augenblick später auf, und sie musste sich fragen, ob sie nicht halluziniert hatte. Als sie zur Seite schielte, war er weg. Es war jedenfalls so gut wie nichts, nichts, um es jemandem zu melden. Aber es reichte, dass sie ein Problem damit hatte, ihn anzusehen, als sie wieder unter dem Bambusdach vor der glitzernden Aussicht saßen. Sie erwähnte den kleinen Zwischenfall nie. Wie hätte sie es auch formulieren sollen? Letztendlich hätte sie, die Gekränkte, als Störenfried dagestanden. Berthe war doch gerade so glücklich.

Als sie nach Rom zurückkamen, wich sie Luigi aus und sah ihn erst Monate später wieder, als sie nach Rom flog, um mit Berthe Weihnachten und Neujahr zu feiern. Er kam an einem der ersten Tage zum Abendessen. Berthe hatte Penne all'arrabbiata gemacht. Ingrid weiß es noch, weil er sich darüber beklagte, dass die Pasta zu lange im Wasser gewesen sei. Er fragte in inquisitorischem Ton, ob Berthe etwa die Fenchelsamen vergessen habe, als sie den Knoblauch angeschwitzt hatte. Berthe war völlig aufgelöst. Er erinnerte an einen mäkelnden Spießer, der zu Mütterchen nach Hause kam und sich beschwerte, dass die Pantoffeln nicht bereitstanden. War das die große Romanze, von der Berthe im Sommer gefabelt hatte, als sie zusammen unter dem römischen Nachthimmel lagen?

Er stocherte ein wenig in seinem Essen herum, bis er den Teller zur Seite schob und sie über die Allianz zwischen Israel und den christlichen Milizen im Libanon belehrte. Er sollte am nächsten Tag nach Beirut fliegen und eine Reportage über die Lage nach dem Bürgerkrieg drehen. Berthe machte sich Sorgen um ihn, was ihn grenzenlos zu ärgern schien. Es sei sein Job, sagte er mit verbissener Wichtigtuerei, und es sei ein Teil seines Jobs, auf sich selbst aufzupassen. Er war nicht gerade ein galanter Frauenverführer an jenem Abend. Ingrid ignorierte er überwiegend, man konnte kaum glauben, dass er derselbe Mann war, der sie in Sperlonga angetatscht hatte. Berthe begleitete ihn, als er gehen musste. Sie stand schon unten auf der Treppe, als er sich in der Tür umdrehte, um Ingrid mit seinem Schildkrötenmund auf die Wangen zu küssen. Er tätschelte ihr die eine Pobacke, ehe er mit einem heiser herablassenden *Ciao, bella* die Stufen hinabstieg. Seine Launen hatten etwas Weibisches, dachte Ingrid. Sie war froh, dass er abreiste. So hatte sie Berthe ein wenig für sich.

Es war, als hätte Pers Tod sie einander nähergebracht. Ingrid bat sie eines Abends, als sie spazieren gingen, von ihm zu erzählen. Auf der Piazza Navona war Weihnachtsmarkt, und sie gingen an den erleuchteten Buden entlang, während Berthe von damals berichtete, als sie als Kind mit ihrer Mutter in Kopenhagen ankam. Ada hatte gesagt, sie wollten Ferien machen und einer ihrer Freunde würde sie am Hauptbahnhof abholen, tatsächlich stand dann ein fremder Herr auf dem Bahnsteig und winkte. Es war ein schöner Mann, sagte Berthe, und Ingrid musste ihr recht geben. Die Porträts auf den Schutzumschlägen seiner Gedichtsammlungen jener Jahre zeigten einen dunklen, fast südländisch aussehenden Mann mit weichen Lippen und melancholischen Augen. Berthe beschrieb die kleine Dachwohnung, die voller Bücher war und in der Per aus einer Matratze auf dem Wohnzimmerboden ein mit Kissen umrandetes Bett für sie improvisiert hatte. Liebend gern wäre sie in ihrer Höhle bei dem netten Mann geblieben, der ihr Gutenachtgeschichten vorlas, während sie das Muster der Kissenbezüge betrachtete, aber kurze Zeit darauf musste sie wieder einen Zug besteigen.

Ada hatte ihr eine Tüte Bonbons gekauft, und die ganze Fahrt über war ihr Mund mit zuckrigem Speichel gefüllt. Sonst bekam sie nur sonntags Süßigkeiten. Ada hatte ihr zwar erzählt, wo sie hinfuhren und was sie erwartete, aber sie erlebte es als etwas vollkommen Unbegreifliches und Schockierendes, als sie ein Weilchen im Büro der Leiterin gesessen hatten und Ada plötzlich aufstand und den Mantel anzog. Sie kniete sich neben Berthes Stuhl und sagte, sie müsse jetzt ein großes Mädchen sein und tun, was ihr gesagt wurde. Berthe weinte, dass sie fast erstickte, aber im Innern wusste sie, dass Ada nichts daran hindern würde, die Treppe, die nach Aufnehmer und Schmierseife roch, hinunterzugehen und zu verschwinden. Die Leiterin war auch aufgestanden. »Jetzt wisch dir mal die Tränen ab«, sagte sie, »dann zeige ich dir, wo du schlafen wirst.«

Berthe vermisste Per mit der Zeit ebenso sehr wie Ada, aber ihre kurzen Besuche bei ihnen alle vierzehn Tage konnte sie nicht einmal genießen. Sie freute sich immer viel zu sehr, und der Sonntag wurde ein einziger langer Countdown bis zu dem Moment, an dem sie wieder fortmusste. In der Regel war es Per, der sie zum Bahnhof brachte. Er blieb stehen und winkte treu, bis der Zug den Bahnsteig verlassen hatte. Mit den Jahren wirkte Adas Härte umso auffälliger, weil Berthe sie immer mit ihm vergleichen konnte.

Es sei schon seltsam gewesen, sagte Berthe, *In diesem Spiegel bin ich eingeschlossen* zu lesen, denn das Buch handle von jener Zeit, aber sie werde mit keinem Wort erwähnt. Man habe beim Lesen nicht den Eindruck, dass die Autorin ein Kind oder eine Vergangenheit in Hjørring habe. Ada erscheine als schaumgeborene Venus. Als hätte sie sich aus dem ganzen erotischen Durcheinander, das sie provoziert hatte, selbst erschaffen. Per müsse furchtbar gelitten haben, was Berthe aber nicht mitbekommen habe, sie sei noch zu jung gewesen, um so etwas zu bemerken. Ihr gegenüber sei er der sanfte Stiefvater gewesen, und vielleicht sei diese Rolle auch eine Art Flucht geworden, fuhr sie fort, während sie durch die Gassen zwischen Piazza Navona und Chiesa Nuova schlenderten.

Damals wusste Berthe nicht, dass er trank, und vielleicht fing er damit auch erst an, weil sich die Ehe mit Ada allmählich in ein Inferno verwandelte. Er hatte eine andere Seite, die immer da gewesen sein muss, während er nach außen sein melancholisches oder gesellschaftliches Ich pflegte. Als Ingrid klein war, rief Ada zuweilen Berthe an und beklagte sich darüber, dass er wieder auf Sauftour gegangen sei. Das geschah drei-, viermal im Jahr und dauerte immer einige Wochen, in denen er tief in der Nacht nach Hause torkelte und nach Kneipe stank. Dann wimmelten die Dämonen hervor, dann standen die Wahrheiten Schlange, um Ada an den Kopf gebrüllt zu werden, bis er sich abkühlte, wieder für eine Weile trocken wurde und mit Tränen in den Augen um Vergebung bat. Die meiste Zeit nahm er Antabus, aber er hatte auch stets eine Schachtel Tabletten gegen Seekrankheit in der Tasche, wenn der Drang zu groß werden sollte.

Berthe erzählte, wie Ada sie im Frühjahr in Rom angerufen und gesagt habe, jetzt wolle er sie umbringen. »Er verfolgte Mutter mit einem Feuerhaken«, sagte Berthe. »Sie musste sich im Badezimmer einschließen.« Ingrid antwortete, das höre sich wie aus einem Stummfilm an. Sie gingen gerade über den Ponte Sisto, Ingrid blieb mitten auf der Brücke stehen, sodass Berthe auch stehen bleiben musste. »Warum erzählst du mir das erst jetzt?«, fragte sie. Berthe sah sie ruhig an. »Was hätte das geändert?« Sie gingen weiter nach Trastevere hinüber. Im Laufe des Sommers waren Ada und er friedfertig übereingekommen, dass es wohl am besten wäre, wenn sie sich trennten. Laut Ada hatte er sich sogar schon nach einer anderen Wohnung umgesehen. Es hätte so viele andere Momente gegeben, in denen es plausibler erschienen wäre, sich zu erhängen.

An der Porta Settimiana tranken sie einen Espresso. Der Mann hinter der Theke begrüßte sie und gab ihnen die Hand. Der Fernseher unter der Decke dröhnte mit irgendeiner Lottoshow. Zwei, drei Stammgäste im Mantel schauten zu. Berthe erzählte, Luigi werde einige Tage später aus Beirut nach Hause kommen. Ingrid sagte nichts. Sie dachte an seine Hand in Sperlonga. Sie dachte auch, dass Per seine eigene Version der Geschichte von Ada und ihm gehabt hatte und dass sie sie niemals erfahren würde. Sie hätte sie tatsächlich nicht einmal erfahren, wenn er noch am Leben gewesen wäre. An der Wand hinter der Theke hing ein gerahmtes Foto der verschneiten Straßenkreuzung vor dem Café. Dieser Schnee war so denkwürdig, dass man ihn eingerahmt und hinter Glas gesteckt hatte.

Berthe musste sie einige Sekunden lang angesehen haben, denn sie lächelte auf eine sonderbar verschworene Weise, als Ingrid ihrem Blick begegnete. »Per fehlt uns«, sagte Berthe. »Ja«, sagte Ingrid.

Eine Woche vor Weihnachten rief Ada eines Morgens an und verkündete ihre Ankunft. Ingrid kam aus dem Bad, als Berthe mit ihrer Mutter sprach. Sie erkannte an Berthes fügsamem Kleinmädchenton, wer es war. Nach all den Jahren verfiel ihre Mutter nach wie vor in die Rolle der strebsamen, untertänigen Tochter. Ob sie es wohl selbst hörte? Wahrscheinlich nicht. Sie war das Streben selbst, nie hatte sie sich gestattet, etwas anderes zu sein. Auch nicht, als sie selbst heiratete und ein Kind bekam. Nicht einmal nach ihrer Scheidung, weil sie sich doch gefunden hatte, wie sie sagte, sodass man Lust bekam, sie zu fragen, wo sie sich eigentlich gefunden hatte. Wo, Berthe, wo hast du dein echtes, unveränderliches und haltbares Selbst gefunden? In einer Mansarde in Trastevere, die dein ferner Vater schleunigst bezahlte, damit er dich nicht wiedersehen musste?

Ingrid hätte so vieles sagen können, so vieles, das sie zu sagen nicht übers Herz brachte. Sie wollte auch nicht. Sie weigerte sich, sich in den schmierigen, sauer riechenden Sumpf verschmähten Selbstmitleids und muffiger Vorwürfe ziehen zu lassen, in dem Berthe nach wie vor herumwatete. Sie hatte einen Entschluss gefasst, damals, als sie mitten im Scheidungstheater ihrer Eltern vergeblich von der Esplanade aus angerufen hatte, weil sie ihre Mutter vermisste. Nein, der Entschluss war von selbst gekommen. Berthe kam nicht. So war es, dann musste es auch so sein.

Berthe schien fast außer sich vor Glück, als sie auflegte.

»Mutter kommt«, rief sie, als hätte Godot oder der Messias persönlich angerufen. Ingrid fragte, ob sie nicht damit aufhören könne, ständig »Mutter« zu sagen. Berthe sah sie verständnislos an. »Überleg doch mal, mit wem du redest«, sagte Ingrid. »Ada ist doch nicht *meine* Mutter. Zum Glück«, fügte sie hinzu und bereute im selben Augenblick ihren harten Ton. Berthes lammfroher Jubel provozierte sie, und sie wollte sich nicht provozieren lassen, doch der Anblick der bebenden Seligkeit ihrer Mutter war stärker als der Wille, sich von all diesen Dingen fernzuhalten.

Berthe hatte sich auf die Kante des Sofas gesetzt, bleich und verzagt. Es war unerträglich, sie so geknechtet auf ihrem eigenen Sofa, in ihrem eigenen Heim zu sehen. Man bekam Lust, gemein zu sein, so leicht war sie einzuschüchtern. »Ich habe mich nur so gefreut, von ihr zu hören«, sagte Berthe. »Sie hat es ja nicht leicht gehabt in letzter Zeit.« Ingrid ging zum Fenster und blickte durch die halb geschlossenen Läden in die schmale Gasse hinunter. »Nein«, sagte sie, »es ist nicht leicht, Henker zu sein, wenn man in seinem eigenen Spiegelbild eingeschlossen ist.« Berthe sah sie mit erschrockener Miene an. »Was willst du denn damit sagen?« Ingrid drehte sich um und verschränkte die Arme. »Sie hat ihn doch umgebracht mit diesem Scheißbuch!« Berthe sah weg. »Das darfst du nicht sagen. Außerdem ist sie noch nie hier gewesen.«

Jetzt konnte Ingrid spüren, wie sie einsank, unrettbar, erst bis zu den Knöcheln, dann bis über beide Ohren. »Ja, ist es nicht eher das?«, fragte sie in einem Ton, der triumphierend klang. »Bist du nicht deshalb so froh, dass sie kommt? Damit du ihr dein römisches Zuhause zeigen kannst? Sodass sie womöglich geradezu neidisch wird? Du kannst sie ja nicht loslassen, Mutter! Ja, entschuldige, dass ich dich daran erinnere, dass du tatsächlich eine Mutter bist. Denn damit hast du ja nichts am Hut, im Innern deines berühmten Ichs, das du so froh bist, gefunden zu haben. Und übrigens bist du die Einzige, die jemals in dein Ich reingekommen ist. Alle andern haben ja keinen Zutritt, aber du hast sowieso eine Menge da drinnen aufzuräumen. Du bist nach wie vor und für immer die Tochter. Du bist Herrgott noch mal nie aus diesem Schlafsaal rausgekrochen. Du bist auf immer und ewig das kleine Mädchen mit den Schwefelhölzchen, obwohl du deine Haare karottenrot färben musst, um dich für deinen tuntigen Don Johannes appetitlich zu machen.«

Letzteres sagte sie schon in der Tür, ehe sie sie zuwarf und die Treppe hinunterlief. Was auch gut so war. Um ein Haar hätte sie von Sperlonga erzählt, aber irgendetwas hatte sie zurückgehalten. Ein letzter Rest von Selbstwertgefühl? Von Liebe? Sie ging ins Calisto und ließ sich an einem Tisch unter der Markise nieder. Dort saßen die üblichen Späthippies und teilten sich einen Joint, während ein großer schmuddliger Hund auf ihre Wanderstiefel sabberte. Sie bestellte einen Vecchia Romagna und versuchte, sich zu beruhigen. Am liebsten wäre sie nach Hause gefahren. Nicht nur wegen der Vorstellung, wieder zu Berthe hochgehen und eine Lösung finden zu müssen, wie es weitergehen könnte. Sondern auch wegen der Aussicht, Heiligabend mit Ada zu verbringen. Es war Per, der dafür zuständig gewesen war, Herzen auszuschneiden und Kekse zu backen. Am Vorabend von Weihnachten hatte er den schwedischen Kachelofen im Erkerzimmer angemacht und ihnen Dickens vorgelesen. Weihnachten gehörte ihm, nun war es Vergangenheit.

Eigentlich hatte sie sich auf einige ruhige Dezembertage gefreut, ohne Glögg, ohne Tannenzweige in den Straßen und Blasmusik auf dem Bremerholm, ohne Sodbrennen und Verstopfung, ohne die totengleiche Stille zwischen Weihnachten und Neujahr. Aber das wäre immer noch besser als das hier. Sie hatte noch nichts gegessen, und der starke Brandy machte sie schwindlig. Der Tag hatte eben erst angefangen und hatte sich schon völlig anders entwickelt, als sie es sich vorgestellt hatte. Noch nie hatte sie Berthe so angefahren, sie war ganz überrascht, was sie mit sich herumgeschleppt hatte. Das hätte sie nie von sich gedacht, und es war nicht einmal eine Erleichterung, es losgeworden zu sein. Sie wäre lieber frei gewesen und hatte tatsächlich angenommen, frei zu sein. Frei von all diesem Zeug.

Sie war nur eine knappe Stunde weg gewesen, als sie die Wohnungstür wieder aufmachte. Drinnen war es ganz still. Berthe lag auf ihrem Bett und starrte vor sich hin, ein bisschen dramatisch. Sie musste doch gehört haben, dass Ingrid zurückgekommen war. Sie lag genauso wie damals in dem Haus an der Holbæker Förde, nachdem Ellen sie in der Redaktion aufgesucht und ihr von Georg erzählt hatte. Ingrid blieb in der Schlafzimmertür stehen und sagte, was sie sich zu sagen vorgenommen hatte. Dass Berthe ihr Verhalten entschuldigen müsse. Dass sie schon einiges ernst meine, was sie gesagt hatte, aber dass es ihr leidtue, wie sie es gesagt hatte. Berthe setzte sich im Bett auf und zog die Beine an. Wie ein kleines Mädchen, dachte Ingrid. Ein kleines Mädchen mit verschmiertem Make-up auf den roten, geschwollenen Wangen. Was konnte man denn anderes tun, als sich neben sie zu setzen und ihr den Arm um die Schultern zu legen?

Ingrid konnte nicht anders. Berthe lehnte den Kopf an ihre Wange, während Ingrid ihr den Rücken streichelte. »Du musst dich nicht entschuldigen«, sagte Berthe mit belegter Stimme, »du hast ja vollkommen recht.« Die Ärmel waren ihr über die Hände gerutscht, sie hielt das Ende des einen fest und wischte sich damit die Nase. »Ich bin froh, dass du mir das gesagt hast. Du kannst mir glauben, ich habe eine Menge daraus gelernt.« Damals glaubte Ingrid tatsächlich daran. Sie hatte noch nicht so viele Wendepunkte ihrer

Mutter miterlebt, bei denen Berthe wieder einmal das Licht sah und wieder einmal selber glaubte, dass alles anders würde. Mittlerweile ist Berthe älter geworden, aber nicht weniger kindisch und egozentrisch. Auch Ingrid ist älter geworden. Sie sagt keine Wahrheiten mehr, nicht ihrer Mutter. Das hat sie aufgegeben, sie hat gelernt, Berthes Unreife als ewiges Manko zu begreifen. Jetzt begnügt sie sich damit, ihr den Arm um die Schultern zu legen.

Das bedeutet nicht, dass sie immun geworden wäre, im Gegenteil. Es gibt ihr immer noch einen Stich, wenn Berthe die Existenz ihrer Tochter wieder einmal völlig vergessen zu haben scheint. Wie vor ein paar Jahren, als ein Fotograf eine Ausstellung mit Porträts halb bekannter Mütter und ihrer halb bekannten Töchter machte und Berthe gefragt wurde, ob sie dabei sein wollte. Ingrid hatte gerade ihre erste markante Aufgabe gelöst, das Kulturhaus für eine westjütische Stadt, und gegen etwas Aufmerksamkeit hätte sie nichts einzuwenden gehabt, aber was tat Berthe? Sie kreuzte mit »Mutter« bei dem Fotografen auf. Die anderen Frauen wurden mit ihren jungen Töchtern porträtiert, aber Berthe war selbst die Tochter, Ada Hvidbjergs Tochter. Sie steht hinter Ada, hat ihr die Arme um den faltigen Hals gelegt und strahlt wie eine Internatsschülerin, die vorzeitig nach Hause kommen durfte.

Ada kam am Vierundzwanzigsten. Berthe holte sie in Fiumicino ab, während Ingrid zu Hause das Weihnachtsessen vorbereitete. Sie hatte das Kochen übernommen und sich ins Zeug gelegt. Als Vorspeise gab es *carciofi alla romana*, als Hauptspeise *abbacchio al forno*. Für den Lammbraten war sie bei Annibale in der Via di Ripetta gewesen, und der Weinhändler um die Ecke hatte ihr den richtigen Amarone ausgesucht. Die Kartoffeln hatte sie mit Rosmarin gewürzt und in eine Form unter das Lamm gelegt, sodass das Fett auf sie tropfen konnte, und während allmählich der Duft aus dem

Ofen stieg, machte sie sich an das Tiramisu. Luigi hatte Berthe das Rezept seiner Mutter gegeben.

Ingrid mochte es, allein in der Küche zu hantieren, und ihretwegen hätten sie gern noch ein wenig mehr Zeit für den Weg vom Flughafen brauchen können. Die freudige Erwartung war ihr noch nicht verdorben, die reine Lust, mit jenen zusammen zu sein, die sie am besten kannte. Wie oft hat sie seither an Weihnachten für ihre Mutter und ihre Großmutter gekocht? Sie könnte es nicht sagen, ihre Weihnachtsabende verschmelzen in der Erinnerung. Anders kommt und geht, und es ist, als könnte Jonas im Laufe des Abends wachsen und ein junger Mann werden. Derselbe Abend, derselbe Versuch, etwas festzuhalten und nach etwas aussehen zu lassen, was es nie gewesen ist. Mal gelang es besser, mal schlechter, und sich daran erinnern zu können, darüber ist sie eigentlich froh, wenn sie an diesen Heiligabend bei Berthe in Rom zurückdenkt.

Es ist nicht mehr als drei Jahre her, dass Ingrid, Berthe und Ada fast vergessen hätten, dass sie keine glückliche Familie waren. Jonas war zwölf und stand im Mittelpunkt des Abends. Er hatte selbst die Idee gehabt, Kellner zu spielen, und Ingrid hatte ein weißes Hemd gebügelt und aus einem Geschenkband eine Fliege für ihn gebunden. Er war noch Kind genug, um mit Leib und Seele in seiner Rolle aufzugehen, und Ada brachte ihm bei, den Boden der Weinflasche zu halten und mit einer kleinen Drehung aus dem Handgelenk einzuschenken, damit die Flasche nicht tropfte. Ihre Begeisterung über seinen Auftritt versetzte sie in eine ungewohnt leichte Stimmung, so als hätten sich Ada, Berthe und sie selbst für ein Weilchen von sich und ihren gegenseitigen Verwicklungen freigemacht. Das war Jonas zu verdanken, aber er wusste es nicht, und seine Unschuld färbte auf sie ab. Ingrid war einmal nicht die Rabenmutter mit dem schwarzen Gewissen, Berthe nicht die von sich eingenommene

Heulsuse wie sonst und Ada nicht die Hexe aller Hexen, sondern schlicht eine nette alte Dame. Kein Vergleich mit Pers Witwe, an jenem Weihnachtsabend in Trastevere.

Sie glich tatsächlich einer Hexe, als sie Einzug hielt. Es war, als träte eine fremde Frau durch die Tür, gleich dahinter eine vor Glück dampfende Berthe. Ada hatte den Turban abgelegt und ihr Haar rabenschwarz gefärbt. Es war stramm nach hinten gezogen und endete in einem Dutt, und sie hatte sich für ein tief ausgeschnittenes, enges schwarzes Kleid entschieden, zu dem sie einen roten Fransenschal trug, der von einer blank polierten Bindesbøll-Brosche zusammengehalten wurde. Wenn man kurzsichtig gewesen wäre und die Brille abgenommen hätte, hätte man sie für eine höchstens einunddreißigjährige gefährliche Tangotänzerin aus Buenos Aires halten können. So eine, bei der Peter Vissing vorsichtshalber die Hände vor der Brust bereithalten würde, falls ihm die Augen aus dem Kopf fallen sollten.

Sie war Mitte sechzig damals, und Ingrid musste ihr zugestehen, dass ihr Mut zu bluffen wirklich extraordinär war. Ada war in keinem Spiegel eingeschlossen. Ihre Eitelkeit hatte ihn von innen gesprengt, Per war aus dem Bild, und die Geschichte konnte von vorne anfangen. Sie kommentierte den Duft in der Küche, die Wohnungseinrichtung und die Aussicht von der Terrasse mit jenem lautstarken Meckern, das sie für eine Dame von Welt für standesgemäß hielt und das Berthe fast zur Perfektion nachzuahmen gelernt hatte. Es war gerade noch mild genug, um draußen in den letzten Sonnenstrahlen den Aperitif genießen zu können. Berthe und Ada saßen nebeneinander im Korbsofa, während Ingrid ihnen einen dunklen Lambrusco in Sektgläser einschenkte, die sie zuhinterst im Schrank gefunden hatte. »Sind das nicht meine Gläser?«, fragte Ada. »Du hast sie mir geschenkt, als ich dreißig wurde«, sagte Berthe mit dünner Stimme, »weißt du das nicht mehr, Mutter?« Ada nippte an ihrem Glas. »Ah ja, doch«, sagte sie. Es klang, als wüsste sie aber auch gar nichts davon.

Während sie draußen saßen, ging die Sonne unter und hinterließ schließlich nur noch einen fahlen rosa Schein am unteren Rand des lavendelblauen Abendhimmels. Plötzlich begannen die Glocken von Santa Maria in Trastevere zu läuten. Die Spitze des Kampaniles mit seinem rauen Mauerwerk und dem flachen Ziegeldach ragte über die Fernsehantennen, darin baumelte eine einzelne Glocke an ihrer schmiedeeisernen Aufhängung. Weiter unten sah man, wie die größeren Glocken durch die Fensteröffnungen hinausschwangen und sich wieder ins Dunkel des Turms zurückzogen. Bald erklangen Glocken von überall her, einige von fern, andere von Nahem, und die schwankende Perspektive der Töne versammelte die Stadt um sie herum, so als gäbe sich ganz Rom in einem dröhnenden Chor zu erkennen.

Berthe sah Ada mit verzückten Augen an. »Ist das nicht wunderbar, Mutter? Ist das nicht fantastisch? Sag doch mal!« Ada lächelte gnädig mit ihrem Lippenstiftmund. »Doch ja, prachtvoll.« Ingrid merkte, dass Berthe nicht zufrieden war. Sie würde es nie sein. Das Wunderbare sollte mit Worten versilbert werden, damit sie sich ihres Gefühls sicher sein konnte, aber dabei verklang es, das Gefühl, ganz verschreckt durch ihre verbale Berührung. Ingrid hatte jedenfalls von Glocken genug; ihr fiel ein, dass sie die Schalen mit den Pistazien und den Oliven vergessen hatte.

Als sie wieder auf die Terrasse kam, sprachen sie über die Rezeption von Adas Memoiren. Ada hätte sich keine gewissenhaftere Bewunderin wünschen können, tatsächlich musste sie ihre Tochter sogar ein wenig zur Besinnung rufen. Ja, danke, der Verkauf laufe stürmisch, in der letzten Woche sei die siebte Auflage in Druck gegangen, allein, jede Medaille habe eben auch ihre Kehrseite. Sie machte eine bedeutungsvolle Pause. Berthe hing an ihren Lippen. Es werde ja getratscht, fuhr Ada fort. Mittlerweile könne sie sich nirgends mehr blicken lassen, ohne dass sie es mitbekomme. Wie die ganze Anerkennung, die ihr entgegenlächle, nur notdürftig die Verurteilung überdecke und wie sich hinter dieser wiederum nichts anderes als gemeiner Neid verberge. »Gefährlichere Widersacher gibt es nicht«, sagte sie und blickte über die Ziegeldächer.

Abgesehen davon solle ihr die ganze spießbürgerliche Moral gestohlen bleiben. Selbstverständlich hätte sie über ihr Leben geschrieben. Worüber solle sie sonst schreiben? Alle schrieben über ihr Leben, entweder verdeckt durch eine dünne Schicht Fiktion oder freiheraus wie sie. Und ihr Leben war nun mal das ihre. Im Übrigen sei die Verurteilung derer am größten, die das Buch gar nicht gelesen hätten, aber falls sie sich die Mühe machten, würden sie entdecken, dass die Dinge nicht so einfach seien. »Nein«, wiederholte sie und nippte an ihrem Lambrusco, »die Dinge sind nicht so einfach.« Sie kräuselte ein wenig die Lippen, als hätte sie gerade die Wahrheit über ihr Leben gekostet. Aber das sei nun der Grund gewesen, dass sie ein bisschen Luftveränderung gebraucht habe. »Und natürlich, um dich zu sehen. Also, euch ...«, korrigierte sie sich und sah Ingrid überhaupt zum ersten Mal an. »Wenn man sich vorstellt, dass du jetzt hier bist«, sagte Berthe fromm.

»Es ist mindestens fünfundzwanzig Jahre her, dass ich zuletzt in Rom war«, sagte Ada später, als sie die Artischocken gegessen hatten. Ingrid war dabei, die Hauptspeise zu servieren. »Ach du liebe Güte«, fuhr Ada fort, »es gibt noch mehr?« Es klang beinahe, als käme das Lamm ungelegen, und vielleicht hörte sie es selbst, denn sie beeilte sich hinzuzufügen, dass das Essen, das Ingrid gekocht habe, hinreißend sei. »Sie ist ja auch in eine gute Schule gegangen«, sagte Berthe. »Oh ja«, meinte Ada zerstreut. »Nein danke, Ingrid, so viele Kartoffeln kann ich wirklich nicht essen.«

Ingrid ging um den Tisch und reichte Berthe die Schüssel. »Du kannst dich schon auf Luigis Tiramisu freuen«, sagte Berthe. »Das von seiner Mutter«, wandte Ingrid ein und hatte auf einmal selbst den Eindruck, pedantisch zu klingen. »Schau an«, sagte Ada. »Er scheint ja ein richtiges Schleckermaul zu sein, dieser Luigi.« Berthe schaufelte Kartoffeln auf ihren Teller. »Er freut sich so, dich kennenzulernen«, sagte sie. »Ist er nicht in Beirut?«, fragte Ingrid. »Er hat heute früh angerufen«, sagte Berthe und fixierte sie. »Er kommt zwischen Weihnachten und Neujahr nach Hause.« Ingrid fühlte sich fast zurechtgewiesen.

»Ich war mit Per hier«, sagte Ada. »Er liebte Rom ja über alles. Unaufhörlich hat er mich damit geplagt, noch einmal mit ihm hierherzufahren. Ich ziehe ja Paris vor, jederzeit. Wenn man sich zwischen Paris und Rom entscheiden müsste ... Da musst du mir doch recht geben, Berthe, nicht?« Sie nahm eine Scheibe Lamm aus der Schüssel, die Ingrid ihr hielt. »Gibt es dazu auch ein wenig Minzgelee?«, fragte sie und sah zu Ingrid auf. »Nicht in Rom«, sagte Ingrid und lächelte. »Tja, seht ihr«, sagte Ada. »In Paris isst man auch kein Minzgelee zum Lamm«, wagte sich Berthe aus der Reserve. »Ach, zum Teufel mit eurem Minzgelee«, sagte Ada in einem gekünstelt unbeschwerten Ton. »Jetzt erzähl mir mal von diesem Luigi. Er ist bestimmt verheiratet, nicht wahr? Guck mich nicht so an, Berthe. Deswegen wirst du von mir bestimmt kein böses Wort hören.«

Ada lachte und steckte sich ein Stück Lamm zwischen die roten Lippen. »Mmm, Ingrid, was bist du für eine gute Köchin!« Ingrid hatte sich wieder auf ihren Platz zwischen sie gesetzt. »Das geht ganz von allein«, sagte sie. »Nichts geht von allein«, sagte Ada. Berthe räusperte sich. »Luigi ist der Chefkorrespondent der RAI für den Nahen Osten.« Sie klang, als würde sie abgefragt. »Raj, aha«, sagte Ada. Ingrid war sich nicht sicher, ob Ada wusste, wovon Berthe sprach.

Sie schwiegen. Ada drehte ihr Weinglas. »Ja, der Per«, sagte sie leise. »Dass es so enden würde, damit hatte ich ja nicht gerechnet. Und jetzt sitze ich in seinem geliebten Rom.« Sie kratzte mit einem langen rot lackierten Nagel über das Tischtuch. »Ja, Mutter«, sagte Berthe und seufzte so mitfühlend, dass Ingrid ganz nervös wurde, weil sie Angst hatte, ihre Mutter würde anfangen zu weinen. »Diese Seite von ihm haben wir alle so sehr geliebt«, fuhr Ada fort. »Rom, die Poesie, seine Umsicht.« Berthe schniefte. Ingrid schenkte nach, aber Ada hob abwehrend die Hände. »Der Wein ist zu schwer für mich.« Sie sah Ingrid an, als hätte sie sie plötzlich wieder wahrgenommen. »Du meinst es zu gut mit uns, meine Liebe«, sagte sie und tätschelte Ingrids Hand. Berthe griff nach ihrem Glas, als wäre es ein Kaffeepott, und nahm einen kräftigen Schluck. »Das war die Seite, die ihr gekannt habt«, sagte Ada, »die Seite, die alle kannten. Aber es gab auch noch einen anderen Per.«

Ada hatte die eine Hand in den Schoß gelegt und drehte mit dem Daumen den Ring an der anderen. Durch die Bewegung hielt sie die Finger gekrümmt, es sah aus, als litte sie an Gicht. Es war ein Goldring mit einem großen Rubin in einer filigran verzierten Fassung. Sie hatte Ingrid einmal die Geschichte dieses Rings erzählt. Er hatte Pers Großmutter gehört, die ihn seinerzeit von ihrem Verlobten, einem Russen mit Ahnen in der Zarenfamilie, bekommen hatte. Per schenkte ihn Ada, als sie aus Hjørring in Kopenhagen ankam und alle Brücken hinter sich abgebrochen hatte, wie sie sagte. Ingrid hatte ihn seit Jahren nicht mehr an ihrem Finger gesehen.

Es sei kein Jahr vergangen, erzählte Ada, bis sie verstanden habe, dass etwas nicht stimmte. Oder richtiger, bis sie angefangen habe zu verstehen, was sie nur geahnt und so schnell wie möglich wieder verdrängt habe. Sie hatte ja nur ihn. Sie hatte alles geopfert, um mit ihm zusammenleben zu können. Nein, sie wisse schon, was sie sagen würden, das sei ja auch richtig. Sie hätte unter keinen Umständen bei diesem Mann in Hjørring bleiben können. Sie sprach von Erik Hvidbjerg. Dem Mann, dessen Name sie doch nie fallen lassen hätte, dachte Ingrid. Dem Mann, dessen schlechtem Gewissen sie es zu verdanken hatten, dass sie heute Abend hier saßen und über Roms Dächer schauten. Aber wie schon gesagt, sie habe erst zu spät entdeckt, dass sie in eine Falle gegangen war.

»Manchmal zeigt sich, dass die Liebe eine Falle ist«, fügte sie noch einmal hinzu und sah Ingrid in die Augen. »Aber du bist noch zu jung, um davon etwas zu wissen.« Ingrid schaute zu Berthe hinüber, aber Berthe achtete nicht auf sie, sie war von Ada wie gebannt. »Warum, zu spät?«, fragte Ingrid. »Ja, das ist es ja«, sagte Ada und schwieg, wie um sie auf die Folter zu spannen. Sie kräuselte den Mund, als sie den Wein kostete, so wie vorhin auf der Terrasse.

»Ich konnte nicht weggehen. Ich würde nie weggehen können. Das wurde mir mit der Zeit klar.« Sie stellte das Glas hin und ließ die Hand kraftlos auf die Tischdecke fallen, sodass der Ring einen gedämpften, dunklen Ton von sich gab. »Warum nicht?«, fragte Ingrid. Ada sah ihr lange in die Augen, bevor sie antwortete. »Weil ich Angst hatte, er würde sich das Leben nehmen, wenn ich ihn verließe.« Sie ließ ihre Worte ein wenig wirken, ehe sie fortfuhr. »Seine Quartalstrunksucht war ja nur ein Derivat, damit konnte ich leben. Etwas mütterliche Fürsorge und ab und zu ein Scheuerlappen, mehr war da eigentlich nicht nötig. Aber die andere Sache ...«

Sie machte wieder eine Pause. »Per war schizophren«, sagte sie schroff. Ingrid sah sein Bild vor sich, seine feinen, sanften Züge, auf der Stirn einen Stempel. »Ich weiß es von seinem besten Freund. Ihr kennt ihn nicht, er ist auch schon tot, aber er war Psychiater und wusste, wovon er sprach. Es war an sich eine Erlösung, eine Diagnose zu haben, aber Per wollte sich ja nicht behandeln lassen. Bis es dafür zu spät war. Er musste in die geschlossene Abteilung, einige Monate, bevor er starb. Ihr habt das nicht gewusst. Keiner weiß davon. Er konnte zum alles verschlingenden Ungeheuer werden, ihr macht euch keine Vorstellung, ich verschone euch mit den Einzelheiten. Das war ja auch der Grund, kleine Berthe ... Das war ja auch der Grund, dass ich dich nicht bei uns lassen konnte. Du hättest ihn sehen sollen, wenn er einen seiner Anfälle bekam. Ein Ungeheuer. Und einen Augenblick später wie ein jammerndes Kind. Und als Mann ... Ja, man hält mir das vor, was ich in meinem Buch schreibe, dabei habe ich seine männliche Eitelkeit im Grunde geschont. Was seine Männlichkeit angeht, da gab es auch nicht viel Grund für Begeisterungsstürme. So, da stand ich also, eine junge Frau, die ihre einzige Tochter hatte wegschicken müssen. Mit den Bedürfnissen und Sehnsüchten, die man als junge Frau eben hat. Jetzt sagt mir ganz ehrlich, war es so verwerflich, dass ich Trost gesucht habe, wo ich ihn fand?«

Ada schwieg und blickte unergründlich in ihren dunklen Wein. Ob sie daran dachte, dass er die Farbe des Steins in Pers Ring hatte? Berthe erhob sich mit einem Ruck, sodass die Stuhlbeine auf dem Fliesenboden quietschten. Tränen glänzten auf ihren gepuderten Wangen, als sie neben Adas Stuhl in die Hocke ging und den Arm um sie legte. Ada schielte mit ein wenig Verzögerung zur Seite. Wie man einen eifrigen Hundewelpen registriert, dachte Ingrid und stand auf, um die leeren Teller hinauszutragen. Anscheinend war Ada so in ihren eigenen Bericht vertieft, dass Berthes Umarmung störend wirkte. »Hättest du doch nur etwas gesagt, Mutter. Hättest du nur ...«, sagte Berthe mit zitternder Stimme, während Ada ihren Kopf tätschelte, ein wenig gehemmt und gleichzeitig ungeduldig.

Ingrid verteilte die Dessertteller und holte die Schüssel mit dem Tiramisu aus dem Kühlschrank. Es schien ihr gelungen zu sein. Sie blieb stehen, als sie es auf den Tisch gestellt hatte. »Eins kriege ich nicht ganz auf die Reihe«, sagte sie. Berthe und Ada sahen zu ihr auf. »Wenn ich es richtig verstanden habe, waren du und Per euch einig, euch zu trennen. Hattest du da keine Angst mehr? Dass er Ernst machen würde?« Sie setzte sich hin und legte ihre Serviette auf den Schoß. Auch Berthe kam wieder auf die Beine und fand zu ihrem Stuhl zurück. »Bei dir hört es sich an, als hättet ihr gar nichts Gemeinsames gehabt«, sagte Ingrid und blickte auf ihr Tiramisu von Luigis Mutter. »Doch, natürlich hatten wir das«, sagte Ada. »In erster Linie hatten wir ja unsere Bücher. Er war ein wunderbarer Leser. Und das blieb er auch, auch nachdem er nicht mehr ... Ja, er konnte ja mit der Zeit nicht mehr. Das auch nicht. Leistungsangst nennt man das wohl. Ihr müsst mir versprechen, es nie jemandem zu sagen, aber seine letzte Gedichtsammlung habe ich in großen Teilen für ihn geschrieben. Ausgehend von seinen Notizen natürlich. Seinen Stil kannte ich ja in- und auswendig.«

Sie lügt, dachte Ingrid. Sie wusste es, ohne zu wissen, warum. Ada würde nie so schreiben können wie Per. Niemals. War alles andere dann auch gelogen oder hoffte sie es nur? »Ich muss ein bisschen frische Luft schnappen«, sagte sie und stand wieder auf. Die beiden Frauen schwiegen, während sie den Mantel anzog. Mutter und Tochter. Für immer Mutter und Tochter. Draußen war es kalt geworden. Sie ging durch die schmalen Straßen zum Tiber hinunter und setzte ihren Weg an der Brüstung zwischen dem schwarzen Wasser und den vorbeifahrenden Autos fort. Sie würde die Wahrheit nie erfahren, das wurde ihr mit jedem ihrer Schritte klarer, die sie an der Biegung des Flusses und an der Insel mit dem Krankenhaus und weiter an der Palatin-

Brücke entlangführten. Oben im Dunkeln auf der andern Seite lag der Vestalinnentempel, den Per ihr dringend empfohlen und auf seiner alten Schreibmaschine mit sachlichen Stichwörtern beschrieben hatte.

Einerlei was er gewesen oder nicht gewesen war, er hatte sie ertragen und mehr als das. Genauso wie er seine kleine verfrorene Stieftochter ertragen hatte, so sehr, dass er sonntags, wenn sie wieder in den Zug gesetzt worden war, auf dem Bahnsteig stehen blieb, bis sie ihn sicher nicht mehr sehen konnte. Hatte Berthe sein Winken vergessen? Oder war das Bedürfnis einfach stärker, sich mit strömenden Tränen auf die Knie zu werfen und Ada zu verzeihen, sich mit ihr zu versöhnen, ihr schlicht nahe zu sein? Auch wenn sie es damit bezahlen musste, dass sie in Adas Darstellung von Per einstimmte. Schizophren. Ungeheuer. Impotent. Jammerndes Kind.

Auf dem Rückweg überquerte Ingrid den Platz vor Santa Maria in Trastevere. Es war kurz vor zwölf, einige Kinder spielten am Springbrunnen, und die Leute waren auf dem Weg zur Messe. Sie folgte dem Strom der Kirchgänger unter das Eingangsgewölbe und weiter in die dunkle Kirche, wo die Kerzen gelb flackerten. Wie die Lichter, die eine Landungsbahn begrenzten, dachte sie – das weiß sie noch. Die Leute standen in Grüppchen und unterhielten sich, andere knieten vor den Seitenaltären, und die Kinder liefen zwischen den Beinen der Erwachsenen herum. Ingrid zog sich hinter eine Säulenreihe zurück, als die Messe begann. Es war schön, bloß Teil einer Menge zu sein. Keiner wusste, wer sie war, und keiner wunderte sich darüber, dass sie hier war.

Sie sah zu den goldenen und farbigen Mosaiksteinchen hinauf, die die steifbeinigen Motive in flirrende Punkte auflösten, sodass das Auge sie erst wieder zusammensetzen musste. Lange Gewänder mit vielen Falten, ernste Gesichter mit großen Augen. Ein junger Mann mit Bart, es musste Jesus sein. Er hielt eine winzige Jungfrau Maria auf seiner Handfläche, als wäre sie eine Puppe oder ein Vögelchen.

Einige Tage vor Neujahr lud Luigi sie alle drei zu Alfredo zum Essen ein. Das Restaurant am Platz vor dem Augustus-Mausoleum lag in einem der monumentalen Gebäude mit Säulengängen aus der Mussolinizeit. Ingrid war hier nie gewesen, sie fand, hier waren zu viele Touristen, aber Ada war begeistert und wollte selbstverständlich Alfredos berühmte Fettucine in Rahmsoße probieren. Sie bekamen einen Tisch in der Mitte des hohen Raums mit den venezianischen Kronleuchtern und gerahmten Schwarz-Weiß-Fotos von Filmstars und Schiffsreedern an den dunkel lackierten Paneelen. Ingrid fühlte sich wie auf einer Bühne und war peinlich berührt wegen Berthe und Ada, die darum wetteiferten, möglichst lautstark und kokett zu sein.

Luigi schien das zu amüsieren, und er war der perfekte Gastgeber. Besondere Mühe gab er sich, Ada seine Aufwartung zu machen. Sie sprachen Französisch miteinander, und Ingrid musste insgeheim zugeben, dass ihre Großmutter mit dem tintenschwarzen Haar und ihrem neuen Latino-Look recht passabel aussah. Ada sprach fast kein Wort Englisch, aber ihr Französisch wirkte ebenso frei und locker wie, wie Ingrid wusste, ihr Deutsch. Berthe sprach kaum Französisch. Je besser ihr Italienisch werde, sagte sie, desto mehr versickere ihr Französisch. Luigi sagte, es gehe ihm genauso, aber er sagte es *en français*. Ada warf den Kopf zurück und lachte gellend, sodass sich ein amerikanisches Paar am Nebentisch nach ihnen umdrehte. Ingrid war im

Französischen auch nicht so firm, obwohl sie eine Zwei im Mündlichen bekommen hatte, als sie mit *L'Étranger* dran gewesen war. Das hatte sie wieder Per zu verdanken. Er hatte sie mit Notizen über das Absurde und Nietzsches Einfluss auf Camus versorgt. Während sie in Alfredos Rahmpasta herumrührte, musste sie an die Übersetzung der ersten Zeilen des Romans denken. *Heute ist Mama gestorben. Vielleicht auch gestern, ich weiß es nicht.*

Ingrid merkte, dass Berthe zwischen dem Stolz auf ihre Mutter und einer kleinen Eifersüchtelei schwankte, weil Ada Luigis ganze Aufmerksamkeit erhielt. Zu Hause war Berthe schon ungeduldig geworden, denn Ada hatte eine geschlagene Stunde das Badezimmer okkupiert, bevor sie sich mit ihm treffen sollten. Im Übrigen waren die Weihnachtstage die reinste Idylle der Wiedervereinigung gewesen. Sie hatten nicht mehr über Per gesprochen. In der Geschichte über seinen Wahn und ihre Aufopferung nahm er nun den Platz ein, den Ada für ihn gewählt hatte, im Gegenzug belohnte sie Berthe für ihre bereitwillige Mitarbeit. Berthe durfte sie führen und ihr die Stadt zeigen, Ada zeigte sich dafür überwältigt. Alles was sie sah, quittierte sie mit schwülstiger Begeisterung, und wenn Berthe von ihrem neuen Leben und all den interessanten Menschen erzählte, die sie kennengelernt hatte, hörte Ada brav zu. Währenddessen ging Ingrid neben ihnen her und war stumm.

Einmal fragte Berthe sie, ob irgendetwas nicht stimme. Sie hatten die Kirche Santa Maria del Popolo besucht, um Caravaggios Kapelle zu besichtigen. Berthe hatte Ada gezeigt, wo sie sich hinstellen musste, um zu sehen, wie sich die Perspektivlinien der beiden Gemälde an den Seitenwänden in der Taube des Heiligen Geistes oben in der Kuppel trafen. Berthe und Ingrid waren schon zum Ausgang vorausgegangen, während Ada noch große Augen machte. »Alles in Ordnung«, antwortete Ingrid. Sie kann nicht mehr zwischen dem unterscheiden, was sie damals empfand, und was sie heute denkt. Sie weiß nur, dass sie Per in den Tagen zwischen Weihnachten und Neujahr erneut und über die Maßen vermisste, und sie erinnert sich noch daran, dass sie mit ihrer Sehnsucht allein war.

Sie hatten spät gegessen, und als sie die Mäntel angezogen hatten und vor Alfredo standen, schlug Luigi zum Abschluss des Abends noch einen Nachtklub in der Nähe der Via Veneto vor. »Aah, die Via Veneto, *la dolce vita*«, gurrte Ada. Er bot ihr seinen Arm an, und Berthe hakte sich hastig an seiner anderen Seite unter, als hätte sie Angst, vergessen zu werden. Ingrid saß neben dem Taxifahrer, Luigi saß zwischen Ada und Berthe auf dem Rücksitz. Ada erzählte von ihrer Einladung zum Tee bei Tania Blixen. Die Geschichte verriet freilich nicht, dass sie nie in die Nähe von Rungstedlund gekommen wäre, wenn es Per nicht gegeben hätte. Sie lachten etwas zu ausgiebig über den berühmten Wortwechsel zu *König Lear*. Berthe wollte gar nicht mehr aufhören, und am Ende war es ihr Gelächter, über das sie lachten.

Luigi war in der Bar offenbar eine bekannte Erscheinung und wurde mit leutseliger Ehrerbietung von einem Ober im Smoking empfangen. Er führte sie zu einem Tisch mit einem niedrigen Ecksofa, das mit leuchtend rotem Samt bezogen war. Ada war in ihrem Element, während Berthe ein Gesicht machte, als wäre sie am liebsten gleich wieder nach Haus gegangen. Luigi erzählte, dass die Wahrscheinlichkeit, Marcello Mastroianni zu begegnen, ziemlich groß war, aber alles Weitere war schwer zu verstehen, weil die Musik so lärmte. Ingrid ging auf die Toilette. Vor einem der Spiegel stand eine Frau und schminkte sich die Lippen. Sie schielte zu Ingrid hinüber, was nicht so verwunderlich war, denn Ingrid hatte am Eingang ein Schild bemerkt, wonach der Eintritt erst ab zwanzig Jahren erlaubt war. Als sie wieder in die Dunkelheit und den Lärm zurückkam, blieb sie auf halbem Weg zu ihrem Tisch stehen.

Sie hat vergessen, wie sie nach Hause kamen und was in den folgenden Tagen geschah. Nicht einmal an Silvester hat sie eine klare Erinnerung, abgesehen davon, dass nur sie drei, Ada, Berthe und Ingrid selbst, auf der Terrasse standen und die pulsierenden Lichtsträuße am römischen Nachthimmel bestaunten. Ihre Erinnerung endet bei dem Gruppenbild im roten Samt des Nachtklubs. Mittlerweile sind sie alle dreißig Jahre älter geworden, falls Luigi überhaupt noch lebt. Ada sitzt zwischen ihm und Berthe. Er hat seinen Arm hinter ihr auf die Rückenlehne gelegt, und sie beugt sich vor, um ihn besser verstehen zu können. Vielleicht erzählt er ihr von den christlichen Milizen im Libanon. Was auch immer, sie lauscht konzentriert.

Auf die Entfernung muss man wirklich zugeben, dass sie viel jünger aussieht, und ihre Beine sind immer noch schön. Das wird sichtbar, weil ihr Rock über die Knie gerutscht ist, als sie die Beine übereinanderschlug. Sie hört Luigi so intensiv zu, dass sie zufällig das eine Knie an seines lehnt, während sie sich vorbeugt und ihm freie Aussicht auf das gestattet, was im tiefen Ausschnitt ihres Tangokleids noch zu sehen ist. Der Abstand zwischen Ada und Berthe am andern Ende des Sofas ist plötzlich immens. Berthe sitzt für sich allein und kocht, was an der Hitze im Lokal liegen mag. Oder hat es eine andere Ursache, dass der Schweiß auf ihrer Oberlippe perlt?

Aber das muss ihre Fantasie sein. Von dort, wo Ingrid steht, kann sie unmöglich sehen, ob Berthe schwitzt. Sie weiß noch, dass sie den plötzlichen Drang verspürte, den Arm um ihre Mutter zu legen, sie aus dem Sofa und dem Nachtklub zu ziehen, zur Via Veneto zu gehen und ein Taxi anzuhalten, aber sie blieb doch stehen, um die drei Menschen zu betrachten. Es waren Drinks gebracht worden, auch eine Cola, aber das schien keiner von ihnen zu bemerken. Luigi war ins Erzählen vertieft, Ada ins Zuhören. Womit Berthe beschäftigt war, die mit den Händen im Schoß und nach innen gedrehten Füßen auf der Sofakante saß, war nicht zu erkennen. Es ist nur ein Bild, in dem nichts geschieht. Vielleicht ist Ingrid die Einzige, die sich daran erinnert, aber das Bild verstellt alles Weitere, sodass eine Weile vergeht, ehe sie sich wieder an etwas erinnern kann.

Es ist Frühjahr geworden, und Ingrid hat die Wohnung in der Elmegade gefunden. Monatelang hatte sie jedes Wochenende in der Nacht zum Sonntag auf dem Rathausplatz gestanden, um die druckfrischen Zeitungen aufzuschlagen und die Anzeigen mit Mietwohnungen durchzuackern. Nachdem sie am »Lappen« ausgezogen war, wohnte sie bei einem Rentner in Vanløse zur Untermiete, und sie ist froh, endlich ihr eigenes Zuhause zu haben. Sie studiert Architektur an der Kunstakademie, und abends jobbt sie in einem Café im Zentrum. Das Leben kann anfangen. Berthe ist gut versorgt in Rom, Ada darf sich an der Esplanade um sich selbst kümmern, und sie selber hat sowohl Norman Dreyer als auch Peter Vissing abgehakt. Im Düsentempo werden sie immer kleiner, wie alles andere aus ihren einsamen und aus der Entfernung etwas mutlosen Teenagerjahren. Das Einzige, was sie aus dieser Zeit noch hat, ist Pers Frotteeschlafrock, die Bücher, die er ihr schenkte, und jene, die sie nicht zurückgeben konnte, bevor er nicht mehr da war.

Sie hatte eben das Telefon installieren lassen, und Berthe war die Erste, die anrief, so hat sie es jedenfalls in Erinnerung. Sie hatte die Umzugskartons noch nicht ausgepackt. Es war ein Sonnabend- oder Sonntagvormittag, und sie war dabei zu streichen, ganz überdreht vor Begeisterung, die vergilbte Tapete des Vormieters unter der kreideweißen Wandfarbe verschwinden zu sehen. Anfangs verstand sie nicht, was Berthe sagte, weil sie so schniefte und in den Hörer blies, dass es sich anhörte, als befände sie sich an Deck eines Schiffs in schwerem Wetter. In der andern Hand hielt Ingrid die Malerrolle, und die Farbe fing an, an ihrem Handgelenk hinunterzulaufen.

»Es ist aus«, sagte Berthe und atmete schwer. »Wart mal einen Moment, Mutter«, entgegnete Ingrid und legte die Rolle in die Schale. »Mutter« sagte sie sonst nicht. Berthe hatte sich ein wenig sammeln können, während sie wartete. Am Wochenende zuvor hatte Luigi sie nach Orvieto eingeladen. In einem kleinen Hotel in der Nähe der Kathedrale hatte er ein Zimmer reserviert, sie hatten wunderbar zu Abend gegessen und die schönste Liebesnacht miteinander verbracht. »Und dann?«, fragte Ingrid voll Sorge, Berthe werde in die Details gehen. »Und dann ist einfach alles aus«, bluppte Berthe und kriegte wieder einen Heulkrampf.

Am nächsten Morgen habe er ihr mitgeteilt, dass sie sich nicht mehr sehen könnten. Er habe versucht, rücksichtsvoll zu sein, aber keine Erklärung abgegeben. Es sei ganz einfach aus. »Er ist nur ein Blödmann, Mutter«, sagte Ingrid. »Ich weiß, dass du das denkst«, sagte Berthe und klang wieder gefasster. »Aber jetzt komme ich nach Hause. Gestern war ein Makler da. Jetzt komme ich zu dir nach Hause, mein Schätzchen.«

Ingrid erwacht durch das klirrende Geräusch einer Tasse dicht an ihrem Kopf. Das Sonnenlicht ergießt sich in ihr Gesicht, sodass sie die Augen zusammenkneifen muss. Sie hat vergessen, das Rollo herunterzulassen, bevor sie schlafen ging. Sie dreht sich auf die Seite. Frank steht neben ihrem Bett und lächelt sie an. Er hat ein Tablett mit einer Teetasse und einem Croissant auf den Nachttisch gestellt. »Da bist du ja«, sagt sie mit belegter Stimme. »Ja, da bin ich also endlich.«

Er sieht sie an mit diesem warmen Blick, in dem sie immer versinken und sich treiben lassen könnte, umgeben auf allen Seiten von seiner hellwachen Umsicht. Sie greift nach seiner Hand und zieht ihn an sich. »Hoppla, pass auf«, sagt er und macht sich frei, während er die japanische Teekanne auf den Boden stellt. Er ist so angezogen, wie sie es am liebsten hat, nicht wie ein Fabrikant am Wochenende mit sportlichem Pullover über dem ewigen hellblauen Hemd, sondern nur mit T-Shirt und einer abgetragenen Windjacke. Egal, dass sein faltiger Hals dadurch deutlicher sichtbar wird.

Er setzt sich auf die Bettkante und sucht unter der Decke nach ihren Schenkeln. Sie tritt die Decke zur Seite, legt die Arme um seinen Hals und zieht ihn zu sich herunter. Er stützt sich auf den Ellbogen ab, um nicht zu schwer zu sein. So nah, endlich. »Ich hab dich so vermisst«, sagt sie und vergräbt ihre Finger in seinem kräftigen grauen Haar. Sie hebt die Beine und schließt sie über seinen Lenden. Er lächelt nachsichtig und weiß sehr gut, dass dieses Lächeln sie provoziert. Sie wälzt ihn auf den Rücken und setzt sich rittlings auf seine Knie. Er betrachtet sie ruhig, während sie seinen Gürtel löst und ihn zu streicheln anfängt. Als ihre Liebkosungen zu wirken beginnen, lächelt sie ihn triumphierend an.

»Wo ist Jonas?«, fragt er. Sie hört auf. »Bei seinem Großvater. Das ist eine lange Geschichte. Es ist zum Kotzen.« Sie legt sich neben ihn. Er streicht ihr mit der Hand über die Wange. »Erzähl«, sagt er. Sie erzählt. Er sieht sie unverwandt an, während sie ihm alles berichtet. Sein ruhiger Blick löst und glättet etwas in ihr, sie hat das Gefühl, dass sie die Sache jetzt betrachten kann, ohne gleichzeitig unrettbar in ihr verheddert zu sein. Als sie fertig ist, umfasst er sanft ihren Nacken und sieht sie ernst an. »Du darfst ihn jetzt nicht verlieren. Hörst du?«

Sie richtet sich auf und setzt sich auf die Bettkante. »Ich weiß«, sagt sie und schenkt sich Tee ein. Sie weiß gar nichts. »Hast du daran gedacht, was jetzt kommt?«, fragt er. Sie nippt an dem heißen Tee. »Ich glaube, es gibt da etwas, das SSP heißt«, antwortet sie und beißt in das Croissant. »Und das bedeutet?« Er streicht ihr Haar zur Seite. Sie zeigt auf ihre Wange und kaut zu Ende. »Keine Ahnung. Irgendwas mit Schule und Polizei. Wenn sie minderjährig sind. Ich vermute, ich werde von ihnen hören.« Das ist ihr jetzt erst eingefallen. Es gibt einen Polizeibericht, der selbstverständlich an die Sozialbehörden weitergeleitet wird. Es ist ihr peinlich, dass sie nicht vorher daran gedacht hat, aber es ist ihr ebenso peinlich, dass sich die Gesellschaft einmischen muss, weil sie sich nicht durchgesetzt hat.

Er setzt sich neben sie. »Sollen wir lieber in der Stadt bleiben?« Sie lehnt ihre Wange an seine Schulter. »Ich glaube nicht, dass das einen großen Unterschied macht.« Sie weiß, dass es stimmt, bekommt aber trotzdem ein schlechtes

Gewissen, als sie es gesagt hat. Frank hat recht, sie sollte in der Stadt bleiben, ganz gleich, was passiert. Sie will nur nicht. »Wir fahren«, sagt sie und steht auf. Sie öffnet den Kleiderschrank und dreht sich zu ihm um, plötzlich wird ihr bewusst, dass er in voller Kleidung auf ihrem Bett sitzt, während sie im Höschen und sonst nichts vor ihm steht. »Was soll ich anziehen?«, fragt sie. »Ein bisschen mehr«, sagt er und lächelt.

Sie war gerade im Bad und hat sich angezogen, als sie hört, wie die Wohnungstür ins Schloss fällt und Frank »Hallo« sagt. Er hat in der Küche gesessen und Zeitung gelesen, während sie sich fertig machte. Er sieht sie an und dann zum Flur hinüber. Sie folgt seinem Blick. Jonas wühlt im Garderobenschrank. Er ist gekommen, das ist die Chance. Es wäre die Chance, um ruhig miteinander zu sprechen, wenn Frank nicht hier wäre. Sie bleibt in der Türöffnung zwischen Küche und Flur stehen. »Hej«, sagt sie. Hinter der offenen Schranktür kommt Jonas' Gesicht zum Vorschein. Er hat nicht mal die Mütze abgenommen. »Ich muss nur 'n paar Sachen holen«, sagt er und taucht wieder in den Schrank ab.

Er hat seine wattierte Skijacke unterm Arm und hält ein Paar schwere Schnürstiefel. Anscheinend wollte er nur seine Winterkleidung holen und die prall gefüllte Plastiktüte, mit der er herumhantiert. Als er die Tüte abstellt, fällt sie um und zig DVDs rutschen heraus. Haut in verschiedenen Nuancen und glänzende violette und rosafarbene Geschlechtsteile. Er beeilt sich, die Filme wieder einzusammeln. Sie bückt sich und hebt einen auf. »Ist der gut?«, fragt sie. Jonas nimmt ihr die DVD aus der Hand. Sie kriegt nur ein arrogantes Schnaufen zur Antwort, dann ist er aus der Tür.

Sie geht ihm nach. »Jonas!«, ruft sie. Er bleibt auf der Treppe stehen und sieht sie an. »Wir müssen reden«, sagt sie so leise und neutral, wie es geht. »Jetzt nicht«, sagt er und geht weiter. Zwei Sekunden später sieht sie durch das kleine Fenster in Bodenhöhe des Treppenabsatzes seine Mütze und seine gebeugte Gestalt, die das Kopfsteinpflaster im Hof überquert. Es ist klar, er hat einen Bedarf, bei dem Sven ihm nicht behilflich sein kann. Sie versucht, sich an die Einsamkeit des Körpers zu erinnern, wenn man seine Eltern nicht mehr an sich heranlässt und andere noch nicht da sind. In ihrem Fall war das Intervall so lang, dass es ein natürlicher Zustand wurde, aber bei Jonas ist das anders. In seinem mageren Körper steckt ein Wolf bei Vollmond.

Es ist noch gar nicht so lange her, dass sie nach Hause kam und ihn vor ihrem Computer fand. Er hatte die üblichen Kabel in den Ohren und hatte sie wegen des großmäuligen, wummernden Gettorhythmus, der seinen Schädel durchzuckte, nicht eintreten hören. Er war gerade auf einer Homepage mit Analsex, sie legte ihm die Hand auf die Schulter. Er fuhr zusammen und riss sich die kleinen Pfropfen aus den Ohren. »Was fällt dir eigentlich ein?«, schrie er. »Ich könnte dich dasselbe fragen«, entgegnete sie. »Ich hab vielleicht 'nen Schock gekriegt, verdammt noch mal«, sagte er und stand auf. »Das ist mein Arbeitszimmer und mein Rechner«, fuhr sie fort und war überrascht, wie kindisch ihr Einwand klang. Er war schon auf seinem Zimmer. Sie setzte sich vor den Bildschirm und errötete. Manchmal fragt sie sich, ob sie die letzte Person auf Erden ist, die noch rot wird, wenn sie solche Sachen sieht. Der Kameramann musste ein Schlangenmensch sein, es war nämlich ziemlich beeindruckend, wie er seine Linse im exakt richtigen Winkel platziert hatte.

Frank faltet die Zeitung zusammen und sieht sie an, als sie in die Küche kommt. »Ich hätte heute wahrscheinlich nicht kommen dürfen«, sagt er. Sie geht zu ihm und setzt sich auf seinen Schoß. Er umarmt sie und streicht über ihren Rücken. Eine einzelne Träne will sich nicht in ihrem Augenwinkel halten, auf der anderen Wange bekommt sie Gesellschaft. Die sind so folgsam, denkt sie und schnieft. »Entschuldige«, sagt sie. Er küsst die Tränen fort. »Du brauchst dich nicht zu entschuldigen«, sagt er, »und du musst nicht immer denken, alles sei deine Schuld. Du bist ja auch trotz allem nicht diejenige, die alles lenkt.« Sie sieht ihn an und muss lächeln. »Ach nein?«

Er küsst sie, und sie bleibt noch ein wenig in seinem Arm, das Kinn in seiner Schulter begraben. Unten an der Scheuerleiste haben sich schon wieder die Staubflocken zusammengerottet. Sie fühlt sich wie die Nachlässigkeit in Person. »Ich möchte jetzt gerne fahren«, sagt sie und hebt den Kopf, um ihm in die Augen zu sehen. »Mit Vergnügen«, entgegnet er. Sie steht auf und geht zur Spüle, um die Augen mit etwas Wasser zu kühlen.

Kurz darauf sitzen sie in seinem alten Jaguar. Er fährt am Kongens Have vorbei zur Gothersgade. Sie kann sich schon denken, dass es nicht nach Norden geht, und richtig, vom Bremerholm fährt Frank an der Nationalbank weiter, an der Holmens Kirke vorbei und unter der Knippelsbro hindurch. Sie passieren den sogenannten »Schwarzen Diamanten«, der sie immer an eine Parfümschachtel im Gegenwind denken lässt, und bald verlassen sie die Innenstadt am Gelände des Güterbahnhofs und am H.C.-Ørsteds-Werk entlang. Sie fahren am Südhafen vorüber, dem Viertel ihrer Kindheit. Sie ist nie wieder dort gewesen. Es hat ihr nie etwas bedeutet, dass sie hier ihre ersten Eindrücke der Welt bekam, in einem Buggy, der von einer jungen, unreifen Berthe geschoben wurde oder, seltener, von einem zerstreuten Norman Dreyer, dessen Kopf in einer Wolke des Strukturalismus steckte. Sie hat immer gedacht, es ist egal, woher man kommt, Hauptsache man weiß, wohin man will, aber davon weiß sie an diesem Sonnabendmorgen gar nichts. Es ist ein befreiendes Gefühl, und sie genießt Franks geheimnisvolles Lächeln.

Das Wetter ist großartig, wie Ada sagen würde. Die Sonne gellt in allem, was blitzen und spiegeln kann, und die blendenden Wolkenmassen bilden muntere Buckel über der Bucht von Køge. »Man könnte beinahe glauben, es wird wieder Frühling«, sagt sie. »Sie haben vierzehn Grad versprochen«, antwortet er. »Ganze vierzehn, nicht zu glauben.« Sonst sprechen sie nicht viel. Als sich die Autobahn bei Albertslund verzweigt, fährt er geradeaus weiter, anstatt Richtung Seelands Odde abzubiegen. Das bedeutet Fünen oder Jütland, aber endlos weiterfahren können sie ja auch nicht, wenn sie morgen Abend wieder zu Hause sein wollen.

Es ist schön, einfach neben ihm zu sitzen und unterwegs zu sein. Es fühlt sich sehr wirklich an. Er ist ihre Wirklichkeit geworden. Es vergingen etliche Jahre, ehe es so wurde. Am Anfang war sie sich immer bewusst, dass es eine Ausnahme darstellte, wenn sie zusammen waren. Dass es eine andere Frau gab, die Lise hieß, und dass Lise alle Rechte an ihm besaß. Lernte sie, das Gefühl zu verdrängen? Nein, sie hat nie etwas unter den Teppich gekehrt, wenn sie an ihre Beziehung dachte. Sie hat darin gelebt, auch wenn ihr durch den Kopf geht, dass sie eigentlich eine Diebin ist. Eine Liebesdiebin, die mit der Zeit, so ihr Gefühl, eine Art Gewohnheitsrecht auf das errungen hat, was sie stiehlt.

In aller Heimlichkeit haben sie und Frank gemeinsam ein Stück Wirklichkeit gewonnen, das es zuvor nicht gab. So erleben sie es selbst. Ihre heimliche, aber reale Verbindung ist vielleicht ursprünglich etwas, das sie jemandem genommen haben, aber nicht *à la longue*, und ihre zunehmende Vertrautheit erlaubt es ihnen, es so zu sehen. Sie fühlt sich in seinen Armen ebenso zu Hause wie sicher auch Lise, aber sie bildet sich nicht ein, ihre Beziehung mit Argumenten verteidigen zu können.

Es erinnert sie an eine Diskussion mit Rebecca über Israel. Sie fing damit an, dass Rebecca sich provoziert fühlte, weil Ingrid »der Staat Israel« sagte. Warum sage sie nicht auch »der Staat Dänemark«? Weil Dänemark nicht auf einem Gebiet liege, das anderen gehört habe, entgegnete Ingrid. Das sei eine offene Frage, sagte Rebecca, ob Israel in seiner ursprünglichen Form auf einem Gebiet liege, auf das andere sich berufen könnten. »Aber lassen wir die Diskussion«, fuhr sie fort. »Sagen wir einfach, wir hätten uns das Land genommen. Ja, das haben wir. Es war nicht unseres. Jetzt ist es unseres. Versuche, es uns wieder wegzunehmen!« Ingrid spürte an der zurückgehaltenen Heftigkeit in ihrer Stimme, dass sie nicht weiterkommen würden. Sie empfand Unbehagen, dass Rebecca die Diskussion kurzschloss, musste aber auch die Ehrlichkeit ihrer Schwägerin bewundern. Dass die Verhältnisse so waren, wie Rebecca sagte, dahinter stand eine schwere, traumatische Geschichte, über die man stundenlang reden könnte. Man könnte es aber auch sein lassen, weil das Ergebnis das gleiche wäre. So war es eben. Ob man es verurteilte oder nicht, die Wirklichkeit war so.

Hinter Ingrids Entschluss, den einen Mann zu verlassen, um mit dem andern zusammen zu sein, hatten keine Traumata gestanden. Sie hätte es nicht einmal ordentlich erklären können. Wie erklärt man das Gefühl der Leere? Leere ist ja eben nicht. Es war nicht einmal so, dass etwas gefehlt hätte. Ihr altes Leben war ganz in Ordnung gewesen. Anders war ein liebevoller, aufmerksamer Vater, er brachte Blumen mit, wenn sie es nicht erwartete, und im Bett erfüllte er ihr jeden Wunsch. Sie lachten über dasselbe und mochten dieselben Dinge, und keiner verstand sie, als sie eines Tages alles auf den Kopf stellte und ging. Doch, Berthe verstand es, aber sie hatte keine Lust, von Berthe verstanden zu werden. Schon der Gedanke an die Einfühlung ihrer Mutter reichte, sich von ihr fernzuhalten. Frank war nicht Ingrids Luigi, und sie hatte sich auch nicht auf irgendeine tiefe und kostbare Weise »gefunden«. Es war ja eben Frank, den sie gefunden hatte, überdies ohne zu suchen. Eines Tages ist er da gewesen, und plötzlich hatte sie auf nichts anderes mehr Lust gehabt, als mit ihm zusammen zu sein.

Zwischen ihnen ist es nie leer gewesen, auch jetzt nicht, da sie quer durch Seeland fahren, ohne etwas zu sagen. Sie *sind*, wenn sie zusammen sind, und es gibt keinen Spalt im Boden, aus dem die Kälte von dem, was nicht ist, ihre Knöchel erfassen könnte. Es war von Anfang an wirklich, mehr als irgendetwas anderes, aber es war noch nicht ihre, Ingrids, Wirklichkeit. Ihre lag weiterhin in der Bianco-Luno-Allee. Sie wirkte so verblichen, wenn sie von ihren heimlichen Treffen nach Hause kam, aber dort gehörte sie nach wie vor hin. Selbst als sie auszog, hatte ihr Ich dort seine Adresse. Es dauerte lange, sich des Lebens zu entwöhnen, das sie selbst vernichtet hatte. Sie fühlte sich aller Dinge beraubt, die zu ihr gehörten. Es ging nicht darum, sich selbst zu finden, sondern sich zu verlieren und unbekleidet zu fühlen und währenddessen darauf zu warten, dass ihr eine neue soziale Haut wuchs, die sie gegen die einschüchternden Fragen der Umgebung schützen sollte.

Nur ganz allmählich hörte sie auf, sich wie eine Verbrecherin zu fühlen, die mit ihrer Missetat das Weite gesucht hatte und sich erstaunt fragte, wann man sie endlich geschnappt hätte. Sie erzählte nichts von Frank, und sie hatte auch keine Lust, mit den wenigen, die von seiner Existenz wussten, über ihn zu sprechen. Berthe, die darin so gern eine Bestätigung sehen wollte, dass ihre Tochter den Mut besaß, mit einem verheirateten Mann zu gehen, ja, ihn sogar zu lieben. Georg, der im Stillen sicher das Gefühl hatte, dass sie nicht nur Anders verraten hatte, sondern auch ihn. Der Einzige, mit dem sie gern gesprochen hätte, war Jonas, aber er war noch ein kleiner Junge. Ihm war es egal, warum es passiert war. Es war eben so, ob es ihm gefiel oder nicht, und er fand sich damit ab.

Die Felder im scharfen Sonnenlicht sind schwarzviolett. Ein Trecker arbeitet sich durch das hügelige Gelände und zieht einen Möwenschwarm hinter sich her. Der Verkehr ist schwach und gleichmäßig, und Frank fährt zügig, aber in dem großen Wagen merkt man die Geschwindigkeit nicht. Ihre eigene Rostkiste fängt an zu zittern, wenn die Nadel die Hundertzwanzig überschreitet. »Es ist etwas Schreckliches passiert«, sagt sie. »Ja, das ist nicht schön«, entgegnet er gedämpft und klingt, als wäre er der Meinung, sie drücke sich ein wenig pathetisch aus. »Nein«, sagt sie, »ich meine etwas anderes.«

Er sieht sie kurz an, bevor er sich wieder auf die Straße konzentriert. Sein erfahrener, unsentimentaler Blick wirkt immer beruhigend auf sie, und gleichzeitig wird sie hellwach. Als wenn die Wirklichkeit selber sie ansähe. Ihre Herausforderungen, ihre unbeantworteten Fragen. Was willst du? Wie willst du deine Zeit und deine Möglichkeiten verwenden? »Erzähl, was ist es denn?«, sagt er. Es ist die Art, wie er die Dinge anpackt, wie jetzt das Steuerrad oder wie vorhin in der Küche ihre Hüften. Es ist seine Direktheit, als wären die Welt und sein Wille Zahnräder, die zusammenpassten und nur ab und zu etwas Öl brauchten.

»Ich habe einen Ohrring von dir verloren. Als ich in Stockholm war. Ich weiß nicht, wie. Entweder im Hotel oder in der Taxe.« Frank scheint erleichtert aufzuatmen. »Hast du das Hotel angerufen?« Es ist doch nur ein Ohrring, denkt er bestimmt. »Nein«, sagt sie. Im besten Fall eine Versicherungssache, im schlimmsten ein Verlust, aber nichts Kompliziertes wie die Geschichte mit Jonas oder ihre gemischten Gefühle für Berthe, die er schnell überhat. »Wir rufen das Hotel an, wenn wir da sind. Außerdem hast du bestimmt eine Versicherung.«

Nicht, dass er nicht über Dinge reden wollte, die man unmöglich regeln oder lösen kann. Er ist dann bloß nicht bereit, über sie zu reden, als *könnte* man sie lösen. Händeringend, als würden sich die Tatsachen schließlich nach unseren Wünschen richten, wenn man sie nur lange genug dreht und wendet. Er ist auch bereit, über das Unabänderliche zu sprechen, aber nur wenn man willig ist, sich selbst hintanzusetzen. Sie kann ihn sogar dazu bringen, über ihre Gefühle und die anderer zu sprechen, aber er wird über sie nur als Tatsachen sprechen. Als etwas, worüber nicht zu diskutieren ist und was man nicht zu beugen und zu formen versuchen soll, je nachdem, wie es einem gerade passt.

Er sieht sie wieder an und streckt die rechte Hand aus, um ihr Knie zu tätscheln. »Mach dir nichts draus, Schatz. Ich versteh dich ja, aber du warst mit den Nerven am Ende. Du kannst doch nichts dafür.« Fast treten ihr Tränen in die Augen, aber das würde ihm nicht gefallen, also hält sie nur seine Hand und streichelt sie. Sie versteht nicht, warum sie so eine Angst davor hatte, ihm davon zu erzählen. Ihrem Mann, ihrem Freund. Er ist mit einer anderen verheiratet, aber er ist ihr Mann. So einfach ist das.

Frank ist Berthe ein einziges Mal begegnet. Das ist bald genau vier Jahre her. Jonas verbrachte die Osterferien bei Anders in Stockholm. Ingrid war mit dem Fuß umgeknickt, als sie einen Bauplatz besichtigt hatte, und war anderthalb Wochen lang kampfunfähig. Das Einzige, das ihren Ärger milderte, war, dass das Missgeschick kurz vor Ostern passiert war, sodass sie die Feiertage dazu nutzen konnte, sich hinzulegen und zu warten. Ihr war das Projekt anvertraut worden, und unter der Fürsorge der Handwerker im Bauwagen hatte sie gespürt, dass sie sich in ihrer Skepsis nur bestätigt fühlten. Es konnte ihr gar nicht schnell genug gehen, zurückzukommen und ihnen zu zeigen, dass sie stark genug war, aber jedes Mal, wenn sie mit dem Fuß auftreten wollte, jagte sie der Schmerz wieder in die Horizontale.

Berthe hatte für sie am Tag davor eingekauft. Es war der Nachmittag des Gründonnerstags, Berthe stand in der Küche und machte Essen, als Ingrid plötzlich hörte, wie Frank die Tür aufschloss. Sie lag auf dem Sofa im Wohnzimmer. Er stellte eine Tüte von *Mad & Vin* auf den Küchentisch und wartete höflich, bis sich Berthe die Hände an einem Tuch abgewischt hatte, um ihm die Hand zu geben. Ingrid hatte mit ihm am vorigen Tag telefoniert und glaubte, er sei mit Lise in Hornbæk. Berthe nahm es überraschend gelassen, und ausnahmsweise war er es diesmal, der sich unsicher zu fühlen schien. Vor nicht einmal einer Stunde hatte Ingrid noch gedacht, dass sie niemand anderen als Berthe hatte, den sie um Hilfe bitten konnte. Ihre Freundinnen verbrachten Ostern mit ihren Familien, und Norman Dreyer anzurufen, wäre ihr niemals in den Sinn gekommen. Was sowieso nicht ging, denn er war kurz nach Silvester gestorben.

Frank hatte also einen Vorwand gefunden, um noch vierundzwanzig Stunden länger in der Stadt zu bleiben. Er musste wie Berthe am Tag zuvor für sie eingekauft haben, aber wo hatte er denn die Einkaufstüte vor Lise versteckt? Vielleicht im Kofferraum. Er hatte nicht nach Hornbæk fahren wollen, ohne dafür zu sorgen, dass sie gut durch die Feiertage kam. Sie ertappte sich dabei, sich darüber zu freuen, dass Berthe da war und das miterlebte. Die beiden standen ein wenig in der Küche und sprachen wohlerzogen miteinander, bevor er hereinkam und sich auf die Kante des Sofas setzte. Er sagte, er könne nicht so lange bleiben. Gerade als er sich vorbeugte, um sie zu küssen, trat Berthe mit drei Gläsern und einer Flasche Rotwein ein. Er habe doch wohl ein paar Minuten, damit sie sich wenigstens begrüßen könnten. Er setzte sich ans andere Ende des Sofas und musste Ingrids verstauchten Fuß auf seinen Schoß nehmen, um Platz zu haben.

Berthe setzte sich in ihren bevorzugten Sessel, wenn sie zu Besuch war, das »Ei« von Arne Jacobsen, die einzige Designikone der Wohnung und das einzige Möbelstück, das Ingrid aus der Bianco-Luno-Allee mitgenommen hatte. Berthe schenkte einen Montepulciano ein. Sie sprachen über Wein und schöne Orte in Italien, während Ingrid daran dachte, dass Frank eigentlich nicht viel jünger war als ihre Mutter. Berthe erzählte von ihren Jahren in Rom, aber untypisch leise und zurückhaltend, und nur wenn sie gefragt wurde, vertiefte sie ihren Bericht. Es war, als zähmte er sie mit seiner nüchternen Ruhe. Er hatte seine Fassung wiedergefunden und unterhielt sich mit ihr, als wäre er unbestritten ihr neuer Schwiegersohn.

»Wie sympathisch«, sagte Berthe, als er gegangen war. Ingrid musste lächeln. Ja, ungeheuer sympathisch. Weil sie durch ihren unbrauchbaren Fuß unschädlich gemacht war und Berthe die liebe Mutter war, die für sie kochte, war Ingrid gezwungen, mit ihr über Frank zu reden. »Jetzt verstehe ich dich besser«, sagte Berthe, als hätte ihr kurzes Palaver über Wein und Italien gereicht, um ihr einen Eindruck von diesem Mann zu geben, dem Ingrid sich hingegeben und für den sie Anders verlassen hatte. »Typisch für dich, dass du dich in einen reifen Mann verliebst«, sagte Berthe. Ingrid konnte hören, dass sie in Wirklichkeit meinte, dass Ingrids Wahl typisch Berthe sei. In Berthes Mund klang »dass du dich verliebst« so kuschelig. Oder war sie zu empfindlich? »Ich versteh nicht, was du meinst«, sagte sie, »Anders war doch nicht älter als ich.« Ihr Ton hatte eine gewisse Schärfe. »Nein, ist ja auch richtig«, sagte Berthe versöhnlich. Ingrid bereute ihre Unfreundlichkeit und wollte gern etwas Nettes sagen, aber ihr fiel nichts ein.

Berthe hatte sich beinahe beispielhaft verhalten, als Frank plötzlich in der Küche stand, und es war nicht peinlich geworden, wie Ingrid eigentlich befürchtet hatte. Vielleicht nahm sie sich nur in Acht, weil Berthe ohne ihr Wissen in Frank eine Stütze hatte. Er hatte sie oft unterbrochen, wenn sie sich wieder einmal über Berthes Selbstinszenierungen und ihr ganzes Getue beklagte. Er hatte ihr gesagt, was sie im Innern selber wusste. Dass Berthe war, wie sie war. Dass Ingrid sie weder ändern noch sich eine andere Mutter anschaffen konnte und dass sie ein wenig nachsichtig sein sollte.

»Du verbrauchst viel mehr Energie, als dir klar ist, wenn du deine Eltern so auf Abstand hältst«, hatte er vor einigen Wochen gesagt. »Das ist wie mit den Leuten, die von ganzem Herzen Atheisten sind. Sie sprechen mehr über Gott als alle anderen, die nicht so recht wissen, was sie glauben sollen.« Ingrid wollte fast einen Streit mit ihm anfangen, weil er Norman Dreyer indirekt verteidigte. Das sei ja nun doch ein bisschen zu ironisch, hörte sie sich sagen, dass sie hier von einem Mann, der mit ihr in Sünde lebte, über Familienwerte belehrt wurde. Aber es sei ja auch nicht er gewesen, der mit allem abgeschlossen habe.

Frank antwortete nicht, er sah sie nur an. Es war einer der seltenen Abende, an denen er sie zum Essen eingeladen hatte. Sie gingen sonst nur ins Restaurant, wenn sie am Wochenende irgendwo auf dem Lande waren oder wenn sie ihn auf einer Reise begleitete. Es war riskant, sich zusammen in Kopenhagen zu zeigen, weil man nie wissen konnte, ob sie nicht irgendeinem seiner Bekannten über den Weg liefen, aber an diesem Abend hatte er es gewagt. Sie bereute umgehend, dass sie die ungeklärte Seite ihrer Beziehung aufs Tapet gebracht hatte. Normalerweise vermieden sie dieses Thema und konzentrierten sich darauf, die Stunden und Tage zu genießen, in denen er sich von seinem bürgerlichen Leben loseisen konnte.

Ingrid griff nach seiner Hand und drückte sie. Sein Blick war Antwort genug, er sagte, fand sie, dass er ihr Opfer nicht vergessen habe und diese Diskrepanz zwischen ihnen keine Sekunde lang aus den Augen verliere. Er hatte eine Familie, sie hatte nur ihn, und sie musste damit leben, sein Geheimnis zu sein. Sie liebte ihn dafür, dass er es nicht laut sagte. Sie wollte ihn weder besitzen noch von ihm etwas bekommen, das Dankbarkeit ähnlich sah. Als sie ihn kennenlernte, hatte sie selbst entschieden, die Konsequenzen zu tragen, und sie bereute den etwas bitteren Sarkasmus, dem sie freien Lauf gelassen hatte. Sie wollte ihn nie unter Druck setzen, das hatte sie sich selbst versprochen. Er hatte seine Gründe, von denen sie in Wirklichkeit wenig wusste, und sie wollte auch gar nichts wissen. Er kam, wenn er kam. Das blieb ihm überlassen. Sie war da, weil sie sich dafür entschieden hatte, da zu sein. Denn ihre Wahrheit war, dass sie nirgendwo anders sein wollte.

Sie dachte daran, was er gesagt hatte. Selbstverständlich hatte er recht. Sie könnte bis ans Ende der Welt laufen, sie bliebe immer jemandes Tochter. Daran dachte sie wieder, als einige Monate später ein Brief von Norman Dreyer kam. Sie hatten praktisch keinen Kontakt mehr miteinander gehabt, seit sie in Helsingør ausgezogen war. Jedes Jahr zu ihrem Geburtstag kam eine Karte, aber das war's auch schon. Anders und Jonas hatte er nie gesehen. Sie hatte ihn ausgegrenzt, wie Berthe auch, wegen Georg, aber auch aus Solidarität. Georg wollte seinen Vater nicht sehen, deshalb wollte sie es auch nicht. Außerdem hatte Norman Dreyers Betrug deutlich gemacht, was sie als Kind verdrängt hatte. Er sagte ihr nie etwas und hatte es nie getan. Sie hatten unter demselben Dach gelebt, weil er ihr Vater war, aber nachdem Berthe ausgezogen war, hatte sie sich wie eine Untermieterin gefühlt, nichts anderes. Und vorher? Sie erinnerte sich an ihn nur wie an eine ferne Gestalt, die sich ihr manchmal halbherzig und ironisch zu nähern versuchte, sie im Allgemeinen aber überhaupt nicht beachtete.

Es war ein kurzer Brief, und er jammerte nicht, das musste man ihm lassen. Er schrieb, dass er sie gern sehen wolle, er sei krank und rechne damit, nicht mehr lange zu leben. Er wolle auch Georg gern sehen. Er wisse, dass sie miteinander Kontakt hätten, und bitte sie, ihm seinen Wunsch zu übermitteln. Abschließend schrieb er, dass er heute vieles anders machen würde. Er hoffe, wenn sie das wisse, werde sie zumindest ein klein wenig besser über ihn denken. Als sie ihn anrief, begrüßte er sie mit seinem wie üblich hingeworfenen »hej«, aber unter dem blasierten Tonfall konnte sie doch so etwas wie Verlegenheit spüren. Seit er sie angerufen hatte, um sie zu Jonas' Geburt zu beglückwünschen, hatten sie nicht mehr miteinander gesprochen. Er hatte nicht gesagt, woher er es wusste, und sie fragte auch nicht. Wenn er darauf aus war, dass sie anlässlich seiner neuen Funktion als Großvater den Kontakt wiederaufnehmen sollten, wurde er enttäuscht. Seitdem waren vier Jahre vergangen.

Als sie und Georg vor dem Haus am »Lappen« standen, öffnete ihnen eine Frau, die Ingrid noch nie gesehen hatte. Zunächst dachte sie, es sei eine Art Hauspflegerin. Die Frau war kräftig gebaut, hatte grau meliertes Haar und trug kein Make-up. Sie lächelte freundlich und stellte sich als Karen vor. Anscheinend war sie darüber informiert, dass sie kamen. Karen führte sie ins Wohnzimmer. Alles war so wie damals, als Ingrid auszog, Bücherrücken an allen Wänden vom Boden bis zur Decke, die unpersönlichen Stehlampen mit den laminierten Schirmen und die zufällig zusammengewürfelten Möbel. Sie beobachtete Georg aus den Augenwinkeln, der sich verstohlen ein Bild vom Zuhause seines unbekannten Vaters machte. Norman Dreyer saß in einem wollbezogenen Sessel mit Armlehnen aus hellem Furnier, die einzige Neuanschaffung, die sie entdecken konnte. Er wollte aufstehen, aber sie sagten beide gleichzeitig, er solle doch sitzen bleiben. Sie gaben ihm die Hand, Ingrid zuerst. Sie und Georg setzten sich aufs Sofa, über das nach wie vor eine bunte indische Tagesdecke gebreitet war, weil im mittleren Polster ein Riss war. Karen holte einen Stuhl aus der Küche und setzte sich neben Norman Dreyer. Er nahm ihre Hand, aber sie saß höher als er, und ihre Stellung sah ein bisschen ungeschickt aus, mit seinem erhobenen Arm und dem Handrücken, der an ihrem Oberschenkel ruhte.

»Das ist Karen«, sagte er und lächelte. »Wir haben uns schon begrüßt«, sagte Karen und lächelte auch. Er war noch dünner, als Ingrid ihn in Erinnerung hatte, seine Sachen hingen um seine ausgezehrte Gestalt, und auf dem schon früher recht kahlen Schädel war kein einziges Haar mehr übrig geblieben. Selbst Brauen und Wimpern fehlten, was dem ewig sarkastischen Gesichtsausdruck ein milderes, beinahe feminines Gepräge gab. »Schön, dass ihr da seid. Ich sah ja schon langsam aus wie ein Mann ohne Erben«, sagte er und lächelte wieder. Georg sah Ingrid an, als wollte er ihr vorschlagen, gleich wieder zu gehen. »Pardon, das war ein Joke«, sagte Norman Dreyer. »Ich habe eben einen amerikanischen Roman rezensiert, wo *heirless* im Dänischen zu ›haarlos‹ geworden ist. Tja, es geht alles ein bisschen fix heutzutage. Das gilt auch für mich, fürchte ich.« Er lächelte mutig über seinen zynischen Witz. »Psch«, machte Karen und bückte sich, um seinen bleichen Schädel zu küssen. »Ich freue mich, dass ihr gekommen seid«, sagte er leiser, in seinen Mundwinkeln saß noch ein letzter Rest seines Lächelns. »Das war ... Das war wirklich anständig von euch.« Er sah kurz vom einen zum andern und schlug dann den Blick nieder. »Natürlich«, sagte Ingrid. »Nicht der Rede wert«, entfuhr es Georg.

Karen servierte Kaffee und selbst gebackenen Kuchen. Die kleine Pause, in der sie Tassen und Teller verteilte, tat gut. So verging etwas Zeit. »Du bist Arzt«, sagte Norman Dreyer zu Georg. »Ja«, antwortete Georg. »Aber kein Onkologe«, sagte Norman Dreyer lächelnd. »Ich bin Magen-Darm-Chirurg«, sagte Georg. »Ich habe eine Geschwulst im Magen von der Größe eines Tennisballs«, sagte Norman Dreyer. »Was für eine Ironie, wenn man vierzig Kippen am Tag geraucht hat, seit man seine erste Elvis-Platte kriegte. Es ist nicht so, dass ich glaube, die Chemo würde helfen, aber was anderes bleibt einem ja nicht übrig.« Er schielte zu Karen hinüber, die dabei war, den Kuchen aufzuschneiden. »Ich höre, du bist ein Harvard-Mann. Du musst fähig sein.« Er legte den Kopf zurück, um Georg durch seine Brille anzusehen, die ihm auf die Nasenspitze gerutscht war.

Nach der etwas linkischen Einleitung war Ingrid verblüfft, wie einfach und unkompliziert das Gespräch verlief. Hier saß Norman Dreyer einem Sohn gegenüber, dem er noch nie begegnet war, und einer Tochter, die er seit ihrem achtzehnten Geburtstag nicht mehr gesehen hatte, aber das Durchsprechen ihrer jeweiligen Karrieren reichte aus, dass die Stimmung sehr annehmbar wurde. Interessiert ließ er sich vom Harvard Club erzählen, wo die Nobelpreisträger in ihren Ohrensesseln saßen und gemütlich miteinander klönten. Kurz darauf kam Ingrid an die Reihe. Sie sei doch bei Villads Jensen, nicht wahr? Bravo. Und was mache denn ihr Mann, heiße er nicht Anders? Sie sagte, sie habe sich scheiden lassen. Ach, wie schade. Sie habe vielleicht einen anderen kennengelernt? Ingrid sagte Nein. Georg verzog keine Miene. Während sie von sich erzählten, wunderte sie sich darüber, dass die äußeren Umstände ihres Lebens ausreichten, damit man hinterher würde sagen können, ihr Treffen sei eine Form von Beisammensein gewesen. Das sagte sie zu Georg, als Karen sie hinausbegleitet hatte. Ingrid gab ihr ihre Nummer, und Karen versprach anzurufen, falls Normans Zustand sich verschlimmere. In ihrem »falls« steckte viel Mut, dachte Ingrid.

Sie stiegen nicht sofort ins Auto. Sie gingen an der Mauer auf der anderen Seite der Straße entlang und betraten den Park des Schlosses Marienlyst. Sie hatten sich untergehakt und spazierten durch die Reihen beschnittener Bäume. Als sie ihn ansah, hatte er Tränen in den Augen. Sie hatte ihn nie weinen sehen. »Es ist vollkommen irrsinnig«, sagte er und wischte sich die Augen trocken. »Er hat doch nie etwas bedeutet.« Plötzlich blieb er stehen. »Warum hast du Nein gesagt, als er fragte, ob du jemanden kennengelernt hättest?« Sie wich seinem Blick aus. »Ich weiß nicht«, sagte sie. Georg legte den Kopf schief. »Er ist noch verheiratet, oder?« Sie ging weiter. »Was denkt er sich eigentlich dabei?

Hast du was dagegen, wenn ich frage?« Sie drehte sich um und setzte ihren Weg rückwärtsgehend zwischen den Bäumen fort. »Ja!«

Kurz nach Silvester rief Karen Ingrid an. Norman Dreyer war ins Krankenhaus Helsingør eingeliefert worden. Sie verabredeten, dass Ingrid und Georg ihn am Sonnabend der folgenden Woche besuchen sollten. Zu jener Zeit war Ingrid damit beschäftigt, den Bau des Kulturhauses vorzubereiten, das sie entworfen hatte. Sie war zwei Tage in Jütland gewesen und fand bei ihrer Heimkehr am Freitagabend einen überfüllten Anrufbeantworter vor. Karen hatte seit dem vorigen Abend versucht anzurufen. Norman gehe es sehr schlecht. Mit jeder Nachricht klang sie verzweifelter. Bis zu der letzten, die eine halbe Stunde zuvor mit klarer und ruhiger Stimme hinterlassen worden war.

Der erste Pfeiler der Große-Belt-Brücke ragt über die Windschutzscheibe, und in der beweglichen Perspektive scheinen sich die hängenden Kabel nach beiden Seiten auszudehnen, wie um sie in ihrem Auto zu umarmen. Ingrid schaut aus dem Seitenfenster, als sie über einen roten Küstenfrachter hinwegfahren, und kann einen kleinen Mann auf dem Achterdeck ausmachen. Sie hat eine CD im Handschuhfach gefunden, Maurizio Pollini spielt Beethovens Sonate Nr. 30. Er hat den zweiten Satz erreicht, und sie erkennt die fanfarenartigen Akkorde, gefolgt von schwindelerregendem Tongewimmel. Vor Urzeiten stand sie eines Morgens in einer Tür an der Esplanade und hörte, wie Per unablässig dasselbe Stück anfing, während Ada in ihrem Kimono neben ihm saß und Kommentare abgab. Wenn Beethoven *legato* schreibt ... Sie erzählt es Frank. »Ihn hätte ich gerne kennengelernt«, sagt Frank. »Ja«, sagt Ingrid, »ihn hättest du kennenlernen müssen.«

Als sie von der Hochbrücke fahren und an dem Leuchtturm auf Sprogø vorbeikommen, dringt die Sonne durch die Wolkendecke und wirft einen weißen Schein auf den IC3-Zug, der gerade aus dem Tunnel saust. Sie schweigen und lauschen der Musik. Kurz darauf sind sie auf Fünen. Bei Nyborg biegt Frank ab, fährt am Hafen und der Reihe alter Villen vorbei um die Stadt herum, bis sie die Landstraße nach Süden erreichen. Sie passieren eine Bucht, und der Wasserspiegel steht so hoch am Weg, dass es aussieht, als flögen sie auf dem Wasser und zwischen den kleinen Jollen und Motorbooten hindurch, die dort vertäut liegen. Ingrid sieht ihn an. »Svendborg?« Er lächelt. »Fast.«

Nach einer Viertelstunde auf der gewundenen Landstraße mindert er die Geschwindigkeit und biegt in einen schmaleren Weg. Hinter den Bäumen entdeckt sie ein Renaissanceschloss aus dunkelroten Ziegeln. Sie fahren über einen Wallgraben und noch einen und durch ein Tor und halten auf dem holprigen Pflaster des Hofs. Sie betrachtet den Wechsel der Steine in dem alten Mauerwerk, während er im Torhaus den Schlüssel für ihr Zimmer holt. Der Eingang liegt im Turm in der Mitte der Fassade. Eine Wendeltreppe führt in die obere Etage. Sie schaut durch eine schwere Tür in einen Saal mit Deckengebälk, dunklen Ahnenporträts, kleinen bleigefassten Scheiben und hohen, uralten Stühlen mit Brokatbezug.

In ihrem Zimmer steht ein riesiges Himmelbett, und vom Fenster kann sie in den Wallgraben hinunterschauen, der von Seerosen bedeckt ist. Sie berühren sich an den Rändern, sodass das Wasser nur ein schwarzes Gespinst in der Blätterdecke ist. Er ist in der Tür stehen geblieben, sie geht zu ihm und legt ihm behutsam die Handflächen auf die Wangen. »Danke«, sagt sie und küsst ihn. Er umarmt sie und bleibt so mit ihr stehen, als wäre sie eben nach einer langen Reise aus dem Zug gestiegen. Dann lässt er sie los und trägt das Gepäck hinein. Sie zieht die Schuhe aus und geht mit ihrer Toilettentasche ins Bad. Als sie ihre Fläschchen und Tuben unter dem Spiegel hat aufmarschieren lassen, begegnet sie ihrem eigenen grauen Blick. Sie fasst sich ans Schlüsselbein und denkt an ein Vogelgerippe. Sie ist wirklich zu dünn geworden.

Er sitzt ans Kopfende des Bettes gelehnt und blickt aus dem Fenster. Er hat sie nicht kommen hören. Sie stützt sich an eine der gedrechselten Säulen des Bettes und betrachtet ihn. Sein Gesicht wirkt schwermütig und verlassen. Sie muss an die unerwartete Distanz denken, die sich ihrem Gefühl nach in die Telefongespräche eingeschlichen hatte, als sie aus Stockholm nach Hause fuhr. Er sieht plötzlich alt aus.

Sie klettert ins Bett und kniet sich vor ihn. »Bist du noch da?«, fragt sie vorsichtig. Er sieht sie an und lächelt. Müde, findet sie. Müde oder traurig. »Ja, ich bin da«, sagt er. »Was ist denn, Frank?« Sie streckt ihm ihre Hand entgegen. Er nimmt sie in seine Hände. »Nichts«, sagt er. Sie schüttelt den Kopf und lächelt. »Du lügst, Schatz.« Er lächelt zurück. »Tue ich das?« Er sieht sie an, als hätte sie gesagt, er schnarche. »Sag mir doch, was los ist«, sagt sie noch einmal. Er zögert. »Komm, setz dich zu mir«, sagt er dann. Er legt ihr den Arm um die Schulter, als sie sich an das Kopfende setzt und die Knie anzieht. Sie lehnt den Kopf gegen seine Brust, während er mit gedämpfter Stimme erzählt.

»Vor einer Woche habe ich einen Entschluss gefasst«, sagt er. »Du wunderst dich bestimmt darüber, dass ich ihn nicht schon viel früher gefasst habe. Ich weiß, dass du dich gewundert hast.« Sie seufzt. »Ja«, sagt sie. »Ich habe mich entschlossen, meine Frau zu verlassen«, sagt er. Sie stutzt, dass er nicht »Lise« sagt. »An dem Abend, an dem ich es ihr sagen wollte, war sie gerade beim Arzt gewesen. Ich wusste, dass sie irgendeinen Spezialisten aufsuchen wollte, aber ich hatte nicht weiter darüber nachgedacht. Sie geht zu so vielen Spezialisten, sie war immer ein wenig, wie soll ich sagen ... ein wenig nervös veranlagt.«

Er macht eine Pause und lässt sie seinen Arm streicheln, den er schützend um ihre Schulter gelegt hat. »Diesmal war es ein Neurologe«, fuhr er fort. »Es stellte sich heraus, dass sie ihn bereits einige Male konsultiert hatte, ohne davon zu erzählen, aber jetzt hatte sie also das Ergebnis. Bis auf Weiteres sind die Symptome noch schwach, und man kann nicht voraussagen, wann die Krankheit anfängt, sich zu entwickeln, aber sie verläuft unwiderruflich in eine Richtung. Früher oder später sitzt sie im Rollstuhl und braucht vierundzwanzig Stunden am Tag Hilfe.« Er spricht ruhig und nüchtern. Er unterbreitet Tatsachen, und seine eigenen Gefühle können daran nichts ändern. Sie sieht es vor sich, während er spricht. Sie sieht es in seinem vollen Umfang, von oben, als könnte sie darüber hinwegschweben und die Lage beurteilen. »Du kannst sie nicht verlassen«, sagt sie, aber das ist überflüssig. Sie sagt es nur, um ihre eigene Stimme bestätigen zu hören, was sie beide wissen. »Nein«, sagt er, »das kann ich wohl nicht.«

Sie schweigen. Das Tageslicht verglimmt langsam draußen hinter den nackten Bäumen. Wenn Lise stirbt, denkt sie, wenn Lise stirbt, ist er frei. Immer wieder drängt sich ihr der Gedanke auf, immer wieder drängt sie ihn zurück. Es gelingt ihr erst, als sie sich entschließt, ihn zu Ende zu denken. Lise kann noch lange leben, man weiß das, verkrüppelt und hilflos in ihrem Rollstuhl, und wenn sie endlich eines Tages stirbt, wird Frank ein alter Mann sein, der selber Hilfe braucht.

Das Problem ist, dass er zu lange überlegt hat. Wenn er nur ein halbes Jahr früher gegangen wäre, hätte er sich damit begnügen können, Lise zu bemitleiden und vielleicht hin und wieder das Sanatorium zu bezahlen. Ingrid sieht die neue Situation in ihrem ganzen Ausmaß vor sich. Das hilft. Der Gedanke an Lises Tod ist ganz von selbst verschwunden. Lise lebt, sie ist krank, und Frank ist ihr Mann. So ist es eben, und keiner braucht weiter darüber nachzudenken. Das heißt Pflicht. Man kann es nennen, wie man will, und kann dieses oder jenes Gefühl haben, aber ändern würde es nichts. Er wird Lise nicht mehr als vorher lieben, bloß weil sie Sklerose hat. Ingrid hofft nur, dass er sie deswegen nicht hassen wird.

Still liegen sie unter dem Betthimmel nebeneinander. Unten im Wallgraben lärmen ein paar Enten, und ihr giftiges Schnattern hallt zwischen den Bäumen wider. Ein Auto startet und fährt weg. Frank dreht sich auf die Seite und vergräbt sein Gesicht zwischen ihrem Kinn und ihrem Hals. Seine Wangen kratzen schon, obwohl er frisch rasiert war, als er sie in der Sølvgade abholte. Seine Hand schiebt sich unter ihre Bluse und legt sich auf ihren Bauch, breit und warm wie immer.

Vielleicht hat er nicht so weit vorausgedacht wie sie. Vielleicht kann er die Dinge noch nicht überblicken. Sie ist gezwungen, ihm zu helfen. Er würde zu lange brauchen, um loszulassen, falls sie darauf wartete, dass er die Konsequenzen zöge, und vielleicht würde er sich in der Zwischenzeit verraten, wenn der Druck zu groß würde. Lise darf niemals Wind davon bekommen, dass er ihretwegen etwas geopfert hat. Das wird sie nicht zulassen. Es wird ihre letzte stolze Handlung sein, ihn fortzuschicken, sich zu weigern, sein Kreuz zu sein. Deshalb muss Ingrid ihm helfen, aber sie kann es nicht auf einmal machen. Er darf nicht verzweifelt werden, sodass Lise misstrauisch wird. Es muss mählich zwischen ihnen dahinwelken, sie muss es schaffen, die Leere langsam einsickern zu lassen, damit er selbst eines Tages einsieht, dass es vorbei ist.

Er murmelt etwas an ihrem Hals, aber sie kann nicht hören, was er sagt, sie spürt nur seinen warmen Atem. Sie dreht sich vorsichtig auf die Seite und nimmt sein Gesicht zwischen ihre Hände, als wäre sie die Ältere, Erfahrene. »Was sagst du?« Sein Gesicht verschwimmt in der beginnenden Dämmerung, aber sie kann seine Augen sehen, sie sieht sie sehen. »Ich dachte, wir hätten Zeit. Ich hatte mich daran gewöhnt, das zu glauben«, sagt er leise, mühevoll. Sie nickt. »Das dachte ich auch«, antwortet sie.

Es stimmt. Sie kann es jetzt erkennen, erst jetzt. Wenn

man mit und in einem Gedanken lebt, ist es schwer, ihn zu denken. Man kennt nur dann seine Innenseite, seinen Klangraum, wenn alle anderen Ideen und Empfindungen unter seiner Wölbung widerhallen. Auch sie hat in diesem Gedanken gelebt, dass sie Zeit hätten. Sie haben gemeinsam in ihm gelebt, jeder für sich und gemeinsam, ohne darüber zu reden. Ohne daran zu denken, hat sie in der Vermutung, nein, Erwartung gelebt, dass er Lise eines Tages verlassen werde. Sie tut es immer noch. Es ist noch zu neu, zu unwirklich, dass dieser Tag nicht kommen wird. Sie hat es bis jetzt nur wie in einem Traum gesehen, in dem alles klar und erleuchtet ist. Sie kann es noch nicht spüren. Wie sie hier neben ihm in der Dämmerung liegt, lebt sie noch immer in der Hoffnung. Sie umgibt sie wie die Windungen eines Schneckenhauses. Die Hoffnung, dass der Tag kommen wird. Dass es nur eine Frage der Zeit ist, dass es nur darum geht, diesem Schritt die Zeit zu geben, die er braucht.

Sie hat sich geirrt, nicht in ihm, sondern in sich selbst. Er wartete zu lange, aber sie glaubte, sie warte überhaupt nicht. Dass es in Ordnung sei, wie es war. Dass alles seinen Preis habe und dass dies der Preis sei. Sie dachte, sie habe sich befreit und die größte Freiheit sei, nicht die ganze Zeit zu hoffen. Sie dachte, dass die Nähe zwischen ihnen so sehr viel intensiver wurde, weil sie nur das Jetzt hatten, die Stunde, tags oder nachts, die sie in aller Heimlichkeit wieder einmal aus seinem geregelten Leben herausgetrennt und -geschmuggelt hatten. Sie dachte heroisch, die Tatsache, dass sie nicht mit der üblichen Perspektive auf gemeinsamen Wäschekorb, festen Urlaub und eine künftige Silberhochzeit lebten, mache die Glut und die Tiefe ihres Kontakts aus. Sie machte sich selbst glauben, dass es wirklicher und intensiver sei, niemals ein gebrauchtes Wattestäbchen des anderen hinterm Wäschetrockner zu finden.

Und so würden bis zum Sommer acht Jahre vergangen sein. Schon das ist schwer zu verstehen. Schon das ist nicht zu begreifen, wie sie ihre eigene Hoffnung ignorierte, sie sogar verspottete sich selbst gegenüber, und ihr Erstaunen ist der erste Riss. In einigen Tagen oder Wochen wird das ganze Selbstverständnis rissig werden, und sie wird sich selbst sagen können, was Berthe, Georg und jeder andere sagen würde. Selbstverständlich konnte sie nicht fortwährend warten. Und selbstverständlich hat sie gewartet. Sie muss daran denken, was Georg gestern Abend über Frank gesagt hat. Das wäre eigentlich nicht nötig gewesen.

Sie weiß nicht, wie lange sie so gelegen haben, Stirn an Stirn, als sie wie aus weiter Ferne ein gedämpftes Signal vernimmt und einen Augenblick später den Klingelton ihres Handys erkennt. Sie befreit sich aus Franks Arm und springt aus dem Bett. Es ist ein Reflex, das ärgert sie. Sie fühlt sich rückständig und nachlässig, wenn sie nicht sofort abhebt. Sie könnte es klingeln lassen, sie könnte sich sagen, dass jetzt wichtigere Dinge auf dem Spiel stehen, aber falls es nun Jonas ist ... Hastig wühlt sie in ihrer Tasche, klappt das Telefon auf und drückt so kräftig auf das grüne Telefonpiktogramm, dass man denken könnte, es sei eine Reißzwecke, die sie in eine Betonwand zu drücken versuche.

»Hallo.« Sie spricht viel zu laut. »Ja, *hej*, Ingrid! Sven hier. Ich habe *försökt*, dich anzurufen, aber du meldest dich nicht.« Sie geht zum Fenster und setzt sich auf das breite Fensterbrett. »Ich bin nicht zu Hause.« Die Seerosen im Wallgraben haben im letzten Licht einen blaugrauen Schimmer. »*Jaså*. Na, siehst du, ich rufe an *därfor*, weil wir eine Art Familienrat abgehalten haben, Anders und ich. Du hast anscheinend nicht mit ihm gesprochen?« Sie erstarrt. Natürlich. Sie hätte Anders schon gestern anrufen müssen. Warum hat sie nicht angerufen? Jetzt ist Sven wieder vorneweg, während sie mit dem Gefühl dahockt, versagt zu haben. »Nein, hab ich nicht, wie du weißt.« Das war etwas kühl gesagt. »Nein ...« Sven muss die Kälte bis zum Strandboulevard fühlen können. »Aber, hör zu, Ingrid. Wir haben lange telefoniert, Anders und ich, und wir haben einen Plan, einen *förslag*. Wir haben auch mit Jonas geredet. Er sitzt *just här*.« Sie schluckt. »Und wie lautet dieser Vorschlag nun?«

Sie hört, wie Frank vom Bett aufsteht und die Schuhe anzieht, das gedämpfte Klirren von Münzen und Schlüsseln in seiner Windjacke, die Tür, die behutsam zugezogen wird. »Ja, wir müssen alle *försöken*, in dieser Situation hier neu zu denken. Das gilt auch für Jonas, und das gilt für dich, meine Liebe. Und wir sind also zu dem Schluss gekommen, dass Jonas eine Luftveränderung braucht. Anders hat es mit Birgitta, Olivia und Oscar besprochen, und sie finden *alla*, dass Jonas nach Stockholm kommen und da wohnen soll. Nach dem, was passiert ist, würde ihm das die Chance geben, noch einmal neu anzufangen, damit er sich nicht stigmatisiert fühlt.«

Ingrid bemerkt in der Dämmerung eine Gestalt auf der anderen Seite des Wallgrabens. »Und was ist mit der Schule?« Sie erkennt Frank an seinem Gang. »Es gibt *massvis* Schulen und Gymnasien in Stockholm.« Sein Gesicht wird kurz von einer Feuerzeugflamme erleuchtet. Er hatte doch aufgehört. »Gymnasien?« Sie steht vom Fensterbrett auf und stellt sich vor das leere Himmelbett. »Ja, das soll wohl ein etwas längeres Arrangement werden.« Man kann sehen, wo sie und Frank gelegen haben. »Ich muss darüber nachdenken«, sagt sie. »Ja, natürlich. Denk nach *över det*«, sagt Sven aufmunternd. Sie verabschieden sich. Das Bildfensterchen auf dem Telefon leuchtet noch zwei Sekunden aus der Kuhle in der Bettdecke zu ihr hinauf.

Sie halten an dem kleinen Fährbett, wo die Fähre von Ærø anlegt. Das dunkle Wasser im Hafenbecken hebt sich unmerklich wie ein Atemzug unter den sich brechenden Reflexen der Lampen. Sie sind nach Svendborg gefahren, um in einem Restaurant zu essen, das Frank empfohlen wurde. Hinterher gehen sie am Kai spazieren. Alles ist wie sonst, wenn sie den Abend in einer Stadt verbringen, in der Frank zu tun hat. Das Seltene und Schöne ihres Zusammenseins wird von dem touristischen Gefühl, in Muße und aufs Geratewohl herumzuschlendern, noch betont. Sie gehen auf eine Landungsbrücke. Als sie am Ende der Planken angelangt sind, schauen sie hoch, um die bleichen Sternzeichen über Tåsinge zu deuten. Sie hat fast vergessen, dass es nicht wie sonst ist.

Beim Essen hatte sie die ganze Zeit daran gedacht. Sie hatten mit Kusshand das Thema Jonas aufgegriffen, das war natürlich auch wichtiger, und Frank sagte, Sven und Anders hätten vielleicht recht. Sie sagte, Anders hätte auch anrufen können, statt Sven vorzuschicken. Um ein Haar wäre sie wütend geworden. Jahrelang war sie die Einzige, die dem Jungen Widerstand entgegensetzte, und kaum hatte er aufgetrumpft und einen Gleichaltrigen zusammengetreten, war die größte Sorge, dass er sich um Gottes willen nicht *stigmatisiert* fühlen solle. Frank entgegnete leise, dass ihre Prinzipientreue ja leider nicht die Wirkung gezeitigt habe, die sie sich selbst erhofft hatte. Sie fragte, wie es denn seiner

Meinung ausgesehen hätte, wenn sie genauso butterweich gewesen wäre wie der Vater und der Großvater des Jungen. Er sah sie ernst an.

Sie wollte schon sagen, dass eigentlich er, der Bürger, der Geschäftsmann, an den Prinzipien festhalten und das Schlappsein ihr überlassen müsste. Stattdessen fragte sie, ob er sich daran erinnern könne, wie oft sie ihn in den letzten Jahren hatte versetzen müssen, weil Jonas sich wieder einmal danebenbenommen hatte. »Das ist etwas anderes«, sagte er und lächelte. »Mir ist klar, dass du dich allein gefühlt hast, aber das ist etwas anderes. Du musst dich selber fragen, was für ihn das Beste ist. Er ist nicht erwachsen, Ingrid, noch nicht, und du weißt ebenso gut wie ich, was Kinder angeht, gibt es keine Gerechtigkeit.«

Sie schwiegen eine ganze Weile. Es gehörte zu ihren Stärken, dass sie so lange wie nötig dasitzen und sich in die Augen sehen konnten. Das hatte sie nie zuvor erlebt, auch mit Anders nicht. Nie war sie jemandem physisch so lange Zeit hintereinander so nah gewesen wie Anders, aber wenn nicht er den Blick niederschlug, dann sie. Sie konnten nicht dasitzen und sich tief in die Augen blicken, wie sie es mit Frank kann. Etwas in ihnen war dem anderen ausgewichen, und hinter ihrer eigenen Scheu spürte sie etwas, was vielleicht auch Anders in den schweigsamen Momenten ihres Beisammenseins spüren konnte. Das unerwartete, verlegene Erlebnis, dass ihre Vertrautheit nicht weit genug ging. Dass sie einander nicht erreichen konnten, und wenn sie sich noch so anstrengten. Dass sie in den plötzlichen Gesprächslöchern nur die Leere selbst bearbeiten konnten, als wäre diese Leere ein dicker, blöder Wasserball, den jeder auf seiner Seite knetete. Aber was heißt das, »sich tief in die Augen blicken«? Es heißt *sehen*, nichts anderes. Den anderen sehen. Es heißt, wir sehen den anderen sehen. Wie er den sieht, der man ist, und das sieht, was man ist.

Während sich Ingrid und Frank von Angesicht zu Angesicht im Restaurant gegenübersaßen, sah sie, wie er ihr Leben allein mit einem großen Sohn sah. Allein mit der Verantwortung, der Prinzipientreue, der ratlosen Müdigkeit. Dem ewigen Hin und Her zwischen trotzigem Willen und dem Gefühl, zu irren und zu versagen. Und sie sah ihn. Sie sah ihn in der Einfassung seines Lebens, dem Heim und Lise, den erwachsenen Söhnen, einer Geschichte ohne sichtbare Brüche. Der eine wurde Anwalt, der andere lebt in Brüssel und arbeitet für die EU-Kommission. Frank ist so stolz auf sie. Er selbst hat keine akademische Ausbildung erhalten, obwohl er die Fähigkeit und die Lust gehabt hätte. Es war so vorgesehen, dass er das Unternehmen seines knauserigen, gefühlsbangen Vaters übernehmen würde, und sein Aufbegehren bestand darin, es bis zur Unkenntlichkeit zu vergrößern und zu verwandeln. Er hat den Wert der Firma vervielfacht, und seine Söhne sind höchst ausgebildete, erfolgreiche Familienväter, die noch nie eine Polizeiwache von innen gesehen haben.

Ihm ist alles gelungen. Sein letztes Erfolgserlebnis wird sein, seinen Enkelkindern beizubringen, wie man Drachen steigen lässt, und seiner Frau die Apfelsine zu schälen, wenn die Finger nicht mehr gehorchen wollen. Er wird einen Schal um ihre gebeugten Schultern legen und sie in der Nachmittagssonne am Wasser entlangschieben, und es wird vollbracht sein, alles wird in Ordnung sein. Er wird Herausforderungen gegenübergestanden, Lasten gestemmt, aus allem das Beste gemacht und den Rest mitgenommen haben, wie es halt kam. An einer geheimen Stelle zwischen ihnen wird es etwas Hartes und Vergebliches geben, das sich nicht entfalten und das nicht erblühen konnte, aber alles Übrige wäre so erfüllt, wie man es sich von einem Leben nur wünschen kann. Die loyale Zusammengehörigkeit dauerhafter Bande, die verblasste, aber intime und sonderbar unschuldige Zärtlichkeit all der vielen Jahre.

In diesen Jahren hat Ingrid ihn hin und wieder dazu bringen können, von seinen beiden Söhnen zu erzählen. Sie hat sich engagiert, ohne sie je gesehen zu haben, wodurch sie sich wie ein Schutzengel fühlte, der neben ihnen ging und lächelte. Wenn er erzählte, schien er manchmal zu vergessen, wer sie war, aber sobald es ihm wieder bewusst wurde, schämte er sich, als wäre er an solchen Punkten verletzlich. Die kleine vorsichtige Zurückhaltung konnte fast beleidigend auf sie wirken, als gäbe es doch etwas von ihm, das sie nicht zu lange in den Händen halten durfte. Es wäre merkwürdig, über sein Familienleben nicht Bescheid zu wissen. Obwohl er es jedes Mal vorübergehend verlassen musste, um sich mit ihr zu treffen, hat sie auf ihrer Seite draußen gestanden und hineingeschaut.

Das Einzige, was sie nicht von vorn gesehen hat, ist Lise. In seinen Referaten von großen und kleinen Ereignissen sah man sie immer nur von hinten. Lise war tabu. Er beschützte sie, indem er nichts von ihr erzählte, und Ingrid hatte den Eindruck, es wäre für ihn einer Hurerei im Ehebett gleichgekommen. Mehrmals hat sie Fotos von den beiden Jungs gesehen, weil sie ihn darum bat, welche mitzubringen, aber an Lise könnte sie vorbeigehen, ohne es auch nur zu ahnen. Vielleicht ist es schon geschehen. Im Augenblick fürchtet sie das mehr als die Einsamkeit. Dass Frank ihr eines Tages auf der Straße begegnen wird und sie anhalten, irgendetwas erfinden, zögerlich herumstehen und auf der Stelle trippeln muss, weil es doch zu seltsam wäre, einfach aneinander vorbeizugehen.

Selbst wenn er sie dann noch nicht vergessen hat, wird sie ein wenig fremd sein, das wird ihm helfen. Er wird mit der Erinnerung an sein Begehren zu lange allein gewesen sein. Es wird ihm nicht leichtfallen, etwas an ihr zu finden, woran es sich heften kann. Es wird reichen, dass ihr Haar etwas anders aussieht als in seiner Erinnerung. Das Begehren wird Vergangenheit sein, und selbstverständlich wird es ihr genauso gehen. Vielleicht wird er sich auch verändert haben. Sie kann sich diese Situation bloß nicht mit eigenen Augen vorstellen, sie kann sie nur mit seinen sehen. Wie sonderbar das ist!

Vielleicht ist es so, weil er ein Leben hat, zu dem er zurückkehren kann. In seiner Erzählung wird sie eine abgeschlossene Geschichte sein, und seine Erinnerung an sein Begehren wird wie die Erinnerung an ein heftiges Zahnweh sein, im Grunde gefühllos und eingekapselt, unmöglich wieder aufzurufen. Wann wird es auch für sie nur noch eine Geschichte sein? Wie viel Zeit wird vergehen, ehe sie sie in vollem Umfang sehen und sagen kann: Ja, das war Frank. Wir kannten uns fast acht Jahre, aber ich habe ihn lange nicht gesehen. Ich war seine Geliebte, bevor seine Frau krank wurde. Er besuchte mich ein paarmal pro Woche am Nachmittag. Manchmal verreisten wir zusammen.

Sie hat Fotos, nicht viele, aber genug, um die Zeit vergehen zu sehen. Beweismaterial liegt vor. Sie könnte ihn erpressen, wenn sie so eine wäre, aber was sollte sie verlangen? Das Unmögliche oder nur das Ungeheuerliche? Was hätte sie davon, wenn sie Lise einen Stapel Fotos schickte? Würde sie das Gleiche auslösen wie damals Ellen, als sie wie ein Springteufelchen mit einem Bild von Georg auftauchte? In gar nicht ferner Zeit wird Lise jedenfalls nicht mehr weggehen können, so wie Berthe weggehen konnte. Sie muss sich damit begnügen, wie Ada in ihrer großen Wohnung herumzurollen, immer im Kreis, bis die Hauspflege kommt. Sie wird einen Zimmermann bestellen müssen, der die Türschwellen entfernt, damit sie zumindest im Kleinen ein Gefühl von Bewegungsfreiheit aufrechterhalten kann. Aber Frank wird sie nie verlassen können.

Sein heimliches Leben mit Ingrid war rein, solange Lise die Kraft besaß, ihren Stolz mit Macht zu verbinden. Auf wunderliche Art war es rein, weil er sich mit seiner Geliebten im Verborgenen treffen musste, aber das kann Ingrid erst jetzt erkennen. Die Geheimhaltung war ebenso rein, wie sie unverantwortlich war, aber er wird nie in der Sølvgade liegen und sich hingeben können, während er daran denkt, dass er seine Frau behindert und hilflos zurückgelassen hat. Auch wenn sie ihn nie mehr wiedersehen will. Er wird sich auf ihrem Fußabtreter niederlassen oder auf einer griechischen Insel ins Kloster gehen, aber er wird Ingrid nie, nie wieder berühren, nicht einmal mehr mit einem Stock.

Schluss jetzt, damit ihre blühende Fantasie nicht noch mehr Knospen treibt. Es ist schlimm, wie die Gedanken zu fliegen beginnen, wenn man im Dunkeln auf einer Landungsbrücke am Svendborger Sund steht und von einem Mann umarmt wird, den man liebt und doch gezwungen ist loszulassen. Dem gegenüber man kalt werden muss, nicht von heute auf morgen, sondern allmählich, wie beim Übergang in den Winter. Monatelang wird sie der Versuchung widerstehen, aber im Herbst, wenn der Feigenbaum im Garten seine schweren, fetten Blätter fallen lassen muss, wird sie es eines Abends nicht mehr aushalten können. Sie wird eine bestimmte Schuhschachtel aus dem Regal im Garderobenschrank kramen und lange auf den Namen blicken, der auf den Deckel geprägt ist.

Es waren die teuersten und höchsten hochhackigen Schuhe, die sie je besessen hat. Er kaufte sie ihr in Barcelona, sie wurde einen halben Kopf größer als er, was ihn offenbar anmachte. Die Schuhe hat sie nicht mehr, aber die Schachtel behielt sie. Sie wurde ihr Liebesarchiv und wölbt sich vor Fotos von ihren gemeinsamen Fahrten und Reisen. Auf einem Bild steht sie mit dem Rücken zu ihm vor einer

Balkontür mit Ausblick auf die Ramblas und trägt lediglich ihre neuen Schuhe. Ihr Hintern ist sechs Jahre jünger, und im großen Ganzen kann man sie nicht erkennen. Man sieht nur, warum der Mann, der sie betrachtete, die Kamera zücken musste, aber auch darin steckt eine ergebene Zärtlichkeit. Seine Andacht beim Anblick ihrer Hinterbacken im Gegenlicht umgeben vom Ausschnitt der offenen Tür mit dem dichten Laub der Ramblas. Und es steckt Ergebenheit darin, so lange stehen zu bleiben, bis er sein Foto gemacht hat. Anonym wie eine Hafenhure, die doch gleichzeitig sich selbst und ihm gehört.

Sie nahmen die Hochbahn nach Montjuïc hinauf. Sie wollte ihm Mies van der Rohes Pavillon zur Weltausstellung 1929 zeigen. Er sagte, er gleiche einem Einfamilienhaus in Luxusausgabe, aber sie konnte ihm ansehen, dass er einfach in Necklaune war. Er hörte nicht auf, sie zu fotografieren, während sie erklärte, warum Mies van der Rohes Einfamilienhaus in Glas, Travertin und grünem Marmor eine architektonische Urform des 20. Jahrhunderts war. Auf den Bildern geht sie an den horizontalen Flächen des Pavillons entlang, gefangen in einem Schritt, einer Geste oder einem Wort, das ihre Züge zur Unkenntlichkeit deformiert.

Sieht sie wirklich so aus, wenn sie spricht? Sie findet, sie ähnelt einem dieser Gemütskranken, denen man zuweilen auf der Straße begegnet und die mit den Geistern der Luft debattieren. Er betrachtet sie durch die Linse, während sie ihre Erläuterungen abgibt, aber was übrig bleibt, ist nur sein Blick. Auf einem anderen Bild hat sie einen Gesichtsausdruck, den sie nicht wiedererkennt, wie eine Schlafwandlerin, die mit offenen Augen träumt. Dieser Pavillon ist ja auch kein Haus, in dem man wohnen könnte. Er ist selber ein Wachtraum, ein Gedicht aus Stein und Glas. Ein Entwurf für etwas, das nie so ideal werden würde wie dies erste perfekt ausgewogene Beispiel zur Nachahmung.

Sie wird in ihrer Schuhschachtel wühlen und das Bild betrachten, auf dem er auf der Terrasse des Hotels Hassler sitzt und die *International Herald Tribune* mit einer Miene liest, als wäre er der Vorsitzende aller nur erdenklichen Institutionen. Oder das Bild, auf dem sie mit einer Kaninchenfellmütze, deren Ohrenwärmer ihr um die lächelnden Wangen flattern, in einer verfallenen Barockkirche in Wilna steht. Oder das, das ein Kellner vor dem *Cipriani* am West Broadway für sie aufnahm, auf dem sie unter der gelben Markise sitzen und einen riesigen Hummer aus Maine verspeisen. Von ihren knapp acht Jahren sind sie real vielleicht nicht einmal ein einziges zusammen gewesen, aber sie haben sich öfter und in mehr Städten der Welt geliebt als manch anderes Paar. Das wird sie sich sagen, wenn sie an einem Herbstabend mit der Lesebrille im Sessel sitzt und die Schuhschachtel auf dem Schoß hält.

Sie kann die Fotos auch bei Jonas an die Wand hängen. Sein Zimmer wird ja jetzt frei, da sie darüber nachdenken muss, was für ihn am besten und nicht, was richtig und falsch ist. Sie kann es geradezu in eine Frank-und-Ingrid-Gedenkstätte umwandeln. Hätte das nicht eine feine historische Ironie? Wo ihre Verantwortung versagte, kann sie stattdessen die Erinnerung an ihr schiffbrüchiges Liebesprojekt achten und ehren. Klingt das zu bitter? Sie will nicht verbittert sein. Sie will nicht, weil sie nicht darf. Alle sagen, man dürfe nicht verbittert sein, alle sagen, sie seien es nicht. Alle, die bekannt genug sind, um zu ihren Niederlagen und Sorgen interviewt zu werden. Nein, ich bereue nichts. Ja, ich würde es wieder so machen. Aber was, wenn sie es doch bereute? Was wäre, wenn sie mit der Zeit, in der er ihr immer ferner wird, doch verbittert würde? Was wäre, wenn es wirklich so weit käme, dass sie denkt: Wenn sich jemand auf der Schnellfähre von Århus nach Seeland mit einer Kristallkugel neben sie beide gesetzt hätte, hätte ich mich anders entschieden?

Auf dem Weg zum Auto sind sie still, aber nicht schweigsam. Noch ist es nur eine finstere Aussicht, nicht das Unglück selbst. Sie schaltet ihr Handy wieder an und lauscht der weiblichen Automatenstimme der Telefongesellschaft, die immer so ängstlich klingt, als wäre ihre Inhaberin nur auf Probe eingestellt. »Anzahl neuer Mitteilungen: eine. Erste Mitteilung empfangen ...« Sie hält Frank an der Hand, während sie am Kai zurückgehen. Ihre Blicke kreuzen sich kurz, und sie denkt daran, was er beim Essen sagte. Er hat recht, es ist keine Frage von Gerechtigkeit. Anders hat es nicht verdient, derjenige zu sein, der Jonas rettet, aber vielleicht ist er einfach derjenige, der es kann.

»Tag, Ingrid«, sagt Ada in ihrem vornehm kühlen und gerade noch freundlichen Tonfall, in dem sie zu telefonieren pflegt. Sie wolle fragen, ob Ingrid morgen früh auf eine Tasse Tee vorbeikommen wolle. Sie sei dabei, einige Schubladen aufzuräumen, und habe das eine oder andere von Per gefunden, das vielleicht interessant für sie sei. »Ihr habt euch doch so nahegestanden«, fährt Ada fort, als wäre das etwas, worüber sie Ingrid informieren will. Ingrid schaut auf ihre Uhr, es ist nach zehn. Obwohl Ada vermutlich noch auf ist wie gestern, mag sie jetzt nicht mehr anrufen. Frank hat sie gebeten zu fahren. Er hat den größten Teil einer Flasche Chambolle getrunken und lehnt bequem im Beifahrersitz. Vergeblich tritt sie zwei-, dreimal mit dem linken Fuß, bis sie sich an die Automatikschaltung des Jaguars gewöhnt hat.

Ein paar Minuten später haben sie den Ort verlassen. Die Straßenbäume springen im Fernlicht aus der Dunkelheit, als wollten sie Alarm schlagen. Sie könnte auch gegen einen Baum fahren. Wie eine heutige Elvira Madigan, die selbst die Initiative übernimmt, statt sie ihrem Geliebten zu überlassen. War es nicht das Hotel am Hafen, in dem sie und Sixten Sparre ihre letzte Nacht miteinander verbracht hatten, ehe sie in den Wald auf der anderen Seite gingen? Nie würde sie Frank dazu bringen, ihr eine Kugel in die Stirn zu schießen, lieber würde er zuerst sterben, und dann wäre die Situation die gleiche. Wieder gehen ihr die frivolsten Gedanken durch den Kopf. Noch ist es nicht Wirklichkeit. Sie hat die Geschichte in ihrem vollen Ausmaß erkannt, aber sie kann nichts spüren. Ob es so ist, kurz bevor man stirbt?

Ein entgegenkommendes Fahrzeug blendet hitzig auf, und sie schaltet von Fern- auf Abblendlicht, sodass die Dunkelheit näher heranrückt, von den kurzen Lichtkegeln auf dem Asphalt vor ihnen notdürftig zur Seite gefegt. Sie fühlt seine Hand auf ihrem Knie, und dann fühlt sie, wie einverstanden sie damit ist. Es ist noch nicht Wirklichkeit. Seine Hand ist wirklich und auch ihre Lust. Er schiebt den Kleidersaum über das Knie und streichelt ihre Schenkel. Dies wird ihre erste Abschiedsnacht. Andere werden folgen, in immer längeren Abständen. Jedes Mal wird sie denken, dass er ihr nie näher war, und jedes Mal wird sie dem Moment näher sein, in dem sie die Tür hinter ihm zum letzten Mal schließen wird.

Vor einem halben Jahr verbrachten sie ein Wochenende in Adas Haus in Tversted. Er kam unmittelbar von einem Termin in Hamburg, sie trafen sich am Hauptbahnhof in Århus. Es war Anfang September, exakt sieben Jahre und einen Monat, nachdem sie sich zum ersten Mal gesehen hatten. Wenn sie an die nachmittägliche Stunde denkt, da sie zum Limfjord und weiter nach Nordwesten hinauffuhren, fällt ihr kein besseres Bild ein, welches das fade, an sich sinnlose Wort »glücklich« hätte illustrieren können. Sie sagten nichts Besonderes, sie waren schlicht ein Mann und eine Frau in einem Auto, auf dem Weg und doch in vollkommener Ruhe. Der Himmel über der Autobahn war babyblau wie verwaschenes Frottee, und westlich hing wie ein Mützenschirm eine leichte Wolkenschicht vor der Sonne, sodass sie nur indirekt und umso weicher ihr Licht über die große, leere Landschaft verteilte.

Vom Kreisverkehr bei Hirtshals, an dem die Autobahn endet, nahmen sie die Landstraße nach Osten. Die tief stehende Sonne hinter ihnen brannte im Asphalt und im Wiesengras, und die weiß gekalkten Mauern der verstreut liegenden Höfe, abgeschirmt von Gruppen windzerzauster Kiefern, blendete sie nahezu. Sie konnte nicht wissen, dass sie sich ihrem Zenit näherte, während sie nebeneinandersaßen und Autoradio hörten. Dass es der Höhepunkt und das Ziel war, der exemplarische Augenblick, der nie besser werden würde, diese Stunde, in der alles vor ihnen wie Gold und Honig glänzte.

Am Flüsschen Uggerby Å folgten sie der alten Wagenspur, die Ingrid seit ihrer Kindheit vertraut ist und wo sie jeden Zaunpfahl, jede Kuhle kennt. Der Weg führt an einigen alten Siedlungen mit geteerten Holzsommerhäusern vorüber, bis er in Strandhafer und hohem Grasbewuchs mündet. Adas Haus verbirgt sich hinter einer Reihe Kiefern, die von wilden Heckenrosen umgeben sind. Die überreifen Hagebutten, tiefrote Punkte auf überwiegend gelbem und blassgrünem Hintergrund, sprangen einem geradezu ins Auge. Als sie aus dem Auto stiegen, war kein Laut zu hören, die einzigen Geräusche waren der schwache Wind in den obersten Kiefernzweigen und die summende Kühlung des abgestellten Motors. Sie bahnte sich den Weg durch das Gras, er folgte mit dem Gepäck. Sie ging zu einem der alten Obstbäume vor dem Haus. Sie lächelte Frank an, als sie gefunden hatte, was sie suchte. An einem Zweig nah am Stamm hing ein alter Flaschenöffner. Er wird dort hängen bleiben, wo Per ihn hinterlassen hat, denn der Zweig ist gewachsen und hat sich selbst verzweigt, man müsste ihn abbrechen, um den verrosteten Kapselheber in die Finger zu bekommen.

Es ist ein schwarzes Holzhaus wie die anderen mit einem grasbewachsenen, überhängenden Dach und weiß lackierten Fenstern. Nachdem die Thrombose Ada an den Rollstuhl gefesselt hatte, übernahm Berthe das Haus, aber mittlerweile kommt nur noch Ingrid her. Das Haus sieht noch so aus, wie Ada und Per es eingerichtet haben, mit der damals massenhaft hergestellten und etwas abgetakelten, neunmalklugen Modernität. Berthe hat das Haus nur um eine freche rote Stelton-Kanne und ein Kaminbesteck von Silvan für den alten Morsø-Ofen ergänzt. Sonst gibt es spritzlackierte Holzstühle, eine PH-Leuchte über dem Küchentisch, zwei Safaristühle aus naturfarbenem Kanvas und eine Schiffspritsche mit Messingbeschlägen und kariertem Wollbezug. Die wählerische Bürgerlichkeit der Esplanade hat Tversted nie erreicht, selbst Per und Ada hatten es offenbar hin und wieder nötig, sich von ihrem Stil erholen zu dürfen.

Der gibt sich nur in der Auswahl vergilbter Kunstplakate zu erkennen, die sie aus Paris mitgebracht und mit Reißzwecken befestigt hatten, Morandi, Soulages und der unvermeidliche Picasso. Wie oft hat Ingrid die Namen und Adressen der Museen und Galerien gelesen, die mit so ausgesuchter Antiqua gedruckt sind, dass selbst die Öffnungszeiten etwas Geistreiches an sich haben. Die Monate und Uhrzeiten in den Sechzigerjahren, als Ingrid ein kleines Mädchen im Südhafen war. Damals, als Ada und Per mit dem Schlafwagen reisten und morgens am Gare du Nord mit der Erwartung ausstiegen, in der weiten Welt angelangt zu sein.

Es roch wie gewöhnlich nach Moos und Maus, als Frank

und Ingrid eintraten. Das war Adas Ausdruck, sie sagte es jeden Sommer, wenn sie nach der langen Reise ins Haus traten, »Moos und Maus«. Sie hatten damals noch kein Auto, und die Fahrt dauerte einen ganzen Tag, zuerst mit dem Zug bis Aalborg und dann mit dem Bus. Während sie über Land fuhren, las Per Ingrid vor, und ihretwegen hätten sie gern noch länger fahren können. Ada veränderte sich, wenn sie aus dem Bus stiegen und das letzte Stück, beladen mit Rucksäcken und Koffern, die Wagenspur entlanggingen. Etwas fiel von ihr ab, etwas Steifes und Gesteuertes, und sie fing an, übers ganze Gesicht zu lachen, anstatt nur mit ihren geschminkten Lippen zu lächeln. Sie kokettierte sogar damit, eine Bäuerin zu sein und einige Wochen mit Gummistiefeln oder Holzschuhen herumzulaufen und ein kunterbuntes Tuch um den Kopf zu binden.

Als Ingrid älter wurde, hatte sie den Eindruck, dass Ada vielleicht nur so tat, als wäre es eine Rolle. Per mochte sie so, und Ingrid erlebte es oft, dass er sie mittendrin umarmte. Das war sonst nicht üblich, wenn andere zugegen waren, und ganz allgemein konnte sich Ingrid körperlichen Kontakt zwischen ihnen nicht recht vorstellen. Ada wurde auch eine liebevollere, aufmerksamere Großmutter unter dem offenen Himmel hier oben. Als Erwachsene fragte sich Ingrid, ob es ein Versuch war, Versäumtes nachzuholen, wenn Ada ihrer Enkelin etwas gab, was Berthe nie bekommen hatte.

Frank schaute sich um. Fast hätte sie etwas Ironisches und Entschuldigendes über die Einrichtung gesagt, aber sie ließ es sein. Es war, wie es war. Eine Flügeltür führte auf die Terrasse, die mit Betonfliesen ausgelegt war. Das Gras wucherte hoch aus den Fugen, und die Tür klemmte, sodass sie sie mit der Schulter aufstoßen musste. Frank trug die Safaristühle in die Sonne hinaus. Als sie sich setzten, knirschte es in den stockfleckigen Rückenlehnen. Eine Biene landete schwerfällig vor ihren Füßen, krabbelte ein Stückchen und purzelte über die sonnenwarmen Fliesen. »Die kann sicher nicht mehr«, sagte Frank. Schweigend betrachteten sie die sterbende Biene. Ingrid musste daran denken, dass sie und Anders genauso dagesessen hatten, zur gleichen Zeit, am Abend, bevor sie Frank auf der Fähre nach Seeland kennengelernt hatte. Sie sagte es ihm. Er streckte seine Hand aus und streichelte ihr Kinn, während er sie ansah. »Ich liebe dich«, sagte er leise. Er sagte es nicht sehr oft, er ist keiner, der mit bedeutungsvollen Sprüchen um sich wirft, aber er hatte auch keine Scheu, es auszusprechen. Sie glaubt, sich an jedes einzelne Mal erinnern zu können.

Sie nickte in Richtung des Wiesengeländes, das dort weiter verlief, wo der Garten unmerklich in lange leuchtende Halme überging. »Da draußen ist das Meer«, sagte sie. Im Hintergrund erhob sich, scharf abgezeichnet im letzten Sonnenlicht, die erste Düne mit ihrem wogenden Strandhafer und dem gewellten, veränderlichen Kamm. »Ja, dort ist das Meer«, wiederholte er, als hätte sie etwas Bemerkenswertes gesagt.

Am nächsten Tag fuhren sie nach Hjørring. Wie sie zwischen den anderen einkaufenden Paaren mit ihrem Wagen durch den Føtex-Markt gingen, hätte niemand erraten, dass sie seine heimliche Geliebte war. Sie studierten Weinflaschenetiketten und Warendeklarationen, verglichen wählerisch den einen Salatkopf mit dem anderen und schwankten wankelmütig zwischen einem kleinen Culottebraten und einer Packung Rippensteaks wie alle anderen auch. Er probierte eine hässliche Spiegelglassonnenbrille, um sie zum Lachen zu bringen, und obwohl Massen von Geschirrtüchern im Haus waren, kaufte er eine ganze Packung, nur um sie zu kaufen. Hinterher stellten sie die Tüten ins Auto und gingen ein wenig durch die Stadt. Sie wusste nicht mehr, wann sie zuletzt in Hjørring gewesen war. Eigentlich konnte sie sich überhaupt nicht mehr an die Stadt erinnern. Später, als sie älter war, hatte sie sich darüber gewundert, dass sich Ada in so großer Nähe ihrer Heimatstadt ein Sommerhaus gekauft hatte, da sie doch immer damit prahlte, nie mehr zurückgekehrt zu sein. Vielleicht stimmte es, vielleicht vermied Ada, die Stadt zu betreten, aber ein Fußbreit Erde gleich daneben musste es offenbar trotzdem sein.

Sie schlenderten die Gassen empor, bis sie Sankt Catharinae erreicht hatten. Sie gingen um den weiß gekalkten Chorbogen der Kirche herum, aber das Haus, in dem Erik Hvidbjerg mit seiner schönen jungen Frau und ihrer kleinen Tochter gewohnt hatte, konnte sie nicht finden. War es womöglich abgerissen worden? Sie sagte, sie werde Ada fragen, aber sie hat es nie getan. Sie fanden sein Grab auf dem Friedhof weiter oben. Ein Granitstein mit Messingbuchstaben, die Grünspan angesetzt hatten. *Rechtsanwalt Erik Hvidbjerg, 1904–1989*. Daneben stand ein kleinerer, etwas dunklerer Stein, *Helga Hvidbjerg, geb. Poulsen, 1922–1973*. Auf der immergrünen Kriechpflanze zwischen den Steinen lag ein nahezu frischer Blumenstrauß.

Ingrid war dreißig, als ihr Großvater mütterlicherseits starb, aber sie ist ihm nie begegnet. Sie hatte nicht einmal gewusst, wann genau er gestorben war. Es musste eines seiner Kinder aus zweiter Ehe gewesen sein, das den Blumenstrauß niedergelegt hatte. Vielleicht die Tochter, die Berthe eingelassen und sie zu ihrem gemeinsamen Vater im Garten geführt hatte.

Am Nachmittag gingen Ingrid und Frank an der Nordsee spazieren. Das Wetter war grau geworden, die Wolken hingen tief, und die Wellen waren hoch und ausgefranst. Wenn sie sich wölbten, um im nächsten Augenblick in sich zusammenzustürzen, schimmerte ihre Innenseite smaragdgrün und hatte rotbraune Adern aus Tang. Sie fand, sie ähnelten sich aufbäumenden Tieren mit hellem Bug und graublauem oder schwarzviolettem Rücken. Es stürmte heftig, und die Brandung kochte so brausend, dass sie sich kaum verstehen konnten, aber sie sagten auch nicht sehr viel. Der Strand war übersät mit Treibholz und Plastikpackungen, und Frank fand eine alte Flasche mit dickem Boden, in dem schöne Luftblasen eingeschlossen waren. Wie durch ein Wunder war sie im Wellenschlag nicht zerbrochen. Seine Wangen waren feucht und klebrig vom Salz, als sie ihn zum Dank küsste.

Die Flasche steht noch immer auf dem Fensterbrett neben der Terrassentür, wo sie sie hingestellt hatte. Sie mussten sich dem Sturm entgegenstemmen, Arm in Arm, und die Augen zusammenkneifen. Weiter vorn verschwammen das Ufer und die vordersten Dünen im Dunst der Brandung aus zerstäubtem Wellenschaum. Hier hätte man so lange gehen können, wie es sein musste. Sie wusste nicht, ob der Gedanke traurig oder vielversprechend war.

Sie liegen Schulter an Schulter und schauen zu dem goldbraunen Mahagoni des Betthimmels hinauf, warm und außer Atem. Er hat angefangen damit zu kokettieren, dass er sicher bald Viagra abonnieren müsse, aber vorläufig gehe es noch ganz gut. Wie immer, wenn er in Form gewesen ist, fühlt sie sich schwer und leicht zugleich, dösig und hellwach. Sie bemerkt seine Finger, die mit ihrem Haar spielen, den leichten Druck der Fingerkuppen auf der Kopfhaut. »Warum hast du dich nicht ein bisschen früher entschlossen?«, sagt sie mit etwas brüchiger Stimme. Sie wendet den Blick nicht von den flammenden Adern der kassettenförmigen Füllungen des Betthimmels.

»Zu gehen?«

Sie antwortet nicht, sie will nicht dabei mitspielen, wenn er Begriffsstutzigkeit vorschützt. Sie denkt an jenes Wochenende in Tversted. Er hätte sich ebenso gut damals entscheiden können, und wenn er es getan hätte ... Er sagt nichts, und erst denkt sie, er will nicht, aber dann fängt er an zu reden. Die Geschichte hat er ihr noch nie erzählt. Er war zweiundvierzig, es muss also Anfang der Achtzigerjahre gewesen sein, überschlägt Ingrid. Sie war selber erst Anfang zwanzig und hatte noch nicht einmal Anders kennengelernt, sie war überhaupt nicht daran interessiert, jemanden auf diese Art zu treffen, mit Hinblick auf die Zukunft. Sie träumte nicht davon, eines Tages ihren Mann für einen anderen zu verlassen, der so viele Jahre älter war. Dass es so ablaufen würde, wie es ablaufen sollte.

Damals waren Frank und Lise noch nicht in die Stadt gezogen. Sie bewohnten mit ihren halbgroßen Jungen eine Villa in Hørsholm, als er Cecilie kennenlernte. Sie war Nachtschwester auf der Station für Langzeitpatienten, wo sein Vater in den letzten Monaten seines Lebens lag. Frank besuchte ihn fast jeden Nachmittag, wenn er von der Arbeit nach Hause fuhr. Anfangs bemerkte er sie gar nicht, sie war nicht im eigentlichen Sinne aufsehenerregend. Sie war zehn Jahre jünger als er und nicht besonders groß, aber schön, wenn man genau hinsah.

»Du brauchst sie nicht zu beschreiben«, sagt Ingrid. Sie zieht die Decke vom Boden herauf und wickelt sich hinein. Er steigt aus dem Bett und geht zum Fenster und öffnet es einen Spaltbreit. Als er sich umdreht, denkt sie, sein Alter steht ihm gut. Seine männliche Statur erträgt problemlos, dass seine Haut nicht mehr so straff sitzt. Er ist den siebzig näher als den sechzig, aber sie mag ihn, wie er ist. Mit einer Pille dann und wann könnte er sie eigentlich weiterhin zum Stöhnen und Schreien bringen, bis er die achtzig erreichte. Dann wäre sie Anfang sechzig, so stehen die Aussichten. Das ist es, was ihr entgeht. Noch zehn bis fünfzehn Jahre mit einem Mann, der weiß, wie man mit ihr umgehen muss, damit sie sich wie jetzt leer und vollkommen erfüllt, vollständig und ganz fühlen kann.

Das ist es. Er weiß, wie er sie dazu bringt, sich vollständig zu fühlen. Sie betrachtet ihn, wie er seine Boxershorts vom Boden aufhebt. Die Falten am Bauch, die schlaffe Haut an der Brust, die krause, weiße Behaarung. Er zieht ein T-Shirt über und geht ans Bett. »Erzähl«, sagt sie und schlägt ungeduldig mit der Ferse auf die Matratze, zum Schein wie ein Kind. Sie dreht sich auf die Seite. Er setzt sich auf die Bettkante und streicht ihr übers Haar. »Sicher?« Sie nimmt seine Hand und hält sie einen Moment.

Falls der Alte schlief, wenn er kam, ging er zu dem Kabäuschen hinter der Glaswand, wo Cecilie anzutreffen war. Die ersten Male wollte er bloß fragen, wie es seinem Vater an dem Tag gegangen war, aber mit der Zeit wurde daraus ein fortgesetztes Gespräch. Es gab einen Kontakt. Frank sieht Ingrid an, und ausnahmsweise ist ein Willensakt vonnöten, den Blick nicht niederzuschlagen. »Es ist nichts passiert«, sagt er. »Das ist ja das Seltsame, abgesehen davon, dass es eigentlich nicht seltsam ist.« Er und Cecilie erzählten sich gegenseitig von ihrem Leben. Sie war bereits einmal verheiratet gewesen, aber ihr Mann war vor einigen Jahren gestorben. Sie erzählte es schlicht und resigniert, und er spürte, wie sie die Trauer von der anderen Seite eines Abgrunds betrachtete, den sie langsam hinaufgeklettert war, indem sie sich darauf konzentrierte, einen Fuß vor den anderen zu setzen.

Er fing an, sie zu bewundern, aber Bewunderung ist nicht einmal das richtige Wort, auch Respekt nicht. Er merkte, dass er schlicht Lust hatte, in ihrer Nähe zu sein. Er merkte es, als sein Vater einige Monate später starb. An einem frühen Morgen wurde er von der Station aus angerufen, aber als er ankam, war es zu spät. Er fragte die Krankenschwester, die ihn einließ, ob Cecilie auch im Dienst sei, und bemerkte selber, wie unpassend die Frage war. Sie war vor einer halben Stunde gegangen. Er blieb ein paar Minuten bei seinem Vater stehen, um Abschied zu nehmen, aber er dachte dabei an sie.

Natürlich war sie überrascht, als er eines Abends, als sie Dienst hatte, auf der Station erschien. Sie kondolierte ihm und sagte, es sei schön gewesen, mit ihm zu sprechen. Er sagte, er wolle sie gern sehen. Er weiß noch, dass sie verständnislos lächelte. Sie stehe doch vor ihm. Woanders, erklärte er, nicht hier. Es war spät, niemand war in der Nähe, und er dachte, nun werde er sie küssen. Sie ließ ihn gewähren, aber mehr auch nicht. Als Gegenstand einer Initiative, für die sie nicht verantwortlich war. Ihre Reaktion war weder ermunternd noch abweisend, aber es wurde nicht peinlich, und sie sagte Ja, als er fragte, ob er sie noch einmal sehen dürfte. Irgendetwas in ihm hatte die Vertäuungen zerrissen und war in die Tiefe hinausgetrieben. Sicher hatte es mit dem Tod seines Vaters zu tun, mit all den gemischten Gefühlen, die damit verbunden waren, aber es lag auch an ihr. Nicht nur an einer Eigenschaft von ihr, sondern schlicht an ihr, basta. Cecilie war klarer, unbestreitbarer anwesend als alle, die er bis dato getroffen hatte, und sein einziger Wunsch war, dort zu sein, wo sie war.

»Ich hatte nie etwas Ähnliches erlebt«, sagt er, »und ich habe es seitdem nur noch einmal erlebt.« Er streckt seine Hand nach Ingrids Gesicht aus, aber sie wendet den Kopf ab. »Und was ist dann passiert?«, fragt sie. Er lässt die Hand zwischen ihnen auf die Decke fallen. »Ich bin gegangen«, sagt er. »Ich habe Lise und die Kinder verlassen. Ich habe nicht einmal weiter darüber nachgedacht. Ich wusste, das war es, was ich tun musste. Von dem Tag an war Ragnarök angesagt. Du machst dir keine Vorstellung ...« Er legt sich neben sie. Sie dreht ihm den Rücken zu und fühlt, wie seine Hand unter der Decke ihre Hüfte sucht. Sie betrachtet den Bettpfosten und die Tür und die Klinke, während er erzählt.

Er wohnte bei einem Freund, ehe er eine möblierte Wohnung fand. Ein einziges Mal sah er auch Cecilie, aber nicht bei ihr. Sie trafen sich in der Stadt und gingen spazieren. Er sagte es, wie es war. Er gehöre ihr, wenn sie ihn wolle. Cecilie antwortete, sie brauchten beide ein wenig Zeit. Eine Ermunterung war das nicht, aber auch keine Ablehnung. Er fragte, ob er sie anrufen dürfe. Sie bat ihn zu warten. Währenddessen versuchte er, seine Arbeit zu machen und für seine Jungs da zu sein. Sie übernachteten bei ihm, und er tat, was er konnte, um die Wohnung mit den fremden Möbeln wie ein Zuhause aussehen zu lassen. Obwohl sie langsam zu groß dafür waren, las er ihnen vor, wenn sie auf ihrer Matratze im Wohnzimmer lagen, stumm und bedrückt.

Wenn sie nicht da waren, telefonierte er mit Lise. Er versuchte es ihr so rücksichtsvoll wie möglich zu erklären. Sie weinte die meiste Zeit, er fühlte sich wie ein Henker. Ein schludriger Henker, der sich nicht einmal dazu aufraffen konnte, seine Arbeit ordentlich zu Ende zu bringen. Einen Monat später rief Cecilie an. Lise hatte sie auf der Station aufgesucht und eine Szene gemacht. Frank war so schuldbeladen gewesen, dass er alles gestanden hatte. Cecilie teilte ihm ruhig mit, dass sie sich nicht mehr sehen könnten, auch nicht zu einem späteren Zeitpunkt, auch nicht in einem Jahr. In den folgenden Wochen sah er ein, welch eine verzweifelte Handlung es gewesen war, als er wegen einer Frau, die er kaum berührt hatte, alles zerstörte. Er begann sich zu fragen, ob seine Begegnung mit Cecilie etwas anderes als der auslösende Faktor gewesen war, der freilegte, was er seit Jahren verdrängt hatte. Nur, es war so theoretisch und nichtssagend, sich auf diese Weise zu interpretieren, und um ihn herum sah er nur die Folgen seiner immer rätselhafteren Ausbrüche. Tränen, Schmerz, Unglück, Schuld.

Ingrid setzt sich im Bett auf und dreht sich zu ihm um. »Ich verlor den Mut«, sagt er. »Mit der Zeit wurde es etwas, worüber wir nicht redeten. Lise muss gedacht haben, wenn es einmal passiert, kann es wieder passieren, aber wir taten so, als wäre es nie passiert. Sie wirkte, als ob sie mir verziehen hätte, aber ich konnte mir selber nicht verzeihen. Ich hatte ja nicht nur sie und die Jungs im Stich gelassen. Es wurde zu einer verborgenen Schande, mit der ich herumlief. Dass ich meiner Aufgabe nicht gewachsen war. Und als ich dich kennenlernte ...« Ingrid schüttelt den Kopf. »Du musst nichts mehr sagen.«

Sie steht auf und geht ins Badezimmer. Sie macht das Fenster auf, stellt sich unter die Dusche, dreht das Wasser auf und duscht so heiß, wie sie es gerade noch aushält. Sie braucht nichts mehr zu sagen. Sie schließt die Augen und verschränkt die Arme vor der Brust.

Er verlässt seine Familie wegen einer Frau, die er nur geküsst hat und auch nur ein einziges Mal. Das kann sie gut verstehen. Sie erkennt die Verzweiflung, den Gedanken an eine große Veränderung. Den zunehmenden Mut der Handlung selbst, sobald man den ersten Schritt getan hat. Schlich er sich nach Hause, weil bei der melancholischen Cecilie ohnehin nichts zu holen war? Sie kann es nicht glauben, obwohl er es fast so darstellt. Sie muss an den auslösenden Faktor glauben, die Enthüllung von etwas Verdrängtem. Etwas in seinem bisherigen Leben oder schlicht die Leere, wo etwas hätte sein sollen. Aber in dem Fall versteht sie nicht, warum er acht Jahre lang gezögert hat. Sie wollte ja. Sie hat ja selbst von allem Abschied genommen, weil sie alles wollte.

Hat ihn das eingeschüchtert? Sie glaubt es nicht. Er ist zu gut im Bett, um nur für eine keusche Fata Morgana alle Brücken hinter sich abzubrechen. Was aber will er ihr dann mit dieser Geschichte sagen? Es ist klar, dass er lügt, wenn er seine Angst andeutet, sich ins Verderben zu stürzen. Die Furcht, seiner Familie wieder ein Leid zuzufügen. Einem Anwalt und einem Beamten der EU-Kommission liest man nun wirklich keine Gutenachtgeschichten mehr vor. Das Risiko, dass die Kinder sentimental überfordert werden, ist gering, also ihretwegen hätte er wohl kein Schuldgefühl bekommen können – und um es noch einmal zu sagen: Sie hat in der Sølvgade gesessen, sie war da und hat gewollt. Er hätte nur zugreifen müssen. Aber welche Erklärung gibt es dann? Seine Feigheit? Die kauft sie ihm nicht ab, es ist ein falsches Geständnis, das hat sie im Gefühl. Er ist nicht feige, und übrigens auch nicht so fromm, wie er vorgibt.

Sie dreht das Wasser ab und bleibt zwischen den glasierten Fliesen der Duschkabine stehen. Sie fühlt, wie sich die Tropfen auf der Haut zusammenziehen, spürt die kühle Luft auf den weiten, aufgeheizten Poren. Als sie sich zu schließen beginnen, greift sie nach dem weißen Bademantel, der für die Gäste bereithängt. Sie zieht den Gürtel fest und frottiert ihre Haare. Der Spiegel über dem Waschbecken ist beschlagen. Sie will gerade ein Sichtloch freiwischen, aber ihre Hand hält auf halbem Wege inne. Sie hat keine Lust, in diesem Moment gesehen zu werden, nicht einmal von ihrem eigenen Spiegelbild.

Sie schließt den Toilettendeckel und setzt sich. Sie beugt sich vor und verschränkt ihre Arme, die Hände in den breiten Ärmeln verborgen. Der Gedanke ist so einfach, dass er ihr bisher nicht in den Sinn gekommen ist. Wenn er hätte gehen wollen, wäre er gegangen. Er ist nicht gegangen, weil er nicht will. Er hat geglaubt, er wolle, glaubt es vielleicht nach wie vor, und von nun an wird es nur leichter für ihn, etwas so Edles, Sündhaftes und Romantisches von sich zu denken. Nun, da sein gutes altes Pflichtgefühl wieder Aussicht auf Vollbeschäftigung hat. Sie zweifelt nicht, dass er es ernst meinte, als er sagte, er liebe sie. Es hat nur keine weiteren Konsequenzen gehabt. Ihm reichte es.

Wer sagt denn auch, dass er wie sie reagieren müsse? Wer hat es je gesagt? Einige gehen, weil sie einen anderen lieben, andere lieben einen anderen und bleiben. Sie hat es ihm sehr leichtgemacht, indem sie sich von Anders scheiden ließ, und selbstverständlich war es eine stumme Herausforderung, weniger für sein Begehren als für seinen bürgerlichen Sinn für Fairness. Er hat gedacht, dass auch er gehen sollte, dass er wollen sollte, aber so tragisch sie auch sein mag, Lises Diagnose kommt letzten Endes wie eine Erleichterung.

Ingrid betrachtet die Fugen zwischen den Fußbodenfliesen und denkt an das Sicherheitsnetz, in das der Trapezkünstler nach seiner Nummer eintaucht und von dem er aufgefangen, wieder hochgeschleudert und wieder umschlossen wird und noch einmal, bis er den Rand des Netzes ergreift, einen Purzelbaum rückwärts schlägt und lächelnd und mit ausgestrecktem Arm im Sägemehl steht. Draußen auf der Landstraße zwischen Nyborg und Svendborg hört sie ein Auto vorbeifahren. Und hört, wie im Zimmer der Lattenrost seufzt. Er wartet auf sie, aber sie will noch ein wenig sitzen bleiben und die kalte Luft an ihren Knöcheln fühlen.

Sonntag

»Bis bald.« Frank dreht sich in seinem Sitz und beugt sich vor. Ingrid legt eine Hand auf seine Schulter, während sie sich küssen. »Bis bald.« Sie greift nach ihrer Tasche auf dem Rücksitz und steigt aus. Er lehnt sich vor, um ihren Blick noch einmal aufzufangen. Es ist wie jeder andere Abschied, ein Kuss, ein Blick, ein Lächeln. Sie wirft die Tür zu und bleibt stehen, während er ausschert und die Sølvgade hinauffährt. Vor der Ampel an der Øster Voldgade bremst er ab, doch dann wird es grün, und wenige Sekunden später ist er rechts abgebogen.

Es ist wahr, sie werden sich bald wieder sehen. Ein paarmal noch, einige Wochen oder Monate, es wird wie eine schonungsvolle Abwicklung sein, aber im Grunde haben sie einander schon hinter sich. Er muss etwas Ähnliches denken, während er Richtung Østerport fährt. Sie sprachen nicht mehr darüber. Er schlief, als sie aus dem Badezimmer kam, und am Morgen war es wie ein Traum. Sie frühstückten in einem kleinen gelben, chinesisch eingerichteten Salon und gingen hinterher im Park spazieren. Sie sind immer viel spazieren gegangen. Sie sagte, sie wolle gerne vor dem Mittag zu Hause sein. Sie sieht auf ihre Uhr. Sie sind keine vierundzwanzig Stunden weg gewesen, und alles hat sich verändert.

In der Stadt hat es geregnet, der Himmel ist schwer wie die Mauer zum Kongens Have, und es tropft von den Zweigen des Feigenbaums. Als sie die Wohnungstür aufgeschlossen hat, bleibt sie auf der Matte stehen und schaut in ihre Wohnung. Es ist ihr plötzlich unmöglich, die Schwelle zu überschreiten. Sie wirft die Tasche in den Flur, zieht die Tür zu und schließt ab. Als sie wieder unten im Hof steht, holt sie ihr Mobiltelefon heraus, wählt die Kontaktliste und drückt auf »Anders«. Sie hat während der ganzen Fahrt durch Seeland daran gedacht. Sie müssen miteinander reden. Es kann nicht sein, dass sein Vater zwischen ihnen vermittelt. Wenn Anders Jonas nach Stockholm holen will, muss er es ihr selbst sagen.

Was hat Sven ihm erzählt? Und Jonas? Sie hat mich geschlagen, das hat sie sonst nie getan. Ich konnte sie nicht mal erreichen, als sie mir in der City-Wache erlaubt haben, sie anzurufen. Sie war natürlich wieder mal auf der Arbeit. Hast du's auch versucht? Sie ist bestimmt mit diesem Frank unterwegs. Das ist sie oft. Er war da, als ich gestern früh vorbeiging, um ein paar Sachen einzupacken. Ich glaube, es würde ihr prima in den Kram passen, wenn ich bei euch wohne. Darf ich? Oh, klar, Junge, natürlich darfst du. Ich weiß, du kannst es nicht leiden, wenn ich das sage, aber ich halte sie im Augenblick nicht mehr aus.

»*Birgitta.*« Sie sagt ihren Namen, als wäre es ein Befehl oder zumindest eine Kampfansage. Oder klingt das auf Schwedisch bloß so? Schau mal, ob du an mich heranreichst, an mein Sein. Ich find mich okay, und das solltest du auch lieber, wenn wir zwei miteinander reden sollen. Ingrid hat Birgitta nie getroffen, aber sie sieht sie in all ihrer praktischen Nettigkeit vor sich, selbstsicher und auf eigenem Platz, in zerschlissenen Jeans und einem alten T-Shirt mit dem Namen einer angemessen unbekannten Baseballmannschaft. Mädchen und Mutter, leger und immer obenauf.

»Ja, hallo, hier ist Ingrid.« Jetzt kommt es darauf an, nicht sofort nach Anders zu fragen. Einen kleinen Wortwechsel in Gang zu setzen, um sich gegenseitig vorzumachen, dass sie in dem Nichts, das zwischen ihnen liegt, nicht wie die Besessenen graben müssen. »*Hej, Ingrid. Ett ögonblik* …« Kein Grund zur Sorge. Entweder fühlt sich der Hörer da oben in Söder glühend heiß an, oder sie haben ihren Anruf erwartet. Heute kein Small Talk zwischen der Ex und der Nummer zwei. Birgitta entfernt sich und ruft nach Anders.

Das Telefon muss sich in der Küche befinden. Ingrid hört einen Wasserstrahl, der auf eine Stahlspüle trifft, und die Feder in einem Toaster, die hochspringt. Eine dünne Mädchenstimme schließt sich Birgittas Rufen an, »*Pappa, pappa!*«. Das muss Olivia sein. Vielleicht ist er im Badezimmer und rasiert sich. Nein, heute ist Sonntag, da lässt er die Stoppeln stehen. Ein gewöhnlicher Sonntagvormittag in seinem neuen Leben, an dem sie in der Küche gemächlich vor ihren Cornflakes und ihrer Erdnussbutter sitzen und es genießen, nicht in null Komma nichts aus der Tür sein zu müssen. Ein ganz gewöhnlicher Sonntag, an dem das Telefon plötzlich klingelt und eine Stimme ertönt, die sie daran erinnert, dass *Pappa* eine Vergangenheit hat. Aber es braucht mehr, um Birgitta aus dem Sattel zu stoßen. Vergangenheit? Klar doch. Sind wir nicht alle Menschen?

Ingrid geht um den Feigenbaum herum, während sie wartet. Ihr Handy überträgt aus einer Welt, zu der sie keinen Schlüssel mehr hat. Jonas würde für die Sonntagvormittagsidylle auch bald zu groß sein. Er würde erst nach Hause kommen, wenn sie mit ihren Mohnbrötchen und den Sonntagsbeilagen am Tisch säßen, aber es ist nicht seine abgeschlossene Kindheit, die sie nostalgisch macht. Sie ist auch nicht nostalgisch, aber sie merkt den Verlust. Die Bruchfläche, wo sie nach acht Jahren trotzdem nicht behaupten kann, dass sie voll und ganz und rundum sie selbst ist. Solange ein Abschied von Frank nur vorübergehend war, ein Umweg zu Wiedersehen und Nähe, konnte sie sich einbilden, dass sie auf die familiäre Sonntagsharmonie bewusst verzichtete. Dass der Preis im Vergleich zum Gewinn trotz allem bescheiden war und dass die Sehnsucht nur die Freude anstachelte. Jetzt ist nur noch die Sehnsucht übrig, und die vergangenen Jahre gleichen einer Klammer zwischen diesem Jetzt und jener Tür, die sie damals für immer hinter sich geschlossen hatte.

Die Äste des Baums glänzen vor Nässe. Vielleicht schaut ein Nachbar aus seinem Fenster und fragt sich, warum Ingrid Dreyer im Hof steht und telefoniert. Es wäre nicht zu erklären. An die Zeit zu denken, die vergangen ist, hat etwas Heimatloses. Ihre Ausgesetztheit ist kälter geworden, seit sie als Dreizehnjährige in Helsingør eine Tugend daraus machte, an den versöhnlichen Banalitäten des sozialen Lebens nicht teilzunehmen. Sie war auch nicht einsam, nur allein, wenn sie zehn Jahre später von der Architekturschule in ihr neues Zuhause radelte. Mitten in der Hauptverkehrszeit auf der Dronning Louises Bro konnte sie beim Anblick etwas älterer Mädchen mit einem Würmchen auf dem Kindersitz geradezu Beglückung darin finden, dass in der Elmegade keiner auf sie wartete. Sogar die Stille war interessant, und als sie einige Monate lang durch Rom trabte, um Rundkirchen zu studieren, waren es Per und der Tod, die sie nach Atem ringen ließen, nicht die Verwicklungen und Entstellungen des Lebens.

»Hallo, Ingrid. Gut, dass du anrufst.« Plötzlich ist er da, so wohlbekannt, so fern. »Störe ich?« Sie klingt zu schüchtern. Bei Anders ist im Nebenzimmer der Fernseher eingeschaltet worden. Birgitta hat Olivia und ihren kleinen Bruder aufs Sofa geschickt, um *Cartoon Network* zu gucken. Die manisch aufgedrehten Stimmen und die tumultartige Musik bilden einen rücksichtsvollen Geräuschschirm zwischen Anders' neuer Welt und seinem Tête-à-Tête mit der alten. Wenn Ingrid Frank nicht begegnet wäre, wäre Anders vermutlich nie Birgitta begegnet, aber ihre Welt dort oben in

Stockholm tritt dennoch so unanfechtbar und vollendet auf, schlichtweg weil sie *weiterhin ist.*

»Natürlich nicht, ich habe ja selber versucht anzurufen. Wie schrecklich, Ingrid. Ich bin total erschüttert, unser eigener Sohn. Was haben wir falsch gemacht? Ich habe das Gefühl, es ist meine Schuld. Ich war nicht streng genug, solange noch Zeit war.« Das ist fast zu viel des Guten. Verflogen ist seine Humanitätsduselei, all seine flippigen Floskeln über das kompetente Kind. Er lässt nur außer Acht, dass es fast acht Jahre lang Jacke wie Hose war, ob er strenger oder nachsichtiger war. »Das ist nicht deine Schuld, Anders. Wir sind nicht schlimmer oder besser als viele andere.«

Damit hat sie sicher recht, aber es ist, als wenn sie mit einem Mal die Rollen gewechselt hätten. Sie hätte nicht erwartet, Anders von Schuld sprechen zu hören. Es hat etwas von einer Antiklimax, dass er unumwunden und ganz von selbst Dinge sagt, die sie nie in ihm vermutet hätte. Ingrid muss zugeben, dass sie über ihre negativen Erwartungen nicht nur beschämt ist, sondern auch ein wenig enttäuscht. Meint er, was er sagt? Es besteht natürlich die Möglichkeit, dass er seiner furchtbaren Selbstprüfung massiv nachhilft, um ihr zuvorzukommen und sie von vornherein zu überbieten.

»Du bist jedenfalls besser als ich«, sagt er. »Ich hätte mich in den letzten Jahren mehr um ihn kümmern müssen.« Stimmt, aber was soll sie sagen? Ja, Anders, du bist ein Ätzvater gewesen, hast dich einfach aus dem Leben des kleinen Burschen ausgeklinkt, anstatt wie ein Totempfahl dazustehen, an dem er einerseits sein Bein heben und den er andererseits als Maßstab nehmen konnte, was in dieser Welt oben und unten war. Ingrid kann mit nichts Gleichwertigem aufwarten, weil er mit galantem und entwaffnendem Gestus schon alles auf seine Kappe genommen hat.

»Sven hat mich gestern Abend angerufen«, sagt sie. Sie müssen zur Sache kommen. Es ist schon peinlich genug, ihn an einem Sonntag zu Hause angerufen zu haben, und es bringt ihr keine Genugtuung, wie er sein Fiasko als Vater von Jonas eingesteht. »Ich weiß«, sagt Anders. Er und Sven sprechen offenbar morgens und abends miteinander. Man stelle sich vor, er wäre, solange noch Zeit war, genauso engagiert gewesen wie sein emsiger *Pappa*. »Du hättest auch selber anrufen können.« Sie kann sich nicht beherrschen. »Ja, aber ich hab's doch probiert. Glaubst du mir etwa nicht?« Er retourniert den Ball so hart, dass sie es vorzieht, ihn passieren zu lassen.

»Ich habe darüber nachgedacht, Anders, ich glaube, ihr habt recht.« Sie hat überhaupt nicht nachgedacht, es ist auch nicht nötig. Sie weiß, dass sie recht haben. Seit gestern Abend weiß sie es. Als Mutter ist sie am Ende, und es gibt keinen Grund, die Qual mit eitlen Attitüden in die Länge zu ziehen. Ich werd's ihnen zeigen! Eine Löwenmutter gibt niemals auf! Im Gegenwind habe ich immer mein Bestes gegeben! Die Wahrheit ist, dass sie nichts taugt. Jedenfalls nicht zu Kleinhehlerei, verstohlenem Haschmissbrauch und schwerer Körperverletzung. Sie war der Aufgabe nicht gewachsen, oder vielleicht wollte sie nicht, nicht genug, aber wie auch immer: Jonas ist besser damit gedient, seine Jugend bei Anders abzuschließen. Es kann sogar egal sein, ob sie dem mit Erleichterung oder einsamer, unausgesprochener Schmach entgegensieht.

»Ich freue mich, dass du das so siehst.« Nun ist es an ihm, sie zu belohnen. Es ist kaum zu ertragen. »Es geht nicht darum, wie ich ...« Die Verbindung wird unterbrochen. Sie schaut auf das Telefon und registriert gerade noch das leere, verzweifelt blinkende Batteriesymbol, ehe das Display schwarz wird. Seit Stockholm ist das Handy nicht mehr aufgeladen worden. Sie steckt es in die Tasche und geht durch die Toreinfahrt. Vielleicht ist es nur gut, dass sie keine Gelegenheit hatte, einen Streit vom Zaun zu brechen. Die wichtigste Botschaft wurde übermittelt, und ab jetzt ist es nur noch eine Frage der Vollstreckung. Ein Umzugswagen, ein Flugticket, ein Formular fürs Einwohnermeldeamt und eine verlegene, zu späte, viel zu späte Umarmung zum Abschied. Wir sehen uns wieder, wenn du erwachsen und vernünftig geworden bist. Ich liebe dich, Jonas. Kannst du das zu irgendetwas gebrauchen?

Sie nimmt den Weg an der Sankt Paulskirche vorbei, die sich zwischen ihren byzantinischen Referenzen und ihrer Kopenhagener ziegelroten Melancholie nicht entscheiden kann. Sie sitzt ein Weilchen auf ihrer Stammbank, obwohl es dafür eigentlich zu kalt ist. In den Fenstern hinter den nackten Baumkronen auf der anderen Seite des Platzes ist es hell. Die Glocke im Turm schlägt die halbe Stunde. Ein vertrauter Ton für Menschen, die im Umkreis der Kirche wohnen. An einem windstillen Abend, wenn der Verkehr abgenommen hat, kann sie die Glocke bis in ihren Hof hören. Plötzlich hat sie den Eindruck, sie habe etwas mit anderen Menschen gemein.

Auf dem Weg zur Esplanade geht sie in eine Kneipe und fragt nach einem Münztelefon. Sie möchte nicht an der Tür klingeln, ohne zuerst angerufen zu haben. Der Mann hinter der Theke nickt in Richtung einer Ecke am Ende der Gaststube, wo im Halbdunkel ein Spielautomat blinkt. An der Theke sitzt der einzige Gast, ein älterer Mann, der sich die Mütze tief ins blauviolette Gesicht gezogen hat. Ingrid hebt den Hörer ab und wirft einen Fünfer ein. Als sie sich umdreht, bemerkt sie, dass der Alte sie betrachtet. Er wendet den Blick nicht ab, wie man hätte erwarten können, und einige ausdruckslose Sekunden lang sehen sich die beiden in die Augen, ohne zu blinzeln. Als ein lautes Gepolter und ein unterdrücktes Husten ertönen, dreht sie ihm wieder den Rücken zu. Dann kommt Adas »Hallo-o-o?«. Sie hat ihren alten Apparat mit Wählscheibe behalten, und obwohl die Scheibe eine ganze Halskrause mit Zahlen in Plakatgröße erhielt, kann Ada klingen, als wäre es nach wie vor eine Gunst, Zugang zu ihrem Ohr zu erhalten.

Die Nachricht, die sie gestern Abend auf den Anrufbeantworter sprach, hat sie anscheinend völlig vergessen. Jetzt? Ja, aber selbstredend, wie gemütlich, Ingrid könne einfach kommen. Wenn es um Gesellschaft geht, ist Ada weiß Gott nicht schwierig. Das kam mit dem Alter und ihrer eingeschränkten Bewegungsfreiheit. Sie ist froh, dass überhaupt einer will, und sie versucht ihre Wertschätzung auch gar nicht zu verbergen. Und sei es der verlegene Somalier, der das Treppenhaus reinigt, er wird auf eine Tasse Tee hereingebeten. Obwohl sie so nah beieinanderwohnen, hat Ingrid sie seit Weihnachten nicht mehr gesehen, und zwar nicht nur weil sie so beschäftigt war. Wenn Ada sie gestern nicht angerufen hätte, wäre es Ingrid wohl nicht in den Sinn gekommen, sie zu besuchen. Wo wäre sie hingegangen? Vielleicht in ein Café mit Sonntagszeitungen oder in eine Nachmittagsvorstellung im Kino. Sie kennt niemanden, den sie so kurzfristig anrufen zu dürfen glaubt, abgesehen von Berthe und, ja, Ada.

Der alte Mann an der Theke nickt und hebt seine Hand zum Mützenschirm, als sie geht. Er hat sich bestimmt vorgenommen, ein Gutteil seines Sonntags hier drinnen hinter den rauchfarbenen Scheiben zu verbringen, die einen Ausschnitt der leeren Straße mit den parkenden Autos zeigen. Seit er in Ingrids Alter war, hat sich die Stadt verändert und er sich mit ihr. Nur sein Blick ist merkwürdigerweise derselbe, denkt Ingrid. Derselbe wie damals, als er jung war. Von Jahr zu Jahr werden seine Erinnerungen und Erwartungen immer unwichtiger, aber was kann er tun?

Mit dem Altwerden ist keine Weisheit verbunden, nur die Macht des auf immer Verlorenen und die Erinnerung an die besten Jahre. Jene kurze Periode, in der man in einem reibungsfreien, tatkräftigen und hoffnungsvollen Austausch mit seiner Zeit eins war. Sie schätzt, seine besten Jahre waren Anfang der Sechziger, als sie selber im Kinderwagen lag und mittags hinter einem Häuserblock im Südhafen schlief. Er hat das Wissen eines großen Jungen vom Krieg und das Wissen eines Dreißigjährigen vom Aufschwung mit einem Atompilz im Kopf. Die dösige Zeit danach, in der das Leben modern und einfach wurde, begleitet vom kühl eleganten Jazz aus dem Rundfunk. Jetzt sitzt er hier mit seinem Porter. Vielleicht ist die Frau tot, vielleicht muss er einfach jeden Tag aus dem Haus, obwohl ihn keine Stempeluhr mehr erwartet und er sich nirgendwo betätigen kann. Vielleicht hat er den langen Weg von Bispebjerg oder Nordwest gemacht und ist mit dem Bus gekommen, nur um in dem Viertel zu sein, wo er sich einst herumgetrieben hat. Kaum eines der alten Geschäfte ist noch da, und das letzte bekannte Gesicht ist sicher auch verschwunden, aber die Straßen ziehen ihn trotzdem an. Hier war man schließlich jung und hatte alles im Griff.

Unterdessen weiß man nicht, dass es bereits so gut ist, wie es werden kann. Vielleicht denkt er so, als er der Frau mittleren Alters nachschaut, die im Lokal war, um zu telefonieren. Sie geht an den gelbbraunen Scheiben vorbei, und dann ist sie weg. Vielleicht denkt er, dass ihr Höhepunkt, wenn es die meisten Möglichkeiten gibt und man selber am besten imstande ist, sie zu ergreifen und festzuhalten, eigentlich auch schon hinter ihr liegt. Man sollte es den jungen Leuten sagen, aber die wollen ja nicht hören. Das Beste an den besten Jahren ist, dass man glaubt, es werde noch besser. Nicht nur anders, nicht nur irgendeine Veränderung, sondern viel, viel besser, denkt er, stellt Ingrid sich vor. Vielleicht hat er eine Tochter. Sie hofft es. Eine, deren Hand er halten kann, wenn seine Zeit kommt, und die selbst alt genug ist, auf seiner, auf der Seite des Alters zu stehen. Eine, die jung war und sich nicht umrennen ließ zu einer Zeit, als sie noch glaubte, ein Computer sei etwas, mit dem sie sich nie im Leben beschäftigen müsse.

Ingrid denkt an Jonas, während sie durch die sonntagsleeren Straßen geht. Sie denkt auch an Frank. Wenn Lise nicht erkrankt wäre, wenn er mit seinem Entschluss zu gehen Ernst gemacht hätte und wenn Jonas nun nach Stockholm soll, hätten sie endlich zusammenleben können. Es sind Hirngespinste, und sie wischt sie weg, wie man sich Spinnweben aus dem Gesicht wischt. Was nützt es denn? Kurz darauf ist sie auf der Esplanade. Auf dem Namensschild steht immer noch *Hvidbjerg & Weincke,* nach so vielen Jahren. Ada hat es nie ändern lassen. Sie nahm auch nicht Pers Namen an, als sie sich seinerzeit in ihn verliebte und Ingrids Großvater verließ.

Ein Brummen zeigt an, dass Ingrid die Tür mit den facettierten Scheiben aufstoßen und den Respekt einflößenden Aufgang betreten kann. Im zweiten Stock steht die Tür einen Spalt offen, und als sie sie eben öffnen will, rollt ihr Ada durch den Flur entgegen. Die eine Hand hält sie in einer theatralischen, vage jägerartigen Geste erhoben. Ingrid sieht fast die Fasanenfeder vor sich, obwohl es kein Hut ist, was Ada auf dem Kopf trägt, sondern ein buntes, im Nacken geknotetes Seidentuch. Die Geste war Pers Willkommensgruß, aber Ada hatte sie schon damals übernommen, und man muss ihn gekannt haben, um zu wissen, woher sie sie hat. Nun wird aus einem Rollstuhl salutiert, aber umso mehr gilt es natürlich, die Haltung zu wahren. »Hallo, meine Süße, du siehst großartig aus! Es ist lieb von dir vorbeizukommen.«

Sie hat Zeit gefunden, sich Mund und Augen zu schminken, ihr Teint ist bräunlich mit einem Stich ins Leberfarbene, und ihre Wangen sehen ein bisschen nach Madame Tussaud aus. Ingrid muss sich diskret die Spuren abwischen, nachdem sie sich den Begrüßungskuss gegeben haben. Ada sieht nicht mehr so gut, der blaugrüne Lidschatten lässt an einen Leguan denken, und ihr Mund steht dem Pierrots in nichts nach – all dies in schlagendem Kontrast zu dem grünen Jogginganzug und den Lammfellpuschen. Hatte die Hauspflegerin keine Zeit, sie anzukleiden, oder zieht sie es selber vor, so häuslich formlos zu sein, da es ohnehin nicht anders sein kann? Sie hat ihren Körper aufgegeben, und ihr Gesicht ähnelt einer grobkörnigen Parodie, aber das ist nur natürlich. Ada war eins mit ihrer Maske, solange Ingrid denken kann. Auf dem ausgebeulten Jersey des Oberteils liegt Puder, bemerkt sie noch. Dann schnurrt Ada herum und rollt vorneweg, zuerst durch die Flügeltür der Bibliothek und dann ins Erkerzimmer. Es ist ihr gelungen, ein Holzscheit in dem schwedischen Kachelofen zum Leben zu erwecken. Sie muss eine Packung Anzünder dafür gebraucht haben, denn die ganze Stube riecht nach Petroleum.

Ada hat den kleinen Tisch im Erker gedeckt, von wo aus man auf das Kastell, die Englische Kirche und die geteerte Baracke des Freiheitsmuseums blickt. Sie hat ihr Wagenfeld-Service herausgeholt und ist bereits dabei, Tee in die papierdünnen, sphärischen Glastässchen einzuschenken. Ihre Hand zittert ein wenig, aber sie schafft es, ohne einen Tropfen zu vergießen. Adas Küchenhygiene hingegen kann sich mit dem reinen Modernismus der Bauhaus-Tassen nicht messen. Man könnte fast meinen, sie habe sie mit Entenschmalz eingerieben, aber das gehört mit zum Erlebnis. Während Ada die Kekse holt, verteilt Ingrid den Tee zwischen den Hyazinthen im Fenster und beeilt sich, ihre Tasse mit einer Serviette abzuwischen.

Sie betrachtet die chinesische Vase, die als Lampe dient. Gewissermaßen seit ihrer Kindheit träumt sie davon, selbst bloß eine stilisierte Gestalt auf diesem Pinselstrich von einem Boot zu sein, das den Gelben Fluss hinuntertreibt. Sie lässt den Blick durch das Zimmer schweifen. Nichts ist verändert, das genau ist die Veränderung. Wenn inzwischen etwas Neues hinzugekommen und anderes hinausgeworfen worden wäre, würde das viel mehr zeigen, dass dasselbe Leben schlicht weiterginge, stabil in seiner moderaten Wechselhaftigkeit. Nun stehen die unveränderten Rahmen als patinierte Mahnung an alles, was nicht mehr ist. Ada rollt zwischen den verblichenen Kulissen herum wie eine Schauspielerin, welche die Bühne längst hätte verlassen sollen, weil im Manuskript keine Seiten mehr sind. Eine Museumswärterin, wenn man will, in ihrem Joggingzeug, und sie weiß es selbst. Als Ingrid zuletzt hier war, wandte sich Ada nach einer langen Pause plötzlich an sie. »Warum sterbe ich nicht?«, fragte sie leise. Ingrid war so überrumpelt, dass sie als Antwort unwillkürlich mit den Schultern zuckte, was sie beide in Lachen ausbrechen ließ.

Ada kommt zurück. Sie hat ein Tablett auf die Armlehne des Rollstuhls gestellt. Neben einer Schale mit Spekulatius liegt ein vergilbtes Kuvert. »Ich habe sie im Sekretär gefunden, als ich nach ein paar alten Ausschnitten suchte«, sagt Ada und beobachtet Ingrid, während sie eine Kunstpause macht. »Sie?«, fragt Ingrid. Meint Ada die Plätzchen? Ada reicht ihr den Umschlag. Darin steckt ein Stapel kleiner, etwas unterbelichteter Schwarz-Weiß-Fotos. Ingrid betrachtet eines nach dem anderen.

Das erste zeigt die Bronzebüste einer Frau, die auf einen primitiven, aber ausdrucksvollen Klumpen reduziert ist, an dem Stirn, Wangenknochen und Nase lediglich knospende Wülste sind. »Matisse«, sagt Ada. »Ja, das seh' ich«, entgegnet Ingrid und versucht, ihren Unmut zu verbergen. Sie muss an Berthe denken, die auch ständig belehren muss. Das muss Vererbung sein. Ist sie selber auch so? »Per hat ihn als Bildhauer sehr geschätzt«, fügt Ada hinzu. »Er hatte so seine Ideen, weißt du.«

Auf den folgenden Bildern sieht man Per vor dem Trevi-Brunnen, dem Pantheon und dem Obelisken mit den vier Wasser speienden Löwen auf der Piazza del Popolo. Er ist abwechselnd zusammen mit einem gleichaltrigen Mann und einem blonden Mädchen mit Sonnenbrille. »Das sind dieselben Freunde, mit denen er in Kandestederne war, in dem Sommer, in dem ich ihn kennenlernte«, sagt Ada. Auf einem anderen Bild sitzt er allein an einem Cafétisch und beugt sich über ein Notizbuch. Ingrid erkennt Canovas Travertinfassade. Wie oft hat sie an einem der Tische unter der Markise gesessen und die Leute beobachtet, die den Platz überquerten, während die Abenddämmerung heraufzog.

Das letzte Bild zeigt eine junge Frau, die sich an ein Kelimkissen lehnt. Ihr Blick wirkt verschleiert, aber man kann nicht sehen, ob es am Tageslicht liegt, das von ihren Augen reflektiert wird, oder ob das Bild schlicht eine Spur unscharf ist. Ingrid bemerkt, wie Ada sie beobachtet, und dann erkennt sie die Frau. »Ich war mit Erik in der Stadt«, sagt Ada. »Er wartete im *Angleterre*. Keiner von uns ahnte, was geschehen würde, auch Per nicht. Ich war schön, nicht wahr?«

Ingrid lächelt und nickt. Sie hält das Foto von der dreißigjährigen Ada noch einmal in die Höhe. »Erik muss sehr verliebt in dich gewesen sein«, sagt sie. »Ja, das muss er«, sagt Ada. »Wir passten auch gut zueinander, solange es dauerte. Warte mal, ich habe noch ein anderes Bild.« Sie ist schon auf dem Weg ins angrenzende Zimmer. Ingrid begegnet ihrem jungen Blick. Die gesenkten Lider lassen sie schwermütig erscheinen, als wäre es eine Last, Objekt so großer Begierde zu sein. Als wäre sie ohne Einfluss auf die Kräfte, die ihr Anblick entfesselt.

»Habe ich dir je von Erik erzählt?«

Ingrid schaut auf, und ein halbes Jahrhundert ist plötzlich vergangen. Adas knochige, gichtgekrümmte Hand hält linkisch ein weiteres Foto, diesmal in Glas und Rahmen. Ingrid schüttelt den Kopf. »Nein, das habe ich wohl nicht.« Ada rollt näher und reicht ihr das Bild. »April '38. Wir sind eben aus der Kirche gekommen«, sagt sie und fängt an zu erzählen.

Ada hat nie von ihrer Jugend vor Berthe, vor Per erzählt. Damals, als alles begann. Sie möchte gern, das merkt man, es kommt wie von alleine. Es gibt etwas, das erzählt werden muss, solange noch Zeit ist, denkt Ingrid und hat ausnahmsweise überhaupt keine Eile. Sie versucht sich zu erinnern, wann sie zuletzt mit Ada zusammen gewesen ist, ohne dass sie gleich etwas Dringendes zu tun hatte, ohne dass irgendetwas auf sie wartete. Vielleicht seit den Sommeraufenthalten in Tversted nicht mehr. Es wird sich sicher auch nicht wiederholen. Sie beide allein und die Zeit, die es braucht.

Ada war keine weiße Braut. Es entsprach nicht ihrem Selbstverständnis. Sie hatten beide für Gefühligkeiten nichts übrig. Sie trägt ein dunkles, enges Kleid, Erik einen anthrazitfarbenen Zweireiher. Sein blondes Haar ist zurückgekämmt, ihres ist dunkel und wellt sich unter einem kecken Hut hervor. Sie war groß für ihren Jahrgang. In Schuhen war sie genauso groß wie er, aber das störte ihn nicht, seine breite Statur kompensierte ihre Größe. Sein kantiges Gesicht hat bereits markante Furchen, aber er war ja auch Mitte dreißig. Ein Mann. Andere ernsthafte Kandidaten hatte es nicht gegeben, aber ihre Größe war bei Weitem nicht das Einzige, was die Jungs einschüchterte. Sie verschreckte sie mit ihrem Lachen und ihrer überlegenen Art, die ihnen zu verstehen gab, dass sie eigentlich nicht hierhergehörte, wo der Storch sie unglücklicherweise verloren hatte. Wo der Westwind die Vogelbeerhecken flach drückte und das Vieh dumm herumstand.

Sie liebte die Wiesen, die Dünen und das Meer. Es war die Stadt, die sie nicht ausstehen konnte, es waren die Leute. Die kleinen Fensterscheiben, durch die sie hinausschauten, auf den Wind, die Welt. Sie liebte es, über den Strand und durch die Anpflanzungen zu reiten. Seit ihrer Kindheit war sie geritten, und zu ihrer Konfirmation bekam sie von ihrem Vater ein Pferd geschenkt. Es stand auf einem Hof draußen bei Lønstrup. Für sie gab es nichts Schöneres, als sich dort aufzuhalten und es zu striegeln und hinterher mit dem Bauern und seiner Frau im Wohnhaus zu sitzen. Ihre Gesellschaft zog sie derjenigen der albernen Gänse vor, mit denen sie in die Schule ging. Wenn sie nicht auf dem Pferd saß, übte sie zu Hause am Flügel. Sie ist in Hjørring zum Klavierunterricht gegangen, bis sie aufs Gymnasium kam, aber als ihre Klavierlehrerin ihr nichts mehr beibringen konnte, ging sie zu einem Lehrer in Aalborg, der seine Ausbildung am Konservatorium genossen hatte. Einmal in der Woche nahm sie den Zug dorthin. Der Fußweg im Verkehrslärm vom Bahnhof zum Boulevard hinunter, wo der Lehrer wohnte, bedeutete Freiheit für sie. Es fühlte sich ein wenig so an wie die seltenen Male, die sie in Kopenhagen gewesen war, aber eigentlich noch besser, denn hier war sie allein.

Sie begegnete Erik im Kammermusikverein, er spielte Geige. Er hatte die Angewohnheit, beim Spielen die Augen zu schließen. Das fand sie eigentlich albern. Man konnte doch ruhig die Augen aufmachen, auch wenn die Musik unsichtbar war. Ottesen in Aalborg schloss auch die Augen, während er ihr zeigte, wie man die Pedale in einer Nocturne von Chopin benutzte. Er wiegte den Körper vor und zurück, als säße er vor Publikum im Wiener Musikverein oder im Salle Pleyel und nicht in seiner eigenen Wohnstube einen Steinwurf von der Brücke nach Nørresundby entfernt. Ada konnte empfindsames Gehabe nicht ausstehen, das roch nach Provinz, aber trotzdem kam Erik mit der Zeit zum Nachmittagstee oder Abendkaffee. Es stellte sich heraus, dass er ihren Vater kannte, aber beim ersten Mal war sie es, die ihn eingeladen hatte, neugierig, wie er sich aufführen würde.

Ihre Schwester hatte im Jahr zuvor einen Mann geheiratet, der ein Gut bei Randers geerbt hatte, und es lag in der Luft, dass Ada langsam überlegen durfte, wie sie von dem hohen Ross herunterkam, auf das sie sich gesetzt hatte. Es wurde nicht direkt gesagt, aber ihr Vater hatte mehrmals davon gesprochen, dass die Möglichkeiten des Lebens nicht unerschöpflich seien, und ihre Mutter fragte jedes Mal ungemein behutsam nach, wenn ein Milchbart den Mut aufbrachte, ihr mit Blumen und Schokolade die Tür einzurennen. Sie kamen vergeblich, und die Zeiträume zwischen derlei Versuchen wurden von Mal zu Mal größer. Wie sollte sie auch den einen dem anderen vorziehen, wenn sie doch allesamt mit ihr redeten, als hätte sie noch nie im Leben eine Zeitung aufgeschlagen?

Es entfachte einen Riesenwirbel, als sie ihrer Mutter beiläufig mitteilte, dass Erik Hvidbjerg zum Tee komme. Um ein Haar hätte sie sich krankgemeldet, vor lauter Ärger darüber, wie fieberhaft ihre Mutter in den Stunden vor seiner Ankunft versuchte, möglichst natürlich zu wirken. Sogar die blaue chinesische Vase musste auf dem Kaminsims stehen. Normalerweise wurde sie sicher verwahrt, da die Mutter Angst hatte, die Katze könne sie hinunterwerfen. Als es an der Tür klingelte, ergriff Ada die Gelegenheit, die Vase wieder in die Vitrine im Arbeitszimmer ihres Vaters zu stellen. Er kam nach Hause, als sie beim Tee saßen, es wirkte alles ungeheuer geplant, und beim Abendessen wurden unverblümt Erik Hvidbjergs Zukunftsaussichten ausgewertet. Sie musste sich mit Kopfweh erheben, um sich nicht noch mehr anhören zu müssen, aber letztendlich kapitulierte sie. Sie war genauso überrascht wie alle anderen auch.

Er war ein Mann, anders konnte sie es nicht erklären. Ganz einfach. Der erste richtige Mann, der sie angesehen hatte und etwas von ihr wollte. Sie wusste nicht was, aber es hatte etwas mit den Möglichkeiten des Lebens zu tun. Im Gegensatz zu dem, was ihr Vater sagte, erschienen sie, wenn sie mit Erik zusammen war, unerschöpflich. Nicht, dass sie sich gegenseitig ein Ohr abredeten, aber er hörte zu, wenn sie etwas sagte, und wollte wissen, was sie über bestimmte Fragen dachte. Noch nie hatte jemand Interesse daran gehabt, ihre Meinung zu hören. Er selber war eher der stille Typ, sie trafen sich in der Musik. Schumann, Brahms und hin und wieder etwas Französisches. Die Musik öffnete sich um sie herum und schloss alle anderen aus.

Damit hatte es bereits ein Ende, als sie noch verlobt waren. Auf einem Reitausflug scheute ihr Pferd vor einer Herde Damwild und warf sie ab. Sie fiel auf ihr linkes Handgelenk. Die Hand wurde nach allen Regeln der Kunst zusammengeflickt und in Gips gelegt, aber mit dem Klavierspiel war Schluss. Als ihr der Gips abgenommen wurde und sie starrsinnig wieder zum Unterricht erschien, sah Ottesen sie nur an und schüttelte den Kopf. Sie hatte es selber schon gemerkt und gehört, als sie zu üben versuchte, und als sie im Zug von Aalborg nach Hause saß, wiederholte sie sich, was Ottesen ihr zum Abschied gesagt hatte. Er habe Pläne mit ihr gehabt. Er hatte sie ja schon mehrmals aufgefordert, sich am Konservatorium zu bewerben. Er war sicher, sie wäre aufgenommen worden. Ihre Eltern waren sogar positiv dazu eingestellt, aber Ada hatte den Verdacht, dass sie sich zu allem hätten bewegen lassen, Hauptsache, sie heiratete.

Sie blickte auf die verwehte Landschaft und bemerkte erst nach einer Weile die Frau mittleren Alters, die ihr im Abteil gegenübersaß. Sie trug einen eleganten Hosenanzug und hatte keinen Hut auf. Das ließ sie jünger wirken, als sie sein konnte. Als sich ihre Blicke schließlich kreuzten, meinte Ada, sie schon einmal gesehen zu haben. Die Frau lächelte sie an, und sie kamen ins Gespräch. Sie wusste sehr wohl, dass Ada die Tochter von Oberarzt Thomsen war. Sie hieß Martha und war Narkoseschwester im Krankenhaus. Sie kannte Ada seit Jahren, weil der Oberarzt sie immer wieder ins Krankenhaus mitgenommen hatte. Aber Ada habe sie ja nur in Schwesterntracht gesehen, fügte Martha hinzu, wie um sie aus jeder Verlegenheit zu befreien. Sie bot ihr das »Du« an. Es war das erste Mal, dass Ada »Du« zu einem Erwachsenen sagte, der nicht zur Familie gehörte, aber sie war ja jetzt selbst erwachsen, hatte sich nur noch nicht daran gewöhnt. Damals dauerte die Bahnfahrt zwischen Aalborg und Hjørring lange genug, um eine ganze Menge von sich zu erzählen, wenn man wollte. Von ihren zerstörten Klavierhoffnungen zu reden war sogar sehr befreiend. Als sie aus dem Zug stiegen, erschien es Ada, als hätte sie Martha in wirklich alles eingeweiht. Selbst ihre Träume waren ihr in dem gelblich-braunen Abteil entschlüpft, in dem es nach Tabakrauch und Eisen roch.

Auch Martha hatte von sich erzählt. Sie war in Berlin aufgewachsen, ihr Vater war Deutscher. Dort hatte sie in den Zwanzigerjahren ihre Jugend verbracht. Martha erzählte von der deutschen Hauptstadt, von Theaterleuten und Autoren, die sie kennengelernt hatte. Nach dem Tod des Vaters war ihre Mutter nach Hjørring zurückgekehrt, woher sie stammte, und Martha war mitgegangen. Ihr Bruder sei in Deutschland geblieben, fügte sie hinzu und hielt inne. Aber sie habe so viel von dort mitgebracht, fuhr sie fort, als wollte sie nicht länger bei diesem Bruder verweilen.

Martha war unverheiratet und wohnte im obersten Stock eines weißen Hauses in der Jernbanegade. Die Straße führte zum Bahnhof hinunter, und von ihrem kleinen Balkon aus konnte man die Züge sehen, die von Süden ankamen. Die Wohnung wirkte wie eine Blase der Fremdheit, die der großen Welt entwichen und durch die Launen des Zufalls hier niedergegangen war. Marthas Möbel waren aus Stahlrohr, alles bei ihr war modern auf frische, kantige Art, ohne überflüssigen Putz oder snobistische Schnörkel. Überall standen Bücherregale, sogar im Flur, und dazwischen hingen gerahmte Zeichnungen und Fotografien, wie Ada sie nie zuvor gesehen hatte. Eindrücke einer Gegenwart, die roher und wirklicher erschien als die wiederkäuende Provinzidylle, in der sie aufgewachsen war. Martha lieh ihr Bücher, und Ada inhalierte sie an einem Abend, eines nach dem anderen, einerlei ob auf Dänisch oder Deutsch. In der Schule war sie gut in Deutsch gewesen. Sie war in allen Fächern gut gewesen, aber ohne einen tieferen Sinn in dem ganzen Wissen zu erkennen, mit dem sie vollgepfropft wurde wie eine Stoffpuppe, die auf ihrem gestickten Kissen sitzt und auf das Brautkleid wartet.

Sie erzählte niemandem von Martha, obgleich sie sie beinahe jeden Tag besuchte. Ohne weiter darüber nachzudenken, achtete sie darauf, Marthas Bücher nicht herumliegen zu lassen. Nur ein Mal hatte sie eines im Gartenzimmer vergessen, wo der Flügel stand. Erik nahm es in die Hand und blätterte darin. Sie spielten nach wie vor zusammen, auch wenn ihre Linke nicht mehr so war wie früher. Er brachte weiterhin den Geigenkasten mit, und sie hätte auf ihren wortlosen Kontakt nur ungern verzichtet, linke Hand oder nicht. Sie fragte sich, ob sie nach vielen Jahren Ehe immer noch zusammen spielen würden.

Erik lächelte. Er habe gar nicht gewusst, dass Brecht auch Gedichte geschrieben habe. Sie nahm ihm das Buch aus der Hand und las ihm eines vor. Er beobachtete sie aufmerksam und lobte ihre Aussprache. Als sie erzählte, woher sie das Buch hatte, wurde seine Miene ernst. Er möge diese Frau nicht. Zum ersten Mal sagte er, dass er jemanden oder etwas nicht möge, und in der Betonung des Wortes »Frau« lag eine unerwartete Kälte. Ada lächelte und erklärte, dass Marthas Mutter Dänin gewesen sei. Außerdem sei Brecht kein Nazi, sondern im Gegenteil wegen Hitler ins Exil gegangen, das müsse Erik doch bekannt sein. Nie zuvor hatte eine Missstimmung zwischen ihnen geherrscht, und sie wollte nicht mehr daran denken, sie sollten ja heiraten.

Die Bücher und Gespräche mit Martha brachten Ada auf die Spur von etwas, das sie in sich trug, ohne es zu wissen. Eine unbekannte Empfindung, wenn sie mit Brecht, Werfel oder Mann im Schoß dasaß. Alle ihre Worte ließen sie merkwürdigerweise mit dem Gefühl von etwas Ungesagtem zurück. Für das sie selber versuchen musste, Worte zu finden. Nachts saß sie in ihrem Bett und beobachtete die Wörter, die sich aus dem Ende des Füllfederhalters stahlen, den ihr ein Onkel zur Konfirmation geschenkt hatte. Wenn sie beim Buchhändler Schreibhefte kaufte, kam es ihr fast vor, als fragte sie nach etwas Verbotenem, sie wusste selbst nicht, warum.

Erik zeigte sie ihre Schreibversuche nicht. Nur Martha durfte ihre ersten suchenden und überspannt romantischen Gedichte lesen. Und Martha ermunterte sie und überredete sie, ihre jungen Verse von den schlimmsten Verzierungen zu befreien. Sie sagte, Ada habe Talent. Woran konnte sie das sehen? Martha lächelte, das sei nicht so schwer, aber alle hätten angefangen zu schreiben, wie sie glaubten, schreiben zu müssen. Das mache nichts. Wenn sie weiterhin ihre Vorbilder nachahme, dürfte sie irgendwann zu kurz kommen, und dann werde schließlich nur noch das übrig bleiben, vor dem sie nicht davonlaufen könne, weil es ihr Ureigenes sei. Ada war sich nicht sicher, ob sie richtig verstand, aber sie fuhr fort, ein Schreibheft nach dem anderen zu füllen.

Einige Tage vor der Hochzeit fuhren Erik und Ada aus der Stadt, um spazieren zu gehen. Sie folgten dem Rand einer hügeligen Eiszeitlandschaft und blickten auf das sich schlängelnde Flüsschen hinunter und das Vieh, das an den Hängen weidete. Er sagte, es sehe hier aus wie die Schweiz in Miniaturausgabe. Sie war nie auf der anderen Seite der dänischen Grenze gewesen. Dann sprachen sie über die vielen Orte, die sie zusammen besuchen wollten. Er hielt sie um die Taille, es war ein schönes Gefühl, so auf dem unebenen Pfad zu gehen, gehalten, beinah getragen, während der Wind ihren Rock und die niedrigen, verrenkten Bäume erfasste. Er sagte, es gebe da etwas, worüber sie sprechen müssten. Sie sah ihn an, er konnte so ernst klingen. Ihre Freundin, die Krankenschwester, fuhr er fort. Ada erstarrte, sodass er sie beinahe nicht mehr halten konnte, aber dafür legte er ihr den Arm um die Schultern. Er sei gezwungen, sie zu bitten, jegliche Verbindung mit ihr abzubrechen. Aber warum nur? Er schwieg kurz, bevor er antwortete. Sie könne sicher viele in der Stadt finden, welche die Ereignisse in Deutschland bewunderten, aber er gehöre nicht zu denen. Ada protestierte und nahm Martha in Schutz, aber er sah sie bloß an. Er habe nicht gewollt, dass es so komme, entgegnete er, und sein Tonfall machte deutlich, dass das Thema für ihn erledigt war.

Während der Hochzeitsvorbereitungen musste Ada ständig daran denken. Martha merkte, dass etwas nicht stimmte, und als Ada endlich herausbrachte, was Erik gesagt hatte, stand ihre Freundin lange am Fenster und blickte auf das Bahnhofsgebäude am Ende der Straße. Ihr Verlobter habe schon recht. »Mein Bruder«, sagte sie, »er ist nicht wie ich.« Ada fragte, was sie meine. Martha lächelte und legte die Hand an ihre Wange. Es war das erste Mal, dass sie einander berührten. »Ich möchte es so sagen: Sein Deutschland ist ein anderes als meins.«

Ada hatte ihre Freundin nie in Beziehung zu ihrer provinziellen Umgebung gesehen. Martha war die Ausnahme gewesen. Der bescheidene Rahmen ihres Daseins hatte nur noch hervorgehoben, wie überlegen fremd sie war, gerade so als gehörte sie unter ihrer Schwesterntracht noch immer dem Berlin der Zwanzigerjahre an. Sie war eine Frau, die auf andere Art einsam war, als sie sie am folgenden Sonnabend unter den Hochzeitsgästen in Sankt Catharinae bemerkte. Martha stand allein in einer der hintersten Bänke, während Erik Ada aus der Kirche führte und der Organist alles dafür tat, ihr eine größere und freiere Idee davon zu schenken, was das Leben bedeuten kann.

Nach der Hochzeit zogen sie in das Haus hinter der Kirche. Als Ada das erste Mal durch die Zimmer ging, konnte sie fast nicht glauben, dass dies alles jetzt ihr gehörte. Mit großem Eifer machte sie sich an die Einrichtung des Hauses, berauscht von dem Gedanken, dass sie allein die Entscheidungen traf. Abends war sie völlig erschöpft davon, zu Gardinen, Möbelstoffen und Tapeten Stellung zu nehmen, aber Erik war mit allem zufrieden und lobte ihren sicheren Geschmack. Sie hatte gar nicht gewusst, dass sie mit einem Geschmack ausgestattet war. Er war so gelassen und ruhig, und sie fühlte sich erwachsen, wenn er sie anblickte.

Und ihre Freundin? Ada besuchte sie nicht mehr, sie dachte kaum an sie, und wenn, dann bekam sie ein schlechtes Gewissen, weil es so leicht gewesen war, Erik zu gehorchen. Eines Tages erfuhr sie per Zufall, dass Martha die Stadt verlassen hatte, aber man hätte ihr ebenso gut von einer Person aus ihrer fernen Kindheit erzählen können. Es gab so viel zu tun, und erst etliche Monate nach der Hochzeit, als alle Erbstücke neu bezogen waren und der Maler das letzte Zimmer tapeziert hatte, holte sie den Füller und die Schreibhefte wieder hervor.

Es war ein kühler Spätsommerabend, Erik war außer Haus. Sie hatten bereits ihre Gewohnheiten, aber das verstärkte nur das Gefühl, ein Leben zu führen, das ganz und gar das ihre war. Seine Eltern waren tot, gottlob, denn sie wäre nicht damit fertiggeworden, die nette Schwiegertochter zu spielen. Es reichte ihr, Tochter zu sein, und sie sah ihren Vater und ihre Mutter gerade so oft, dass es nicht merkwürdig wirkte. Sie hatten ihr nie etwas angetan, doch kannte sie ihre Mutter nur als einen milden, unauffälligen Schatten, und ihr Vater hätte ebenso gut ihr Onkel sein können. An dem Abend ging sie mit den Schreibheften unterm Arm in ihrem stillen Heim von Raum zu Raum. Sie konnte sich nicht entscheiden, ob sie sich am Sekretär im Wohnzimmer oder an dem langen Tisch im Esszimmer oder in Eriks Arbeitszimmer niederlassen sollte. Schließlich setzte sie sich auf die Stufe vor der Veranda. Es war fast dunkel, aber sie konnte genau sehen, wie sich im Lichtschein des Wohnzimmers, wo die Lampen für niemanden brannten, die Wörter auf den weißen Seiten formten.

Sie traf Martha noch einmal, als sie im folgenden Frühjahr einen Bummel in Aalborg machte. Es war zu Beginn ihrer Schwangerschaft, es war noch nichts zu sehen. Sie dachte an die vielen Nachmittage, an denen sie mit ihren Noten unterm Arm aus dem Zug gestiegen war. Nun ging sie hier mit dem Anfang eines neuen Lebens unter ihrem Mantel. Sie wollte durch die Geschäfte bummeln, aber ihr wurde unwohl, und sie musste an die frische Luft. Ihr war beinahe übel, und während sie im Mund einen bitteren Geschmack verspürte, ergriff jemand unversehens freundlich ihren Arm. Es war Martha, sie lächelte sie an, aber anders, als Ada sie in Erinnerung hatte, mit dunkelrotem Lippenstift und einem schwarz lackierten Strohhut, der ihr hochgestecktes Haar verdeckte.

Martha wohnte nicht sehr weit von dort in einem modernen Haus mit Blick über die Förde. Ada saß auf dem Sofa und betrachtete den Rauch aus den Schornsteinen der Zementfabrik, während Martha in der Küche Tee kochte. Es kam ihr seltsam vor, dass sie Marthas Fragen nach ihrem Leben in ein leeres, fremdes Wohnzimmer hinein beantworten musste. Martha kam und stellte ein Tablett auf den niedrigen Tisch vor dem Sofa. Statt in einem der Sessel Platz zu nehmen, setzte sie sich ans andere Ende des Sofas. Schreibe sie noch? Ada müsse ihr versprechen weiterzumachen, sie habe einen Schriftsteller im Bauch. Sie sahen sich an und mussten lächeln.

Plötzlich wurde ein Schlüssel in die Wohnungstür gesteckt. Martha erhob sich so plötzlich, dass Ada sich selbst aufrichtete und zu der Frau hinüberschaute, die in der Tür zum Wohnzimmer stehen blieb. Sie war in Marthas Alter und hatte ihr Haar ganz ähnlich hochgesteckt, aber es war dunkler, und sie war nicht halb so hübsch. Martha wirkte verlegen, als sie sie einander vorstellte, und Ada sagte, sie müsse ohnehin daran denken, ihren Zug zu erreichen. Sie hatte davon gehört, dass manche Frauen auf diese Weise zusammenlebten, aber sie hatte keine Ahnung gehabt, dass Martha so eine war. Erik musste es gewusst haben. Sie dachte an all die Stunden, in denen sie mit Martha in der kleinen Wohnstube mit Blick auf den Bahnhof über Bücher gesprochen hatte. Es wollte ihr nicht in den Kopf, dass in ihrer älteren Freundin vielleicht noch etwas anderes abgelaufen war. Sie versuchte, sich selbst mit Eriks Augen zu sehen, als säßen sie in Marthas intelligentem, harmonischen Gesicht – aber wie sah Erik sie eigentlich?

Als ihr Bauch zu wachsen anfing, kam es ihr vor, als sähe er sie gar nicht mehr. Er war lieb und rücksichtsvoll, berührte sie aber fast nicht mehr, und nach der Geburt hatte sie selbst keine Lust. Am Anfang war das gefräßige kleine Wesen ein beständiger Teil von ihr, es lag nur da und saugte sich fest. Ada stillte den ganzen Tag, obwohl ihr die Frauen der Familie zu festen Mahlzeiten rieten. Wenn die Kleine nur den geringsten Ton von sich gab, legte sie sie an, das machte sie monatelang, viel länger als andere Mütter, die sie kannte. Später war es ihr ein bisschen peinlich, dass sie so ein großes Kind gestillt hatte. Sie hatte sich damit verteidigt, dass es gemütlich gewesen sei, aber das war nicht die ganze Wahrheit.

Sie gebrauchte ihr rosa Baby als Puffer. Niemand durfte sie stören, wenn sie ihre durstige Tochter an der Brust hatte. In dem Maße, in dem sie Erik in den Zauberkreis einschloss, verlief jeder Austausch über die Kleine, alle Gefühle, jeder Kontakt. Wenn sie ihm etwas sagen wollte, sagte sie es, an Berthe gewandt, in der dritten Person, und sie benutzte ihre Tochter, sowohl wenn sie ihn strafen als auch wenn sie ihn mit einem kleinen Zeichen der Zärtlichkeit belohnen wollte.

Erik war eine Enttäuschung. Damals hätte sie es nicht so schnörkellos sagen können, aber wenn sie zurückdenkt, ist klar, dass sie dieser Tatsache fast von Anfang an ins Auge gesehen haben musste. Zwar war er ein Mann, aber ein schrecklich stiller Mann und ein schrecklich eckiger, wenn er endlich den Mund auftat. So regeltreu, dass man ihn als Winkelmesser verwenden könnte, flüsterte sie ihren alten Schulfreundinnen zu, die auch Kinder bekommen hatten. Alle hatten sie solide junge Männer geheiratet, und alle hatten sie sich über irgendetwas zu beklagen. Ada wurde bewusst, dass sie in dem gefangen war, dem sie mit aller Macht hatte entkommen wollen. Sie sah sich von außen, und sie sah die Freundinnen und ihre Kinder, und sie sah dies alles mit Marthas Augen. Mit dem Blick eines Mannes und einer Frau zugleich.

Sie waren noch jung und schön, aber ihre frischen Mädchengesichter hatten schon angefangen, zu jener leicht gekränkten, eingebildeten und kleinlichen Maske zu erstarren, die sie bei ihren Müttern immer verachtet hatte. Sie sah, wie die Neigung, sich in alles überwachende Matronen zu verwandeln, ihre Männer zu der Frage verleiten musste, wo eigentlich der ursprüngliche Anlass ihrer Liebe geblieben war, dieses Blütenleichte und Unbestimmbare. Ob es womöglich bloß eine vorübergehende und grundlose Laune weiblicher Mystik gewesen war. Welches Mädchen hatte nicht schweigsam und interessant unter den Fliederbüschen am Ende des Gartens geweilt, während alle andern am Tisch kesse Töne spuckten? Welches Mädchen hatte es nicht verstanden, träumerisch auf ungeahnte Horizonte zu schauen, während irgendein Schafskopf ihr seinen Treueschwur in das kleine Ohr hauchte? All die Rosen, Ringe und süßen Worte hatten selbstverständlich nur einem Zweck gedient, nämlich Sex zu bekommen, wie es heutzutage heißt, aber der verständliche Wunsch der jungen Männer auf ungehinderten Zugang hatte die Idee in ihre nachgiebigen Köpfe gepflanzt, dass sie unbedingt eine Familie zu versorgen haben mussten. Als ob das Leben sonst zu leer und abschreckend werden würde. Das Leben sonst. Das wurde für Ada mit der Zeit ein unwiderstehlicher Gedanke.

Als Berthe mit knapp zwei Jahren abgestillt war, verlor Ada das Interesse an ihrer Tochter. Sie verstand es selbst noch nicht, und lange war die Pflicht mit ihren früheren Gefühlen so eng verbunden, dass sie selber einem Gefühl glich. Trotzdem bekam ihre Mütterlichkeit etwas Gewolltes. Ada ärgerte sich selbst, dass ihr das Muttersein nicht mehr bedeutete, aber im Laufe der Monate ärgerte sie sich genauso über ihr schlechtes Gewissen. An Berthes tollpatschiger, anmaßender Liebe konnte auch etwas Groteskes sein. Glücklicherweise hatte Erik eine solche Freude an dem Kind, dass sie sich zuweilen ganz überflüssig fühlte. Es war für sie eine Erleichterung, die beiden aus der Entfernung zu beobachten, wenn er am Feierabend mit der Kleinen auf dem Rasen herumrollte und sie die randlose Brille auf seiner Nase begrapschen ließ. Ada wurde gar nicht gebraucht, und der kleine Stich, den ihr das versetzte, rang mit der Lust, wirklich zu verschwinden, um die Wette.

Sie hatten ein junges Mädchen im Haus angestellt, damit sie mehr Zeit für sich selbst fand, wie sie sagte, obwohl es eigentlich gar nicht um sie ging. Wenn sie sich nämlich in der kleinen Dachkammer, die sie mit Tisch, Stuhl und einer alten Chaiselongue eingerichtet hatte, über ihre Hefte beugte, vergaß sie sich völlig. Sie vergaß auch Berthe, sie vergaß Erik, Martha und Hjørring, ganz beansprucht von den Wörtern und Worten, die mit den gekrümmten Tentakeln der Buchstaben ineinandergriffen. Erik wollte nicht wissen, womit sie sich in ihrer abgesonderten Zelle die Zeit vertrieb. Sie hätte es auch aufdringlich gefunden, aber seine mangelnde Neugier stimmte sie nur noch kühler. Er war zu bodenständig, zu sehr Anwalt, um die Veränderung, die mit ihr vorging, begreifen zu können. Für ihn war sie schlicht die reizende Hausfrau mit dem unfehlbaren Geschmack, die pflichterfüllte, wenn auch etwas abwesende und verträumte Mutter seiner Tochter. Er hatte damit aufgehört, zu ihr zu kommen, er wusste wohl mittlerweile auch, dass ein Versuch fruchtlos wäre. Nach der Niederkunft hatte sie ihm ein eigenes Schlafzimmer vorgeschlagen, damit die Kleine ihn nachts nicht wecke, aber als Berthes Wiege dann ins Kinderzimmer kam, wurde das Arrangement nicht wieder rückgängig gemacht.

Unterdessen war der Krieg gekommen, aber Ada erinnert sich an ihn nicht anders als an einen schnell vorbeibrausenden Zug, der etwas mehr als gewöhnlich quietschte. Der leise Hass auf die fremden Soldaten klang hinter den Verdunklungsgardinen wie der generelle Hass auf alles Fremde. Ab und zu dachte sie an Martha. Ihr Deutschland gab es nicht mehr, aber wo war sie selbst? Ada überlegte, Kontakt mit ihr aufzunehmen, aber daraus wurde nichts, und bis zum heutigen Tag weiß sie nicht, was aus ihrer literarischen Freundin geworden ist.

Keiner wusste etwas davon, als sie einige Jahre nach der

Befreiung als Dichterin debütierte. Sie hatte eine neue Literaturzeitschrift abonniert, und als Berthe acht Jahre alt war, sandte sie eine Handvoll Gedichte an die Redaktion in Kopenhagen. Sie hatte sie heimlich auf der Schreibmaschine in Eriks Arbeitszimmer ins Reine getippt; es dauerte Stunden, weil sie nie zuvor auf Maschine geschrieben hatte. Sie schickte die Gedichte unter dem Pseudonym Martha Grubbe ein. Es wirkte plausibel, Sonne und Wind zwischen ihrer älteren Freundin Martha und Jens Peter Jacobsens unbändiger Furie Marie Grubbe gerecht zu verteilen. Es schauderte sie, als einige Wochen später im Postfach am Bahnhof, das sie eigens für diesen Zweck eingerichtet hatte, ein Brief an Martha Grubbe lag. Sie setzte sich auf eine Bank in der hintersten Ecke des Postamtes und riss den Umschlag mit dem Finger auf.

Der Brief war unterschrieben mit Thorkild Bjørnvig. Sie hatte sein Bild in der Zeitung gesehen und ihn im Rundfunk gehört, und während sie den Brief las, sah sie ihn vor sich und hörte seine Stimme. Dort stand, ihre Gedichte zeugten von Talent und seien aus einem Guss, was in Anbetracht dessen, dass sie Debütantin war, außergewöhnlich sei. Man plane, sie in einer kommenden Nummer zu veröffentlichen, und falls sie sich einmal in der Hauptstadt aufhalte, würde es ihn sehr freuen, sie kennenlernen zu dürfen. Auf dem Heimweg ärgerte sie sich ein wenig über ihr Pseudonym. Es wäre interessant gewesen, mit Thorkild Bjørnvig essen zu gehen, wenn sie das nächste Mal nach Kopenhagen kam, aber sie konnte sich nicht vorstellen, sich mit ihm unter falschem Namen zu treffen. Martha Grubbe musste sich damit abfinden, ein Geisterwesen zu sein. Es gab sie nur in der kleinen Dachkammer, wo sie schrieb, aber jedes Mal spurlos verschwand, wenn Ada den Blick hob, weil sie nach einem Wort suchte.

Sicher wäre Erik stolz gewesen, dass ihre Gedichte in einer

Kopenhagener Zeitschrift erschienen, aber ihm gegenüber genierte sie sich auch nicht, sondern *Hereticas* Redakteuren gegenüber. Wenn sie wüssten, dass Martha Grubbes intensive, einen Hauch gewagte Verse von einer gesetzten Anwaltsgattin im Dachgeschoss ihres schönen Heims geschrieben worden waren! Zwischen Thorkild Bjørnvig und der Hjørringer Debütantin entspann sich eine ganze Korrespondenz, und mit der Zeit ergab es sich, dass ihn die Person hinter den Gedichten genauso interessierte. Sie musste einen klaren Kopf bewahren, um mit den literarischen Referenzen, die der belesene Mann über die Seiten streute, vertraut zu wirken. Gleichzeitig informierte sie ihn gerade so tröpfchenweise, dass es seine Neugier anstachelte. Martha Grubbe war in Berlin aufgewachsen, ihr Vater war Diplomat, aber die Eltern waren schon vor dem Krieg gestorben, und sie hatte bei einer Tante in Hjørring gewohnt, solange sie aufs Gymnasium ging. Irgendwann gab Bjørnvig zu, dass er erfolglos versucht habe, Auskünfte über sie einzuholen. Dies und die Postfachadresse und der biblisch-literarisch klingende Name vermittelten ihm den Eindruck, dass Martha Grubbe womöglich nicht ganz diejenige sei, für die sie sich ausgab. Gar nicht so dumm, dachte Ada.

Sie war dreißig geworden und fühlte, wie ihr die Jugend entrann. Die vor ihr liegenden Jahre präsentierten sich als endlose Reihe von Wiederholungen, ganz wie in einem Spiegelkabinett, wo man nie damit fertig wird, durch immer dieselbe Tür einzutreten. Allein der Gedanke daran machte sie krank vor Langeweile, aber auch krank von etwas anderem, für das sie kein Wort hatte und das ihr hin und wieder den Atem rauben konnte, so als täte sich unter ihrem verlässlichen Alltag ein Abgrund auf. Sie könnte sterben auf die Art, ohne etwas erreicht zu haben, aber wohin wollte sie überhaupt?

Zweimal im Jahr waren Erik und sie in Kopenhagen. Sie

gingen ins Königliche Theater und ins Restaurant, und in einem Winter kaufte er ihr bei A.C. Bang so einen Pelz, in dem auch die anderen Bürgerfrauen der Stadt wie eingebildete Straußenvögel herumtrippelten. Sie waren auch in London und Paris und am Gardasee, aber richtig genießen konnte sie es nicht. Nie hatte sie den Eindruck, wirklich angekommen zu sein, bevor sie schon wieder abreisen mussten. Es war, als befände sich vor der ganzen Fremdartigkeit eine Scheibe, an der sie sich die Nase platt drückte. Erik verstand es, sich als Mann von Welt aufzuführen, aber mit ihm in die Hauptstadt zu kommen, machte das Schlimme nur noch schlimmer. Nicht nur das Schweigen gab ihr das Gefühl, nicht ganz anwesend zu sein, oder das ungewohnte, unangenehme Zusammensein im Doppelbett des *Hotel d'Angleterre*. Sie konnte am Fenster stehen und auf die Straßenbahnen, Autos und Regenschirme schauen – und sie war nicht da. Das Gewimmel auf dem Kongens Nytorv spielte sich ohne sie ab, als ob es sie gar nicht gäbe.

Der Sommerurlaub wurde wie in den vergangenen Jahren in Kandestederne verbracht. Erik hatte für den ganzen Juli Zimmer in einem der kleinen Strandhotels reserviert. Er wollte eine Woche später kommen, wenn er die Kanzlei schließen konnte. Ada fuhr mit Berthe und ihrer Mutter vor. Der Hotelbesitzer stand wie üblich am Bahnhof und erwartete sie neben seinem Ford. Er verzurrte die Koffer auf dem Dach und chauffierte sie durch die Spurrillen in Richtung Meer. Ada liebte die Strecke, sie war ganz aufgeregt, wenn sie Råbjerg Mile sah, blendend und wüstenartig. Die Ankunft war das Märchenhafteste, das erste Wiedersehen mit der kleinen Ansammlung von Hotels und Höfen und der albernen Miniaturwindmühle, die pittoresk und unmotiviert auf der Spitze einer Düne stand. Die Kopenhagener Urlauber waren ganz wild auf diese Mühle, obwohl sie nie auch nur ein einziges Weizenkorn gemahlen hatte, denn hier draußen wuchs neben Erika und Strandhafer gerade mal noch so viel Gras, um drei Kühe zu ernähren.

Sie war immer gespannt, wer sich rundum einlogiert hatte, und in diesem Jahr waren die Gäste lebendiger als gewöhnlich. Am Abend gingen die weiß gekleideten Gestalten in lachenden Gruppen zum Djævlebakken hinauf, wo sich das Meer wie eine Mauer vor einem erhob und die Sonne aufs majestätischste unterging. Nach dem Abendessen wurde im Kaminzimmer Jazz auf dem Grammophon gespielt und dazu getanzt. Sie sagte ihrer Mutter Gute Nacht und schlich sich auf ihr Zimmer, wo Berthe mit roten Wangen schlief und ein Bein auf die Decke gelegt hatte. Ada legte sich hin und starrte an die schräge Zimmerdecke und lauschte der Musik und den Stimmen dort unten.

Die Tage glichen einander. Sie lagen am Strand, tranken Tee oder Kakao im Garten und bewunderten den Sonnenuntergang. Mit ihrer Mutter konnte sie sich unterhalten, ohne darauf zu achten, worüber sie sprachen. Die Sätze kamen von selbst und schwebten um das Naheliegende, Berthes Entwicklung, die Einrichtung des Hauses und die kleinen Zwischenfälle, die im Laufe des Tages Anlass zu gemütlichen Kommentaren oder gemütlicher Sorge gaben. Berthe liebte ihre Großmutter, was eine Entlastung war, und während sich die beiden amüsierten, hatte Ada Zeit für ein Buch. Eines Vormittags ließ sie Berthe und ihre Mutter am Strand zurück. Sie sagte, sie habe schlecht geschlafen, und ging zum Hotel zurück, obwohl bis zum Mittagessen noch über eine Stunde Zeit war.

Als sie auf eine der Dünen gestiegen war, blieb sie stehen und beobachtete sie zwischen den anderen Badegästen. Ihre Mutter saß wie ein verwachsenes Kind im Sand, aufrecht und mit vorgestreckten Beinen, und schaute zum Ufer, als Berthe ihr mit einem Bündel Tang in der Hand entgegenlief. Sie winkten einander zu, und als Berthe sie erreicht hatte, breitete ihre Großmutter die Arme aus und kümmerte sich nicht darum, dass sie ganz nass wurde. Ada dachte, dass sie auch gern so wäre. Sie weiß noch genau, dass sie schon so dachte, bevor sie Per traf. Gern wäre sie wie ihre Mutter, die vorbehaltlose Liebe in Person. Sie fand, sie liebte Berthe am besten auf Entfernung, einfach indem sie sie sah, glänzend und braun in der Sonne. Glücklich, mit Sand im sonnengebleichten Haar. Selbstverständlich liebte sie ihre Tochter, das war es nicht. Nur, wenn sie mit Berthe allein war und mit den elementaren Freuden, Fragen oder Bedürfnissen des Kindes konfrontiert wurde, kam es vor, dass sie sich ausgelaugt fühlte und im Innern so leer, dass es widerhallte.

Anstatt auf ihr Zimmer zu gehen, setzte sie sich ins Kaminzimmer. Es waren keine anderen Gäste da. Die Fenster standen offen, und der Wind hob die Gardinen und sandte ihr einen kühlen Lufthauch. Auf dem niedrigen Tisch vor dem Sofa lagen Bücher und Zeitschriften, und sie erkannte die Titelseite der letzten Nummer der *Heretica.* Einige Monate zuvor waren noch einmal eine Handvoll Gedichte angenommen worden. Sie schlug das Heft auf und fand Martha Grubbes Namen im Inhaltsverzeichnis. *Gedichte,* stand da einfach. Damit hatte man nicht zu viel gesagt. Einen Augenblick lang war es wirklich, als läse sie den Namen einer anderen. Welcher der Hotelgäste las *Heretica,* und hatte der Betreffende womöglich Martha Grubbes Gedichte gelesen?

Sie ging auf ihr Zimmer, um sich ein wenig auszuruhen. Die Sonne konnte fast zu viel werden. Sie ergoss sich über Dünen und Meer, man konnte sich gar nicht vor ihr verstecken, als ginge es um eine Erwartung oder Forderung. Lieber wollte sie allein im Halbdunkel des Zimmers liegen und die Gedanken schweifen lassen, und als sie Berthes helle Stimme auf der Treppe hörte, fühlte sie sich gestört. Unten im Speisesaal betrachtete sie die anderen Gäste, aber es war ihr nicht möglich zu erraten, wem die *Heretica* gehören könnte. Das Heft lag übrigens nicht mehr da, das hatte sie sehen können, als sie auf dem Weg zum Mittagessen einen Blick ins Kaminzimmer warf.

Das Hotel war voll belegt, und im Speisesaal herrschte ein lustiges Stimmengewirr. Sie war sich sicher, dass sie traurig und verzagt wirkten, dieses wohlerzogene kleine Mädchen und die beiden Frauen, die eine alt, die andere noch jung, die da an ihrem Ecktisch saßen und in langen Abständen kurze Bemerkungen wechselten. Vielleicht geschah es in dem Wirrwarr polternder Stühle nach der Mahlzeit, dass sie ihn entdeckte. Plötzlich sah sie die *Heretica* im Arm einer langgliedrigen, gestikulierenden Gestalt in weißen Leinenhosen und einem weißen Tennishemd. Am Ende dieses schlaksigen und gleichsam zitternden Körpers lächelte ein schmales Gesicht mit glänzendem schwarzen Haar, das eigentlich zurückgekämmt war, aber ständig vor den Augen hing oder sich ganz dem stürmischen Wind überließ.

Er sprach mit einem anderen jungen Mann und einem Mädchen, wobei er die Reichweite seiner Worte mit eifrigem Gefuchtel verlängerte und dabei keinerlei Rücksicht auf die Zigarette zwischen seinen schmalen Fingern nahm. Als sie ihn erst entdeckt hatte, wunderte sie sich, dass sie ihn nicht schon früher bemerkt hatte. Dieser nervöse, lachlustige Mensch mit dem dünnen Vogelhals und dem etwas zu langen schwarzen Haar hatte etwas Apartes an sich. Er hätte ein degenerierter französischer Baron oder etwas in der Art sein können, aber an seiner etwas affektierten schleppenden Aussprache hörte man deutlich, dass Per Kopenhagener war. Seine Freunde riefen ihn, und sie sah, wie er sie zwischen den Dünen einholte, halb laufend, ungeschickt und elegant zugleich. Wie konnte das sein?

Es klingelt. Ingrid sieht Ada an. »Erwartest du Gäste?« Ada zuckt mit den Schultern. »Ich habe keine Ahnung, wer das sein könnte«, sagt sie und rollt in den Flur. Ingrid bleibt sitzen und blickt auf die grasbewachsenen Wälle des Kastells, während sie Ada an der Sprechanlage rumoren hört. »Hallooo? Ja, aber, Taaag, mein Schätzchen. Ingrid ist auch gerade da. Wie kuschelig!« In weiter Entfernung hört Ingrid die Haustür ins Schloss fallen. Sie erkennt Berthes etwas mühevolle Schritte auf der Treppe. Davon hat sie nicht gerade geträumt, von so einer spontanen Zusammenkunft einsamer Frauen, aber jetzt auf der Stelle das Weite zu suchen, das geht nun auch wieder nicht.

Sie steht auf und geht in den Flur, gerade als Berthe leicht außer Atem um den letzten Treppenabsatz biegt. Berthe sieht auch nicht aus, als hätte sie sich so eine Begegnung gewünscht. »Hallo«, sagt sie bloß und gibt zuerst Ada einen Kuss. »Also, dass ihr beide auf einmal kommt!«, sagt Ada. »Danke für vorgestern«, sagt Ingrid und umarmt Berthe. »Nun, häng mal deinen Mantel auf«, sagt Ada, »was habt ihr denn gemacht?« Berthe hängt im Eingang ihren Mantel neben Ingrids auf einen Bügel. »Wir waren bei Georg«, sagt Ingrid. »Georg, schau an«, sagt Ada, als müsste sie ihre innere Namensliste prüfen, um auf der Höhe zu sein. »Wie geht's dir, Mutter?«, sagt Berthe und umklammert die Griffe des Rollstuhls, um sie ins Wohnzimmer zu schieben. »Danke, das kann ich selber«, sagt Ada und streckt die Arme nach hinten, um sie wegzuschubsen und rasch die Räder zu ergreifen und vorwärtszurollen. »Ingrid«, ruft sie, »setzt du noch etwas Wasser auf und holst eine Tasse für deine Mutter?« Berthe geht vor Ingrid durch die Bibliothek und in das Erkerzimmer. »Das mach ich selbst, Mutter«, sagt Berthe und ist schon auf dem Weg durch den langen Flur zur Küche.

Ingrid setzt sich Ada gegenüber, wo sie eben schon gesessen hat. »Das ist selten«, sagt Ada und beißt in einen Spekulatius. »Eine rare Freude.« Sie hält die hohle Hand unter ihren Mund, da die Krümel von ihrer roten Unterlippe rieseln. »Wir müssten ja beinahe ein Gläschen Rum dazu haben, was?« Sie dreht sich halb zu der Tür um, die in den Flur führt. »Ber-the!«, ruft sie. »Bist du so nett und bringst die Flasche Rum mit, die in der Speisekammer neben dem Brotkasten steht? Und drei Gläser, ja?« Sie lächelt Ingrid zu. »Tja, das war Per, der mir das Rumtrinken beibrachte. Er hat immer gesagt, selbst der beste Kognak käme nicht an ein gutes Glas Rum heran. Das ist lustig, aber das hatte er in Paris gelernt ... Findst du ihn, Berthe?« Sie dreht sich um, als Berthe gerade mit einem Tablett erscheint. »Ah, du hast ihn gefunden. Aber du brauchtest ja nun keine neue Teekanne zu nehmen, hier stand doch schon eine.«

Berthe sieht einen Augenblick lang ganz verwirrt aus. »Entschuldige, Mutter«, sagt sie. »Aber ist auch egal«, sagt Ada, »komm jetzt her und setz dich hin.« Sie ergreift die Rückenlehne des Stuhls, der am Tischende steht, hat aber keine Kraft, ihn heranzuziehen. Berthe setzt sich zwischen die beiden und schenkt Tee ein. Ada greift nach der Rumflasche und verteilt den kleinen Rest, der gerade den Flaschenboden bedeckt, auf die drei Gläser auf dem Tablett. »Also, stoßen wir an?« Sie hält ihr Glas mit beiden Händen, als sie es erhebt. »Prost, Mutter«, sagt Berthe zaghaft. »Prost«, sagt Ingrid. »Prost, meine Mädchen. Wie schön von euch, dass ihr an mich alte Frau gedacht habt«, sagt Ada und schlürft den Rum in sich hinein.

»Nein, also *jetzt* muss ich dir zeigen, was ich dir mitgebracht habe«, sagt Berthe in burschikosem Ton und steht energisch auf, als wollte sie sich ruck, zuck wieder an die Spitze bringen. »Na, was kann das wohl sein«, antwortet Ada. Berthe ist schon im Eingang. Sie kommt mit einer Plastiktüte von der Apotheke zurück und legt sie in Adas Schoß. Ada sieht sie mit einem erstarrten Lächeln an, während ihre Hand in der Tüte verschwindet und mit ein, zwei, drei Lesebrillen aus durchsichtigem Plastik wieder zum Vorschein kommt. »Was ist das denn?«, fragt sie. »Das siehst du doch. Lesebrillen! Ich habe sie gestern Abend gerade noch kaufen können, bevor die Apotheke zumachte«, sagt Berthe begeistert. »Und was soll ich damit?«, fragt Ada. »Na, weißt du nicht mehr, dass du mir gesagt hast, du hättest deine Lesebrille verlegt?«, insistiert Berthe.

Ingrid spürt schon eine leichte Unsicherheit, vielleicht, weil Berthe so laut spricht. Adas Gehör ist mit das Letzte, was noch vollkommen intakt ist. »Das habe ich nie gesagt«, meint Ada. »Aber hör mal, Mutter. Hast du nicht am Telefon gesagt, dass du deine Lesebrille nicht finden kannst?« Berthes Stimme zittert ein wenig. »Meine Lesebrille liegt auf dem Spieltisch, wo sie immer liegt, aber danke, das war nett von dir.« Ada legt die Brillen zusammen und schiebt sie beiseite. »Du kannst sie ja überall in der Wohnung verteilen, damit du nie in Verlegenheit kommst«, versucht Ingrid in leichtem Ton zu vermitteln. Als Ada wegsieht, fängt Ingrid Berthes Blick auf und rollt mit den Augen, aber Berthe nimmt das stumme Angebot der Solidarität nicht an. Sie ist blass geworden und konzentriert sich verbissen darauf, ihre Untertasse gerade zu halten, während sie an ihrem Tee nippt. Ingrid hat Mitleid mit ihr, aber es ist einer dieser Tage, an denen Berthes Selbstmitleid dermaßen groß ist, dass für einen anderen gar kein Platz mehr zum Bemitleiden bleibt.

»Ich habe Ingrid gerade von damals erzählt, als ich Per kennenlernte«, sagt Ada. »Weißt du noch, der letzte Sommer in Kandestederne?« Berthe stellt die Tasse ab und schüttelt den Kopf. Sie hatte ein wenig Zeit, sich zu sammeln, ihre Stimme klingt wieder normal. »Das habe ich dir doch gesagt, Mutter. Ich kann mich an diesen Sommer überhaupt nicht erinnern. Ich war ja auch erst acht.« Ada lächelt. »Neun, meine Liebe. Du warst neun, aber egal. Schon merkwürdig, wie man sich erinnert und vergisst. Ich konnte mich lange Zeit auch nicht an meine Kindheit erinnern, aber mit dem Alter kommt alles wieder. Warte nur. Es kommt alles wieder.«

Letzteres sagt sie mit reichlich viel Inbrunst, denkt Ingrid. »Wie hat Per denn herausgefunden, wer Martha Grubbe war?«, fragt sie, vor allem um das so seltsam ins Stocken geratene Gespräch wieder anzukurbeln. Aber kaum ist die Frage gestellt, fällt ihr ein, dass Berthe vielleicht nicht unbedingt in der Stimmung ist, von jenem Sommer zu hören, in dem sie den Glauben daran verlor, gewollt und geliebt zu sein.

»Na, dann hört mal zu«, sagt Ada.

In den folgenden Tagen ließ sie das muntere Trio nicht aus den Augen, und sie ertappte sich dabei, ungeduldig zu werden, wenn sich Pers Ankunft im Speisesaal verzögerte. Er und seine Freunde gehörten dem höheren Bürgertum an, so viel stand fest, aber ihr Jargon hatte etwas Ausgelassenes und Urwüchsiges, daran war sie nicht gewöhnt. Sie waren es, die unten im Kaminzimmer zum Jazz tanzten, wenn die anderen Gäste sich zurückgezogen hatten. Wenn sie im Laufe des Tages in ihre Nähe kam, hörte sie, dass sie über interessante Themen sprachen, einen eben übersetzten Roman von Hemingway oder eine Ibsen-Aufführung, die in der vergangenen Saison gespielt worden war, aber alles wurde mit der gleichen ironisch lächelnden Leichtigkeit kommentiert. Offenbar gab es nichts auf der Welt, woran man nicht seinen Spaß haben konnte, und Ada musste sich eingestehen, dass sie neidisch war. Man stelle sich vor, seine Sommerferien mit jemandem zu verbringen, der so geistvoll und unbeschwert zugleich sein konnte! Sie dachte an ihren netten, nichtssagenden Juristen, der bald zu ihnen stoßen würde, um seine genau bemessenen Urlaubstage in Angriff zu nehmen, dem Hotelpersonal gegenüber ebenso untadelig und höflich lebhaft wie gegenüber seiner Schwiegermutter und seiner Frau.

Eines Nachmittags saß sie mit einem Buch an der Giebelseite des Hotels. Sie war von einer Wäscheleine mit aufgehängten Laken verborgen und kam sich vor wie in einer

Klosterzelle unter freiem Himmel. Ihre Mutter war mit Berthe den Hohlweg hinuntergegangen, um dem Bauern zuzusehen, der seine Kühe von den Weiden zu Hause weiter ins Land trieb. Ada war mit *Schuld und Sühne* beschäftigt, aber sie konnte sich nicht aufs Lesen konzentrieren. Sie hatte die Augen geschlossen und hielt den Finger in einem Kapitel und streckte ihr Gesicht der Sonne entgegen. Um sie herum war es still. Ab und zu ließ der Wind die feuchten Laken leise flattern, das war alles, und sie fuhr zusammen, als eine Stimme freundlich und ganz nah fragte, ob Raskolnikows Qualen in der Sommerhitze so schwer verdaulich seien. So wie sie saß, konnte sie geradewegs in sein fuchsartiges, lächelndes Gesicht sehen. Sie benutzte das Buch, um ihre Augen zu beschatten, damit sie ihn besser sehen konnte.

»Nein«, sagte sie, »nicht schwer, eher im Gegenteil. Wie eine leichtere Luftart.« Es überraschte sie, dass sie so ohne weiteres Kontra geben konnte. Sie sagte ihm, sie habe bei Dostojewski erst ein wenig gezögert, weil sie Angst hatte, er könne zu düster und schleppend sein, aber ganz im Gegenteil, die fiebrige Wortdiarrhö ließ es in ihrem Kopf nur so schnurren, sodass sie sich hin und wieder etwas sammeln musste. Er lächelte. Sein Händedruck war fester, als sie in Anbetracht seiner länglichen, ungebärdigen Glieder angenommen hätte. Per Weincke. Seine erste Gedichtsammlung, die während des Krieges erschienen war, hatte sie sich von Martha geliehen, sie hatte auch die folgenden Sammlungen und seine Baudelaire- und Gide-Übersetzungen gelesen. Das war er also. Sein entschuldigendes Lächeln ließ sie beinahe befürchten, er habe ihre Gedanken erraten. Er holte sich einen Liegestuhl und brauchte eine Ewigkeit, bis er ihn neben ihr auseinandergeklappt hatte. Er machte eine richtige Clownsnummer aus seinem Gefummel und schien sich noch ermuntert zu fühlen, weil sie nicht aufhören konnte zu lachen.

Sie unterhielten sich über Schriftsteller und Musik. Es lag alles bereit und wartete bloß darauf, von ihnen aufgenommen zu werden. Es war so einfach, mit ihm zu sprechen, dabei hatte sie seine Bücher mit großem Ernst und Respekt gelesen. Jetzt saß er neben ihr und rauchte und lächelte, während sie über Schubert und Ravel redeten, über den deutschen und den französischen Geist in der Musik. Sie erzählte ihm, dass sie selbst gespielt habe, und von ihrem Reitunglück. Aber da hörte sie auf. Er sagte, sie seien eben aus Italien heimgekommen. Er beschrieb Florenz und Rom, aber auch die zerbombten deutschen Städte, die er vom Zug aus gesehen hatte.

Am Abend blieb Per an ihrem Tisch stehen und begrüßte sie. Seine Freunde hielten sich etwas im Hintergrund. Ada gab ihnen die Hand, sie waren verlobt, sie verstand ihre Namen nicht. Es war ihr lästig, ihre Mutter vorstellen zu müssen. Das Mädchen hatte eine Himmelfahrtsnase, eigentlich war sie überhaupt nicht schön, schaute einen aber an, als wäre sie es. Im Gegensatz zu Per trugen sie eine sehr abgekühlte Freundlichkeit zur Schau. Selbst ihre Zurückhaltung war maßgeschneidert, und sie hatte das Gefühl, dass sie in ihren Augen nie einen Wert besitzen würde. Sie war Pers Erfindung, und Per konnte sich ausdenken, was er wollte. Ada meinte bereits zu wissen, wie das Verhältnis zwischen den drei Freunden war, aber sie ärgerte sich darüber, nicht an ihrem Tisch sitzen zu dürfen. In einigen Tagen würde Erik eintreffen, dann musste sie wieder die moderat interessante Anwaltsgattin sein, die doch wahrhaftig Dostojewski las. Sehr nett, bewahre, aber schon verwelkt und sicher stinklangweilig.

Ada wusste nicht, was sie ihrer Mutter oder Berthe sagen sollte, die von den Kühen erzählten, die sie bis in den Stall hatten begleiten dürfen. Vielleicht hatte Per Weincke ihre Gedichte gelesen, aber er würde nie erfahren, dass sie sie geschrieben hatte. Wieder lag sie wach im Bett und lauschte ihrem Jazz. Sie stellte sich vor, dass er allein dasitzen musste und seinen Freunden beim Tanzen zusah. Vielleicht tanzte er auch mit der Verlobten seines Freundes? Als die Musik verstummt war, hörte sie kurz darauf ihre Stimmen in der hellen Nacht, erst unmittelbar unter ihr, dann etwas ferner, sie gingen zum Strand hinunter.

Es wurde ein Ausflug nach Skagen organisiert. Ada kam neben Per zu sitzen, während Berthe und ihre Mutter in einem der anderen Autos saßen. Seine Freunde hießen Birgit und Peter. Sie erzählten von Italien. Es hörte sich an, als könnten sie hinfahren, wohin sie wollten, und so lange wegbleiben, wie es ihnen passte. Vor dem Krieg hatte Per ein Jahr in Paris verbracht. Er hatte in einer kleinen Dachkammer gewohnt, und im Gegensatz zu seinen reichen Freunden hatte er während seines Studiums an der Sorbonne von der Hand in den Mund gelebt. Ihre Gesprächsthemen waren Michelangelo, archaische Bildhauerei und die neue französische Literatur. Ada konnte durchaus mithalten, nur bei Michelangelo war sie nicht ganz so bewandert.

Per hatte seinen Arm auf die Rückenlehne der hinteren Sitzbank gelegt, um etwas Platz zu machen, er duftete nach Lavendel. Als sie Skagen durchquert und den alten und den neuen Leuchtturm passiert hatten, fasste sie sich ein Herz. Bald müsste sie ihre Mutter und Berthe begleiten, wer wusste schon, wann sie wieder mit ihm sprechen könnte? Sie sagte, sie habe ihn *Heretica* lesen sehen. Er lächelte. Dann kenne er vielleicht auch einige Gedichte, die eine Freundin von ihr in der letzten Nummer veröffentlichen durfte. Martha Grubbe, sagte ihm das was? Na, und ob! Sie sei doch im Augenblick das große Mysterium. Kannten sie sich? Dann könne sie ihm ja sagen, ob ihre Freundin wirklich so heiße. Der Name sei ja fast zu gut, um wahr zu sein.

Im selben Augenblick hielten die Autos an. Berthe wartete schon und hüpfte draußen vor der Scheibe herum und war ganz ungeduldig, dass Ada sie bemerkte. Per lief mit seinen Freunden voraus, während Ada mit Berthes kleiner klebriger Hand in ihrer hinterhertrottete. Sie mussten ständig anhalten, weil ihre Mutter im Sand nicht so schnell vorwärtskam. Als sie endlich die Landspitze Grenen erreicht hatten, betrachteten die anderen Gäste in kleinen Grüppchen die nasse Sandbank. Per, Birgit und Peter saßen etwas abseits und rauchten. Das Meer war still, der Horizont verschwamm im Dunst. Als Per sie sah, sprang er auf und nahm Berthe an die Hand. Er hatte seine Hosenbeine aufgekrempelt und watete mit ihr ins Wasser hinaus, dort wo die Wellen aufeinanderprallten, sodass sie mit dem linken Bein in der Nordsee und mit dem rechten in der Ostsee stehen konnte.

Das Mittagessen wurde im Garten von Brøndums Hotel eingenommen, hinterher besuchten sie das Museum. Während Ada eine von Krøyers Vorstudien zu seinem Gemälde *Hip, hip, hurra* betrachtete, stellte sich Per neben sie. »Sie ist die Einzige, die nicht richtig teilnimmt.« Er zeigte auf Marie Krøyers Rückenansicht im Vordergrund, am Ende des langen Tisches, um den sich die Künstler mit erhobenen Champagnergläsern scharen und idiotisch lachen. Dann ging er zu Krøyers großem Johannisabend-Bild, auf dem der Wind die Flammen des offenen Feuers bedrohlich zur Seite bläst. Ada und er sahen sich die glühenden, ziegelroten Gesichter an, als wären sie selbst dabei. Er zeigte auf Marie, die an einem Boot lehnt, neben ihr der Komponist Alfvén, ihr zukünftiger Mann. »Sie ist gleichsam von vorneherein an ihn verloren«, sagte Per und näherte seine Hand dem Bild, als wollte er das ferne Gesicht streicheln, das ins Feuer starrt.

Die übrige Gesellschaft machte sich zu den Autos auf,

aber Per blieb stehen. Er sprach von den Einzelgängerinnen jener Zeit, ihrer Einsamkeit, ihrer Wildheit und ihrem unnachgiebigen Willen auszubrechen. Ibsens Frauen, die in die Ungewissheit hinausgingen wie Nora oder ins Dunkel wie Hedda, die sich eine Kugel in den Kopf schoss. Ingeborg Stuckenberg, die mit dem Gärtner nach Neuseeland durchbrannte und ihren Dichter und ihre Kinder zu Hause zurückließ. Und am Ende ins tiefste Elend stürzte und Heddas Ausweg wählte. Der Gärtner hatte ja für eine Rückfahrkarte gesorgt, allerdings nur für sich selbst. Ada war nicht ganz klar, worauf er mit seinen Geschichten hinauswollte. Sie fürchtete, und hoffte gleichzeitig, er werde sie wieder über Martha Grubbe ausfragen, schließlich sagte sie, dass die Autos warteten. »Ah, ja?« entgegnete er mit einem sonderbaren Lächeln.

Als sie zum Hotel zurückgekommen waren, quengelte Berthe unaufhörlich, sie wolle zum Strand, bis ihre Großmutter endlich nachgab. Ada saß am Fenster und sah sie mit ihren Badeanzügen über die Dünenreihe stapfen. Sie schlug ihr Schreibheft auf und schraubte den Deckel des Füllfederhalters ab, aber es ging nicht. Die Worte blieben in dem schwarzen, dickbäuchigen Füller stecken, sie wollten nicht heraus. Das Gespräch mit Per hatte so viel in Bewegung gesetzt, aber mit einem Mal konnte sie nichts anderes sehen als die Beweglichkeit selbst, eine Unruhe wie auf der Wasseroberfläche über der äußersten Spitze der Sandbank am Grenen. Alles, was sie sehen konnte, waren sein abwartendes Lächeln und seine Augen, die sich gewissermaßen von einer Stelle in ihrem Kopf auf sie zu richten schienen.

Am Abend kleidete sich Ada nicht zur Nacht aus wie sonst. Sie saß an dem kleinen Tisch am Fenster und betrachtete den letzten Schimmer am Himmel, bis sie hörte, dass Berthe schlief. Dann schlich sie sich mit den Schuhen in der Hand auf den Flur und schloss behutsam die Tür. Berthe hatte in der Regel einen tiefen Schlaf, es machte keinen Unterschied, ob sie da war oder nicht. Sie ging ins Kaminzimmer hinunter, aber dort saß nur ein fremdes Gästepaar und las Zeitung. Per und seine Freunde waren nicht zu sehen. Ganz betreten wollte sie gerade wieder hochgehen, als sie draußen Birgits Lachen hörte. Sie ging um das Hotel herum und fand sie auf dem offenen Stück, wo der Hohlweg endete. Birgit und Peter spielten Federball. Per hatte sich ins Gras gelegt und schaute mit einer Zigarette zwischen den Lippen zu. Typisch für sie, in der Dämmerung Federball zu spielen, aber eigentlich wusste sie nicht, warum.

Per lachte, als er sie entdeckte, die beiden Verlobten winkten nur kurz und spielten weiter. Er fragte, ob sie Lust auf einen Spaziergang zum Strand hinunter habe. Als sie durch den Strandhafer gingen, kam ihr in den Sinn, dass sie denselben Pfad folgten, den ihre Mutter und Berthe vor ein paar Stunden genommen hatten. Gleich würde man sie vom Hotel aus nicht mehr sehen können. Sie gingen ein Stück, ohne etwas zu sagen. Die Kühnheit seines Vorschlags und ihr ebenso kühnes Ja hatten sie offenbar stumm gemacht. Die Dünen waren jetzt nur noch dunkle Schatten, aber sie konnten einander deutlich erkennen, der Sand glomm weiß unter ihnen, und die Schaumkronen der Wellen leuchteten beinahe von selber vor der dunklen wechselhaften Szenerie da draußen.

Er bot ihr eine Zigarette an, sie lehnte dankend ab. Er beugte sich wegen des Windes vor und schirmte die Flamme mit der Hand ab, bis er endlich Erfolg hatte. Als das Feuer aufflammte, runzelte er kurz die Stirn, sein schmales Gesicht wirkte noch schmaler, als er den Rauch einsog. Sie gingen am Strand entlang. Er fragte, wie gut sie Martha Grubbe kenne. Lese sie alles, was ihre Freundin schrieb? Sie antwortete, sie lese die Gedichte erst, wenn sie veröffentlicht seien. Martha gehöre nicht zu denen, die sich anderen anvertrauten, sagte sie, und sie spreche nicht gern über ihre Schreibereien. Es seien mehr als Schreibereien, sagte Per. Sei sie sich darüber nicht im Klaren? Ada wusste nicht, ob er sie oder Martha damit meinte.

Vor allem eines der neuen Gedichte, über die Töne der Fledermaus, hätte sich ihm eingeprägt, sagte er und rezitierte die ersten Verse. Absolut fehlerfrei, dachte sie mit einem unbekannten, jubelnden Gefühl, aber dann stockte er, und sie soufflierte. Er lächelte. Das kenne sie also? Ada sah ihn verständnislos an. Na ja, es sei doch eins von den unveröffentlichten. Er habe sich mit Thorkild gestritten, als er das Manuskript ihrer Freundin lesen durfte, aber Thorkild sei der Meinung gewesen, es passe nicht zu den anderen. Er blieb stehen und sah sie an. Natürlich seien sie Freunde, Bjørnvig und Per Weincke. Da ging ihr langsam auf, was für einen Bock sie geschossen hatte.

»Warum?«, fragte er und lächelte. »Warum Martha und nicht Ada?« Möge ihr Mann nicht, dass sie schreibe? Sie zuckte mit den Schultern und setzte sich. Der Sand war kalt. Er setzte sich dicht neben sie. Nein, er werde schon nichts mehr sagen. Aber sie saß doch da und fror! Er nahm seinen Pullover von den Schultern und legte ihn wie einen Mantel um sie. Er war schwer, es fühlte sich sehr gut an. Er sah sie ganz ungeniert an, als gehörte sie einem unbekannten Stamm an und wäre eben dem Dschungel entsprungen.

Sie fragte, ob er Birgit und Peter schon lange kenne. Er sagte, sie seien seine Familie geworden. Sie hätten ihn gerettet. Wovor, fragte sie. »Vor mir selber«, antwortete Per. Er hatte nichts dagegen, ihr alles zu erzählen, ganz im Gegenteil, vergaß aber, sich zu fragen, ob sie seine Geschichte überhaupt hören wollte. Sie handelte von einer Schauspielerin, nie zuvor habe er etwas Vergleichbares für jemanden empfunden. Sie seien wie Zwillinge gewesen, ja, in geistiger Hinsicht, aber sein Himmel habe sich als Hölle entpuppt.

Er wusste, es gab da noch andere, hatte es aber nie mit eigenen Augen gesehen. Abend für Abend habe er am Bühneneingang gewartet, manchmal hätten sie sich gestritten, an anderen Tagen sei sie einfach an ihm vorbeigegangen. Tage später konnte sie dann wieder voll Zärtlichkeit bei ihm auftauchen. Das Verhältnis hätte ihn nahezu zerrissen, und schließlich habe sie Schluss gemacht. Es waren Birgit und Peter, die ihn aufsammelten und zwangen, nach Italien mitzukommen.

Ada fragte vorsichtig, wie es ihm jetzt gehe. »Besser«, antwortete er und glich einem Rekonvaleszenten, unschuldig und würdig zugleich. Er fragte, ob sie vielleicht vorhabe, ihre Gedichte als Buch herauszugeben. Es sei dafür eine große Aufgeschlossenheit vorhanden. Sie bedankte sich. Auf dem Rückweg war ihr Gespräch ein wenig matt. Als sie sich dem Hotel näherten, sagte er, als wäre es ihm rein zufällig eingefallen, dass Birgit, Peter und er am nächsten Tag abreisen würden. Im Gebäude war es dunkel, nur im ersten Stock brannte eine Treppenbeleuchtung. Sie blieben stehen, um sich Gute Nacht zu sagen. Es sei wunderbar gewesen, sie kennengelernt zu haben, und wie gesagt werde er selbstverständlich nichts ...

Er legte den Finger auf seinen Mund und sah ihr in die Augen. Dann streckte er die Hand aus und streichelte ihr die Wange. Er fragte, ob er sie küssen dürfe, und bevor sie antworten konnte, hatte er es schon getan. Sie standen in der Tür zum dunklen Kaminzimmer, und sie hatte noch gar nicht begriffen, wie ihr geschah, da war er schon über ihr. Sie war so verblüfft, dass sie anfangs nicht einmal Widerstand leistete, sie war wie gelähmt und konnte erst wieder reagieren, als er mit rüder Hand anfing, ihre Brust zu kneten. Es tat weh, und sie stieß ihn ruckartig von sich und rammte ihm ihren Ellbogen in den Magen. Er blieb im Finstern stehen, während sie die Treppe hinauflief.

Zwei Tage später kam Erik. Als er sich bückte, um Berthes kleine, auf ihn zustürmende Gestalt aufzufangen und hochzuheben und durch die Luft zu wirbeln, wusste Ada plötzlich nicht mehr, was in ihrer Ehe eigentlich schiefgelaufen sein sollte. Zum ersten Mal seit Jahren schlich sie sich in der Nacht zu ihm. Erst dachte er, sie sei ein Gast, der sich in der Tür geirrt hatte. Sie mussten darüber lachen, als sie sich an ihn schmiegte. Per Weinckes theatralische Leiden und seinen lüsternen Angriff auf ihren Busen hatte sie nahezu vergessen. Sie hoffte nur, er werde sein Versprechen Martha Grubbe gegenüber halten.

Vormittags, wenn Erik, Berthe und ihre Mutter am Strand waren, setzte sie sich für eine Stunde hin und schrieb, während die Dünen und die kleinen weißen Wolken hinter der wehenden Gardine verschwanden und wieder zum Vorschein kamen. Sie glaubten, sie schlafe lange, aber als Untreue empfand sie es nicht. Martha Grubbe war einfach nicht dafür geschaffen, mit jemandem zu sprechen oder ihnen in die Augen zu schauen. Kurz vor Ende der Ferien bekam sie einen Brief aus Kopenhagen. Pers klobige Handschrift überraschte sie. Er sei verzweifelt und bitte sie um Vergebung und so weiter. Er empfinde wirklich größte Achtung und Bewunderung, und wenn sie irgendwann einmal in die Stadt kommen sollte ... Sie zerriss den Brief, ohne ihn zu Ende gelesen zu haben, und konnte sich gerade noch der Fetzen entledigen, bevor Erik und ihre Mutter zum Frühstück herunterkamen.

Mitte Oktober fragte Erik, ob sie ihn nach Kopenhagen begleiten wolle. Eine Gesellschaft, in deren Aufsichtsrat er saß, hatte zur Hauptversammlung geladen. Eigentlich hatte Ada keine Lust wegzufahren. Das Wetter war wunderschön, die Bäume standen in flammenden Farben, und sie genoss es, in den Garten zu gehen und den erdigen Duft des Herbstes einzuatmen. Aber dann ließ sie sich doch überreden. Erik schien sehr daran gelegen, sie ihrem Alltag zu entreißen, außerdem gab es eine Uraufführung, die sie gern erleben wollte.

Zum ersten Mal seit einem Monat dachte sie wieder an Per Weincke. Obwohl sie seinen Brief weggeworfen hatte, erinnerte sie sich noch an seine Adresse in der Admiralgade hinter der Nikolaj Kirche. Der Kongens Nytorv lag nur ein paar Minuten entfernt, aber Kopenhagen war eine große Stadt, es war ziemlich unwahrscheinlich, dass sich ihre Wege unglücklicherweise kreuzen würden. Sie hatte ihm wirklich nicht einen Gedanken geschenkt. Er hatte sie enttäuscht, aber hinterher dachte sie, dass sie vielleicht auch zu naiv gewesen war. Warum sollte er ehrenhafter sein als andere, nur weil er schöne Gedichte schrieb? Das Erlebnis hatte sie realistischer gemacht, fand sie, und sie gelehrt, den ehrlichen, beflissenen, fürsorglichen Mann zu schätzen, mit dem sie das Glück hatte, verheiratet zu sein. Weder Per Weinckes noch Martha Grubbes Gedichte waren im handfesten Alltag heimisch, es war einfach besser, Leben und Lyrik voneinander zu trennen.

Sie hielt Eriks Hand, als sie im Taxi vom Hauptbahnhof durch Nygade und Vimmelskaftet fuhren. Der Anblick der vielen Menschen erregte sie geradezu, kreuz und quer liefen die Leute in der Herbstsonne durcheinander und an Schildern, Markisen und dunklen Schaufenstern vorbei, in denen sich alles verdoppelte. Sie musste daran denken, dass irgendwo in dieser Menge womöglich Per Weincke herumspazierte, während sie in einer Droschke ins *Angleterre* kutschiert wurde.

Er wusste nicht, dass sie hier war, und sie konnte nicht ahnen, wo er sich befand, es sei denn, er saß in der Admiralgade und schrieb, während sich eine Zigarette zwischen seinen Fingern selbst aufrauchte. Es war dasselbe Nachmittagslicht, das zu ihnen hereinfiel, zerlegt vom Wirrwarr der Stadt. Sie musste an ihre Kindheit denken, als sie gebannt von der Vorstellung, dass nur sie den Überblick hatte, ihr Puppenhaus betrachtete. Puppenvater und Puppenmutter zum Beispiel saßen mit ihren steifen Beinen in den Wohnzimmersesseln und konnten die Puppe Lise eine Etage höher nicht sehen, und umgekehrt war es genauso. Nur Ada sah sie zur selben Zeit in ihren jeweiligen Zimmern, aber das war auch ein Spiel, ebenso wie ihr flüchtiger Gedanke an Per Weincke. Sie konnte ihn nur nicht vertreiben. Er hatte sich festgesetzt wie eine Klette am Rock, wenn man durch den Garten geht. Vor Angst, der dumme Gedanke könnte ihr den schönen Aufenthalt verderben, bereute sie fast, nicht zu Hause geblieben zu sein.

Sie gingen ins Theater und speisten im *À Porta,* und beim Dessert fiel ihr ein, dass sie den ganzen Abend nicht an Per Weincke gedacht hatte. Wenn das kein Zeichen dafür war, dass er wirklich nur ein vorübergehender, überwiegend unangenehmer Gedanke war! Aber warum tauchte er jetzt schon wieder auf? Sie fragte sich, ob er sie wohl vergessen hatte oder ob sie nach wie vor in seinem Bewusstsein war, als Erinnerung an ein Gesicht in einer Sommernacht. Er hatte etwas mitgenommen, nicht nur ihr Geheimnis, und sie würde es nie zurückbekommen. Dafür würde die Spur eines Schattens von ihr Teil seiner Welt bleiben, ein kleiner heimlicher Teil, falls er die verheiratete Frau, an deren Brust er herumgezerrt hatte, nicht gänzlich verdrängt haben sollte.

Ada schüttelte den Kopf, um den albern im Kreis tanzenden Gedanken eine neue Richtung zu geben. Erik fragte, ob sie müde sei. Sie nickte, und als er ihr Lächeln erwiderte, war es wie all die Abende, an denen sie um Entschuldigung bat, wenn er hereinkam und sich zu ihr auf die Bettkante setzte. Dann blieb er immer noch ein wenig bei ihr und strich fromm über die Decke, unter der er ihre Beine fühlen konnte, als wollte er eigentlich auch nur Gute Nacht sagen. Er hatte den gleichen Ausdruck im Gesicht wie jetzt. Alles in Ordnung, er verstehe schon. Die überraschende Blüte des Sommers war wieder welk geworden, sie hatten sie nicht bis nach Hjørring hinüberretten können. Das war vielleicht auch natürlich, ganz jung waren sie ja auch nicht mehr, aber zumindest wussten sie nun, dass es überhaupt noch möglich war, selbst nach so langer Zeit. Es herrschte auch nicht mehr ein solches Schweigen zwischen ihnen, nur Stille, und die Musik gab es auch noch. Sie hatten wieder angefangen, ein bisschen zu spielen. Sie tat es in erster Linie für ihn und damit sie etwas Gemeinsames hatten. Sie konnte ja nicht die Ohren davor verschließen, wie grauenvoll ihr Spiel mittlerweile klang.

Erik war schon gegangen, als sie aufwachte. Sie blieb noch ein wenig liegen und lauschte den Geräuschen der Stadt. Sie war dreißig Jahre alt. Das fiel ihr ein wie die Feststellung, es sei Dienstag. Sie hatte den ganzen Sommer nicht daran gedacht. Ein Wagen mit dem Frühstück stand für sie bereit, sie hob den versilberten Deckel. Omelett. Er wusste, was er bestellen sollte. Sie ging zum Fenster und sah auf den Kongens Nytorv hinunter. Eine Frau von dreißig. Sie sah Autos und Menschen vorüberziehen, Straßenbahnen mit abstehenden Stromabnehmern und undeutlichen Gesichtern hinter den Scheiben. Der Wind wirbelte das welke Laub des Baumrunds in verirrten Schwärmen über den Platz, sie zerstoben und landeten auf dem Pflaster vor dem Gitter, welches das Reiterdenkmal umgab.

Es würde nie anders sein. So würden die Blätter in jedem Herbst fallen, während sie vierzig, fünfzig und siebzig wurde. Eine trockene Feststellung, nichts weiter. Nichts darin, in das man tiefer vordringen könnte, nur Echos ihrer Wirklichkeit. Aber Adas Augen würden dieselben sein. Augen, die sich Jahr für Jahr die Regelmäßigkeit des Herbstes notieren würden, ohne Rücksicht darauf, was sie sonst dachte und fühlte, unabhängig von ihrem Körper, der sich mit der Zeit krümmen und zusammensinken würde. Aber auch unabhängig von seinen sich steigernden Möglichkeiten, seiner relativen Jugend, Offenheit und Bereitschaft. Darüber würde sie sicher etwas schreiben können. Vielleicht könnte ein kleines Buch daraus entstehen. Martha Grubbe würde Lob ernten. Wieder würde man fragen, wer sich hinter diesem Namen verbarg.

Ada ging nicht in den Kunstverein, was sie eigentlich vorgehabt hatte. Sie machte auch keinen Einkaufsbummel. Sie blieb hinter der durchsichtigen Gardine mit Blick auf den Kongens Nytorv sitzen. Sie fragte sich, wie oft sie eigentlich hatte sagen können, dass sie voll und ganz anwesend war, genau hier und jetzt und keine Sekunde früher oder später, keinen Meter daneben. Während sie sich die Frage stellte, wurde ihr bewusst, dass es in diesem seltenen Augenblick offenbar der Fall war.

Sie nahm ein Bad, zog sich an, ging die Østergade entlang und bog nach links zum Nikolaj Plads mit der übergroßen Kirche, die mit ihren breitschultrigen Streben die Häuser gleichsam wegzudrücken schien. Aber wie hatte sie sich das eigentlich vorgestellt? Sie konnte doch nicht einfach unangemeldet auf der Bildfläche erscheinen, erst recht nicht, nachdem er sie angegrapscht hatte. Würde das nicht heißen, alles wäre vergeben und vergessen? Schönen Tag auch, Herr Weincke, hier ist meine andere Titte, haben Sie nicht Lust, daran auch noch ein bisschen herumzuzerren? Sie ging zu A. Fonnesbech hinein, fand im Untergeschoss eine Telefonkabine und suchte seinen Namen im Telefonbuch. Er war zu Hause. Es ermutigte sie, dass er so kleinlaut klang.

Er erwartete sie an der Tür, als sie die vielen Treppen hinaufgestiegen war. Die Wände waren bis zu den Schrägen mit Büchern bedeckt, und aus dem Dachfenster über seinem Schreibtisch sah man direkt auf das grün angelaufene Kupfer der Kirchturmspitze. In der Stube mit der niedrigen Decke wirkte er noch größer, und er war so verlegen, dass er in seinen eigenen vier Wänden nicht wusste, wohin mit sich. Er flüchtete in die klitzekleine Küche, sie setzte sich auf ein Sofa mit Kelimkissen. Sie ließ ihren Blick über Buchrücken und Gipsabgüsse griechischer Köpfe schweifen. Der Schreibtisch war überraschend ordentlich. Sie hatte gedacht, er sei vielleicht übersät mit Manuskripten und Notizbüchern, aber da stand nur eine große Schreibmaschine mit einem blank schimmernden Hebel. Auf ihr hatte er die Gedichtsammlungen geschrieben, die sie in Hjørring mit dem Gefühl, erkannt zu werden, gelesen hatte.

Die Tür zum Schlafzimmer stand einen Spaltbreit offen, sie beugte sich vor, um hineinschauen zu können. An der weißen Wand war mit Reißzwecken ein Klee-Plakat befestigt. Sie lehnte sich wieder zurück, als er hereinkam und Tassen, ein Milchkännchen und die Zuckerschale hinstellte. Das Schweigen, während er, übertrieben zeremoniell, Tee einschenkte und sich endlich ihr gegenüber auf einem marokkanischen Lederpuff niederließ – das Schweigen wurde beinahe peinlich. Seine langen Beine ragten mit grashüpferartigem Knick an beiden Seiten der Tasse, die er zierlich umfasste, in die Höhe.

Er sah sie an. Seine Nervosität hatte sie ganz die eigene vergessen lassen, aber nun, da er ruhiger wurde, wurde ihr wieder mulmig. Er habe nicht geglaubt, dass er sie noch einmal wiedersehen würde. Habe sie auch nicht, sagte sie. Er lächelte. Er sei damals immer noch nicht er selber gewesen, sagte er. Ada vermutete, dass er dabei an die Schauspielerin dachte, aber so hatte sie ihn nicht in Erinnerung. Sondern lachend und braun gebrannt in seinem weißen Tennishemd mit einer flapsigen Zigarette im Mundwinkel. Er sei sehr unglücklich gewesen, dass sie dafür hatte herhalten müssen. Sie sagte, es sei schon in Ordnung, aber es klang ein wenig zu beiläufig, als wäre er ihr lediglich in der Straßenbahn auf die Zehen getreten.

Sie schwiegen ein wenig. Könne sie weiterhin schreiben? Es ärgerte sie, dass er nach ihren Gedichten griff, weil ihm nichts Besseres einfiel. Sie solle bald eine Sammlung herausgeben. Sie antwortete, für ein Buch habe sie nicht genug. »Das kommt noch zusammen«, sagte er lächelnd. »Halt, bleib mal so sitzen!« Er streckte den Arm zum Regal aus und hielt plötzlich einen Fotoapparat hoch. »Das Licht gerade ist fantastisch, aber du darfst dich nicht bewegen. Ich brauche eine ziemlich lange Belichtungszeit.« Sie dachte, er hätte ruhig fragen können, blieb aber sitzen, ohne auch nur mit der Wimper zu zucken. Ihr Gesicht habe etwas Archaisches, sagte er. Es überraschte sie, wie geschickt er im Einstellen und Auslösen war. Er ließ den Apparat in seinen Schoß sinken. »Das war Martha Grubbe«, sagte er. »Eben war sie da.«

Er sagte, er habe an sie gedacht. Sie erwiderte seinen Kuss, weil sie ihn doch nicht vor seinem eigenen Sofa knien lassen konnte. Es war, als folgte man einem im Voraus geschriebenen Manuskript. Seine Kelimkissen kratzten und rochen nach Tabak, aber diesmal waren seine Hände so schüchtern, dass sie ihnen auf die Sprünge helfen musste.

Sie fuhr mit Erik wieder nach Hjørring. Per und sie schrieben sich Briefe. Er schrieb ihr von den großen Sinfonien, von dem großen Leben mit seiner Spannweite. Er verglich sie mit Wildgänsen und beschrieb das Rauschen ihres gemeinsamen Flügelschlags. Heute ist es komisch, daran zu denken, aber damals lächelte sie nicht darüber. Zwei, drei Wochen vor Weihnachten verließ sie wie gewöhnlich mit Berthe an der Hand das Haus, aber wenn ihnen jemand aus dem Fenster hinterhergesehen hätte, hätte er sich gewundert, dass Frau Hvidbjerg einen so großen Koffer in der andern Hand hielt und dass sie mit der Tochter einen anderen Weg als sonst einschlug.

Berthe wunderte sich auch. Ada hatte nicht überlegt, was sie ihr sagen sollte, weil sie so mit dem Brief beschäftigt gewesen war, der jetzt an der Schreibtischlampe in Eriks Arbeitszimmer lehnte. Sie erzählte Berthe, sie würden einen hübschen Ausflug nach Kopenhagen machen, um den Weihnachtsmann im *Magasin du Nord* zu sehen. Berthe fragte, ob Vater nicht mitkomme. Ada antwortete, Vater komme später. Was sollte man einem Kind sonst sagen?

Während sie im Zug saß und mit Berthes Kopf in ihrem Schoß auf die winterliche Landschaft draußen schaute, ging sie in Gedanken Pers Briefe durch und ihre eigenen, die sie an ihn geschickt hatte. Das war etwas anderes gewesen, als Gedichte zu schreiben. Jedes Mal, wenn sie den Stift aufs

Papier senkte, um ein Wort zu formen, war es ihr vorgekommen, als öffnete sie einen weiteren Spalt zu der Wahrheit, die sich hinter der Lüge verbarg, wer sie war.

Keiner sagt ein Wort. Ingrid versucht, sich selbst zu sehen, wie sie hier neben Berthe und Ada sitzt. Es ist ein Bild, die drei Frauen in einem Erker an der Esplanade. Sie hat nicht den Eindruck, drei Generationen zu sehen, eher drei Stadien des Alters, des langsamen Abblendens, der Ohnmacht. Verglichen mit ihrer Mutter und ihrer Großmutter ist sie zwar noch jung, aber das Stadium, in dem die leere Offenheit der Möglichkeiten am größten und vielversprechendsten war, hat sie hinter sich. Die Möglichkeiten, in die Welt zu gehen und dauerhafte Bande zu knüpfen. Es ist nur noch die Leere übrig, die Stille im winterlichen Licht, in dem die drei Silhouetten hier sitzen, zwei aufrecht, die dritte ein wenig zusammengesunken über dem gedämpften Schimmer eines verchromten Rollstuhlrads. Man sollte eine Lampe anschalten, gleich wird es eine von ihnen tun, aber zunächst sitzen sie noch ein wenig da. Es hätte nicht so kommen müssen, aber so ist es gekommen, die Karten sind gespielt. Einiges haben sie sich selbst zuzuschreiben, auf anderes hätten sie auf keinen Fall Einfluss nehmen können.

Die Wahrheit hinter der Lüge, wer man war? Ingrid weiß beinahe gar nicht, was eigentlich was ist. Vielleicht lösen die Wahrheiten sich einfach ab. Vielleicht sind sie nur wahr, solange es andauert. Und dann gibt es die Lügen hinter der Wahrheit oder schlicht das Verschweigen, all dies ist nicht auf dem Bild. Sie meint zu wissen, was Berthe gedacht haben muss, als Ada von ihrer Liebe und ihrer Rebellion erzählte. Sie stellt sich vor, was Berthe ihrer Meinung nach vor Augen hat. Andere Sonntage, lang ist's her, in halb leeren Abteilen eines Zuges, der die Stadt verlässt. Die Stahlwaschbecken in der Dämmerung, das Nachtlicht der Schlafsäle.

Berthe hat erzählt, dass sie im Zug zuweilen Schulkameraden traf. Bei ihr klingt es, als wären sie ein kleiner Stamm Ausgestoßener, Uniformierter und Tapferer gewesen. Sie spielten mit bunten Plastikringen, die sie zu Ketten zusammensteckten. Sie hatte Ada gequält, sie solle ihr diese Ringe kaufen, aber natürlich erbarmte sich Per wieder einmal. Eines Sonntags schaffte sie es, ihren ganzen Vorrat zu verlieren, bevor der Zug kam. Völlig verzweifelt schrieb sie nach Hause und bat um neue Ringe, erhielt aber nur Adas berühmte Antwort: »Was mutest Du uns armen Dichtern zu!« Man kann darüber schmunzeln, aber diese dummen Plastikringe wurden trotz allem zu einem Glied in der Erzählung. Alles, was übrig ist. Ein sprechendes Detail mit einem schönen kleinen Tränchen im Augenwinkel. Auch eine Wahrheit, die Lüge ist, allein, weil sie auf Kosten so vieler anderer Begebenheiten überlebt hat. Schon merkwürdig, woran man sich erinnert und was man vergisst.

Ingrid kann nicht entscheiden, ob Ada ihr mit ihrer Geschichte etwas aufgezwungen hat, oder ob diese Geschichte trotz ihrer undurchsichtigen Unschuld die andere Wahrheit ist. Die, welche neben Berthes Version das ganze zusammengesetzte und zweideutige Bild ergibt. Dem nur sie, Ingrid, gerecht werden kann. Und was ist mit ihr selbst? Hat sie genau wie Berthe nur Adas ursprüngliches Schema aus Sehnsucht, Verzweiflung und selbstsüchtiger Unbedachtheit wiederholt?

Ja, ja, denkt Ingrid, wir sind bloß Menschen, urteilt nicht über uns, denn ein jeder hat seine Gründe, aber ist das eine Entschuldigung dafür, dass man sich seinen Kindern gegenüber wie ein Schwein verhält? Enthält die Erklärung nicht schon die stillschweigende Erwartung der Entschuldigung? Und was ist die Entschuldigung wert, wenn sie wie gerufen kommt und nicht wie eine unerwartete Begnadigung? Ist sie dann nicht bloß ein sentimentaler Schmuck für die Eitelkeit des reuigen Sünders? Ein weiteres Glied in der endlosen Kette der Erzählung? Berthe war unerwünscht, Ingrid war es, und auch Jonas. In entscheidenden Augenblicken war auch er unerwünscht. Das ist die Wahrheit hinter den verlogenen Wahrheiten dieser drei Frauen: den verlogenen Wahrheiten über ihre ganze Einsamkeit und ihren trotzigen Widerstand.

Ingrid streckt die Hand aus und macht die chinesische Lampe an. »Schön war das«, sagt Ada. »Möchte noch jemand Tee?« Berthe und Ingrid lehnen dankend ab. »Sag mal«, fragt Ingrid ihre Großmutter, »wann hast du eigentlich entdeckt, dass Per krank war?« Ada schaut sie an. Ihr Blick unter dem schillernden Lidschatten ist ausdruckslos und widerspenstig. »Krank, was willst du damit sagen?« Sie gleicht einem bemoosten Chamäleon, Millionen Jahre alt. »Na ja«, sagt Ingrid, »weißt du nicht mehr, was du uns in Rom erzählt hast, damals an Weihnachten, nachdem Per sich erhängt hatte?«

Berthe steht auf und räumt Tassen und Teller ab. Ingrid legt ihr die Hand auf den Arm. »Willst du nicht noch sitzen bleiben?« Berthe gehorcht. »Oh ja«, sagt Ada reserviert. »Ich weiß noch«, sagt Ingrid, »du hast erzählt, dass du irgendwann herausgefunden hättest, dass Per trank. Dass er, wie soll ich sagen, unausgeglichen war.« Ada räuspert sich. »Er trank sicher nicht mehr als viele andere auch«, sagt sie. »Das war ja nicht ungewöhnlich. Unter Künstlern. Aber man musste nur aus einer Kneipe kommen, dann war man in den Augen der Spießer gleich ein Trinker. Du vergisst, dass es damals keine Cafés wie heute gab. Man musste schon in die Kneipe gehen, um Gleichgesinnte zu treffen.«

Ingrid lächelt und schüttelt den Kopf. »Ich vergesse nichts. Ich denke nur daran, was du selbst erzählt hast. Für mich war es neu, dass Per eindeutig wahnsinnig gewesen sein soll. Dass du lediglich mit ihm zusammengeblieben bist, weil du Angst hattest, er könne sich das Leben nehmen. Und ich weiß noch, dass diese Geschichte auch auf dich einen großen Eindruck gemacht hat, Mutter.«

Berthe schaut auf die Tassen, die sie auf dem Tablett ineinandergestellt hat. »Deine Erinnerung trügt dich, meine Liebe«, sagt Ada. Es könnte auch sein, dass sie mit ihrem Lidschatten und ihrem Lippenstift einer alten Hure gleicht, aber sie lässt sich nichts anmerken. »Ich habe bestimmt gesagt, Per sei sehr empfindsam, vielleicht zu empfindsam für diese Welt, aber wahnsinnig, das ist völlig aus der Luft gegriffen. Bitte denk daran, dass du von dem Mann in meinem Leben sprichst!« Adas unbeeindruckter Blick lässt Ingrid an ihrem eigenen Gedächtnis zweifeln. »Und deine Affären, die du in deinen Erinnerungen beschreibst, was ist mit denen?«, fragt Ingrid und hört schon, dass sie sich bereits auf dem Rückzug befindet.

»Ach die«, sagt Ada und lacht gekünstelt. »Ja, aber, du liebe Zeit, Kind, das ist doch nur ein Buch. Ein Roman mit echten Namen. Was ja einen pikanten Effekt hatte, wie du zugeben musst, außerdem waren die Opfer klug genug, nicht dagegen zu klagen. Wer hätte ihnen denn geglaubt, wenn sie es geleugnet hätten? Abgesehen davon, dass sich die meisten geschmeichelt fühlten, obwohl für ein Weilchen der Haussegen schiefhing. Glaub mir, wir haben uns köstlich amüsiert, Per und ich. Er ist ja wie üblich mein erster Leser und strengster Kritiker gewesen.« Ada rollt eine Winzigkeit zurück, sodass das Licht der Lampe nicht mehr unmittelbar auf ihr Gesicht fällt.

»Das heißt also, du musstest auch nicht seine letzte Gedichtsammlung für ihn zu Ende schreiben, weil er dafür zu alkoholisiert oder zu verrückt war?« Ada schüttelt den Kopf. »Keine Ahnung, wo du das herhast.« Ingrid wendet sich an Berthe. »Und was ist mit dir? Kannst du dich auch nicht daran erinnern, was Ada von Per erzählte, als wir in Trastevere Weihnachten gefeiert haben?« Berthe schaut ihr kurz in die Augen, ehe sie wieder auf ihre Hände guckt, blass wie ein Schulmädchen, das sich lieber nicht einmischen möchte. »Ja, aber, bin ich es vielleicht, die hier langsam wahnsinnig wird?« Ingrid hat die Stimme gehoben. Berthe schaut sie erschrocken an. »Das hat doch keiner gesagt.«

Ingrid schüttelt den Kopf. »Ich verstehe dich nicht, Mutter. Ich kann mich ausgezeichnet daran erinnern, dass du Ada vor Rührung um den Hals gefallen bist, als sie uns anvertraut hat, wie Pers Trunksucht und Wahnsinn ihre Ehe in ein Martyrium verwandelte und sie zwang, dich ins Internat zu schicken! Das war doch die große Wiedervereinigung, und damit sie keine Lüge sein sollte, kam sie am Heiligen Abend. Du hast wirklich ausgesehen, als wäre dir eine Art Frieden geschenkt worden, weil dir endlich ein richtiger Grund serviert wurde, um zu vergeben. Und jetzt war Per also doch nicht schizophren! Das ist er anscheinend nur, wenn Ada erklären soll, warum sie dich weggeschickt hat, aber es hat ja wenig Wert, ihn total meschugge sein zu lassen, wenn der Schöpfungsbericht selber aufs Tapet kommt. Die Geburt einer Dichterin. Adas große, große Einsamkeit und große, große Verliebtheit. Ihr ganzer provinzbürgerlicher, versnobter Künstlertraum von einem symphonischen Leben auf dem Kopenhagener Parnass. Den Mann zu verlassen, weil sie den Drang verspürte, gefickt zu werden, das war natürlich nicht vornehm genug. Eigentlich ein hervorragender Grund, aber dir ist das wohl auch nicht vornehm genug, was, Mutter? Dann lieber irgendein Gefasel von wegen sich selber finden, nicht wahr?«

Ada hat ihren Kopf ein wenig schräg gelegt und hört mit der Andeutung eines vornehm leidenden Lächelns zu. Berthe ergreift die gekrümmte Hand auf der Rollstuhllehne, sie hat Tränen in den Augen. Natürlich sie wieder. »Warum bist du so böse?«, blubbert sie mit erstickter Stimme. Die Frage trifft Ingrid unvorbereitet.

Ja, warum eigentlich? Weil ihr Liebhaber nach bald acht Jahren seine Frau immer noch nicht verlassen will? Weil sie davon im Grunde doch geträumt hat? Weil das die Wahrheit ist hinter all ihren eigenen kleinen Lügen von Freiheit und Unabhängigkeit? Weil sie die entscheidende Prüfung als Erzieherin nicht bestanden hat und der Tatsache ins Auge sehen muss, dass sie jetzt ihre letzte Chance verpasst hat, ihrem Sohn etwas zu bedeuten? Weil sie vorhatte, Berthe und Ada und all der offensichtlich vererbten Gedankenlosigkeit die Schuld zuzuschieben? Weil auch sie ein armes Opfer ist? Weil es so schade, so jammerschade ist, dass sie ihre Aufgabe missverstand und ihr Leben in einer versandeten Sackgasse verteidigte, wo sie sich die Frage stellen muss, was zum Teufel eigentlich geschehen ist?

Ingrid weiß nicht, was sie entgegnen soll. Keiner von ihnen scheint eine Antwort einzufallen. Drei Frauen in einer viel zu großen Wohnung an einem viel zu grauen und stillen Sonntag. Drei Stadien überheblicher, übermütiger Ichbezogenheit. »Danke für den Tee«, sagt Ingrid und erhebt sich. »Gehst du?«, hört sie Ada sagen. Als sie auf die Straße kommt, geht sie nach rechts. Denselben Weg, den sie Freitagabend ging. Sie umrundet die mit Grünspan überzogenen Ochsenleiber des Gefionbrunnens bis nach oben, wo man mit einem einzigen Panoramablick das Kastell, die Langelinie, den Holmen und das Dreikronenfort überblicken kann. Das Wasser ist ruhig und glatt. Spaziergänger sind unterwegs, allein mit Hund oder zu zweit, Arm in Arm. Andere fahren Rad oder laufen in strammen Trainingshosen und mit einem Stirnband, das ihre Haare nach oben schiebt.

Sie folgt dem Pfad zum Pavillon an der Langelinie. Dort findet eine private Feier statt. Als sie unter der Pavillonterrasse stehen bleibt, sieht sie einen Mann, der an einem der runden Tische eine Rede hält. Ein Großvater oder Onkel im dunkelblauen Anzug. Man sieht ihm an, dass er einen heiteren Ton angeschlagen hat. Wahrscheinlich gibt er die eine oder andere Anekdote zum Besten, die zum Anlass des Festes passt, irgendeine Besonderheit, die hilft, den Betreffenden einzuordnen und sympathisch zu finden. Ingrid steht ungefähr dort, wo sie damals Per im Dunkeln stehen zu sehen glaubte, als Ada für ihre wahren oder erdichteten Erinnerungen ausgezeichnet wurde, Erinnerungen an Männer, mit denen sie vielleicht, vielleicht nicht im Bett gewesen war.

Da hängt nichts zusammen, aber Ingrid kann ebenso gut davon ausgehen, dass Ada alles erlogen oder jedenfalls bis zur Unkenntlichkeit verdreht hat. Das Einzige, was sie hat, ist das, woran sie sich zu erinnern glaubt. Nur daran kann sie glauben. War Per schizophren? Ihr bleibt nur die Erinnerung an sein mildes Lächeln und seine einsame Gestalt, die dann verschwunden war, als sie nach draußen kam.

Auf dem Weg durch den Hof bleibt Ingrid stehen und befühlt eine der äußersten Knospen des Feigenbaums. Beruhigend, dass wenigstens irgendetwas planmäßig seinen Gang geht. Als sie in den Aufgang des Hinterhauses kommt, geht in dem Moment das Licht an, als sie die Hand zum Schalter ausstreckt. Sie bereitet sich darauf vor, ein nettes Wort mit ihrem Nachbarn von oben zu wechseln, der anscheinend gerade die Treppe herunterkommt. Von den drei Gestalten, die sich plötzlich vor ihr auf den Stufen aufbauen, kennt sie keinen.

Sie haben kurz geschorenes schwarzes Haar und haben alle drei Sachen an, wie Jonas sie auch trägt. Überdimensionale Kapuzenpullis, komisch ausgebeulte Jeans und kreideweiße Turnschuhe. Sie überlegt, ob sie bloß mit Vorurteilen gegen Immigranten der zweiten Generation vollgestopft ist, aber irgendetwas in ihren Blicken überzeugt sie vom Ernst der Lage. Der wird ihr schlagartig klar, es bedarf keiner weiteren Überlegung. Sie muss hier raus. Als sie sich umdreht, um die Treppe hinunterzulaufen, ist die Tür zum Hof von einem vierten Typen in jugendkrimineller Sportkleidung versperrt. Er ist auch Araber, zur Abwechslung kahl geschoren, und scheint älter als die andern zu sein. Sie muss an ihm vorbeigegangen sein, ohne ihn im Zwielicht unter der Treppe bemerkt zu haben. Er hebt einen Finger an den Mund, wie sie es sonst nur aus Filmen kennt, die sie normalerweise nach einer Weile auszuschalten pflegt.

»Bist du Mutter von Jonas?«, fragt er gedämpft. Sie sollte Nein sagen, geht ihr durch den Kopf. Ihren eigenen Sohn verleugnen. »Der wohnt hier nicht mehr«, sagt sie. Der Rasierte schüttelt nachsichtig den Kopf und lächelt. »Werden sehen«, sagt er und nickt zum Zeichen, dass sie sich gern wieder die Treppe hinaufbewegen dürfe. »Wer seid ihr?«, fragt sie so bestimmt und unbeirrt, wie sie kann. Es gelingt nur halb. Der Glatzkopf stellt sich mit verschränkten Armen vor die Tür zum Hof. Er ist groß und durchtrainiert wie ein Actionheld, aber sie kann nicht erkennen, ob er siebzehn, achtzehn oder zwanzig ist. Um seinen Hals baumelt eine fette Goldkette. »Würden Sie mir bitte Platz machen?«, sagt sie, ohne sehr überzeugt zu klingen. Sie versucht zu lächeln. »Möchten Sie, dass ich um Hilfe rufe?«

Es ist ihr unbegreiflich, wo es herkommt, aber eine Sekunde später hält er ihr ein langes zweischneidiges Messer unter die Nase. »Jetzt gehen wir beide hoch und warten«, sagt er, wedelt mit dem Messer und schaut ihr dabei in die Augen. Sie ist außerstande, seinen Blick zu deuten. Er wirkt leer, sie weiß nur eins: Er ist fähig, ihr das Messer in den Körper zu stoßen, ohne auch nur zu blinzeln.

Eine seltsame Erkenntnis, so nüchtern sie ist. So etwas hat sie bislang noch nicht erlebt, sie ist von Extremsituationen im Allgemeinen verschont worden und ist ganz verwundert, dass alles so real ist. Oder richtiger, dass sie diese Realität so blitzschnell erfasst: dass da nämlich jemand vor ihr steht und mit einem großen spitzen Messer herumfuchtelt. Abgesehen von einem trockenen Mund und unkontrolliert zitternden Beinen funktioniert sie völlig normal. Sie steht nicht kurz vor einer Ohnmacht. Ihr Bewusstsein ist voll da, alle Lämpchen leuchten, und ihre Vernunft verarbeitet mit Hochdruck, was in Gestalt extrem scharfer Reize hereinkommt. Seinen Körpergeruch, die braune Iris seiner Augen, den dunklen Flaum auf seiner Oberlippe.

Angst ist ein rein körperlicher Zustand. Mit dem Kopf ist sie nicht imstande, sich ihren Tod vorzustellen. Es ist nur eine passende realistische Prognose, mit der sie kalkuliert und auf die sie reagiert, indem sie anfängt, die Stufen hinaufzusteigen. In ihrem eigenen Treppenhaus zu verbluten, nein, das kann sie sich nicht im Ernst vorstellen, da es aber eine Möglichkeit ist, wenn auch eine höchst abseitige, hält sie es für das Klügste, sie dann doch ernst zu nehmen. Wie zu jeder anderen Zeit des Tages wandert ihr Bewusstsein in der hochmütigen Überzeugung, mindestens noch hundertfünfzig Jahre vor sich zu haben, in alle Richtungen. Ihr Körper weiß etwas anderes. Das hat er immer getan, aber neu ist, dass er sein Wissen durchsetzt, da ist kein Irrtum möglich. Sie fürchtet zu fallen, derart zittern ihr die Beine, sie muss sich beim Hochsteigen ans Geländer klammern. Ob ihr Nachbar von oben zu Hause ist? Sitzt er mit seiner Zeitung im Sessel?

Die drei brutal guckenden Burschen vor ihrer Wohnungstür sind ungefähr in Jonas' Alter plus/minus zwei Jahre. Zwei sind mit Baseballschlägern bewaffnet. Der dritte ist so schmächtig und hat so große Augen, dass er auch acht sein könnte. Sein Kopf ist mit Mullbinde umwickelt. Den dreien ist die Situation nicht ganz geheuer, anscheinend warten sie ab, was der Ältere mit der Glatze vorhat. Als sie die Schlüssel aus der Tasche zieht und den gezackten Schlitz des Yale-Schlosses zu treffen versucht, zittert ihre Hand wie die eines Fixers auf Entzug. Durch eine plötzliche Eingebung drückt sie die Sperre ins Schloss und öffnet gleichzeitig die Tür.

Beinahe wäre sie über ihre Reisetasche gestolpert, die im Eingang steht, da wo sie sie vor etwa einem halben Leben hingeworfen hat. Der Glatzkopf packt ihren Kragen und reißt ihr den Mantel herunter. Mit einem harten Griff um den Oberarm führt er sie ins Wohnzimmer, wo er den Mantel auf den Boden schmeißt. Der Schmächtige macht die

Lampen an, der Glatzkopf sagt etwas auf Arabisch, und die Lampen werden wieder ausgemacht. Sie hat keine Gardinen, aber ihre Wohnzimmerfenster zeigen in eine Richtung, von wo aus man nicht hineinsehen kann. Das können sie natürlich nicht wissen.

Der schmächtige Junge setzt sich in das »Ei« und wirbelt herum wie jedes andere Kind auch, das in Arne Jacobsens Sessel-Bärenhöhle sitzen darf. Die beiden andern stehen an der Wand und sehen aus wie etwas unbeteiligte Begleiter. Immer wenn der Junge an ihr vorbeiwirbelt, versucht sie seinen Blick aufzufangen. Abdel. Der Name kommt ihr wieder in den Sinn, nachdem sie ihn lange vergessen hat. Sie spricht ihn aus. Er stoppt seine Drehung und schaut sie mit Augen an, die für ein Kind ziemlich ernst sind. »Woher weißt du, wie ich heiße?« Er spricht Dänisch mit den gleichen forcierten Stoßlauten und dem gleichsam rechthaberischen Akzent wie sein großer Bruder oder Vetter oder was immer er sein mag.

»Abdel«, wiederholt sie, »ich möchte dir gerne sagen, wie unglücklich und beschämt ich bin, dass Jonas dir so etwas angetan hat.« Die Glatze kommt mit einem Stuhl aus der Küche und stellt ihn mitten ins Zimmer. »Klappe halten«, sagt er. »Runter mit den Klamotten!« Ungeduldig schnipst er mit einem Finger unter das Messerheft, als wäre es ein Trommelstock. Die werden sie vergewaltigen, das ist klar. Abwechselnd. Abdel und die beiden Gleichaltrigen sehen ganz verschreckt aus bei dem Gedanken. Vielleicht werden sie auch nur zuschauen, während der Glatzkopf drauflosnagelt. Es wird wehtun. »Wird's bald, du Nutte!« Die Glatze tritt näher und hält ihr die Messerspitze vors Gesicht. Sie zieht sich aus und legt ihre Sachen auf den Stuhl, bis sie im Slip dasteht, sie hat die Arme vor der Brust gekreuzt und zittert vor Kälte und Angst. »Alles!« Sie gehorcht, er greift die Sachen mit einer wütenden Bewegung und schleudert sie durch die offene Tür in ihr Arbeitszimmer. Die drei andern kichern.

Dann bricht sie zusammen. Mit den Händen um ihren Hals fällt sie auf die Knie, krampfartige, hohle Laute entweichen gurgelnd ihren Lungen. Die vier Gestalten vor dem Fenster zerfließen in ihren Augen. »Hört auf ... So hört doch endlich auf!«, schluchzt sie mit gelähmtem verzogenen Mund und schnappt nach Luft. Demonstrativ stemmt der Glatzkopf seine Hand in die Seite und beugt sich ein wenig vor, um sie wie eine zoologische Besonderheit aufmerksam zu betrachten. Er sagt etwas zu den andern und lacht. Sie lachen auch, ein klein wenig künstlich. »Setz dich hin«, sagt er. »Oder soll ich sagen: Setz dich auf? Es muss ja wohl heißen ›auf‹, du bist ja schon unten!« Sie bedeckt mit den Händen den Schoß und setzt sich auf den Stuhl. »Du hast gedacht, ich wollte dich vergewaltigen? Guck dich doch mal an, verdammt noch mal! Meinst du, ich hätte Bock, so 'ne alte Kuh wie dich zu ficken? Hast du mal deine Titten gesehen?« Er wendet sich den anderen zu und sagt etwas, was sie wieder zum Lachen bringt.

Einer von ihnen hat ihre Tasche aus dem Flur mitgenommen, er sitzt auf dem Sofa und leert sie nach und nach, während er den Inhalt kommentiert. Das muss wahnsinnig witzig sein, weil sie sich kugeln vor Lachen. Die Glatze macht den Fernseher an. Er schickt Abdel zu den beiden andern hinüber und setzt sich selbst in das »Ei«, während er zappt und sie ständig beobachtet. Sie verhandeln ein bisschen auf Arabisch und einigen sich auf einen Boxkampf auf Eurosport.

Ihr Atem geht jetzt etwas ruhiger, und zum ersten Mal seit mehreren Minuten denkt sie wieder an Jonas. Sie schämt sich, ihn vergessen zu haben. Er ist es, auf den sie aus sind. Gott sei Dank gab es Sven. Gott sei Dank gab es die Ohrfeige, die sie ihm verpasste. Gott sei Dank gab es seine verwöhnte Vernachlässigung. Sie wagt nicht zu wiederholen, dass Jonas nicht mehr hier wohnt. Sie werden ihr nicht glauben oder schlimmer noch, sie werden versuchen, aus ihr herauszukriegen, wo sie ihn finden können, und sie weiß nicht, ob sie standhalten kann. Sie werden ihn töten. Wenn er auftaucht, töten sie ihn, und dann bringen sie sie um, um keine Zeugen zu haben. Keiner wird sie bemerken, wenn sie die Treppe hinunterschleichen und über den Hof und durchs Tor entwischen.

Aber er wird sich schon nicht blicken lassen. Ist er schon auf dem Weg nach Stockholm, oder will er womöglich doch noch Auf Wiedersehen sagen? Hat er vorausgesehen, dass Abdel Verstärkung holen würde? Aber wie hat er es dann gewagt, gestern Morgen zu kommen? Im selben Maße, in dem sie ihre Fragen eifrig mit Gegenfragen demontiert, beginnen ihre Gedanken zu zerfasern, aber es beschwichtigt sie, sie zittert nicht mehr so sehr, und die Demütigung tritt etwas in den Hintergrund. Sie denkt an Ada und Berthe. Sie schielt auf ihre Uhr. Vor weniger als einer Stunde verließ sie sie in der Illusion, eben den dramatischen Höhepunkt des Sonntags erlebt zu haben. Sie hat keinen Schimmer, wie lange die Sache hier dauern wird. Nach einigen Stunden würden sie wahrscheinlich die Nase voll haben, aber was dann? Würde sie trotzdem büßen müssen, und was würden sie mit ihr anstellen?

Abdel ist bestimmt ein netter Junge, wenn er allein ist. Seine schmächtige Gestalt und das knochige Gesicht mit den großen ratlosen Augen machen einen vernachlässigten Eindruck. Er hat Segelohren und ähnelt eher jemandem, dem man ein Eis kaufen möchte, um seine kummervolle Miene ein wenig aufzuhellen. Auf den verhärmten Zügen der beiden andern steht mit unsichtbarer Tinte »Zum Vestre Gefängnis« geschrieben, und der Glatzkopf kommt wahrscheinlich gerade von dort. Sie sieht ihn im Profil, abwechselnd betrachtet er die glänzenden Oberkörper der Boxer und Ingrids gebeugte Gestalt. Erst jetzt bemerkt sie die Tätowierung auf seinem Hals. Sie kann nicht erkennen, was sie darstellt, sie will es auch gar nicht wissen.

Abdel und seine beiden Kameraden haben das Interesse an der nackten Dame auf dem Stuhl verloren. Muskeln und Schläge reizen sie mehr als ihr achtundvierzigjähriger Körper und die Vorstellung, mit ihm machen zu können, was sie wollen. Abdel könnte vielleicht gerettet werden, aber mit den anderen kann man wohl nichts anderes anstellen, als sie wie wilde Tiere einzusperren und ihnen einmal am Tag einen Brocken rohes Fleisch über die Mauer zu werfen. Sie glaubt nicht, dass etwas Gutes in ihnen steckt. Sie haben nichts anderes als Minderwertigkeitskomplexe, eine abgestumpfte Aggressivität und die dösige, reduzierte Auffassungsgabe Minderbegabter. Ihr ist es so was von egal, ob sie zwischen zwei Kulturen gefangen sind. Ihr ist es wurscht, ob sie zwischen einem geschwächten archaischen Familienmuster und den lockenden Angeboten der Moderne an freiem Sex und schnellen Autos hin- und hergerissen sind. Sie hat keinen anderen Wunsch, als sie in Handschellen und für immer aus dem Verkehr gezogen zu sehen. Ab heute wird sie keinem jungen Araber mehr begegnen können, ohne sich zu fragen, wo er das Messer versteckt hat. Sie wird sie alle über einen Kamm scheren, und sie wird es nicht einmal bedauern.

Sie hat keine Ahnung, wie lange so ein Boxkampf dauert oder wie viel Zeit noch bleibt, aber binnen Kurzem wird es dunkel. Der Glatzkopf wird doch sicher bald das Licht anmachen, damit er sie besser unter Kontrolle hat. Nach der Erregung des Publikums und des Reporters zu schließen müssen die beiden Boxer einer Entscheidung immer näher kommen. Eine Glocke wird geschlagen, und sie hat den Eindruck, dass eine Stimme etwas von einer zehnten Runde ruft. Boxt man nicht zehn Runden? Die Jungen sind ganz konzentriert, selbst der Glatzkopf scheint Jonas' Mutter vorübergehend vergessen zu haben. Er hat den Sessel so gedreht, dass Kopf und Schultern in der lederbezogenen Schale verborgen sind. Die Stimmung im Publikum ist aufgewühlt, rund um das leuchtende Quadrat des Rings zucken Blitzlichter auf.

Das ist ihre Chance, vielleicht ihre einzige. Behutsam richtet sie sich auf. Sie merken es nicht. Sie dreht sich um und bückt sich, alles in Zeitlupe, um ihren Mantel aufzuheben. Dann rennt sie los. Viermal berühren ihre Füße den Boden, dann ist sie im Flur, schon hört sie ihre Stimmen und Schritte, sie ergreift die Türklinke und taumelt die Treppe hinunter. Sie weiß nicht, ob sie ihr folgen, und spürt die Kälte nicht, als sie über den Hof, durchs Tor und auf die Straße stürzt.

Im Augenblick sind weder Autos noch Fußgänger auf der Straße. Im Laufen zieht sie den Mantel über, sie rennt zur Kreuzung an der Sølvgade-Schule und biegt um die Ecke. Ihr Auto parkt ein Stückchen die Kronprinsessegade hinauf, in Richtung des Nyboder-Viertels. Normalerweise steckt sie den Schlüssel in die Manteltasche und ja, ja, da ist er, sie schließt auf, sie ist drin, der Motor startet, in einem Ruck wendet sie. Sie weiß immer noch nicht, ob sie hinter ihr her sind, sie hört nichts, wagt aber nicht, zur Sølvgade zurückzufahren. Stattdessen biegt sie einfach in die Fredericiagade und nimmt dann die Store Kongensgade, sie hat keinen blassen Schimmer, wo sie hinfährt.

Es ist nicht sehr angenehm, mit nackten Füßen zu fahren, solche Füße fühlen sich wie ungeschickte Hände an, die Gaspedal und Kupplung umfassen müssen, als wäre sie ein Affe. Es sind vielleicht nicht einmal zwei Minuten vergangen, aber sie erscheinen ihr wie zwanzig. Sie hat den Kongens Nytorv und die angestrahlte Fassade des *Hotels d'Angleterre* erreicht, ehe ihr Kopf wieder zu funktionieren beginnt. Ihr erster Gedanke gilt Arne Jacobsen. Lieber Arne Jacobsen, der du bist im Himmel, der dort sein müsste und sollte, wenn es noch eine Gerechtigkeit gibt, tausendmal Dank, weil du den Begriff Ohrensessel in das Extrem getrieben hast, bei dem sich jeder Orientierungssinn und jede Kontrolle der Umgebung hinter der ledergefütterten Schale des Eis verliert. Danke, danke, danke. Ich verspreche dir, über deine vorhersehbaren Kreisentwürfe und deinen ganzen Pfeife qualmenden Beamtenfunktionalismus nie mehr etwas Böses zu sagen. *I love you, Arne,* ich schwör's!

Auf der Strøget und an der Bushaltestelle vorm *Magasin du Nord* sind Menschen. Alles normal, alles wie es sein soll, nur sie ist außen vor, bekleidet lediglich mit Mantel und Mazda. Nur sie ist nicht, wie es sein soll. Man gehört nirgendwohin, man passt nicht mit ins Bild, wenn man daher kommt, wo sie gerade herkommt. Wo soll sie hinfahren? Zum Halmtorvet natürlich, zur City-Wache. So schließt sich der Kreis. Vielleicht wird sie von demselben gestutzten Schnurrbart erwartet, der sie in Stockholm mit der Nachricht anrief, sie hätten Jonas festgenommen. Sie hat nur keine Lust, ihm gegenüberzusitzen und das Opfer zu geben, jedenfalls nicht, bevor sie geduscht und sich angezogen hat. Sie hat keine Lust auf dünnen Kaffee im Plastikbecher und die tröstende Hand auf der Schulter, die er ihr anbieten könnte, bevor er seinen Bericht schreibt.

Sie will auch keine Freundin mit ihrer Familie erschrecken, die gerade das sonntägliche Abendessen vorbereiten, und ihr ganzes Debakel in ihr warmes, erleuchtetes Heim schleppen. Dasselbe gilt für Georg. Der Gedanke an Rebeccas Mitgefühl reicht völlig, um im Auto zu bleiben und weiter durch die abendliche Stadt zu fahren. Frank ist auch keine Möglichkeit, er wäre es nicht einmal, wenn Lise gesundheitlich auf dem Damm wäre. Er lebt sein ganz eigenes Leben und könnte nicht mit Blaulicht und Sirene ausrücken, ohne Misstrauen zu erregen. Ihr wird bewusst, dass es nur einen Ort gibt, an den sie gehen kann. Nach achtundvierzig Jahren! Wie beschämend, dass sie in all ihrer Emanzipation nicht weitergekommen ist. Nicht weiter weg.

Sie schaut auf die Uhr im Auto. Zehn vor sechs. Die Geschichte hat höchstens eine Stunde gedauert. Die Angst, die Demütigung, die Wut. Am wahrscheinlichsten ist natürlich, dass sie sie nur erschrecken wollten, aber solange es andauerte, konnte sie sich keiner Wahrscheinlichkeitsrechnung hingeben. Sie musste mit dem Schlimmsten rechnen, und nach wie vor spürt sie den Panzer der Einsatzbereitschaft, weil sie ungewohnte Mühe hat, Luft wirklich tief in die Lungen zu ziehen. Sie befindet sich im Schock, sie weiß es und kann es beobachten, obwohl sie genug Energie besitzt, Auto zu fahren wie alle andern auch. Sie muss sich hinlegen, damit die Ruhe Gelegenheit erhält, an einem behüteten Ort wieder einzukehren. Es gibt nur einen solchen Ort. Einerlei wie unangenehm und ausgerechnet heute besonders peinlich sie das findet. Nur kann sie nicht davon ausgehen, dass sich Berthe mittlerweile von ihrer Mutter verabschiedet, die Haltestelle in der Store Kongensgade erreicht und auf den Bus gewartet hat, um in öffentlichem Schneckentempo quer durch die Stadt transportiert zu werden.

Trotzdem fährt sie hin. Von der Stormgade fährt sie um den Tivoli herum und nimmt die Istedgade zum Enghave Plads. Bald ist sie in den schmalen Sträßchen mit den Baugenossenschaftshäusern hinter der Carlsberg Brauerei. Tatsächlich sind Berthes Fenster dunkel. Sie lässt den Motor laufen, dreht die Heizung auf und zieht ihr Handy aus der Tasche, ach, richtig, die Batterie ist ja leer. Sie zerbricht sich den Kopf, ob es in der Wohnung irgendetwas gab, was sie auf Jonas' Spur bringen könnte, aber ein Adressbuch hat sie seit Jahren nicht mehr. Svens Nummer existiert nur auf ihrem Mobiltelefon, und auf dem Rechner können sie nichts anderes finden als seine E-Mail-Adresse. Außerdem wissen sie gar nicht, dass Jonas dort ist. Hauptsache, er bleibt heute Abend bei seinem Großvater.

Sie lehnt sich im Sitz zurück und betrachtet die niedrigen Reihenhäuser mit den erleuchteten Fenstern, wo die Leute einfach leben, im vollen Bewusstsein aller Gefahren und doch ebenso voller Vertrauen, dass schon alles in Ordnung sei. Dass schon alles seinen Gang gehe. Sie denkt an Küche und Wohnzimmer in der Sølvgade, ihr Arbeitszimmer, das Schlafzimmer und Jonas' verlassene Bude, in der höchstens noch ein Verlängerungskabel an der Wand übrig geblieben ist. Sie kann dahin nicht zurück. Der Feigenbaum muss ohne sie ausschlagen. Das ist nicht mehr ihr Zuhause.

An ihren Fußsohlen merkt sie, wie lange sie den Wagen schon nicht mehr gesaugt hat, und plötzlich fällt ihr ein, dass sie schon einmal barfuß gefahren ist. Es war mit Anders in einem Sommer in Tversted, bevor Jonas auf der Welt war. Sie waren abends an den Strand gefahren. Das Autoradio übertrug eine Opernaufführung irgendwo in Europa. Sie lagen im Sand und unterhielten sich, während die *Zauberflöte* durch die offenen Türen des Mietwagens zu ihnen hinausströmte. Damals gab es immer noch so viel zu erzählen. Es war im August, und als die Sonne hinter dem Meer untergegangen war, senkte sich die Dunkelheit schnell herab. Es gab Meeresleuchten, und sie gingen in die Wellen hinaus und freuten sich über die Wolken von Sternennebel, die entstanden, wenn sie ein Bein oder einen Arm durch das dunkle Wasser zogen. Es war ein Gefühl, als schwömmen sie durch die Milchstraße. Sie wussten, dass sie diese Stunde nicht vergessen würden.

Danach fuhr sie zum Haus zurück, zwischen ihren Schenkeln lag seine warme Hand. Sie liebten sich in Adas und Pers altem Bett, hinterher lagen sie nur da und schauten auf die Astlöcher in der Holzdecke. Damals konnte sie nicht ahnen, dass sie später in demselben Bett mit einem Mann schlafen würde, der Frank hieß. Sie wusste nicht, dass sie mit Anders so lange zusammenbleiben und dass sie so sehr daran glauben würde, dass ein Kind daraus entstehen würde. Ein ernster, kleiner Jonas mit Augen wie Astlöchern und einem Lächeln, das alles bedeuten konnte.

Es ist halb elf. Sie ist unter der Dusche gewesen. Sie hat eine lange Nachricht auf Jonas' Anrufbeantworter hinterlassen und mit Sven gesprochen. Sie hat sich in Berthes Bademantel gewickelt und ihre Tomatensuppe gegessen und ihren Burgunder getrunken. Sie hat in Berthes Arm geweint und sich wieder zusammengerissen. Sie hat sich in einem Fotoalbum Porträts angesehen und nach fünf kahl geschorenen jungen Männern mit Migrationshintergrund ohne Zögern auf den Messerhelden gezeigt. Er erwies sich als Abdels großer Bruder. Die Polizei war gekommen, als sie am Tisch des kleinen Wohnzimmers mit all den Büchern und den alten Möbeln saßen, die sie so gut kannte. Zwei junge Burschen mit jütländischem Dialekt, die ihr mit taktvollem Mitgefühl zuhörten. Während sie ihre Aussage aufnahmen, fuhr ein anderer Funkwagen in der Sølvgade vorbei. Ihre Wohnungstür stand offen, aber es war nichts zerstört, es gab auch keinerlei Anzeichen, dass jemand da gewesen war. Sie schlugen vor, einen Türschlosser zu holen, um das Schloss zu wechseln und neue Schlüssel zu machen. Sie boten ihr auch an, ihr einige Kleidungsstücke aus ihrer Wohnung zu bringen und sie dann nach Hause zu fahren. Sie sagte zu allem Ja danke.

Während sie wartete, saß sie auf Berthes Sofa, die ihr über den Rücken und das Haar strich. Manchmal sprachen sie, manchmal waren sie einfach stumm. Berthe sagte ständig, sie solle aufhören, sich Vorwürfe zu machen, und Ingrid widersprach ihr nicht. Sie fragte, wie es denn noch bei Ada gewesen sei. »Mutter ist alt«, sagte Berthe und tätschelte ihr die Hand. Irgendwann rief Georg an. »Sie sitzt hier neben mir«, sagte Berthe. Er habe mehrmals versucht, Ingrid im Laufe des Wochenendes anzurufen. Berthe berichtete, was geschehen war. Sie ließ den Hörer sinken und fragte Ingrid, ob sie mit ihm sprechen wolle. Ingrid antwortete, sie werde ihn in den nächsten Tagen anrufen. Das wird sie tun. An einem der nächsten Tage ruft sie ihn an.

Der eine der Beamten kam vor einer Stunde wieder und brachte ihr ihre Reisetasche mit den Dingen, um die sie gebeten hatte. Als sie sich angezogen hatte, erzählte er, dass sie Abdel und seiner Familie einen Besuch abgestattet hätten. Sie hätten auch seine beiden Kumpel ausfindig gemacht, aber die seien ja minderjährig, da sei also nicht viel zu machen, außer die Sozialbehörden zu unterrichten. Mit Abdels älterem Bruder sei es etwas anderes, er sei ein alter Bekannter. Sie wüssten, wo sie ihn suchen müssten, er werde dem Haftrichter vorgeführt. So etwas führe üblicherweise zu U-Haft, und mit seinem Strafregister werde er sicher für einige Monate im Vestre landen. Ingrid fragte, ob sie mit seinem Besuch rechnen müsse, wenn er wieder rauskomme. Der Beamte lächelte, sie solle sich keine Sorgen machen. Ingrid konnte nicht heraushören, ob er es nur zu ihrer Beruhigung sagte.

Er fragte, ob sie fertig sei. Berthe bot ihr an, sie zu begleiten und bei ihr zu übernachten. Sie sagte, sie wolle einfach nur gern nach Hause. Selbstverständlich ist es ihr Zuhause. Wo sollte es denn sonst sein? Sie bestand darauf, in ihrem eigenen Wagen zu fahren. Der Beamte folgte ihr im Funkwagen. Er ging mit hoch und überreichte ihr die neuen Schlüssel und fragte, ob er sonst noch etwas für sie tun könne. Sie bedankte sich und bat ihn, seinen Kollegen zu grüßen.

Sie steht am Küchenfenster und sieht ihm zu, wie er den Hof überquert. Er geht am Feigenbaum vorbei aus dem Tor. Einen Moment später hört sie, wie es zufällt. Sie geht von einem Raum zum andern und schaltet überall das Licht an. Nachdem sie aufgeräumt hat, tut sie einen Tropfen Sulfo in eine Schale mit warmem Wasser und macht sich daran, alles abzuwischen. Dann saugt sie Staub, danach wischt sie die Böden. Als sie den letzten Eimer graubraunen Wassers in die Küchenspüle geschüttet und den Aufnehmer ausgewrungen und über den Eimer gehängt hat, ist es vier Minuten vor zwölf. Sie bleibt ein wenig stehen und atmet den Duft nach Seife und feuchten Kieferdielen ein. Alles sieht aus wie immer. Sie geht herum und öffnet alle Fenster. Ihr Blick fällt auf das Mobiltelefon, das sie auf den niedrigen Tisch neben dem Sofa gelegt hat. Sie findet das Ladegerät, steckt es ein und schaltet das Handy an.

Sie hat drei Nachrichten. Die erste wurde um 14.43 Uhr empfangen. Zu der Zeit war sie mit Ada in Hjørring gewesen, oder waren sie schon in Kandestederne? Hatte Ada schon herausgefunden, wer im Kaminzimmer des Hotels gesessen und ihre Gedichte gelesen hatte? Die Nachricht ist von Georg. Er will nur sagen, dass es ihm leidtue, was er Freitag gesagt habe, und dass er in letzter Zeit ziemlich unter Strom gestanden habe. Sie müssten mal miteinander reden. Er freue sich darauf. Sie solle auf sich aufpassen, und bis bald.

Die nächste Nachricht kam um 17.11 Uhr. Es ist Peter. Peter Vissing. Während er zu ihr spricht, sitzt sie mitten in ihrem Wohnzimmer nackt auf einem Stuhl. Vor ihr steht ein junger Mann mit rasiertem Schädel und tätowiertem Hals und zeigt mit einem spitzen Messer auf einen Punkt zwischen ihrem Kinn und ihrem Schlüsselbein. Peter Vissing will sich für das nette Gespräch im Zug bedanken. Es sei schön gewesen, richtig schön, dass sie sich wieder einmal gesehen hätten. Eine Überraschung der angenehmeren Art, möchte er sagen. Eigentlich rufe er an, um sie zu fragen, ob sie sich vorstellen könne, einmal mit ihm zu Mittag zu essen. Oder einen Kaffee zu trinken. Falls es also ... Sie unterbricht ihn mitten im Satz und drückt noch einmal, um das Löschen zu bestätigen.

Eine Nachricht ist noch übrig. Kann es Frank sein? Hat er auch angerufen, um sich für das nette Gespräch zu bedanken? Um sich für alles zu bedanken? Oder ruft er an, um zu sagen, dass sich die Ärzte geirrt hätten? Dass sie Lises Proben versehentlich mit denen eines anderen vertauscht hätten und dass ihr überhaupt nichts fehle? Dass er ihr eben alles erzählt habe? Dass er frei sei, wenn Ingrid ihn haben wolle?

Die Nachricht kam um 23.37 Uhr. Sie ist dabei, alle Fingerabdrücke und Fußspuren von Abdel, seinen Kumpeln und seinem älteren Bruder zu entfernen. »Öh, hallo«, sagt Jonas. »Ich hab eben gehört, was passiert ist. Ich wollte nur sagen, dass mir das voll leidtut und so ... Arh, ich kann das nicht am Telefon ... Du sollst nur wissen, also ... Wir sehen uns in den nächsten Tagen, okay?«

Sie lässt die Nachricht noch einmal ablaufen. Und noch einmal. Sie steht vor dem offenen Wohnzimmerfenster und spürt die kalte Luft. Der Straßenverkehr ist zur Ruhe gekommen, deutlich hört sie die Glocke der Sankt Paulskirche. Sie zählt die Schläge.

Große Romane im kleinen Format

Herrad Schenk
In der Badewanne

Anita Lenz
Wer liebt, hat recht

Renate Feyl
Die profanen Stunden des Glücks

Sofi Oksanen. Fegefeuer. Roman. Deutsch von Angela Plöger. Gebunden

Atemlos vor Spannung liest man über das Schicksal zweier Frauen, die ganz unterschiedliche und im Kern doch vergleichbare Erfahrungen machen: In Rückblenden entsteht das immer schärfer werdende Bild einer Familientragödie, die fast fünfzig Jahre zuvor, als Estland von den Russen besetzt wurde, ihren Höhepunkt fand. Egal welches politische System auch herrscht, Opfer sind immer die Frauen.

Kiepenheuer & Witsch

www.kiwi-verlag.de

Alina Bronsky. Die schärfsten Gerichte der tatarischen Küche. Roman. Gebunden. Verfügbar auch als eBook

Die Geschichte der leidenschaftlichsten und durchtriebensten Großmutter aller Zeiten. Alina Bronsky gelingt eine Glanzleistung: Sie lässt ihre radikale, selbstverliebte und komische Hauptfigur die Geschichte dreier Frauen erzählen, die unfreiwillig und unzertrennlich miteinander verbunden sind – in einem Ton, der unwiderstehlich ist. Durch drei Jahrzehnte und diverse Schicksalsschläge führt sie die ungleichen Frauen, und der Leser folgt ihr atemlos.